L’ennemi sans visage

W0243823

HEATHER GRAHAM POZZESSERE

L'ennemi sans visage

HARLEQUIN

LES BEST-SELLERS

Si vous achetez ce livre privé de tout ou partie de sa couverture, nous vous signalons qu'il est en vente irrégulière. Il est considéré comme « invendu » et l'éditeur comme l'auteur n'ont reçu aucun paiement pour ce livre « détérioré ».

Cet ouvrage a été publié en langue anglaise sous le titre :
IF LOOKS COULD KILL

Traduction française de
KATIA NOVET

Photographie de couverture :
Pix S. A. © Patrick Sheandell

HARLEQUIN ®
est une marque déposée du Groupe Harlequin
et Les Best-Sellers ® est une marque déposée d'Harlequin S.A.

Toute représentation ou reproduction, par quelque procédé que ce soit, constituerait une contrefaçon sanctionnée par les articles 425 et suivants du Code pénal.
© 1997, Heather Graham Pozzessere.
© 1998, Traduction française : Harlequin S.A.
83-85, boulevard Vincent-Auriol, 75013 Paris — Tél. : 01 42 16 63 63
ISBN 2-280-16483-3 — ISSN 1248-511X

Je tiens à dédier ce roman à ma famille et à mes amis :

A VICTORIA GRAHAM DAVANT, ma sœur et ma meilleure amie, sans qui je ne pourrais pas imaginer ma vie.

A LISA CHARGE ALVAREZ, car elle est du bois dont sont faites les héroïnes.

A KATEY ET SAME DEVEUNO, pas seulement parce qu'ils sont de ma famille, mais parce que ce sont les gens les plus gentils, les plus chaleureux, les plus généreux du monde.

A MARY POZZESSERE DURSO, Tante May, pour son soutien constant, et parce que je veux être absolument sûre qu'elle ait une copie de ce roman.

A GINGER CROSBIE, qui en fait tant pour nous tenir toujours unis.

Et à KEITH POZZESSERE, qui est si fier de porter ce nom, et qui tient tant à faire partie de notre famille.

Prologue

Tremblante de peur, Madison écoutait les éclats de voix qui s'échappaient de la chambre de sa mère.

Elle ne se laissait pourtant pas impressionner facilement. Et puis, à douze ans, presque treize, elle avait déjà compris beaucoup aux choses de la vie. Depuis que sa mère, si belle, et si volage, avait épousé en troisièmes noces l'artiste-peintre Roger Montgomery, tout aussi extravagant qu'elle, les bruits de leurs affrontements, comme ceux de leurs réconciliations, retentissaient régulièrement dans toute la maison.

Mais ce soir, c'était différent. Il ne s'agissait pas d'une énième dispute passionnée, avec les échanges habituels d'accusations d'infidélité, les torrents de réflexions blessantes.

D'abord, il y avait cette voix étrange. Une voix étouffée. Menaçante. Asexuée. Une voix qui lui faisait courir des frissons dans le dos tant elle était chargée de mauvaises intentions.

Madison essaya de se persuader qu'elle avait trop d'imagination, qu'il pouvait très bien s'agir de sa mère. Après tout, Lainie Adair était une grande actrice, dont le talent pour recréer toutes sortes d'accents et d'intonations était reconnu. Mais il ne s'agissait pas de sa mère, Madison en était certaine. Lainie n'était pas en train de répéter ou de jouer un rôle. Quelqu'un se trouvait avec elle dans sa chambre. Quelqu'un de mauvais.

Et Roger? Etait-il là, lui aussi?

Madison entendait la voix de sa mère qui montait, frôlait l'hystérie, puis se brisait sur un chuchotement, pour devenir suppliante. Et de nouveau, l'autre voix, étouffée, asexuée.

La voix du mal.

La voix qui lui donnait la chair de poule.

Sans réfléchir, Madison sortit dans le couloir et avança dans l'obscurité, pressée de rejoindre sa mère. Elle tremblait dans son grand T-shirt en coton. Jamais elle n'avait eu aussi peur. Elle qui pouvait regarder n'importe quel film d'horreur sans avoir à fermer les yeux, qui était toujours prête à relever tous les défis; elle que le noir n'effrayait pas et qui, enfant, avait même refusé de croire que des monstres pouvaient se cacher dans ses placards ou sous son lit, ce soir...

Ce soir, elle était épouvantée.

C'était cette voix, avec ses intonations menaçantes...

Le couloir n'en finissait pas. Pourtant, il n'y avait pas plus d'une douzaine de mètres entre sa chambre et celle de sa mère. Plus elle s'efforçait d'avancer, plus il lui semblait rester sur place. Une terreur indicible lui serrait la gorge, si fort qu'elle se savait incapable de crier. D'ailleurs, elle devait garder le silence; il ne fallait surtout pas que la voix — cette voix sans visage — sache qu'elle approchait.

Madison songeait par moments à s'enfuir, mais ne le pouvait pas. Un malheur affreux était en train d'arriver. Elle devait se montrer courageuse. Elle devait chasser le monstre.

Le mal semblait flotter autour d'elle, pesant lourdement sur ses frêles épaules. L'air était dense, irrespirable. Chaque pas lui coûtait un effort surhumain. La porte de la chambre de sa mère paraissait enfler dans l'encadrement, comme si elle allait exploser, jaillir hors de ses gonds. Et la lumière, à l'intérieur, projetait d'étranges lueurs rougeâtres.

Madison essaya une nouvelle fois de se raisonner.

Sa mère et Roger étaient sans doute encore en train de se disputer.

Elle devait conserver son calme, garder la tête froide. Elle allait frapper à la porte et rappeler à Lainie qu'elle avait besoin de dormir. Evidemment, si sa mère se bagarrait avec Roger, il n'était pas impossible qu'ils se réconcilient brusquement, avant même que Madison n'arrive devant la porte. Et si elle entrait, comme ça, sans frapper, elle risquait de les surprendre...

Combien elle préférerait que sa mère et son beau-père soient engagés dans un de leurs jeux sexuels. Mais Madison savait, au plus profond d'elle-même, que ce n'était pas le cas. Il lui semblait sentir ce que sa mère éprouvait à cet instant. Et Lainie avait peur. Elle était menacée, tentait désespérément de se défendre. Sa voix implorante avait les accents du désespoir... et de la terreur.

Madison se figea, frissonnante, le corps couvert d'une sueur glacée. Seigneur ! Elle ne sentait pas seulement ce que Lainie éprouvait. Elle *voyait* ! Elle voyait avec les yeux de sa mère.

Un couteau !

Enorme. A la lame scintillante. Parfaitement affûtée. Un couteau de boucher.

Madison le reconnut pour l'avoir vu dans la cuisine, sur la planche de bois du plan de travail. Il était là, brandi dans la pénombre de la chambre, au-dessus de la tête de Lainie.

Celle-ci regardait le couteau, et à travers son regard, Madison le voyait aussi.

Brusquement, l'arme blanche fendit l'air, dans un mouvement brutal et impitoyable, avec une force inouïe, s'abattant sur sa victime.

Lainie hurla, mais Madison l'entendit à peine, car elle aussi criait, le corps plié en deux. Elle sentait le couteau déchirer la chair et les muscles de sa mère, juste sous les côtes, comme si elle aussi était poignardée. Pressant les mains contre son ventre, elle vit du sang...

Un froid absolu s'abattit sur Madison. L'obscurité semblait l'envelopper d'un épais linceul. Elle voulut s'accrocher au mur du couloir, pour ne pas perdre l'équilibre; elle essaya de parler, de crier encore, d'appeler à l'aide, mais le noir se fit en elle et elle s'effondra sur le sol.

— Madison ! Madison !

En entendant son prénom, prononcé sur un ton d'urgence, elle ouvrit les yeux. Elle était allongée sur le canapé du salon et Kyle, le fils de Roger, était là. Il avait dix-huit ans, soit cinq ans de plus qu'elle, mais il se comportait toujours comme s'il en avait au moins trente.

Kyle avait les cheveux noirs, les yeux verts, et il était le « quarterback » de son équipe de football américain.

Madison le détestait la plupart du temps — surtout quand il la traitait de « minette », de « tête de linotte », ou d'autres appellations et qualificatifs de la même veine. Mais quand ses copains n'étaient pas là, ou qu'il ne cherchait pas à épater ses admiratrices, il n'était pas si terrible. Il était solide. Il avait les pieds sur terre. Chaque fois que Madison se plaignait d'appartenir à la famille la plus compliquée de tous les temps, il la rabrouait gentiment, lui rappelant que beaucoup de gens avaient des demi-frères et des demi-sœurs. En fait, si Kyle n'avait pas été le fils de son beau-père, elle aurait sans doute eu le béguin pour lui.

Et puis, il n'avait pas tout à fait tort. Bien sûr, elle avait plus de frères et sœurs que la moyenne des gens. Et Lainie était une mère pour le moins inhabituelle : belle, célèbre, scandaleuse. Mais elle n'était pas méchante, indifférente, ni même mauvaise ; Roger, son beau-père, non plus. Quant au vrai père de Madison, Jordan Adair, un écrivain traduit dans le monde entier, qui collectionnait les best-sellers et les épouses, il n'avait rien d'un modèle de stabilité, lui non plus. Mais le nombre de ses belles-mères avait-il de l'importance ? aimait à répéter Kyle en rabrouant Madison.

Oui, si Kyle avait le don de l'agacer, il savait aussi la faire rire. Par moments, sa présence lui procurait une douce sensation de chaleur ; comme si, grâce à lui, et grâce à leur complicité, elle aussi avait sa place quelque part dans le monde.

A cet instant, il continuait de répéter son prénom en la regardant fixement, ses yeux verts brillant de larmes.

— Madison ? Ça va ?

Elle tourna légèrement la tête. Roger était là aussi. Il sanglotait.

— Roger, pousse-toi !

C'était le père de Madison qui venait de parler. Le célèbre Jordan Adair. Bel homme d'une quarantaine d'années, il arborait une longue chevelure argentée, une barbe blanche et ses yeux paraissaient toujours vous pénétrer jusqu'au fond de l'âme.

Seule une femme comme Lainie pouvait épouser des hommes aussi différents : d'abord une rock star, puis un écrivain, et maintenant, un artiste-peintre. Jordan ne s'était pas toujours montré aussi sélectif. Il avait tour à tour convolé avec une chanteuse d'opéra, une strip-teaseuse, une danseuse étoile, puis Lainie, avant de tourner le dos aux artistes pour se marier avec une sexothérapeute. Malgré tout, il aimait toujours Lainie.

Comme Roger et Kyle, remarqua Madison, Jordan avait les yeux pleins de larmes.

Ce fut alors qu'elle prit conscience des hurlements de sirène, au-dehors. Une meute de policiers venait de faire irruption dans le vestibule. Roger fit un pas de côté, et Madison vit le reste de sa famille. Sa sœur, Kaila, puis sa demi-sœur, Jassy, et ses deux autres demi-frères, Trent et Rafe. Tous se tenaient dans le salon, debout, visiblement en état de choc.

Jassy était la fille du père de Madison, issue d'un premier mariage ; blonde, jolie et délicate, elle avait de beaux yeux sombres. De son deuxième mariage, Jordan avait eu un fils, Trent, un jeune homme aux cheveux blonds tirant sur le roux, qui avait le même regard perçant que son père. Puis, venaient Madison et Kaila, qui toutes deux avaient hérité les traits de leur mère — comme Lainie, elles étaient rousses aux yeux bleus. Enfin, il y avait Rafe, le premier enfant de Roger, également issu d'un autre mariage, et l'aîné de tous les enfants. Agé de vingt et un ans, il ne ressemblait à personne, ni à son père ni à son demi-frère, Kyle ; ses yeux étaient d'un gris de brume et ses cheveux blonds comme les blés. A cet instant, il était livide, silencieux, et pétrifié de peur. Ses joues étaient striées de larmes.

Kaila, qui avait juste un an de moins que Madison, éclata brusquement en sanglots. Ses jambes se dérobèrent, et Rafe eut tout juste le temps de passer un bras autour de sa taille pour l'empêcher de tomber.

Alors, tout à coup, Madison se rappela...

Elle se mit à hurler, hurler, hurler, en tremblant de tous ses membres. Un homme en blouse blanche s'approcha d'elle et, alors même qu'elle criait et se débattait, essayant, dans son hystérie, d'expliquer ce qu'elle avait vu, ce qu'elle savait, elle sentit une aiguille s'enfoncer dans son bras. Une voix déclara qu'elle n'était pas en état de parler à la police, et d'ailleurs, à quoi cela servirait-il, maintenant ?

Puis, le tranquillisant s'insinua dans son sang et, très vite, tout redevint noir.

Quand Madison se réveilla de nouveau, elle était dans la maison de son père, et Kyle était assis à son chevet. Dans la chambre voisine, elle entendit des sanglots. Une de ses sœurs.

— Maman est morte, dit-elle dans un chuchotement.

Stupéfait, Kyle leva les yeux. Il la considéra un instant avec compassion, avant de hocher la tête.

— On l'a tuée, Madison. Je suis désolé. Ton père est avec Kaila, mais je peux aller le chercher, si tu...

— Je l'ai vu, Kyle.

Celui-ci fronça les sourcils.

— Je l'ai vu, répéta Madison.

— Quoi ? Que veux-tu dire ? Tu étais dans le couloir. L'assassin est passé à côté de toi ? C'est lui que tu as vu ?

Madison secoua la tête, cherchant les mots pour

expliquer ce qui s'était passé. Des larmes jaillirent de ses yeux.

— Maman était terrifiée. Elle a vu le couteau. Moi aussi. Je l'ai senti.

— Madison, tu étais à plus de dix mètres de la chambre quand on t'a trouvée. Est-ce que tu en sortais ?

— Non.

— Alors, tu n'as rien pu voir.

— J'ai vu le couteau, insista Madison.

— Qui l'a tuée, dans ce cas ?

— Je ne sais pas. Je n'ai pas vu de visage. Seulement le couteau. Le couteau qui s'abattait sur maman. Et je... je l'ai senti. Je l'ai senti qui la transperçait.

De nouveau, elle se mit à trembler et à sangloter. Sa mère avait été assassinée ; cette idée lui causait une douleur intense, comme si un million de minuscules poignards lui déchiraient le cœur. Lainie était farouche, têtue, sans foi ni loi, mais elle était sa mère ; c'était elle qui l'avait tenue dans ses bras et qui l'avait chérie durant toutes ces années ; elle qui avait ri avec elle et secouait toujours la tête pour la gronder ; elle encore qui, à l'occasion de la Saint-Valentin, l'année précédente, avait pris le temps de confectionner des cœurs en papier mâché, avec sa classe. A présent, elle était morte, et Madison ne pensait pas qu'elle pourrait le supporter.

Kyle ne chercha pas à lui parler. Il s'assit au bord du lit et la prit maladroitement dans ses bras tandis qu'elle pleurait, pleurait encore.

Plus tard, Jordan vint prendre la relève de Kyle, et Madison continua de pleurer. A lui aussi, elle essaya d'expliquer qu'elle avait vu le couteau, et comment elle avait senti Lainie mourir.

Son père se montra plein de tendresse et de douceur ; il fit mine de la comprendre. Mais Madison savait qu'il ne la croyait pas vraiment.

Durant les jours et les semaines qui suivirent, la police enquêta sur le meurtre avec autant de zèle que d'énergie. Ils interrogèrent longuement les différents époux de Lainie, convaincus que Roger ou Jordan l'avaient tuée dans un accès de rage et de passion. Les tabloïdes et tous les plus grands magazines du pays s'emparèrent de l'affaire et en firent un feuilleton à sensation.

Les policiers parlèrent à Madison, aussi. De nombreux policiers. Elle leur expliqua qu'elle avait vu le couteau, qu'elle avait senti sa mère mourir. Ils ne la crurent pas non plus. Sauf un, plus gentil que les autres. Il s'appelait Jimmy Gates et n'avait rejoint le service des homicides que depuis quelques mois. Jeune, avec des cheveux blond vénitien et des yeux marron pleins de chaleur, il fit preuve d'une douceur et d'une patience qui réconfortèrent Madison. Au contraire de ses collègues, il l'écouta vraiment et l'encouragea à se rappeler la scène horrible du meurtre. Alors, Madison revit la main qui tenait le couteau. Et pour la première fois, elle s'aperçut que cette main était couverte d'un gant couleur chair, pareil à ceux qu'utilisent les médecins ou les chirurgiens.

Roger fut presque arrêté pour le meurtre de sa femme ; de même que le père de Madison. Mais il n'y avait aucune preuve. Kyle, Kaila et Madison se trouvaient tous dans la maison, au moment du drame, tandis que Roger était arrivé peu de temps après. Et Kyle avait aussitôt téléphoné à Jordan Adair.

Durant les interrogatoires, les policiers déclarèrent que Roger pouvait très bien avoir poignardé Lainie, puis quitté la maison en passant par une fenêtre, avant de jeter l'arme, de revenir par la porte et de faire semblant de découvrir le corps de sa femme. La proximité de son domicile orienta aussi leurs soupçons vers Jordan. Il aurait très bien pu commettre le meurtre et se débarrasser du couteau, avant de rentrer tranquillement chez lui. Bizarrement, ni Roger ni Jordan ne s'accusèrent l'un l'autre. Et sans preuve tangible sur laquelle asseoir leurs conclusions, la police dut se résoudre à laisser les deux hommes en liberté.

Pendant ce temps, Jimmy Gates continuait de s'entretenir avec Madison. Il l'écoutait avec gravité chaque fois qu'elle lui répétait, encore et encore, ce qu'elle avait vu et senti. Mais malgré tous ses efforts, le film des événements de cette terrible nuit s'arrêtait toujours sur la main gantée et armée du couteau. Et son père déclara un jour qu'on l'avait assez tourmentée.

Pourtant, Madison voulait encore parler avec Jimmy.

Deux mois après le meurtre de Lainie, un suspect fut arrêté.

C'était un vieux clochard à moitié fou, qui répondait au nom de Harry Nore. Madison l'avait vu traîner dans les rues de Coconut Grove pratiquement toute sa vie. Il mendiait et tenait de longs discours sur Jésus et le retour du Messie ; il lui arrivait de hurler dans la nuit, affirmant que Satan allait venir et noyer tous les pécheurs dans un océan de flammes. Il fut d'abord arrêté pour avoir pénétré par effraction dans la maison d'un voisin. Il avait dérobé de la nourriture, ce qu'on lui aurait sans doute pardonné, mais il avait aussi rempli ses poches avec les bijoux de la famille. La police le surprit alors qu'il se trouvait dans la cuisine en train de découper du pain.

Avec un couteau de boucher.

Harry Nore portait aussi une médaille de Saint-Christophe en or, laquelle appartenait à Roger Montgomery. Ce détail éveilla les soupçons des policiers qui firent examiner le couteau ; les experts trouvèrent de minuscules traces de sang.

Le sang de Lainie.

Puis, on découvrit que les empreintes de Nore correspondaient à certaines de celles trouvées dans la chambre de Lainie. Fait aggravant, il avait déjà fait de la prison pour avoir tué sa femme avec une arme similaire.

Malgré cela, Harry Nore, le clochard aux yeux globuleux, ne passa pas devant un jury pour le meurtre de Lainie Adair Montgomery. Un groupe de psychiatres le déclarèrent inapte à supporter un procès. Lors de la reconstitution du crime, il se mit à délirer. Dieu avait jeté le couteau dans son chapeau, affirma-t-il. Dieu lui disait qui était bon, et qui ne l'était pas. Il avoua avoir assassiné Lainie, car elle était un suppôt de Satan. Lainie était belle et malfaisante, si belle qu'elle faisait perdre la tête aux hommes, les entraînant à commettre des actes de violence et de perversion. Elle était la fille du diable, et celui-ci était revenu la chercher. Trop de beauté pouvait tuer.

Harry Nore fut déclaré dangereux et enfermé dans un asile psychiatrique, au nord de la Floride. Son sourire effrayant, auquel manquaient plusieurs dents, fit la couverture des magazines et des journaux de tout le pays. Il était l'archétype du tueur maniaque. De leur côté, la police et les membres du bureau du procureur ne purent que se féliciter. Madison et sa famille n'auraient pas à vivre avec la blessure ouverte que représentait un meurtre irrésolu. Nore avait été trouvé avec l'arme du crime, et il avait avoué.

Pourtant, Madison demeurait insatisfaite.

Bien sûr, l'incarcération d'Harry Nore ne lui rendrait pas sa mère. Mais surtout, une question la hantait : comment pouvait-on avoir trouvé les empreintes du meurtrier de sa mère dans la chambre, alors qu'elle savait, pour l'avoir vu, qu'il portait des gants ?

A part elle, tout le monde était content. Même Harry Nore, qui n'aurait plus à mendier dans les rues. Il était nourri trois fois par jour, maintenant, aux frais de l'Etat de la Floride.

La vie suivit son cours.

Madison souffrit encore longtemps de la perte de sa mère mais, peu à peu, la douleur devint moins violente, plus supportable, atténuée par le temps et l'acceptation de l'inévitable. Même les journaux finirent par se désintéresser de l'histoire. Seules les chaînes câblées passaient encore, de temps à autre, un reportage sur la vie mouvementée et la fin tragique de la star.

Madison et Kaila allèrent vivre avec leur père. Kyle, Jassy et Trent entrèrent dans diverses universités, à travers le pays, et Rafe finit ses études en Floride, avant de décrocher un gros poste à Wall Street.

Madison, elle, suivait les cours au lycée et, comme toutes les jeunes filles de son âge, elle se mit à fréquenter les boums. Bientôt, elle se maquilla et s'épila les jambes. Puis, elle se perça les oreilles et teignit même ses cheveux en bleu électrique pour Halloween. Les saisons passèrent. Elle tomba amoureuse, plusieurs fois, et toujours elle se releva sans difficulté des ruptures et des déceptions. Son père se maria encore à deux reprises en l'espace de trois ans. Ses deux femmes firent un passage éclair dans l'existence de Madison, et ce fut à peine si elle parvint à se rappeler leur prénom.

Elle commença d'oublier ce couteau qu'elle avait vu fendre l'air et frapper sa mère...

Elle était jeune, sa vie commençait à peine. Elle aimerait toujours Lainie, elle le savait. Elle ne l'oublierait jamais. Néanmoins, chaque jour qui passait donnait plus d'importance aux petits détails du quotidien. Ses sœurs. Ses frères. Jassy, qui s'occupait d'elle. Kaila, qui avait besoin d'elle. Rafe et Trent, qui étaient si gentils. Kyle, qui pouvait être adorable, un jour, exaspérant, le lendemain, puis de nouveau plein de douceur, surtout quand elle avait besoin d'aide.

Peu à peu, la douleur et la peur s'estompèrent.

Mais Madison était le portrait vivant de sa mère.

Et la terreur devait encore la poursuivre.

Longtemps.

1.

Douze ans plus tard

Madison sentit le rêve l'accaparer, et, instinctivement, même au plus profond de son sommeil, elle voulut se réveiller, lutter. En vain. Elle était prise au piège.

Elle s'entendit rire — sauf que ce n'était pas elle qui riait. Il s'agissait d'une autre femme. *Elle* était une autre femme. La femme du rêve.

Les cheveux auburn, jolie, elle s'apprêtait à sortir avec un homme irrésistible.

Elle se sentait nerveuse, fébrile, tout excitée. Ils allaient faire l'amour, bien sûr. Elle voulait cet homme, elle le désirait. Il allait la séduire, la transporter au septième ciel, et, à la fin du week end, elle pourrait — enfin ! — partager son secret avec ses amies. A ce moment-là seulement, elle leur révélerait le nom de son nouvel amant. En riant, elle leur raconterait à quel point il était merveilleux. Au bureau, elle dévoilerait même quelques détails intimes, et elle serait heureuse, tellement heureuse... Une femme amoureuse de son prince charmant, lequel l'aimait en retour.

Dans son rêve, Madison éprouva une sorte de malaise. Elle cria, mais en vain. Elle était devenue cette jolie femme emportée par ses fantasmes. Qu'il était pitoyable d'avoir à ce point besoin d'amour !

Derrière la vitre de la portière, le paysage défilait. Il était familier à Madison, sans que celle-ci le reconnaisse. Elle voulait se réveiller, tout arrêter, mais c'était impossible.

Le couple riait, plaisantait. Elle ne voyait pas le visage de l'homme ; seulement la belle chevelure roux foncé de la jeune femme.

L'obscurité tomba peu à peu. Le temps passa.

Ils étaient dans une chambre, maintenant. Une chambre d'hôtel. Elle riait encore. Ravie. Puis, le couple s'embrassa. L'homme défit les boutons du chemisier de soie de sa compagne, un par un. Il la toucha, la caressa...

Madison voulait détourner les yeux, gênée d'assister à une scène aussi intime. Elle se faisait l'effet d'un voyeur. La jeune femme rousse était prête à tout. N'importe quoi pour plaire à son bel amant. Nus, ils roulèrent sur le lit. Elle le laissa la retourner sur le ventre. Les doigts de l'homme glissèrent dans ses longs cheveux roux, tirant sa tête vers l'arrière. Elle se tourna pour le regarder, ct ce fut alors qu'elle vit...

Le couteau.

Seigneur ! Le couteau fendait l'air...

Madison se réveilla brusquement, étouffant un cri de terreur. Sa fille, Carrie Anne, regardait une cassette vidéo dans la pièce voisine, se rappela-t-elle ; elle ne voulait pas l'alarmer.

Elle tremblait de tous ses membres. Voilà longtemps qu'elle n'avait fait un cauchemar aussi horrible et aussi réaliste.

Il était presque 17 heures, constata-t-elle en consultant sa montre. Elle devait chanter, ce soir, et n'avait pas prévu de s'assoupir ainsi.

Elle se leva et fit les cent pas dans sa chambre. Tout à coup, elle décrocha le téléphone et composa le numéro de Jimmy Gates, à son bureau. Ce fut lui qui répondit et, d'une voix saccadée, Madison lui raconta son rêve.

— Jimmy, est-il arrivé quelque chose de similaire ? demanda-t-elle à la fin.

Le bref silence, au bout du fil, fit redoubler les battements de son cœur.

— Je ne sais pas, répondit enfin son interlocuteur. C'est-à-dire... Je ne suis pas certain que le scénario corresponde à ce que tu me décris, mais... Ecoute, je suis sur une enquête et il se pourrait que j'aie besoin de ton aide. Tu es chez ton père ?

— Oui. Mais je rentre à Miami dimanche.

— Très bien. Je passerai te prendre chez toi lundi matin. On verra à ce moment-là, d'accord ? Embrasse Carrie Anne pour moi. D'ailleurs, si ça se trouve, je vais peut-être descendre à Key West, moi aussi. Et ne te tracasse pas trop. Il n'y a rien que tu puisses faire, pour l'instant.

Madison hocha la tête et raccrocha. Puis elle poussa un soupir de soulagement. Déjà, le rêve paraissait s'estomper. Elle avait horreur de ces cauchemars !

D'un geste machinal, elle prit une brosse, sur sa table de nuit, et la passa dans ses longs cheveux roux. Au moins, avait-elle appelé Jimmy. Comme plusieurs fois déjà, par le passé, elle ferait son possible pour se rendre utile. Mais elle ne pouvait pas soigner tous les maux de la terre.

Heureusement que de tels rêves étaient rares.

Cela avait commencé après la mort de sa mère.

Pendant cinq ans, elle n'eut pas une seule vision. Et puis, une nuit, dans son sommeil, elle se vit en train de sortir d'une maison inconnue. Doucement. Sur la pointe des pieds. Elle tenait un revolver. Soudain, elle entendait des bruits et voyait une voiture. Elle était en colère. Cette automobile était la sienne et quelqu'un essayait de la voler.

Dans son rêve, elle levait son arme lorsqu'une douleur fulgurante lui traversa le bras. Elle cria et se réveilla, agitée de violents tremblements.

Elle était dans la chambre qu'elle partageait avec Kaila, dans la maison de leur père, et sa sœur bondit de son lit pour accourir vers elle.

— Madison ? Qu'y a-t-il ?

Les deux adolescentes se disputaient souvent, comme la plupart des sœurs. Leur écart d'âge était minime et elles se ressemblaient comme des jumelles ; leurs personnalités, en revanche, étaient très différentes.

— Ce n'est rien, répondit Madison. Juste un mauvais rêve.

— Tu t'es fait mal au bras ?

— Hein ? Non. Non...

En même temps qu'elle secouait la tête, elle s'aperçut qu'elle se massait l'avant-bras. Elle haussa les épaules.

— J'ai fait un cauchemar, c'est tout. Je suis désolée de t'avoir réveillée.

— C'était quoi ?

— Oh ! un truc stupide. J'étais quelqu'un d'autre, dans une maison que je ne connais pas, et on essayait de voler ma voiture. J'avais un revolver et je voulais intervenir. Mais quelqu'un m'a frappée au niveau du bras. C'est là que je me suis réveillée. N'importe quoi, vraiment !

Quelques jours plus tard, pourtant, comme le rêve continuait de la hanter, Madison finit par prendre son courage à deux mains et téléphona à Jimmy Gates. Il était absent. Elle se sentit brusquement stupide et se contenta de bredouiller son prénom, sans laisser de message.

Quelle ne fut pas sa surprise quand, en rentrant du lycée, en fin d'après-midi, elle trouva une voiture dans l'allée ! Elle reconnut aussitôt la silhouette de l'inspecteur Jimmy Gates, qui l'attendait assis sur le capot. Il était un peu plus âgé, bien sûr. Surtout, il avait acquis un air d'autorité, que lui avaient sans doute conféré les promotions reçues au cours des cinq années écoulées depuis le meurtre de Lainie.

Affreusement gênée, Madison sentit son visage s'embraser. Elle s'en voulait de l'avoir appelé. Après tout, elle avait juste fait un cauchemar.

— Bonjour, Madison, lui dit Jimmy en souriant. Tu sais pourquoi je suis là, n'est-ce pas ?

— Vous travaillez toujours aux homicides ? lui demanda Madison.

— Oui. Et je suis curieux d'apprendre pourquoi tu m'as téléphoné.

Madison hésita un instant, avant de lui raconter son rêve. Puis elle lui dit combien elle était désolée de l'avoir dérangé pour rien.

Le regard perdu au loin, sourcils froncés, Jimmy l'avait écoutée sans rien dire. Soudain, il la fixa droit dans les yeux.

— Tu as entendu parler de l'affaire Peterson ?

Madison eut l'impression qu'un courant glacé lui traversait le corps. Bien sûr qu'elle en avait entendu parler ! Le fait divers faisait la une de tous les journaux. Quelques nuits plus tôt, Earl Peterson avait entendu du bruit, à l'extérieur de chez lui, du côté de sa voiture. Aussitôt, il avait pris son revolver dans le tiroir où il le gardait sous clé, et il était sorti voir ce qui se passait. Il avait dû surprendre des voleurs, car on l'avait retrouvé mort, tué par sa propre arme.

— Tu peux peut-être m'aider, Madison..., reprit Jimmy.

— Moi ?

— Tu as un don. Je ne peux pas l'expliquer de manière rationnelle, mais mon instinct me trompe rarement. Alors, es-tu prête à m'aider ?

Madison hésita. Son père n'aimerait pas ça, elle le savait. Mais après tout, elle avait presque dix-huit ans !

Ce jour-là, Jimmy l'emmena sur les lieux du crime.

Une BMW était garée dans une allée bordée d'arbres et Madison s'en approcha, le cœur battant à se rompre, au bord de la nausée. Soudain, elle s'arrêta, incapable d'avancer plus. Elle ferma les yeux et aussitôt, elle eut la vision de la nuit du crime. Elle éprouvait un sentiment de colère. Elle entendait un bruit de respiration, aussi. C'était M. Peterson qui contrôlait son souffle. Elle vit sa main et l'arme qu'il tenait entre ses doigts serrés tandis qu'il faisait lentement le tour de sa voiture, s'approchant de la silhouette sombre qui essayait de fracturer la serrure. Soudain, elle sursauta violemment. Une deuxième silhouette venait de surgir de l'ombre. Un poing s'abattit sur le bras de M. Peterson, qui lâcha le revolver en poussant un grognement de douleur. Madison cria aussi, éprouvant la même souffrance que celle qu'elle avait ressentie dans son rêve. Elle s'accroupit, son bras serré contre elle.

Elle voyait toute la scène.

L'agresseur ramassa l'arme. M. Peterson leva les yeux vers lui.

— Non, attendez...

L'homme, de race blanche, grand et maigre, avec des cheveux blonds coupés en brosse, considéra sa victime avec calme et pressa la détente. A deux reprises.

Madison sentit l'impact des balles qui déchirait la poitrine de Peterson. Et le froid. Le froid glacé qui envahissait le pauvre homme alors que le sang et la vie s'échappaient de son corps...

Et elle voyait toujours le tueur, alors que celui-ci pivotait sur ses talons et s'éloignait en courant, traversant la rue en direction d'un terrain vague envahi par les mauvaises herbes. Son complice était avec lui. Madison les voyait aussi clairement qu'elle sentait les doigts gelés de la mort étouffer le dernier souffle de vie de M. Peterson. L'instant d'après, tout était noir.

Jimmy accourut auprès d'elle et la prit dans ses bras, la soutenant, l'aidant à se redresser. Il tremblait autant qu'elle.

— Je n'aurais jamais dû te demander ça ! murmura-t-il d'une voix bouleversée. Seigneur, tu es trempée, tu as froid...

Mais Madison secoua la tête avec véhémence.

— Je vais bien. Je vous assure que je vais bien. Et je peux vous donner une description du tueur.

Jimmy déglutit avec peine, avant de se passer la main dans les cheveux d'un geste nerveux.

— Je ne sais même pas si je crois en tout cela. Comment pourrai-je convaincre les autres que tu es capable de... voir des choses ?

— Il arrive que la police fasse appel à des...

— Des médiums ?

Madison secoua de nouveau la tête.

— Non, je ne suis pas médium. Cela ne m'est arrivé que deux fois. Mais je peux vous donner une description précise du tueur.

Jimmy la conduisit au poste de police et là, avec un spécialiste, ils établirent un portrait-robot du malfaiteur — un portrait si ressemblant qu'il permit de le retrouver. Arrêté et interrogé, l'homme crut que les policiers détenaient plus de preuves contre lui qu'ils n'en avaient réellement ; il craqua et avoua le meurtre d'Earl Peterson.

Par la suite, Jimmy demanda à Madison de l'appeler si jamais elle faisait d'autres rêves du même genre. Mais il devait se passer plusieurs années, avant que cet étrange phénomène ne se reproduise...

Entre-temps, elle passa son baccalauréat, qu'elle obtint avec mention, et décida d'aller à l'université de Washington D.C.. Elle voulait étudier la criminologie, comme Kyle qui, sa maîtrise en poche, venait d'entrer au FBI.

Il vint assister à sa remise de diplôme. Ils ne s'étaient pas beaucoup vus, au cours des dernières années ; il était toujours parti, et la mort de Lainie avait plus ou moins séparé la « famille ». Mais il s'était déplacé pour l'occasion, ainsi que tous les autres demi-frères et sœurs de Madison.

Peu de temps auparavant, il s'était marié. Lui et sa jeune épouse, Fallon, formaient un très beau couple. Lui si grand, si ténébreux, avec ses cheveux noirs et son corps musclé ; elle, petite, blonde, avec des yeux d'ambre et une silhouette de mannequin. Madison aurait aimé qu'elle soit sotte, écervelée, mais Fallon venait de terminer brillamment ses études et d'être engagée par le Smithsonian. Et elle était si douce, si chaleureuse, que Madison se surprit même à l'aimer.

Pourtant, comme elle était jalouse !

Cette nuit-là, elle coucha avec Darryl Hart, la coqueluche du lycée et son chevalier servant depuis plusieurs mois. Darryl était fou amoureux d'elle et il avait décidé de la suivre dans la même université.

L'expérience ne fut pas traumatisante, ni même horrible ; juste un peu décevante. Si Darryl n'avait rien à se reprocher, Madison s'attendait à autre chose. Son petit ami l'assura que cela devenait meilleur pour les femmes, par la suite.

Ils sortirent ensemble durant les trois années d'université.

Puis, Madison fit un autre rêve.

Elle savait que Fallon attendait un bébé. Tous les quatre habitaient Washington D.C., et ils avaient dîné ensemble à plusieurs reprises. Madison, toutefois, avait fini par espacer ces rencontres. Elle ne supportait pas de voir Kyle avec son épouse. L'épreuve était d'autant plus pénible qu'elle s'en voulait terriblement de ne pas se réjouir de leur bonheur. Après tout, Kyle était son ami. Il l'avait aidée durant la période la plus difficile de sa vie. Parfois, elle se demandait même si ce n'était pas justement la raison pour laquelle elle se sentait ainsi dépendante de lui. Il ne s'agissait pas d'un béguin. A côté de cela, elle s'en voulait aussi de ne pas apprécier Darryl à sa juste valeur. Que lui reprochait-elle ? Il était doux, de tempérament égal, et il l'adorait. Il était beau, avait un corps d'Adonis... Ensemble, ils formaient un couple idéal.

La nuit où elle rêva de Kyle et Fallon, Madison était avec lui.

Les deux époux se trouvaient dans leur chambre à coucher et Fallon, allongée sur un côté du lit, ne cessait de tourner et de s'agiter. Elle était très arrondie par la grossesse, mais toujours aussi belle, avec ses cheveux blonds qui encadraient les traits de son visage délicat. En cet instant, elle souffrait mille morts.

A côté d'elle, Kyle essayait de l'aider, de la soutenir.

— C'est sûrement le bébé. Allons à l'hôpital.

— C'est trop tôt ! protesta Fallon. Deux mois trop tôt.

— Mais tu as été malade. Il faut te faire transporter là-bas.

Kyle se leva. Il était entièrement nu. Musclé. Bronzé. Madison voulut détourner les yeux, mais n'y parvint pas. Tout se passait comme si elle était dans la chambre, avec eux.

En même temps qu'il s'habillait à la hâte, enfilant un jean et un T-shirt à même la peau, Kyle appela une ambulance.

Fallon protestait toujours, mais il demeura inflexible.

— Chérie, tu es brûlante de fièvre ! Nous avons besoin d'aide. Et vite.

Madison sentait à quel point Fallon avait chaud. Et d'un seul coup, elle eut froid. Puis chaud de nouveau. Et encore froid. Kyle restait à côté d'elle, la tenant par la main. La jeune femme était heureuse d'avoir son mari auprès d'elle. Elle se sentait si mal, pourtant. Si mal...

— Madison ! Madison !

Celle-ci sursauta et ouvrit les yeux. Darryl la secouait pour la réveiller, l'air inquiet.

— Réveille-toi, Madison ! Tu fais un cauchemar. Qu'y a-t-il ? Qu'est-ce qui ne va pas ?

Trempée de sueur, elle repoussa les draps. Darryl avait glissé ses bras autour d'elle et, instinctivement, elle s'accrocha à lui.

— Tu veux me raconter ? proposa-t-il.

— Non, non, ce n'est rien. Ça va, maintenant. Merci.

Elle se laissa embrasser, mais son esprit était ailleurs, hanté par un horrible pressentiment.

Trois jours plus tard, un message laconique sur le répondeur lui apprit que Fallon était décédée à la suite de complications dues à un virus ; sa petite fille, prématurée, était mort-née. Les funérailles devaient avoir lieu à Manassas, en Virginie.

Toute la famille de Madison assista à l'enterrement. Son père s'était toujours bien entendu avec Kyle et Rafe, et Jordan Adair et Roger Montgomery demeuraient d'excellents amis. Darryl accompagna Madison.

Kyle avait une mine terrible. Il n'avait pas encore vingt-six ans, mais déjà quelques cheveux d'argent se distinguaient sur ses tempes. Sa peine était insupportable à voir.

Durant toute la messe, Madison demeura agenouillée, la tête baissée. Elle ne cessait de se demander si sa jalousie n'avait pas tué Fallon. La voix de la raison ne cessait de lui répéter que c'était impossible, et pourtant elle ne pouvait se débarrasser d'un affreux sentiment de culpabilité.

Elle ne passa que quelques minutes avec Kyle, ce jour-là. Il s'était approché d'elle, alors qu'elle était agenouillée devant le cercueil de la défunte.

— A la fin, déclara-t-il brusquement, elle m'a dit que tu savais.

Il dardait sur Madison un regard qui lui donna la chair de poule.

— Elle m'a dit que tu étais avec nous, poursuivit-il, qu'elle était contente que tu sois là. Elle m'a dit encore que je devais veiller sur toi.

Il avait prononcé ces paroles sur un ton froid, presque haineux. Mais plus que tout, ce fut son regard qui blessa Madison. Il la dévisageait fixement, comme s'il se trouvait en présence d'un démon surgi de l'enfer.

Madison ne cilla pas.

— Je ne comprends pas ce qu'elle voulait dire, mentit-elle. Je suis désolée, Kyle. Je suis tellement désolée.

— Tu ne comprends pas ? répéta-t-il, la voix vibrante de rage mal contenue. Quel genre de sorcière es-tu donc, Madison ?

Il serra les poings si fort que ses jointures blanchirent. Puis, comme s'il prenait conscience de sa colère et de sa tension, il déplia les doigts, lentement, et les considéra un instant, le visage crispé par la souffrance, ses beaux yeux verts brillant de larmes refoulées. Alors, comme d'elles-mêmes, ses mains se fermèrent de nouveau. Comme s'il voulait les serrer autour du cou de Madison ; comme s'il se demandait, lui aussi, si elle n'était pas responsable...

— Non ! fit-elle dans un chuchotement rauque.

Elle se leva et s'éloigna rapidement.

Quelques heures plus tard, alors qu'elle prenait congé de Kyle et Roger, qui se tenait à côté de son fils, elle avait pris une décision.

Aussitôt après ces événements, elle abandonna la criminologie et s'orienta vers l'art. Elle avait toujours évité le théâtre et le cinéma, à cause de sa mère, et l'écriture, à cause de son père. Mais elle était très photogénique ; et peu à peu, elle accepta de poser pour des amis qui avaient besoin de modèles pour se constituer des books.

Lors d'un séjour éclair à Las Vegas, elle épousa Darryl ; neuf mois plus tard, elle donnait naissance à Carrie Anne Hart.

Darryl trouva un poste d'ingénieur dans une société de Fort Lauderdale, et Madison partagea son temps entre sa fille, quelques défilés de mode, et la photo.

Deux ans et demi après leur mariage, Darryl la trouva en larmes, un soir, alors qu'il rentrait du travail. Quand il voulut savoir ce qui n'allait pas, les sanglots de Madison redoublèrent. Comment pouvait-elle lui expliquer ? C'était elle, qui n'allait pas ; leur mariage, qui n'allait pas. Oh ! il était un mari merveilleux, mais elle ne l'aimait pas comme elle aurait dû, comme il le méritait.

Entendant cela, Darryl déclara qu'il n'était pas si parfait que cela. Dans la foulée, il confessa qu'il avait une liaison avec une de ses secrétaires.

Madison fut choquée, scandalisée. Pourtant, elle s'en voulait avant tout à elle-même ; elle ne pouvait se pardonner de n'avoir jamais vraiment aimé son mari. Bien que Darryl soit prêt à tout pour sauver leur mariage, la rupture était devenue inévitable. Finalement, ils réussirent l'exploit de se séparer bons amis.

Darryl accepta un poste à Washington D.C., afin de repartir de zéro, ce que Madison comprit très bien. Ils s'arrangèrent pour que leur fille passe plusieurs jours avec lui chaque fois que c'était possible. Quand Carrie Anne se trouvait avec son père, Madison acceptait de poser plus fréquemment. Elle se rendit ainsi dans les Keys pour une série de séances de photos. Un soir, après un dîner un peu trop arrosé avec l'équipe, dans leur hôtel, Madison se retrouva en train de chanter sur la petite scène, près de la piscine, avec le groupe qui se produisait là chaque jour. Et elle chantait bien !

Plus tard, quand un des photographes de l'équipe lui montra les clichés qu'il avait pris, elle demeura interdite. Sa ressemblance avec Lainie, juste avant sa mort, était époustouflante. La même longue chevelure auburn, qui faisait ressortir l'éclat des yeux bleus, le même visage ovale, le même nez, la même bouche...

Madison avait adoré sa mère. En même temps, elle n'avait jamais pu se débarrasser du sentiment qu'elle ne voulait surtout pas être comme elle : farouche, têtue, volage, et changeant d'époux comme elle changeait de robes, sans jamais se préoccuper de ce que les autres ressentaient.

Aussi, quand Joey King, le leader du groupe de musiciens avec lesquels elle avait chanté, lui proposa de travailler avec eux, sa première réaction fut-elle d'éclater de rire. Mais Joey était jeune, pétri d'enthousiasme, et il ne se laissait pas décourager si facilement.

— Nous sommes sur le point de décrocher la timbale, déclara-t-il. J'ai déjà vendu plusieurs de mes chansons, et trois gros producteurs sont descendus nous voir...

Madison secoua la tête.

— Joey, je ne veux pas devenir chanteuse. J'ai une fille et une carrière de mannequin qui marche au-delà de mes espérances.

— Pourquoi ne veux-tu pas chanter ? A cause de ta mère ?

Comme elle le regardait fixement, il haussa les épaules.

— Désolé, mais elle était connue. Et tu lui ressembles énormément... C'est pour ça ?

— Je ne veux pas faire de tournée...

— D'accord, pas de tournée. C'est promis.

— Allons, Joey, aucun groupe ne peut réussir sans tournée. C'est un passage obligé. Tout le monde le sait.

— J'ai une femme et des enfants, moi aussi, répondit Joey. Beaucoup de groupes ont réussi à survivre gentiment en se contentant d'enregistrements en studio et de quelques concerts. Je n'aspire pas à devenir une super star, Madison. Les dures réalités de la vie ont eu raison de mes illusions et de mes rêves. Ecoute, tout ce que je te demande, c'est de faire une ou deux maquettes avec nous, et de te produire de temps en temps avec nous, quand un gros producteur viendra nous voir. Qu'en dis-tu ?

L'ardeur de Joey s'était peut-être calmée, mais il était toujours aussi rêveur et déterminé. Et Madison le trouvait sympathique. Il avait l'air honnête. De plus, pour être franche, elle s'était vraiment amusée, à chanter avec eux.

Elle finit par hausser les épaules.

— Après tout, pourquoi pas...

Madison ferma les yeux, un moment, s'efforçant de revenir dans le présent. Puis, elle fit basculer ses jambes hors du lit. Elle avait assez pensé au passé.

Sa vie était sur un rail, maintenant. Et elle était heureuse, se dit-elle avec fermeté.

Son bonheur n'était peut-être pas total, parfait ; elle était trop agitée pour cela. Mais enfin, pour une jeune mère divorcée, elle ne pouvait pas se plaindre. D'abord, elle vivait dans la même ville que la plupart des membres de sa famille ; elle n'était pas seule, était entourée d'amour, et, dans le même temps, elle pouvait jouir de son indépendance.

Bien sûr, il y avait ces rêves qui venaient la hanter. Quand cela arrivait, elle appelait aussitôt Jimmy. Ce n'était toutefois pas si fréquent — et puis elle avait appris à accepter ce phénomène étrange. Parfois,

Jimmy l'emmenait sur les lieux d'un crime ; la plupart du temps, elle parvenait à sentir quelque chose, à avoir une idée — de quoi éclairer la police. Il arrivait aussi qu'une vision vienne la tourmenter. Comme aujourd'hui. Mais c'était beaucoup plus rare.

Elle lissa ses cheveux, puis sa jupe, et surprit son reflet dans la glace.

— Arrête de te plaindre, Madison ! Si tu n'es pas follement heureuse, au moins la vie t'apporte-t-elle des satisfactions. Tu pourrais être logée à plus mauvaise enseigne.

L'image, dans le miroir, demeura grave. Madison éprouvait une sorte de malaise, un pressentiment que les choses allaient bientôt atteindre une conclusion ; comme un cercle qui se ferme, ou un cycle qui se complète. Elle aurait pu en éprouver de la sérénité, mais c'était le contraire qui se produisait ; il lui semblait que le passé s'apprêtait à revenir la hanter...

Elle poussa un soupir et secoua la tête pour mieux chasser ces pensées bizarres. Elle devait chanter, ce soir. Et lundi matin, elle aiderait Jimmy, comme elle l'avait déjà fait plusieurs fois au cours des dernières années. Dans l'immédiat, elle devait s'occuper de Carrie Anne ; c'était bientôt l'heure de son dîner. Et si Jordan était disponible, ils mangeraient ensemble.

Malgré tous ses efforts pour occuper son esprit avec les menus détails de la vie quotidienne, Madison ne parvint pas à se débarrasser totalement de son malaise. Il n'était pas seulement dû à la peur et à la peine que le rêve lui avait fait éprouver pour une inconnue.

Non. Il s'agissait d'un malaise plus profond, comme si la vision entrevue dans son sommeil allait la toucher plus personnellement.

Beaucoup plus personnellement.

2.

Kyle savait qu'il passait inaperçu. Il avait beau être devenu une « huile » de Washington, il n'en demeurait pas moins natif de la Floride, et, en tant que tel, il pouvait encore s'asseoir dans un bar de Key West et se fondre dans le décor.

Il portait un jean coupé au-dessus du genou, des vieilles chaussures de bateau et une chemise en coton à manches courtes ouverte jusqu'au milieu du torse. Des lunettes de soleil et une casquette de base-ball complétaient la tenue. Il s'était installé à une table, à l'arrière de la salle, et, adossé à son siège, les pieds posés sur la chaise devant lui, il sirotait une bière. Il pouvait passer pour un autochtone ou pour un touriste — mais n'était-il pas un peu les deux ?

La Taverne appartenait à Jordan Adair, et l'endroit était populaire. Bien sûr, les gens qui descendaient à Key West aimaient aller boire un verre au Sloppy Joe's, le pub célèbre pour avoir été l'antre d'Ernest Hemingway. Mais on tenait tout autant à se mêler à la faune pseudo-littéraire qui fréquentait la Taverne. Une faune pour le moins hétéroclite.

Si Jordan écrivait des thrillers, ses relations venaient d'horizons très variés. Il y avait des écrivains de romans en tout genre, dont certains étaient si célèbres qu'il leur suffisait de publier un livre — écrit par leurs soins ou par un nègre — pour qu'il se vende à des millions d'exemplaires, simplement parce que leur nom apparaissait sur la page de couverture. A cette foule, venait se mêler celle des avocats, flics et autres pathologistes que Jordan consultait régulièrement pour ses romans. Enfin, bon nombre de ses œuvres ayant été adaptées pour le grand écran, il connaissait aussi beaucoup de monde dans le milieu du cinéma.

On venait donc dans sa taverne, dans l'espoir de voir quelque célébrité, mais aussi avec la certitude que si aucune star n'était présente, ce jour-là, il y aurait au moins de la musique, et qu'elle serait bonne.

Aujourd'hui, une starlette s'était installée au bar, en compagnie d'une nuée de culturistes, et tous les regards convergeaient vers elle.

On était en fin d'après-midi. Sur la scène, un technicien finissait de régler les micros.

Parmi les clients de la Taverne, se trouvait Niall Hathaway. Ce monsieur était l'auteur du dernier gros phénomène littéraire : l'histoire d'un prêtre arraché au coma par les prières de ses fidèles, et ses rêves au sujet d'une femme qu'il avait aimée — et aimerait de nouveau. Le livre était sur la liste des best-sellers depuis plus d'un an et les droits avaient été vendus au cinéma pour la coquette somme d'un million de dollars. Mais Niall se moquait bien de cela. L'homme n'avait plus qu'une ambition : dépenser sa fortune toute neuve et aller à la pêche. Key West était l'endroit rêvé pour trouver un bateau et de vrais pêcheurs.

Kyle avait lui aussi bien l'intention de sortir en mer. Il voulait plonger dans l'eau salée, pêcher, visiter les fonds sous-marins, s'allonger dans le sable et griller au soleil. Il ne possédait plus de bateau, mais Jordan l'avait assuré qu'il pouvait utiliser le sien, *Ibis*, aussi longtemps qu'il resterait dans le coin. Kyle n'avait pas encore eu le temps de parler avec Robert, son père ; en fait, il n'avait pratiquement rien eu le temps de faire. Il venait tout juste de débarquer de Washington, via l'aéroport international de Miami, et il était content de pouvoir s'asseoir dans la taverne de Jordan et se détendre un peu.

Key West n'était plus exactement son foyer, mais il s'y sentait tout de même chez lui. Ce week-end allait constituer une coupure parfaite, avant qu'il ne commence sa nouvelle mission avec la police de Miami. Le FBI venait en effet de l'envoyer en Floride, pour enquêter sur ce qui ressemblait fort à une affaire de meurtres en série.

Depuis combien d'années n'était-il pas rentré ? se demanda-t-il brusquement, songeant que le temps passait bien vite.

Parfois, il lui semblait que la mort de Fallon remontait seulement à la veille. Pourtant, même s'il avait encore mal, la douleur s'estompait. C'était devenu comme une vieille blessure au genou : la chair avait cicatrisé, mais les articulations ne seraient plus jamais les mêmes. Malgré tout, il avait coulé assez d'eau sous les ponts pour qu'il soit capable de sourire, maintenant, quand il pensait à elle ou aux trop courtes années qu'ils avaient passées ensemble.

D'ailleurs, étrangement, ce n'était pas la mort de sa femme qui avait le plus influencé sa vie, mais celle de Lainie. Durant les mois qui avaient suivi cette tragédie, Kyle était parvenu à la conclusion que seule la justice pouvait soulager un tant soit peu la souffrance profonde que le meurtre leur avait causée, à tous. Cela d'autant plus que son propre père avait été soupçonné d'avoir assassiné son épouse — tout comme Jordan Adair, du reste. En suivant les policiers et les avocats, il avait été stupéfait, et horrifié, de constater à quel point il était difficile de retrouver un meurtrier. Il avait compris, aussi, qu'il existait deux catégories de meurtres : les crimes passionnels contre un être aimé, un ami ou une connaissance, et les autres, dont la fréquence continuait d'augmenter de façon alarmante : les crimes gratuits.

Il avait également compris que les plus à plaindre étaient souvent ceux qui restaient ; car ils devaient continuer à vivre, non seulement en acceptant la perte d'un être cher, mais en gardant toujours à l'esprit les circonstances violentes qui avaient provoqué sa mort. Si, en plus de cela, justice n'était pas faite, le cauchemar restait entier. Bien sûr, rien ne pouvait ramener l'être dont la vie a été tragiquement fauchée. S'il existait une consolation, elle résidait donc dans la seule résolution du meurtre et l'assurance que la justice avait été appliquée.

Les crimes passionnels étaient les plus faciles à résoudre, en particulier grâce aux progrès de la science. Des échantillons d'ADN pouvaient être utilisés lors du procès, ainsi que les empreintes, les cheveux, les fibres de peau... Un violeur pouvait être condamné sur une simple goutte de sperme.

Les crimes de violence gratuite, en revanche, posaient d'énormes problèmes. A quoi servait de relever une douzaine d'empreintes, si celles-ci n'étaient répertoriées nulle part... Autant chercher une aiguille dans une botte de foin.

Pour cette raison, Kyle avait fini par se diriger vers le créneau psychologique de sa profession ; sa spécialité consistait à établir le profil des tueurs. Au moins, ainsi, la botte de foin devenait-elle moins dense.

C'était un travail important et, bien souvent, il était soulagé de constater que son cœur réagissait encore lorsqu'il étudiait les victimes des meurtriers qu'il était chargé de rechercher. Il se disait qu'il était encore capable de ressentir des émotions, que son cœur n'était pas seulement un muscle bien entraîné.

Il avait voulu mourir, à la mort de sa femme. Sa disparition était tellement absurde ! Fallon était jeune et belle, douce et généreuse, et elle était sur le point de mettre leur enfant au monde. Elle aurait fait une mère merveilleuse. Au lieu de cela, le destin l'avait fauchée brutalement, sans rime ni raison, et, durant des années, Kyle avait ressenti comme un vide au fond de lui.

On l'avait prévenu que le temps guérissait tout. On lui avait même dit que Dieu lui donnerait la force, à un moment où il ne pouvait plus, ne voulait même plus croire en Dieu. Le temps avait passé. Et il avait survécu.

Il respirait, mangeait, buvait — beaucoup au début, bien moins maintenant. Il couchait avec des femmes. Parfois, se formait même l'embryon d'une relation ; ou bien ce n'était que du sexe. La vie continuait, et il faisait de son mieux, au travail, et avec les gens qui l'entouraient. Il savait, désormais, que la vraie justice n'était pas de ce monde. Malgré tout, il était satisfait que sa profession lui permît d'approcher cet idéal autant que possible.

Perdu dans ses pensées, Kyle sursauta presque lorsqu'une voix grave résonna dans les haut-parleurs de la salle.

— Salut la compagnie !

Un homme d'une trentaine d'années, mince et beau, venait de s'approcher du micro, au milieu de la scène.

— Bienvenue aux gens de chez nous, à nos vieux amis, et à tous ceux qui ne font que passer dans notre petit paradis. Nous sommes les Storm Fronts, et nous sommes là pour vous aider à passer un bon moment. Je suis Joey King. A la basse, vous avez David Hamel, au clavier, Sheila Ormsby, aux percussions, Randy Fraser, et je suis heureux de vous annoncer que Madison Adair en personne va chanter pour nous, aujourd'hui. Mesdames et messieurs, passez un excellent moment.

En entendant cette annonce, Kyle avait écarquillé les yeux et s'était félicité d'avoir choisi une table à l'écart et noyée dans l'ombre. Il ne s'attendait certainement pas à voir Madison. Et encore moins à la voir comme ça.

Elle venait de monter sur la scène la dernière, après les musiciens, et elle réglait le pied de son micro.

Cela faisait si longtemps qu'il ne l'avait vue.

Toute une vie, ou presque.

Tandis qu'il la dévorait du regard, il songea qu'elle était toujours la même ; et pourtant, elle avait changé.

La dernière fois qu'il l'avait vue, Madison était une toute jeune fille, et son allure était encore celle, un peu gauche et dégingandée, de l'adolescente en fin de croissance.

Ce n'était plus le cas.

Sa démarche était souple, assurée, et son sourire aussi chaud et sensuel qu'une journée d'été. Elle était grande et mince, sans être maigre. Ses cheveux roux flamboyaient comme un coucher de soleil, avec des mèches aux reflets sombres et d'autres éclaircies par le soleil. Elle les portait longs, en lourdes cascades qui lui tombaient presque jusqu'au milieu du dos. Son visage avait mûri, et ses grands yeux brillaient du même bleu cristallin.

Elle était vêtue d'une jupe en jean qui lui arrivait à mi-cuisse et d'un petit pull-over à manches courtes bleu. Ses jambes nues étaient bronzées, et elle portait des sandales.

Dès l'instant où elle était montée sur scène, tous les regards avaient convergé vers elle, attirés, bien sûr, par le teint, la chevelure flamboyante et l'extraordinaire beauté dont la nature avait doté la jeune femme ; mais plus que tout, c'était l'aisance, la souplesse élastique de sa démarche et la fraîcheur de son sourire qui frappaient. Le moindre de ses gestes exsudait l'élégance et la sensualité. Comme ceux d'un chat.

Elle était éblouissante !

Il n'y avait pas que cela, toutefois.

Madison ressemblait à sa mère. Elle lui ressemblait comme une goutte d'eau ressemble à une autre. Mis à part les cheveux, plus longs, et la jupe très courte, on aurait vraiment cru voir Lainie.

A sa table, Kyle ne put s'empêcher d'esquisser un sourire empreint de tristesse. Etrange... Madison avait toujours eu cette beauté et ce charme félins qui la rendaient insaisissable. Et il avait toujours été attiré par elle. Pourtant, il avait soigneusement veillé à garder ses distances.

Madison voyait trop clair ; elle pouvait déchiffrer l'âme des gens. Et Kyle ne voulait pas qu'on lise en lui comme dans un livre ouvert.

Il poussa un soupir et termina sa bouteille de bière d'un trait, avant de faire signe à une serveuse de lui en apporter une autre.

Autrefois, Madison avait été sa demi-sœur, et elle l'avait souvent fait sourire avec ses réflexions acerbes sur le monde. Elle avait toujours été beaucoup trop mûre pour son âge.

Les sourcils froncés, Kyle se demanda brusquement si ce n'était pas à cause de la ressemblance stupéfiante de Madison avec Lainie qu'il s'était gardé de l'approcher, toutes ces années. Etait-elle comme sa mère ? La mort de Lainie avait été horrible, tragique ; mais Kyle n'avait pas oublié pour autant qu'elle pouvait être capable du pire, n'hésitant pas à jouer avec la vie et les sentiments des autres, sans le moindre scrupule, parfois même jusqu'à les détruire.

Madison venait d'approcher le micro de ses lèvres.

— Bonsoir, tout le monde, et bienvenue à La Taverne. Cet endroit appartient à mon père, pour ceux qui ne le savent pas, et je suis toujours heureuse de m'y retrouver. Il y a quelque chose de magique, à Key West. Chacun jouit de la liberté d'être lui-même. On y prend le temps de savourer la vie, de respirer le parfum des fleurs, de la mer... et des poissons morts.

Elle bavardait tranquillement tandis que les musiciens finissaient d'accorder leur instrument. Elle sourit à Joey King, qui avait présenté le groupe, et ce dernier lui répondit.

— Ce soir, poursuivit Madison, nous allons commencer par une des ballades de Joey, qui convient parfaitement à l'ambiance de notre île. Cela s'appelle : « Love is on the Rocks, so I just swim in my beer ». N'hésitez pas à chanter avec moi, chaque fois que vous en aurez envie, conclut-elle avec un nouveau sourire.

L'instant d'après, les premières notes résonnaient dans la salle.

Elle avait une voix superbe. Fluide. Chaude. Un peu rauque. La taverne se remplit de monde à mesure que la musique flottait vers l'extérieur. Bientôt, il n'y eut plus une seule table de libre, et les serveuses durent se livrer à des contorsions afin de se faufiler entre les clients qui buvaient leur bière debout.

Madison enchaîna une chanson après l'autre, passant du country au rock, puis au blues, avant d'annoncer une dernière ballade. Quelques couples dansaient dans l'espace minuscule qui séparait les tables de la scène. Soudain, Madison regarda dans la direction de Kyle...

La jeune femme avait peut-être des pouvoirs médiumniques mais, de toute évidence, elle n'avait pas vu ou senti qu'il était là, car elle le regarda fixement et sa voix mourut.

Elle paraissait stupéfaite de le trouver là. Quoi d'étonnant ? Il y avait si longtemps qu'ils ne s'étaient vus.

Kyle avait évité tout contact avec elle, ces dernières années. Au début, il se remettait lentement du décès de sa jeune épouse. Puis, il avait fini par admettre sa colère vis-à-vis de Madison ; l'idée qu'elle sache ce qui se passait dans sa vie lui était insupportable. S'il se trouvait là aujourd'hui, c'était pour son travail, et non pour faire la paix avec elle. Malgré tout, il était disposé à reconnaître que, dans sa douleur, il s'était mal comporté envers elle. Oui, songea-t-il tout à coup. Il était prêt à faire amende honorable.

Hélas ! ce ne serait peut-être pas si simple. A en juger par la manière dont Madison le dévisageait, si sa vie n'avait tenu qu'à un fil, elle l'aurait tranché d'un coup bien net.

Alors, avec un rien d'arrogance, Kyle leva son verre et murmura du bout des lèvres :

— Chante.

Les membres du groupe regardaient la jeune femme, s'efforçant de compenser son silence en jouant la même mesure, encore et encore. Enfin, Madison parut recouvrer ses esprits, et son regard quitta celui de Kyle.

Elle adressa un large sourire à l'audience et reprit sa chanson, comme si de rien n'était.

Un moment plus tard, la musique cessa. Il y eut un tonnerre d'applaudissements, et Madison promit de revenir avec le groupe, après une pause.

Kyle se demanda si elle allait ignorer sa présence. Il était surpris que personne n'ait annoncé son arrivée à Madison. Peut-être les gens pensaient-ils qu'elle était *forcément* au courant de la mutation temporaire de Kyle, à Miami. Jimmy aurait pu la prévenir. Ou bien son père. Celui-ci avait dû penser qu'elle s'en moquait. Toutefois, la réaction de la jeune femme quand elle l'avait vu prouvait que ce n'était pas le cas.

Et elle ne l'ignora pas.

Au contraire. Elle se dirigeait déjà vers lui, s'arrêtant au passage pour saluer Untel, ou accepter un compliment. Enfin, elle arriva devant la table de Kyle.

Il avait ôté ses pieds de la chaise, devant lui, mais il avait gardé sa casquette de base-ball vissée sur son crâne.

Elle le regarda, le visage froid, impassible, avant de demander :

— Qu'est-ce que tu fiches ici ?

— Bonjour, Madison. Je suis content de te voir, moi aussi.

— Hum. Qu'est-ce que tu fabriques ici ?

Kyle haussa les épaules et sourit.

— Je bois une bière. J'écoute de la musique.

— Qu'est-ce que tu fais à Key West ? insista la jeune femme. Et dans la taverne de mon père, en plus ?

— Je suis en Floride pour mon travail, et à Key West, parce que ton père m'a invité.

Elle écarquilla les yeux.

Kyle se redressa et lui fit signe de s'asseoir en face de lui.

— Je t'en prie.

Elle obéit. Certainement pas parce qu'elle avait envie d'être avec lui. Elle semblait secouée.

— Tu veux boire quelque chose ? reprit-il.

Mais Madison secoua la tête, sans cesser de le fixer de ses yeux bleus.

— Je dois encore chanter, répondit-elle, avant d'ajouter : Comment se fait-il... ?

— Que je sois là ? enchaîna Kyle. C'est simple. On m'a annoncé, la semaine dernière, que la police de Miami avait besoin de moi pour travailler sur une enquête. Ton père m'a invité à venir passer le week-end.

— Tu dors chez mon père ?

Kyle confirma d'un hochement de tête, tout en se demandant pourquoi l'hostilité évidente de Madison le touchait à ce point. Puis, changeant de sujet, il dit :

— J'aime bien ce que vous faites, toi et ton groupe.

— Mmm, marmonna Madison, sans le quitter des yeux.

— J'ai appris que tu avais divorcé. Je suis désolé. Vous formiez un beau couple, tous les deux.

— C'est fini depuis longtemps. Ta sollicitude ne sert à rien.

— Ecoute, Madison, je regrette sincèrement que ma présence te dérange à ce point. Ton père m'a invité, et j'ignorais que tu serais là. D'ailleurs, même si je l'avais su, je ne me doutais pas que tu pourrais être aussi fâchée de me voir.

— Je ne suis pas fâchée ! riposta-t-elle vivement.

— En colère.

— Etonnée, corrigea-t-elle.

— Je ne comprends pas pourquoi ton père ne t'a rien dit.

Madison battit des cils, et Kyle songea qu'elle avait son idée sur la question. S'était-elle disputée avec Jordan ? Tous deux avaient des tempéraments passionnés et, même s'ils s'aimaient beaucoup, il leur arrivait de s'accrocher violemment.

— Tu as parlé à ton père, cette semaine ? reprit-il.

Madison ne répondit pas. Une serveuse s'était approchée de leur table.

— Tu veux un soda, Madison ? Une eau minérale ?

— Non. Je prendrai une pression.

— Quoi ?

— Une pression, s'il te plaît, répéta Madison.

— Mais...

La serveuse parut hésiter, puis elle haussa les épaules et s'éloigna.

— Laisse-moi te l'offrir, proposa Kyle avec un sourire.

— Je suis chez mon père, ici. Je n'ai pas besoin que tu m'offres quoi que ce soit.

Les sourcils froncés, Kyle se pencha en avant.

— Ecoute, Madison, je suis coupable et je le sais. J'ai été très dur avec toi, la dernière fois que nous nous sommes vus, mais...

— Tu n'as pas été dur, tu as été odieux.

Il secoua la tête, peiné.

— Ma femme venait de mourir.

— Et j'en étais bouleversée. Pourtant, tu m'as traitée comme si c'était moi qui avais causé sa mort.

— Ecoute...

— Non, toi, écoute. Je ne comprends rien à cette espèce de pouvoir que j'ai. Et Dieu sait que je n'en veux pas. Mais il m'est impossible de provoquer quoi que ce soit. Et je ne suis pas...

Elle s'interrompit, le visage crispé.

— Quoi ? insista Kyle.

La serveuse revint et posa la bière devant Madison. Celle-ci la remercia, puis marmonna entre ses dents serrées :

— Je ne suis pas différente des autres gens.

Sur ces mots, elle saisit son verre et en but la moitié d'un trait. Elle reprit son souffle, puis le termina.

— Madison, j'essaie de m'excuser, reprit Kyle. Nous avons fait partie de la même famille, à une époque...

— Tu ne fais pas partie de ma famille, Kyle ! l'interrompit Madison en posant son verre. Tu étais mon demi-frère, le fils du mari de ma mère. Maintenant, ma mère est morte. Nous ne sommes pas...

— Nous faisions partie de la même famille. Une famille complètement dysfonctionnelle. Tu te souviens ? C'est comme ça que tu disais. Mais tu as raison, je ne suis pas ton frère. Malgré tout, la mort ne change pas les relations entre les gens, et j'aimerais faire la paix...

— C'est toi qui as tiré le premier, rappela Madison d'un ton posé.

— Et je te demande de me pardonner.

— Pourquoi ? Tu as peur que papa ne te laisse pas utiliser son bateau, si jamais je lui fais savoir que ton retour ne me plaît pas ?

Kyle sourit et secoua la tête.

— Tu te comportes comme une vilaine fille trop gâtée ! Sache que je gagne bien ma vie, suffisamment en tout cas pour pouvoir louer un bateau si j'en ai envie. Ensuite, laisse-moi te dire que tu surestimes le pouvoir que tu as sur ton père. Il est capable de décisions par lui-même...

— Vraiment ?

Elle reprit son verre, comme pour boire, et s'aperçut qu'il était vide. Alors, elle regarda autour d'elle, visiblement désireuse d'en commander un autre. Vite.

Kyle se pencha vers elle par-dessus la table.

— Tu ne devrais pas boire comme ça à cause de moi, remarqua-t-il d'un ton amusé. Est-ce que tu ne vas pas encore chanter ?

— Je ne bois pas à cause de toi, Kyle Montgomery ! répliqua Madison. Je suis en colère, c'est tout.

— Ah ! Donc, tu admets ton hostilité envers moi...

— Mon hostilité ? C'est un euphémisme !

— Je t'ai blessée, Madison, et je t'en demande pardon.

— Puisqu'on en est à parler d'erreurs de jugement, je pense que tu surestimes ton pouvoir sur moi, Kyle. Tu n'as certainement pas celui de me blesser.

Kyle haussa les épaules et promena son regard à travers la salle, avant de faire un signe à la serveuse.

— Je prendrai une autre bière, dit-il.

— Et toi ? demanda la jeune femme en s'adressant à Madison.

— Madison doit encore chanter, déclara Kyle.

— Je prendrai une autre pression, Katie, déclara Madison.

Tandis que la serveuse s'éloignait, Kyle ne put s'empêcher de sourire. Mais, comme il regardait sa compagne, un courant étrange lui traversa le corps, brûlant comme le feu. Madison était en colère ; elle se montrait méchante, mordante, vindicative. Et pourtant... Dieu, qu'il la désirait !

Il exhala un long soupir, les yeux fixés sur elle, heureux qu'une table les sépare.

A 13 ans, elle était jolie, intelligente. A l'université, elle était devenue belle. Quand elle était enfant, il éprouvait de l'affection pour elle, à laquelle s'était mêlée plus tard de la fierté ; et aussi, toujours, une sorte d'attirance. Maintenant, Madison était une superbe créature, élégante et sensuelle. Et Kyle était abasourdi par la violence de l'émotion qu'elle lui inspirait.

Elle avait été sa demi-sœur, pour l'amour du ciel !

Mais justement, il était bien normal qu'il tienne à elle. Et après tout, ils n'étaient pas liés par le sang. Néanmoins, il aurait donné beaucoup pour se trouver en cet instant à des millions de kilomètres. En fait, il était troublé. Oui. Madison le troublait.

Il s'éclaircit la gorge.

— Tu es venue en voiture ?

— Oui. Pourquoi ?

— Parce que tu ne devrais pas conduire pour rentrer. Je vais t'attendre.

La serveuse était revenue avec les bières, mais Madison la vit à peine.

— Tu n'es pas mon grand frère ! Je n'ai pas besoin que tu m'attendes.

— Tu habites chez ton père ?

Madison hésita.

— Oui.

— Dans ce cas, je reste jusqu'à ce que tu aies terminé.

— Et si j'ai un rendez-vous ?

Kyle leva la tête et considéra les autres membres du groupe, éparpillés dans la salle.

— Tu couches avec l'un d'eux ? Joey King, peut-être ? Il a l'air d'être assez ton type.

— Joey est marié et il a des enfants.

— Content de savoir que cela t'arrêterait.

— Va te faire foutre, Kyle !

Il y eut un bref silence, que Kyle rompit très vite.

— Pardon, fit-il. Pardon, répéta-t-il, sur un ton sincère. Mais je ne t'ai pas vue depuis longtemps, et...

— Tu n'as pas besoin de savoir avec qui je couche ! Ce ne sont pas tes affaires.

— Considère cela comme un réflexe de grand frère.

— Nous venons d'établir que tu n'étais pas mon frère.

Kyle haussa de nouveau les épaules.

— Comme tu voudras. La force de l'habitude. J'essayais juste de deviner avec qui tu vas passer la soirée après le concert.

— Je couche peut-être avec tout le groupe, déclara Madison. En même temps.

Kyle sourit.

— Madison, un bébé supporterait mieux l'alcool que toi.

— Ah oui ? Tu ne m'as pas vue depuis six ans, et tu es quand même capable de déterminer si je tolère bien l'alcool ou non ! Fais attention, Kyle, je suis la fille de Lainie Adair ! Si je suis aussi soûle que tu le supposes, je pourrais bien me livrer à des actes inconsidérés... peut-être même essayer de te séduire.

Kyle se laissa aller contre le dossier de sa chaise et tira sur la visière de sa casquette de base-ball.

— Pas de problème ! Tu viens de me rappeler que nous ne sommes pas liés par le sang. Aucun risque que nos enfants naissent avec deux têtes, ou une malformation de ce genre. Je vais donc te regarder et t'attendre.

— Nos enfants ? Ça alors, jamais de la vie ! Pas même si la survie de l'espèce humaine en dépendait.

— Je suis sûr que nous aurons l'occasion d'en reparler. Pour le moment, je crois bien que tes amis t'attendent.

Madison se leva brusquement. Se penchant vers Kyle, elle chuchota avec colère :

— Va-t'en ! Je t'interdis de m'attendre.

— Je ne prendrai pas le risque d'avoir un accident sur la conscience. Je ne bouge pas tant que tu n'auras pas fini.

Madison se redressa. Se tourna. Et chancela.

Kyle se dit qu'il avait raison. Elle ne supportait pas l'alcool. Mais alors, pas du tout.

Elle se cogna à une table tandis qu'elle se dirigeait vers la scène. Son ivresse ne l'empêcha pas de chanter superbement. Sa voix était belle, et son corps bougeait avec grâce et sensualité au rythme de la musique.

Quand elle eut terminé, Kyle était toujours là, qui l'attendait.

3.

Madison se serait volontiers donné elle-même une bonne correction. Elle se savait dotée d'un solide sens des réalités, et son approche des choses de la vie était celle d'une personne sensée, raisonnable, mature. Or, voilà qu'elle se comportait comme une gamine de six ans.

Tout cela parce que Kyle Montgomery avait brusquement refait surface.

Sa conduite était pourtant irréprochable. Ne lui avait-il pas présenté des excuses ? N'avait-il pas essayé de mettre le passé entre parenthèses, de faire la paix ?

Mais Madison allait rattraper ce mauvais départ. La surprise, la stupéfaction de le revoir, après toutes ces années, l'avait désarçonnée, voilà tout. En plus, il la connaissait ; il savait ainsi qu'elle ne supportait pas l'alcool... Quelle ironie ! Alors que Jordan pouvait boire un bon litre de whisky sans même que son élocution s'en ressente, il lui était impossible d'en avaler une goutte sans rouler sous la table.

Cela importait peu, maintenant. Elle avait bu un café bien fort, durant la deuxième pause du groupe, et lorsque le tour de chant s'acheva, elle avait recouvré toute sa lucidité. Elle était fatiguée, mais avait toute sa tête. Elle put donc annoncer, avec calme et dignité, qu'elle se sentait capable de conduire pour rentrer.

Néanmoins, comme elle franchissait un peu plus tard le portail de fer forgé du bungalow de son père, elle vit, dans le rétroviseur, que Kyle la suivait de près.

Elle ne pouvait décemment pas se précipiter à l'intérieur et lui claquer la porte au nez ; aussi descendit-elle de voiture et l'attendit-elle, bien décidée à ne se montrer ni impolie ni immature. Elle ne se disputerait pas avec lui, et ne lui sauterait pas davantage au cou. Elle demeurerait calme, distante, et ferait preuve de la plus grande courtoisie. Il était et serait toujours le bienvenu chez Jordan ; après tout, ainsi qu'il n'avait pas manqué de le lui rappeler, il avait autrefois fait partie de la famille — aussi « dysfonctionnelle » fût-elle.

— Alors, quelle impression cela fait-il de se retrouver chez soi après une si longue absence ? lui demanda-t-elle quand il descendit à son tour de voiture.

Il s'avança vers elle, et Madison l'observa à la dérobée.

Il semblait en grande forme physique, comme s'il passait beaucoup de temps dans une salle de sport. Ses tempes avaient encore grisonné, depuis la dernière fois qu'elle l'avait vu, preuve que la vie ne l'avait pas épargné. Et des rides au coin de ses yeux et de sa bouche donnaient plus de caractère, encore, à son visage, qui n'en manquait déjà pas.

Il arqua ses épais sourcils noirs, apparemment surpris par le ton aimable de Madison — à moins qu'il ne fût sur la défensive après l'accueil qu'elle lui avait réservé un peu plus tôt.

— Quelle impression ? répéta-t-il en tournant les yeux vers la maison de Jordan. Je suis content.

La « cabane » de Jordan Adair, ainsi que celui-ci avait baptisé sa résidence secondaire, était située en bordure d'une longue plage privée et abritait huit chambres, avec chacune une salle de bains attenante.

— Même si je ne me permettrais jamais de me considérer chez moi dans la demeure de ton père, reprit Kyle avec un léger sourire.

Madison haussa les épaules.

— Bah ! Il faut bien avouer que nous avons formé une drôle de famille, à une époque. Il fut un temps où ton père et le mien étaient rivaux ; aujourd'hui, ils sont les meilleurs amis du monde.

Elle hésita un instant, avant d'ajouter :

— Je suis sûre que papa considère sa maison comme la tienne.

— Je te remercie.

— Pas de quoi. Bon, je suis vraiment épuisée. Et à cinq ans, on se lève tôt...

— Ta fille est ici ?

— Tu ne le savais pas ?

Kyle secoua la tête.

— Non. Je suis arrivé en voiture, j'ai laissé mes affaires dans une des chambres d'amis et j'ai vu ton père à peine une seconde. Il avait mis son fameux écriteau à la porte de son bureau. Tu sais : « Entrez à vos risques et périls. Le fou travaille. » Il m'a conseillé d'aller boire un verre à La Taverne, promettant de m'y rejoindre.

— Il ne t'a pas dit qu'on jouait, ce soir ? demanda Madison.

— Non.

— C'est tout lui, ça ! Il n'a pas pensé non plus à m'avertir de ton arrivée.

Madison tourna les talons et se dirigea vers l'allée

qui menait à la porte d'entrée. La maison était un véritable manoir doté de tous les luxes et installations imaginables, ce dont personne ne pouvait se douter de l'extérieur.

Kyle la suivit dans le vestibule qui débouchait directement sur le salon, immense, lequel s'ouvrait à son tour sur le patio et la piscine. De chaque côté, la maison étendait ses deux ailes, avec d'un côté, la cuisine et quatre chambres, et de l'autre, le bureau et quatre autres chambres. Par-delà la piscine, un bâtiment indépendant abritait une table de ping-pong, un billard, des machines à sous, le hangar où l'on rangeait le matériel de pêche et de plongée et un petit appartement dans lequel logeait l'intendante de la maison. Le patio restant toujours allumé, il faisait assez clair pour que Madison et Kyle puissent se voir.

— Bonne nuit, reprit Madison. Et sois le bienvenu.

— Merci. Cela signifie-t-il que je suis pardonné ?

Pour toute réponse, elle haussa les épaules.

— Combien de temps penses-tu rester dans le coin ? demanda-t-elle.

— Je ne sais pas encore. Je dois être à Miami lundi. De là, on verra comment la situation évolue.

Miami.

Lundi.

Aussitôt, Madison sentit un long frisson glacé lui parcourir le dos. Elle se garda bien, toutefois, de laisser paraître son trouble. Inutile de redonner à Kyle l'occasion de la traiter de sorcière.

— Peut-on savoir ce qui t'amène chez nous ? demanda-t-elle avec une nonchalance affectée.

— Tu n'en sais rien ?

— Non ! riposta Madison, sur la défensive. Ecoute, Kyle, j'aimerais que tu comprennes une fois pour toutes que je ne suis pas une extraterrestre douée de pouvoirs paranormaux. Il m'arrive juste de faire des rêves ; mais je n'ai aucun contrôle sur ce que je vois. Alors cesse de me traiter comme une cinglée.

— Quoi ?

— Je ne suis pas cinglée.

Kyle fronça les sourcils.

— Je n'ai jamais dit une chose pareille !

— Peut-être, mais tu t'es comporté comme si tu le pensais.

Il secoua la tête.

— Non... Je... Ma femme et mon bébé venaient de mourir. J'étais fou de douleur. Je t'ai dit que je regrettais, non ?

— Oui. Bon, inutile de revenir là-dessus. Allez, bonne nuit.

Mais Kyle ne bougea pas. Il continuait de la regarder fixement. Et Madison hésita. Elle voulait en savoir davantage.

— Tu ne m'as toujours pas dit pourquoi tu es en Floride.

— C'est une longue histoire. Veux-tu faire une balade en mer avec moi, demain ?

— Non.

Kyle haussa les épaules.

— Comme tu voudras. Je pensais qu'un bateau est un bon endroit pour raconter une longue histoire.

— Je ne suis peut-être pas si curieuse. Et puis, il me suffit de poser la question à Jimmy pour savoir ce qui se passe à Miami.

— En effet. A toi de voir.

— J'ai une petite fille de 5 ans, Kyle. Quand elle n'est pas avec son père, nous passons toujours la journée du samedi ensemble.

Une ombre passa dans le regard de Kyle, si brève, si fugace, que Madison se demanda si elle ne l'avait pas imaginée ; lui aussi serait le père d'une petite fille, aujourd'hui, si le destin n'en avait pas décidé autrement.

Déjà, toutefois, il souriait de nouveau.

— Cette fillette est la petite-fille de Jordan Adair, non ? Je suis prêt à parier qu'elle adore le bateau...

Madison hésita.

— Allons, petite sœur, j'essaie juste de faire la paix ! lança Kyle. Après tout, nous étions plutôt bons amis, à une époque.

— Peut-être. Nous verrons. Cela dépendra de l'heure à laquelle tu pars.

— Tôt. Vers 8 heures.

— Tu es fou ?

Kyle sourit de nouveau.

— Peut-être. On verra bien.

Puis il pivota sur ses talons et se dirigea vers l'aile gauche de la maison. Madison le suivit des yeux, heureuse que sa propre chambre se trouve dans le couloir de droite.

« Allons, un peu de sang-froid », se dit-elle en partant de son côté.

Ses mains tremblaient.

Après toutes ces années ! Comment était-ce possible ?

Elle s'était mariée. Elle avait divorcé. Elle s'était façonné une vie qui la rendait heureuse — ou qui du moins la satisfaisait. Il lui semblait donc avoir acquis un certain équilibre. Or, il suffisait que Kyle réapparaisse pour qu'elle se mette à trembler comme une adolescente à son premier rendez-vous.

« Oh ! qu'il aille donc au diable ! » songea-t-elle avec humeur.

Puis, entrant sans bruit dans la chambre de Carrie Anne, elle s'approcha du lit et caressa la tête blonde de sa fille endormie. Carrie Anne était belle, avec les mêmes traits fins qu'elle-même et une grande bouche aux lèvres généreuses, qui n'était pas avare de sourire.

En la contemplant, Madison se dit qu'elle avait commis bien des erreurs, dans sa vie, dont son mariage — qui était sans doute la plus grave. Pourtant, il avait permis la naissance d'un enfant. Leur enfant, à son ex-mari et elle. Carrie Anne valait toutes les souffrances qu'ils avaient pu s'infliger l'un l'autre. Et Madison était fière, aujourd'hui, de constater qu'ils se montraient capables, tous les deux, de faire passer systématiquement l'intérêt de leur fille avant le leur.

Elle se pencha et déposa un baiser sur le front de Carrie Anne. Elle traversa ensuite la vaste salle de bains qui séparait leurs deux chambres et, sans même prendre la peine d'allumer, elle se jeta sur son lit.

Elle adorait la « cabane » de son père. Sa propre chambre était grande, avec un sol en marbre blanc, et une décoration où se mêlaient le rouge, le noir et le bleu. Celle de Carie Anne était décorée avec un papier peint Walt Disney qui ne cessait d'enchanter la fillette.

Madison demeura un moment immobile, repensant aux événements de la journée. Puis, comme elle se sentait glisser vers le sommeil, elle se leva, alluma sa lampe de chevet et ôta ses vêtements, avant de prendre sa chemise de nuit, sous l'oreiller. Alors qu'elle l'enfilait, elle surprit son reflet dans le miroir au-dessus de la commode.

Un désagréable frémissement la parcourut et elle se figea. Dieu, qu'elle ressemblait à sa mère ! C'en était effrayant !

Elle poussa un soupir et se glissa entre les draps,

songeant qu'elle avait une vie agréable. Elle adorait sa fille et réussissait dans son travail. D'une certaine manière, tout allait pour le mieux dans le meilleur des mondes.

Parfois, cependant, rien n'allait comme elle l'aurait souhaité. Il avait fallu que Kyle réapparaisse brusquement pour qu'elle s'en aperçoive...

Elle s'efforça de trouver le sommeil, mais voilà qu'il se dérobait, tout à coup.

Kyle était revenu. Il allait sans doute aider à résoudre le meurtre pour lequel on l'avait envoyé à Miami — ou bien le tueur resterait introuvable, il disparaîtrait, et le mystère demeurerait entier. Dans un cas comme dans l'autre, Kyle repartirait. Peut-être reviendrait-il parfois, maintenant qu'il avait repris contact, mais cela ne signifiait pas qu'il allait faire de nouveau partie de sa vie.

Madison se tourna dans son lit.

Kyle était revenu. Lundi, il commencerait son enquête à Miami. Elle-même venait de faire un de ses rêves et devait voir Jimmy. Lundi. Simple coïncidence ? Si seulement elle savait ce qui se passait.

Elle voulait dormir mais, dans le même temps, elle avait peur de rêver encore. Elle frémit. Il fallait pourtant qu'elle se repose.

Finalement, elle sombra dans le sommeil.

Et aucun cauchemar ne vint le déranger.

Madison ouvrit les yeux à l'aube. En général, le samedi et le dimanche étaient les seuls jours où elle pouvait paresser un peu au lit, n'ayant pas à conduire Carrie Anne à la maternelle. Mais ce matin, elle avait beau remonter les draps jusque sous son cou en se félicitant de n'avoir rien à faire, il lui semblait que son corps était impatient d'attaquer la journée. Finalement, elle s'assit et jeta un coup d'œil à son réveil. Elle réprima un juron. Il n'était pas 6 heures ! A croire qu'une part d'elle-même brûlait de sortir en bateau avec Kyle, et que cette partie avait pris le contrôle de son corps.

Tant pis. Elle n'irait pas. Carrie Anne dormait encore.

La présence de la fillette était une bonne chose. Elle l'aiderait à ne pas chercher bêtement la compagnie de Kyle Montgomery.

Elle se rendit dans la salle de bains. A peine venait-elle d'ouvrir les robinets de la douche, qu'elle entendit une petite voix :

— Maman, je peux entrer ?

Madison se figea et fit coulisser le panneau de verre.

— Comment se fait-il que tu sois déjà debout, ma chérie ? C'est moi qui t'ai réveillée ?

Carrie Anne secoua la tête d'un air solennel.

— Non. Je me suis réveillée toute seule. Il n'y a pas d'école, aujourd'hui, hein, maman ?

— Non. Pas d'école. Allons, mets ton bonnet de douche et entre.

Carrie Anne se débarrassa de sa petite chemise de nuit et glissa ses cheveux sous le bonnet en plastique. Madison l'aida à ranger les boucles qui dépassaient, avant de la faire entrer sous la douche, avec elle.

— Qu'est-ce qu'on va faire, aujourd'hui, maman ? demanda l'enfant un moment plus tard, comme elles finissaient de se rincer.

Madison hésita et coupa l'eau. Puis, attrapant deux draps de bain, elle enveloppa sa fille et la posa sur la moquette, à côté d'elle, avant de s'enrouler à son tour dans la serviette.

— Que dirais-tu d'aller faire un tour en bateau? proposa-t-elle enfin.

— Avec grand-père?

— Non, je ne crois pas que grand-père viendra. Il écrit un de ses livres, en ce moment. Mais un vieil ami est venu nous rendre visite... En fait, c'était presque mon frère, à une époque.

— Et plus maintenant? s'étonna Carrie Anne.

— Eh bien, son papa et ma maman ont été mariés, alors nous étions demi-frère et demi-sœur. Mais tu sais que ma maman est morte...

— ... et qu'elle est partie au ciel.

— Oui, acquiesça Madison. Après, mon demi-frère et moi nous ne nous sommes plus beaucoup vus. Il s'appelle Kyle. Tu connais son papa — c'est Roger. Et Rafe est son grand frère.

— C'est le petit frère d'oncle Rafe? s'exclama la petite, l'air ravi.

Rafe était merveilleux avec les enfants. D'ailleurs, Madison se demandait souvent pourquoi il ne s'était pas marié. Peut-être parce que, comme eux tous, il avait vu beaucoup de mariages se solder par un échec. Rafe avait passé plusieurs années à Wall Street, où il avait amassé une véritable fortune. Maintenant, il était basé à Miami; là, entre deux opérations de bourse fructueuses, il était devenu entrepreneur.

— En réalité, Kyle est le demi-frère de Rafe, expliqua Madison. Mais on dit juste frère et sœur, parce qu'à part ta tante Kaila et moi-même, nous étions tous des demi-frères et des demi-sœurs.

Carrie Anne lui jeta un regard confus, et Madison sourit.

— Kyle a le même papa que Rafe, expliqua-t-elle, mais il n'est pas vraiment comme lui.

— Il n'est pas gentil ? demanda la fillette, le front plissé.

— Non, non, il est seulement différent. De même que tante Kaila et moi nous sommes différentes.

La petite secoua la tête.

— Toi et tante Kaila vous êtes exactement pareilles, maman.

— Physiquement, oui. Mais nous sommes très différentes.

— Oh ! oui. Toi, tu as presque toujours l'air heureuse. Pas tante Kaila.

Madison fronça les sourcils et considéra sa fille. Elle donnait l'image de quelqu'un d'heureux ? Et pas sa sœur ? A la réflexion, Carrie Anne n'avait pas tort. Kaila semblait morose et insatisfaite, ces derniers temps. Que se passait-il donc, dans sa vie, pour qu'une enfant de 5 ans sente d'instinct qu'il y avait un problème ?

— Ne dis pas de bêtise ! répondit-elle cependant à la petite. Tante Kaila a une belle maison, un mari adorable et trois enfants mignons comme toi. Elle est très heureuse.

— Je ne crois pas, insista Carrie Anne, avant d'enchaîner, sans transition aucune : Allons faire du bateau.

— D'accord. Va mettre ton maillot de bain tout neuf.

La fillette hocha la tête et disparut en direction de sa chambre.

Un moment plus tard, elle rejoignit Madison alors que celle-ci finissait de remplir un gros sac de plage avec tout ce dont elles pourraient avoir besoin à bord : protection solaire, maillot de rechange, quelques jeux pour Carrie Anne, et un peu de lecture. Puis, main dans la main, elles suivirent le couloir pour sortir dans le patio.

Le regard de Madison s'arrêta d'abord sur son père.

Jordan était un homme comme on en rencontre peu. Il avait un faux air d'Ernest Hemingway, d'épais cheveux blancs qui tombaient sur ses épaules, une barbe en broussaille, et des yeux que les journalistes qualifiaient régulièrement de « magnétiques » ou de « ténébreux ». Il savait que les femmes continuaient de le trouver très attirant. Ce matin-là, il arborait sa tenue préférée : un short en jean, et le torse et les pieds nus.

Kyle, également en short et torse nu, était assis à côté de lui. Il portait des lunettes de soleil. Ses cheveux noirs étaient juste assez longs pour boucler légèrement dans le cou et tomber un peu sur son front, le forçant à les écarter de temps en temps. Ses larges épaules étaient bronzées.

Jassy était là aussi, ce qui surprit Madison. Elle ignorait que sa grande sœur devait se joindre à eux. De petite taille, blonde, Jassy avait hérité des yeux noirs de son père, et elle possédait une énergie rare. En dépit de son apparence fragile, elle avait choisi d'étudier la pathologie et travaillait maintenant pour le département médico-légal de la police de Miami. Jimmy avait raconté à Madison les difficultés auxquelles sa sœur s'était heurtée, au début, quand les policiers refusaient de la prendre au sérieux. Cela n'avait pas duré longtemps. La jeune femme avait su s'imposer dans cet univers d'hommes ; son regard sombre, ainsi que la manière dont elle maniait le scalpel, lui avaient gagné le respect de tous.

— Bonjour, papi ! s'exclama Carrie Anne, lâchant la main de Madison pour se précipiter vers Jordan.

La fillette grimpa sur les genoux de son grand-père,

prit son visage entre ses petites mains, plissa le nez, et l'embrassa sur le front.

— Salut, bout de chou ! répondit Jordan en la serrant contre lui. Qu'est-ce que tu fais debout si tôt ?

— Je vais faire du bateau. Avec le frère de Rafe. Maman dit qu'il est très différent, mais que c'est pas grave. Tu viens aussi, tante Jassy ?

— Bonjour, tout le monde, lança Madison, s'approchant à son tour.

Une cafetière et des tasses étaient posées sur le comptoir de communication avec la cuisine, et elle se servit un café avant de s'installer sur une des chaises, autour de la table.

— Tu viens faire du bateau ? demanda Kyle d'un ton neutre.

— Tu nous l'as proposé.

— Oui, en effet, répondit-il.

Madison ne pouvait pas voir ses yeux, dissimulés derrière les verres foncés de ses lunettes de soleil.

— Et toi, papa, tu te joins à nous ? demanda-t-elle en s'adressant à son père.

Celui-ci secoua la tête.

— Non. Je suis plongé dans des recherches, en ce moment.

— Je t'ai promis de t'aider plus tard, papa ! intervint Jassy avec un clin d'œil en direction de Madison.

— Quand j'aurai besoin de ton aide, je te le dirai ! grommela Jordan.

Jassy haussa les épaules.

— Comme tu voudras.

— C'est toi, Kyle ? interrogea alors Carrie Anne.

Toujours perchée sur les genoux de son grand-père, elle considérait Kyle avec une évidente curiosité.

— C'est vrai, ça, on a oublié de faire les présentations ! remarqua Jassy.

— Oui, je suis Kyle, confirma ce dernier. Et tu dois être Carrie Anne. J'ai entendu beaucoup de choses gentilles à ton sujet. Je suis content de te rencontrer.

Il tendit la main et l'enfant la serra en souriant.

— Moi aussi je suis contente de te rencontrer. Mais maman dit qu'oncle Rafe est plus gentil.

— Carrie Anne, je n'ai jamais dit une chose pareille ! s'exclama Madison, stupéfaite et scandalisée.

— Vraiment ? fit Kyle en souriant. Eh bien, ta maman s'est trompée. Je suis beaucoup plus sympa.

Il se renversa sur sa chaise et, bien qu'elle ne puisse toujours pas voir ses yeux, Madison sentit qu'il la dévisageait.

Elle se tourna vers sa sœur.

— Tu viens avec nous, Jassy ?

— Je ne sais pas. Papa a décidé d'organiser une fête, ce soir, et...

— Quoi ? s'exclama Madison.

— J'ai pensé qu'une grande réunion s'imposait, expliqua Jordan. Ce n'est pas si souvent que nous sommes tous réunis. Rafe et Roger sont libres, Jassy est déjà là, Kaila va venir dans quelques heures avec les gosses, et son mari devrait arriver vers 19 heures.

Il hésita un instant, avant d'enchaîner :

— Darryl est en Floride depuis maintenant quelques semaines, mais nous n'avons pas encore eu l'occasion de le voir, et...

— Tu as invité mon papa ? lança Carrie Anne, ravie.

— Ça ne t'ennuie pas ? fit Jordan en interrogeant Madison du regard.

Bien sûr que non ! Elle s'entendait très bien avec Darryl. Sans doute parce que la passion, avec ce que cela impliquait d'amour, de jalousie et de rancœur, n'avait jamais vraiment fait partie de leur mariage — ou de leur divorce.

Les yeux de Kyle étaient toujours fixés sur elle, et elle sentit son visage s'embraser. Agacée par cette réaction, elle répondit aussi froidement que possible :

— Pas de problème.

— Jimmy Gates va venir, lui aussi, enchaîna Jordan, et quelques amis du coin. Je vais inviter les Storm Fronts, aussi. Et Trent, Rafe et Roger Montgomery seront de la partie. Une grande réunion de famille, quoi !

Oui. Leur grande famille dysfonctionnelle. Il ne manquerait que Lainie.

Et les autres mères, aussi, songea Madison.

Elle ignorait tout ou presque de la femme qui avait mis Rafe au monde, en dehors du fait qu'elle avait été longtemps malade, avant de mourir. Kyle était encore un tout petit garçon quand la sienne avait péri dans un accident de voiture. Heureusement, la maman de Jassy, elle, se portait bien. Elle vivait à Portland, dans l'Oregon, où elle étudiait les effets de substances cancérigènes sur les requins. Jassy avait hérité d'elle sa passion pour la science.

Quant à la mère de Trent, le demi-frère de Madison, elle avait succombé à une crise cardiaque, quelques années plus tôt, après une vie consacrée à la recherche médicale. Sa douceur et son caractère noble avaient séduit Jordan, alors tout jeune homme, mais le mariage et la vie dans les contrées sauvages du Montana ne lui avaient pas convenu longtemps. Madison se disait souvent que de tous les enfants de Jordan, Trent était le mieux loti ; il avait hérité la nature tranquille de sa mère, et rares étaient ceux qui parvenaient à le faire sortir de ses gonds. Au moins, n'était-il pas têtu et colérique, comme elle.

Ou comme Lainie l'avait été.

Trent, qui adorait la littérature, avait passé une grande partie de son enfance avec son père. Tous deux étaient encore très proches l'un de l'autre. Avec Jassy, Kaila et Madison, ils se retrouvaient sans faute une fois par mois pour déjeuner. Souvent Rafe se joignait à eux.

Kyle était le seul de leur drôle de groupe de frères et sœurs à manquer toujours à l'appel.

Et maintenant, il était là. Le retour du fils prodigue.

Et Jordan organisait une grande fête.

Curieux, songea Madison.

Enfin ! au moins Jimmy serait-il présent. Elle pourrait peut-être en apprendre davantage sur ce qui se passait.

Jordan se tourna vers Jassy.

— Rien ne t'empêche d'aller faire du bateau, Jassy. Tu seras de retour bien assez tôt.

Il secoua la tête et se tourna vers Kyle.

— Celle-ci, je n'arrive pas à la marier. Mais elle fait une hôtesse parfaite pour son vieux papa, ajouta-t-il d'un ton affectueux.

Jassy prit un grain de raisin dans le bol de fruits posé sur la table, avant d'adresser une grimace à son père.

— Pour quelques-uns de nous, le mariage va de pair avec certains concepts, comme la monogamie, et le respect de vœux tels que « jusqu'à ce que la mort nous sépare ». Il y a des gens qui prennent cela très au sérieux.

— Toute femme a besoin d'un homme, Jassy, murmura son père avec un soupçon de tristesse.

— Peut-être qu'elle attend le bon, intervint Madison.

Jordan fit la moue.

— A moins qu'elle l'ait déjà trouvé et possède assez de bon sens pour le tenir à l'écart, ajouta Madison en sirotant son café.

Jordan agita le doigt en direction de sa fille aînée.

— Je t'interdis de te marier sans mon consentement ! déclara-t-il.

— Dieu m'en préserve ! répliqua la jeune femme. Après tout, je n'ai que 31 ans.

— Ce n'est pas jeune, tante Jassie ! commenta Carrie Anne sur un ton grave.

Jassy éclata de rire.

— Carrie Anne ! s'exclama Madison. Il ne faut pas dire une chose pareille.

— Pourquoi ? s'étonna la fillette en la regardant avec ses grands yeux bleus. C'est super d'être vieux. On peut conduire des voitures, manger tous les bonbons qu'on veut et se coucher à l'heure qu'on veut, et tout et tout.

— Oui, mais...

— Si on y allait, intervint Kyle, en se levant. Alors, Jassy, tu nous accompagnes ?

Celle-ci hésita un instant.

— Je n'ai pas enfilé mon maillot et...

— Il y a tout ce qu'il faut à bord, indiqua Madison. Viens avec nous.

— Oh ! après tout, pourquoi pas ?

Elle se leva et planta un baiser sur la joue de son père.

— A tout à l'heure, papa.

Carrie Anne serra son grand-père dans ses bras et quitta ses genoux. A son tour, Madison effleura de ses lèvres le front de Jordan. Puis, ce dernier les regarda s'éloigner vers le quai.

Le matériel de plongée de Kyle était déjà à bord. Il ne leur restait qu'à appareiller. Madison jeta son sac sur le pont, avant de prendre sa fille dans ses bras et de la passer à Jassy.

Puis, elle se figea, l'espace d'un instant, comme la traversait une étrange sensation de malaise. En dépit de la chaleur, elle frissonna.

« C'est Kyle, se dit-elle. Après toutes ces années... Je devrais l'éviter. »

Elle secoua la tête, et la sensation disparut. A son tour, elle sauta sur le pont, et Kyle détacha le bateau, avant de faire vrombir le moteur.

Un instant plus tard, le bateau s'éloignait sur l'eau.

4.

Une fois qu'ils eurent passé les balises flottantes, Kyle mit les gaz, et ils filèrent à grande vitesse en direction du nord-est. Jassy trouva un maillot à l'intérieur de la cabine. Un moment plus tard, avec Madison et Carrie Anne, elles s'allongèrent sur le pont avant. Tandis que le bateau fendait les flots, elles paressèrent ainsi au soleil en sirotant des jus de fruit.

— C'est sympa d'avoir de nouveau Kyle à la maison, remarqua soudain Jassy en se tournant sur le ventre. Tu ne trouves pas ?

— Sans doute, répondit Madison, les yeux fermés.

— Moi, je l'aime bien, déclara Carrie Anne.

Elle s'assit et regarda autour d'elle.

— Maman, qu'est-ce qu'on fait, maintenant ?

— Mais on fait quelque chose, la taquina Madison. Nous faisons du bateau.

— Oui. Mais qu'est-ce qu'on peut faire sur le bateau ? insista la fillette.

Madison avait apporté de quoi l'occuper, bien sûr. Elle eut à peine le temps de se redresser que Kyle, qui venait de couper le moteur et avait entendu Carrie Anne, proposa :

— Si tu m'aidais à pêcher ?

Après avoir jeté l'ancre, il sauta de la petite cabine de pilotage sur le pont.

Madison ne put s'empêcher de l'observer, heureuse de pouvoir à son tour se cacher derrière les verres fumés de ses lunettes de soleil. Kyle avait vraiment un corps magnifique. Carré. Musclé. Bronzé.

« Arrête ! » se dit-elle aussitôt alors qu'elle commençait de l'imaginer nu. Elle sentit le feu monter à son visage et détourna les yeux.

Carrie Anne, quant à elle, s'était levée d'un bond.

— Vraiment, je peux t'aider à pêcher ?

— Oui. Si tu veux.

— Bien sûr ! s'écria la fillette, le regard pétillant de joie. Maman, je peux ?

— Si maman a envie de se joindre à nous..., suggéra Kyle.

— Maman va plutôt faire un petit plongeon dans l'eau, répondit Madison.

— Jassy ? proposa Kyle.

La jeune femme s'étira et bâilla.

— Peut-être. Dans quelques minutes.

Kyle précéda Carrie Anne vers l'arrière du bateau. Bientôt, Madison entendit la voix grave de Kyle se mêler au rire enchanté de la fillette.

— Cinq ans. C'est un bel âge, murmura-t-elle.

— Mm. C'est avant que la femme ne découvre l'homme, remarqua Jassy, pince-sans-rire.

Surprise, Madison se souleva sur un coude et regarda sa sœur.

— Oh ? fit-elle avec un léger sourire. Et tu l'as découvert, toi, l'homme ?

Jassy haussa les épaules, comme pour esquiver la question.

— Allez, raconte ! insista Madison. Je sens que tu me caches quelque chose. Tu sors avec quelqu'un ?

— C'est possible.

— Qu'attends-tu pour m'en parler, dans ce cas? s'exclama Madison. Il faut que je te tire les vers du nez?

— Non, mais donne-moi un peu de temps. J'aimerais être sûre qu'il ne s'agit pas juste de...

— Une aventure d'une nuit?

— Plutôt trois.

— Tu couches avec lui?

— Dis donc, je t'en pose des questions?

— Allons, tu ne vas pas jouer les prudes avec moi! Je suis ta sœur.

— Je ne vois pas le rapport. Ce sont mes affaires.

— Tu couches avec lui, oui ou non?

— Une fois.

— Et alors? C'est sérieux?

— Je préfère ne pas me prononcer, encore. Je dois faire attention. J'ai... j'ai mes raisons. Mais qu'est-ce qu'il est mignon!

— Qui est-ce? voulut savoir Madison.

— Pas encore. Et je t'interdis d'en souffler mot à qui que ce soit. C'est promis?

— Enfin! Jassy, qu'est-ce que je pourrais bien raconter? Je ne sais rien du tout.

— Madison, s'il te plaît. Je ne veux même pas qu'on sache qu'il y a un homme dans ma vie.

— Bon, bon! Mais maintenant, je vais mourir de curiosité.

— Mourir de curiosité! répéta Jassy. Voilà qui donnerait une autopsie intéressante...

— Jassy! protesta Madison.

— Quoi? C'est une science fascinante, souligna sa sœur le plus sérieusement du monde. Si tu savais tout ce qu'on peut apprendre d'un mort, quand il n'est plus en état de raconter ce qui lui est arrivé.

— Je n'en doute pas une seconde, déclara Madison en se levant. Mais regarde autour de toi. Le soleil brille, la mer scintille, la journée est superbe. Alors, laisse un peu tes morts à la morgue, tu veux bien ? Je vais nager. Tu m'accompagnes ?

— J'arrive, promit Jassy.

Madison plongea.

Kyle avait jeté l'ancre à une distance raisonnable d'une série de petits récifs de coraux, afin de ne pas les abîmer. Elle nagea en apnée, estimant que le fond devait se trouver à une dizaine de mètres.

L'eau était parfaite, chaude près de la surface, et un peu plus fraîche à mesure qu'elle prenait de la profondeur. Elle fit plusieurs brasses pour atteindre le sable, qu'elle toucha du bout des doigts avant de remonter, prête à crier à sa sœur de la rejoindre. Mais lorsqu'elle sortit la tête de l'eau, elle vit que Jassy se trouvait à l'arrière du bateau, avec Kyle et Carrie Anne.

— Ça va ? lança-t-elle en gardant ses distances, peu désireuse d'être harponnée par un hameçon.

— Maman ! cria Carrie Anne.

Elle courut vers la balustrade et annonça :

— Je viens juste d'attraper un gros poisson !

— C'est bien, ma chérie.

Kyle s'approcha à son tour de la balustrade.

— Tu ne veux pas remonter à bord, Madison ? Jassy vient de me dire qu'il y a eu une attaque de requins par ici, la semaine dernière.

Madison fronça les sourcils.

— Allons, Kyle, tu sais bien que j'ai autant de chances d'être attaquée par un requin que d'être frappée par la foudre. Ce plongeur pratiquait la pêche sous-marine et il fourrait les poissons qu'il attrapait dans sa combinaison. Au cas où tu ne l'aurais pas remarqué, je ne transporte aucun poisson mort.

— Mais nous sommes en train de pêcher, et le vivaneau de Carrie Anne est de belle taille. Il s'est drôlement débattu. Assez pour lancer plein de signaux de détresse dans l'eau...

— J'aimerais juste nager un peu vers le récif de corail. Vous pouvez me voir, de là. Je reviens dans quelques minutes.

Kyle se contenta de hausser les épaules.

Madison, qui s'était encore éloignée du bateau, plongea vers le récif en veillant soigneusement à ne pas toucher les coraux. Un petit poisson jaune et brillant passa près d'elle, à toute vitesse.

Elle remonta à la surface, avala une grand goulée d'air, et s'en retourna vers les fonds marins, où elle croisa un énorme mérou. Elle aperçut ensuite une murène, qui disparut si vite qu'elle sembla avoir été aspirée par les coraux. A côté, Madison remarqua quelque chose, posé sur le sable. Aussitôt, elle regretta de n'avoir pas pris le temps d'enfiler son masque et ses palmes. Elle se trouvait trop loin pour voir l'objet clairement ; et l'air commençait à lui manquer.

Elle remonta de nouveau à la surface, reprit son souffle, et plongea aussitôt. Mais alors qu'elle approchait de cette chose, sur le banc de sable, une sensation familière — trop familière ! — la gagna.

Et soudain, elle fut ailleurs...

Elle riait. Puis le rire s'étranglait dans sa gorge, tournant à la peur.

Elle se trouvait dans une chambre d'hôtel. Dans la peau d'une très jolie jeune femme rousse. Sur la table de chevet, un téléphone noir, une bible, et la télécommande de la télévision. Elle se trouvait dans cette chambre de son plein gré ; elle avait voulu venir. Elle était tellement heureuse. Mais tout à coup...

Seigneur ! L'éclair d'une lame argentée.

Madison cligna des yeux, essayant désespérément d'échapper à sa vision. Elle venait de replonger dans son rêve, là, sous l'eau. Elle devait refaire surface.

Au lieu de quoi elle se projeta vers le fond sablonneux. Et au moment où elle revenait dans le présent, elle vit l'objet qui avait attiré son attention.

C'était un bras.

Un avant-bras, coupé, avec des doigts auxquels manquaient les dernières phalanges ; elles avaient été rongées. On voyait l'os du coude, et la chair à cru, gonflée de sang.

Madison se mit à hurler, avalant de l'eau qu'elle recracha aussitôt. Comme elle s'étranglait, sa vision se troubla. Tout devenait noir. Elle n'arrivait plus à penser, à réfléchir.

Soudain, elle sentit une paire de bras s'enrouler autour de son corps. C'était Kyle. Déjà, ils remontaient vers la surface.

Quand elle sortit la tête de l'eau, Madison avala un bol d'air et s'étouffa. Ses poumons et son ventre la faisaient horriblement souffrir ; elle s'efforça pourtant de respirer, lentement, profondément, avant de croiser le regard de Kyle.

Au moins, ne portait-il plus ses satanées lunettes de soleil. Elle pouvait donc voir ses yeux si verts, qui la dévisageaient en cet instant avec colère et impatience.

— Nom d'un chien, Madison ! Je t'ai dit de sortir de l'eau, pas de nous faire une peur bleue en disparaissant, comme ça. Seigneur ! Ta fille est en larmes, là-haut. Qu'est-ce qui te prend de... ?

— Bras, parvint-elle à prononcer, non sans difficulté.

— Quoi ?

Madison toussa encore, cracha de l'eau, et reprit d'une voix pareille à un coassement :

— Kyle... il y a un... bras... au fond de l'eau. Un bras humain... Un bras de femme. Du coude jusqu'à la main. Le bout des doigts est parti.

— Voyons, Madison, il s'agissait peut-être d'une anguille. Tu sais bien que les choses nous apparaissaient déformées, sous l'eau.

— Tu me prends pour une idiote ? Ou tu me crois assez myope pour confondre un bras et un poisson. Je te dis qu'il y a un bras, là-dessous.

— D'accord, d'accord. Remonte à bord et lance-moi un masque et un tuba. Trouve-moi aussi des gants de plongée et un sachet en plastique.

Madison hocha la tête, encore trop choquée pour songer à protester. Elle escalada l'échelle qui se trouvait à l'arrière de l'*Ibis*.

Jassy l'attendait, le visage livide, en compagnie de Carrie Anne.

— Carrie Anne, ma chérie, sois gentille et va chercher un masque et un tuba dans la cabine. Et aussi une paire de gants, tu veux bien ? Dépêche-toi.

La fillette la regarda un instant en silence, puis elle hocha la tête et fit ce qu'on venait de lui demander.

— Qu'y a-t-il ? demanda Jassy aussitôt que la petite eut disparu.

— Il y a un bras, là-dessous.

— Pardon ?

Madison poussa un soupir d'exaspération.

— Je viens de voir un bras, sous l'eau.

— Un bras ? Humain ?

— Evidemment ! Tu as déjà entendu parler de bras de poisson ?

— J'y vais !

— C'est inutile. Le FBI est déjà sur l'affaire.

— Et alors ? Si Kyle est du FBI, moi je suis médecin légiste.

— Il va te l'apporter, ton bras !

Mais cela ne suffisait à l'évidence pas pour Jassy. Carrie Anne revint avec le masque, le tuba et les gants, et Madison les tendit à Kyle, qui les enfila, avant de disparaître sous l'eau. Un moment plus tard, Jassy plongeait à son tour.

— Maman, qu'est-ce qui se passe ? demanda Carrie Anne.

Madison hésita.

— Quelqu'un a eu un accident, ma chérie. Nous allons devoir rentrer.

La fillette lui passa les bras autour de la taille.

— Je suis désolée, maman.

Madison la considéra avec étonnement.

— C'est moi qui suis désolée, ma petite puce.

— C'est pas grave, répondit Carrie Anne en la serrant encore plus fort contre elle.

Le regard perdu à la surface de l'eau, Madison se demanda soudain, totalement hors de propos, si l'homme, dans la vie de sa sœur, n'était pas Kyle. Ils avaient l'air tellement bien ensemble, ce matin, autour de la table du petit déjeuner...

Après tout, Kyle venait juste de revenir en Floride, et Jassy avait bien dit que sa liaison n'en était encore qu'à ses débuts. Et elle tenait à garder le secret. Elle avait ses « raisons ».

Jassy. Jolie comme une fleur. Vive. Intelligente. Jassy qui n'avait jamais peur de rien. La partenaire idéale pour Kyle ?

Madison sentit une bouffée de jalousie lui monter à la gorge et l'étouffer. L'instant d'après, les deux plongeurs apparaissaient à la surface.

— On l'a! s'écria Jassy. Madison, appelle les garde-côtes par radio.

Madison obéit aussitôt, puis resta dans la cabine avec Carrie Anne.

Un bateau des garde-côtes arriva bientôt, et Madison eut pour la première fois l'occasion de voir Kyle à l'œuvre dans l'exercice de ses fonctions. En apprenant que lui et Jassy avaient ramassé le bras, un lieutenant un peu fort en gueule commença à faire des histoires. Il fut vite interrompu par Kyle, qui se présenta, sur un ton poli mais froid, avant d'exposer les raisons de sa présence en Floride. Puis il expliqua qui était Jassy, quelle était sa profession et sa position au sein de la police de Miami. Quand il eut terminé, le lieutenant se confondit en excuses; il se proposa même de plonger avec eux, au cas où ils trouveraient d'autres restes humains.

Kyle et Jassy déclinèrent l'offre, et l'*Ibis* rebroussa chemin.

Une fois de retour chez Jordan, Madison emmena sa fille prendre une douche. Après quoi, Carrie Anne accepta docilement de se coucher pour faire la sieste. Quand elle fut endormie, Madison ferma la porte de sa chambre et longea le couloir de la maison. La porte du bureau de son père était fermée, et il avait scotché sur le battant le dessin d'un ours en train de grogner — autrement dit, à moins que le ciel soit sur le point de leur tomber sur la tête, il ne fallait le déranger sous aucun prétexte.

Madison jeta un coup d'œil à l'extérieur, et vit Kyle, allongé sur une chaise longue, au bord de la piscine, le corps luisant de gouttes d'eau. Il venait de se baigner. Elle le rejoignit et s'installa à côté de lui.

Aussitôt, il tourna la tête vers elle.

Comme toujours, les lunettes de soleil dissimulaient son regard.

— Comment va Carrie Anne ? demanda-t-il en se redressant.

— Bien.

— Elle sait ce qu'on a trouvé ?

— Je pense qu'elle s'en doute, mais elle n'en a pas parlé. Je lui ai expliqué que quelqu'un avait dû avoir un accident.

Kyle hocha la tête.

— Ouais. Un accident.

— Kyle, qu'es-tu venu faire en Floride ? On a bien parlé de quelques affaires de meurtres étranges, au cours des derniers mois... Il y a eu ce type qui attaquait les prostituées, sur la 8e Rue. Et celui qui tuait des sans-abri et mettait le feu à leurs corps. Mais...

— Mais les flics ont résolu ces affaires, souligna Kyle. Le profil des tueurs était plus facile à établir.

— Et ce n'est pas le cas, cette fois ?

Comme Kyle ne répondait pas, Madison insista avec douceur.

— Qu'es-tu venu faire ici ? Les autres meurtres ont été résolus, et je n'ai rien vu, dans les journaux ou à la télé, concernant un autre serial killer.

Il haussa les épaules.

— Parce que personne ne sait encore vraiment ce qui se passe. On dispose seulement de quelques indices — lesquels laissent penser qu'il pourrait s'agir d'un serial killer.

— Quels indices ?

— Madison, tu n'as pas envie de...

— Kyle ! l'interrompit-elle.

Une fraction de seconde, elle hésita. Mais elle n'était pas encore prête à lui parler de son dernier rêve, ou de la vision qu'elle avait eue sous l'eau.

— Ecoute, reprit-elle, si je ne peux pas m'enthousiasmer, comme Jassy, pour un bras coupé, j'aimerais au moins comprendre ce qui se passe. Je vis seule avec une enfant de 5 ans et une gouvernante. Je veux être sûre que ma fille ne court aucun danger.

— Cet homme-là ne s'intéresse pas aux enfants.

— Tu es sûr qu'il s'agit d'un homme ?

Kyle hocha la tête.

— Oui.

— Les autres ne savent encore rien, mais toi si.

Il sourit.

— C'est ma spécialité. J'établis le profil des meurtriers qu'on recherche. Dans cette histoire, j'ai la conviction qu'on a affaire à un homme.

Madison sourit et secoua la tête.

— Tu ne dois commencer que lundi, non ?

— J'ai lu tous les dossiers juste avant de venir.

Kyle marqua une pause et considéra Madison derrière les verres fumés de ses lunettes de soleil. Finalement, il reprit, sur un ton neutre :

— Le premier mois, autour du 15, une jeune femme a été portée disparue. Belle. Une certaine Debra Miller. Elle a confié à ses collègues de travail qu'elle avait un rendez-vous, mais sans donner le nom de son compagnon. Elle est rentrée chez elle. Est ressortie. Personne ne sait où elle est allée. Les voisins se rappellent l'avoir vue monter dans sa voiture et faire un dernier signe de la main, pour dire au revoir.

— On a retrouvé... son corps ?

Kyle confirma d'un hochement de tête.

— Dans les Everglades. Salement décomposé.

— Mon Dieu, je m'en souviens ! C'était dans les journaux.

— Le mois suivant, scénario similaire. Cette fois, il

s'agit d'une jeune Latino-Américaine. Mère de deux enfants. Récemment divorcée.

— Et son corps ?

— On ne l'a toujours pas retrouvé.

— Dans ce cas, peut-être...

— Peut-être a-t-elle simplement disparu. C'est possible, en effet. Le troisième mois, une troisième victime, Julie Sabor, 25 ans, a disparu après avoir raconté à ses copines de bureau qu'elle avait un nouvel homme dans sa vie.

N'importe laquelle de ces femmes aurait pu être celle de son rêve, songea Madison.

— Chaque fois, poursuivit Kyle, cela se passe autour du 15 du mois. Chaque victime était jeune, belle, et entourée d'une famille nombreuse et aimante.

Il regarda Madison.

— Tu ne savais rien ?

Madison secoua la tête.

— Je me rappelle avoir vu un article dans le *Herald*, quand on a retrouvé le corps de Debra Miller. Et j'ai peut-être lu un compte rendu à propos d'une disparition, mais c'est tout. Tu sais pourtant comment les stations de télé locales se saisissent du moindre embryon de fait divers à sensation...

— Les flics n'ont encore rien laissé transpirer.

Madison sentait le regard de Kyle posé sur elle, presque pesant.

— Si seulement tu n'étais pas divorcée, murmura-t-il soudain.

— Pardon ?

Il haussa les épaules et baissa les yeux.

— Ce que je vois, pour le moment, dit-il en considérant la paume de ses mains, c'est un meurtrier intelligent et charmeur. Ses problèmes psychologiques sont enfouis au plus profond de lui-même et pratiquement indécelables. Il est en train de devenir de plus en plus violent, et son besoin de mutiler devient plus fort à chaque nouveau meurtre. Il a un problème avec le milieu du mois. Pas la pleine lune. La lune lui importe peu. Il est séduisant et parfaitement intégré dans la société. Il peut entrer dans les meilleurs restaurants et ne pas faire tache, dans le décor. Je crois qu'il attend quelque chose de ses victimes... et qu'il ne l'obtient pas, ou ne l'a pas encore obtenu. Alors, sa colère monte et...

Il laissa mourir les mots sur ses lèvres, avant de froncer les sourcils.

— Si tu étais encore mariée, je m'inquiéterais moins. Parce que je ne pense pas que ce type s'intéresse aux femmes mariées. Il cherche à charmer quelqu'un, et il veut quelque chose en retour.

Madison exhala un long soupir et laissa son regard se perdre de l'autre côté de la piscine.

— Le fait que des serial killers existent de par le monde n'est pas une raison suffisante pour rester mariée, monsieur Montgomery.

Soudain, elle le fixa.

— Donnerais-tu le même conseil à Jassy ?

Il eut l'air surpris.

— Je ne sais pas. Jassy est tellement... tellement sensée.

— Et je ne le suis pas ? Comment peux-tu te permettre de porter un tel jugement, maintenant, alors que tu ne m'as pas vue depuis une éternité ?

D'un geste impatient, Kyle se passa une main dans les cheveux.

— Quoi que je dise, tu le prends de travers. Je tiens à vous toutes — Jassy, toi, Kaila. Je ne veux pas qu'il vous arrive quoi que ce soit. Mais Jassy est toujours plongée dans un livre et Kaila est déjà mariée. Toi, en revanche, tu te déplaces beaucoup, tu a des activités mondaines. Je m'inquiète davantage pour toi, voilà tout.

Madison se leva.

— N'essaie donc pas d'établir des profils pour tout le monde, Kyle.

— Voilà que tu montes sur tes grands chevaux ! Je ne suis pas en train de t'attaquer. Mais tu es mannequin. Tu passes beaucoup de temps avec des photographes, des mannequins hommes. Tu es la plus susceptible d'être exposée.

— C'est ça. Un garçon séduisant m'approche et je dirai simplement : « Après tout, pourquoi pas ? » avant de partir en voiture avec lui.

Kyle poussa un soupir exaspéré.

— Ecoute-moi, Madison, au lieu d'être toujours sur la défensive. Tu es divorcée ! Autrement dit, tu es disponible...

Il s'interrompit et secoua la tête.

— Enfin ! Au moins, Jimmy Gates ne t'a-t-il pas mêlée à cette affaire.

Marquant une nouvelle pause, il considéra le visage de Madison et fronça les sourcils.

— Il t'a laissée tranquille, n'est-ce pas ?

— Si tu penses que Jimmy me force à l'aider, tu te trompes lourdement.

— Alors, il continue à t'appeler pour ces histoires à dormir debout ?

Madison le regarda fixement, en même temps que de vieux ressentiments montaient à la surface.

— Ce n'est pas toujours lui qui m'appelle, affirma-t-elle avec froideur.

— C'est toi qui le contactes, alors ?

— Quand j'en ressens le besoin, oui. Je n'ai jamais demandé à avoir cette espèce de pouvoir. Crois-moi, je le déteste. Je le hais ! C'est affreux, de devoir souffrir pour d'autres gens. Mais il me serait encore plus pénible de sentir que je peux faire quelque chose et de m'abstenir.

Kyle tressaillit.

— Ecoute-moi, Madison. J'ai un mauvais pressentiment en ce qui concerne cette affaire. Il faut que tu gardes tes distances.

Il l'avait attrapée par les épaules, Madison sentait ses doigts s'enfoncer dans sa chair. Elle aimait les mains de Kyle. Elles étaient grandes et longues, comme celles de Roger. Des mains d'artiste, puissantes et capables des caresses les plus délicates.

Se pouvait-il qu'il ait raison ?

Elle se sentait agitée, depuis la veille. D'abord, il y avait eu le rêve. Et puis, Kyle était arrivé. Et aujourd'hui, cette vision, sous l'eau...

La chambre d'hôtel. Et cette sensation d'être dans la peau de quelqu'un d'autre. Le sentiment d'euphorie. Et tout à coup la lame d'acier qui fendait l'air.

Kyle lui saisit le menton et l'obligea à lever les yeux vers lui.

— Je suis certain que le bras que nous avons trouvé aujourd'hui appartient à une des victimes de ce meurtrier. Il opère entre Miami et les Keys. C'est ton territoire, Madison. Je ne veux pas qu'il t'arrive quoi que ce soit. Je ne veux pas que tu sois mêlée à cette histoire.

Hélas ! elle y était déjà mêlée. Qu'elle le veuille au non, elle ne pouvait effacer, oublier ce qu'elle avait vu. Elle fut sur le point de lui raconter son rêve, et sa vision, alors qu'elle nageait vers le bras, mais elle s'abstint. Jimmy était le seul à croire en elle, et cela depuis le début. Pas Kyle.

— Tu ne comprends donc pas à quel point ce que tu vois est dangereux ? reprit-il d'un ton insistant. Tu ne peux pas te permettre de jouer avec ce tueur. Je me rappelle trop ce que j'ai ressenti, quand j'ai cru que tu envahissais ma vie intime. Imagine si un serial killer...

Madison se dégagea d'un geste brusque et dévisagea Kyle avec colère.

— Envahi ta vie intime ? répéta-t-elle.

— C'est ce que j'ai ressenti, à l'époque. Je te l'ai déjà dit, je souffrais, et je m'en veux d'avoir agi comme je l'ai fait. Mais si ce meurtrier devenait conscient du fait que tu peux pénétrer jusque dans ses pensées, s'il venait à entrer en contact avec toi, que tu le rencontrais, n'importe où...

— Je te promets, désormais, de faire très attention avec qui je couche, coupa Madison d'un ton sec. Merci beaucoup pour ta sollicitude.

Puis elle pivota sur ses talons et disparut à l'intérieur de la maison.

5.

A 20 heures, la soirée de Jordan Adair battait son plein. Un trio de musiciens jouait à côté de la piscine, et presque tout le monde était arrivé.

Roger, le père de Kyle, avait fait son entrée le premier, et son fils et lui avaient échangé une longue accolade. Rafe l'avait suivi de quelques minutes.

Jimmy Gates était invité, lui aussi. Au fil des années, il était devenu un ami proche de la famille, qui n'avait jamais oublié la manière dont il s'était investi dans l'enquête sur le meurtre de Lainie. Il échangea une poignée de main avec Kyle, et ils parurent se jauger l'un l'autre. Ils ne parlèrent pas de travail, toutefois ; pas avant lundi.

Puis, ce fut le tour de Kaila de faire irruption avec ses trois enfants. Elle semblait débordée, agacée et fatiguée ; elle expliqua que son mari, Dan, serait probablement en retard.

Aussitôt, Jassy, très élégante dans une longue robe de cocktail sans manche, lui prit le dernier né des bras. Anthony n'avait pas encore deux ans tandis que Shelley, sa sœur, aurait bientôt trois ans et demi et le plus grand, Justin, venait de fêter son cinquième anniversaire. Madison se chargea des deux aînés et leur mère, soulagée d'être un peu débarrassée de son encombrante famille, se laissa tomber dans un fauteuil et accepta avec gratitude le verre de piña colada que Rafe était allé lui chercher.

Comme Madison, Kaila avait une longue et abondante chevelure d'un roux profond, d'immenses yeux bleus et des traits finement ciselés. Elle était belle, songea Kyle, et sans doute aurait-on pu la prendre pour sa sœur, si leur personnalité et leur manière de se tenir, de se mouvoir, n'avaient été si différentes. Kaila était d'une nature anxieuse, et ses gestes trahissaient une certaine raideur. Madison, au contraire, était gracieuse, agile. Plus sensuelle.

Ce soir, elle portait une robe vert émeraude ; ses cheveux étaient relevés, dévoilant sa nuque et la ligne parfaite de son dos.

Elle était belle.

Et elle l'évitait avec soin, se dit encore Kyle.

Elle était fâchée contre lui. Forcément ! Il n'avait pas été très adroit, un peu plus tôt. Mais il s'inquiétait à son sujet, que diable ! Pourquoi, aussi, refusait-elle de comprendre que son étrange pouvoir — quelle que soit sa nature — lui faisait courir des risques considérables ? Kyle avait longtemps espéré que ce don finirait par disparaître, mais il semblait bien que ce ne fût pas le cas.

Revoir Madison n'était pas facile, pour lui. Il songea à toutes les femmes avec lesquelles il avait couché, ici et là, durant toutes ces années. Jamais de promesse. Pratiquement aucune émotion. C'était si simple...

Mais cette fois, les choses étaient différentes.

Quand Darryl Hart, l'ex-mari de Madison, arriva, parmi les derniers, Kyle fut agacé d'éprouver un sentiment d'hostilité à son égard — d'autant plus injustifié que Darryl le salua avec chaleur.

Il observa le couple qu'il formait avec Madison, et la manière dont celle-ci le serra dans ses bras, avant de lui planter un baiser sonore sur la joue. Ils avaient l'air bons amis, proches l'un de l'autre, complices. Qu'est-ce qui avait bien pu les séparer? se demanda Kyle. Darryl était un bel homme, grand et bien bâti. Après tout, il avait été le héros de l'équipe de football du lycée, autrefois. Et Madison riait volontiers quand il lui parlait. Enfin, ils partageaient manifestement la même passion pour leur fille.

Kyle en vint à la conclusion que Darryl était sans doute encore amoureux de son ex-femme. Mais elle, quels étaient ses sentiments?

Il fut interrompu dans ses réflexions par la voix de son demi-frère, Rafe, qui venait d'arriver à sa hauteur. Beau comme un apollon, avec ses cheveux blonds, ses yeux d'argent et son teint hâlé, il était accompagné d'une petite brune piquante.

— Kyle, je te présente Sheila Ormsby, dit-il. Sheila fait partie...

— ... des Storm Fronts, compléta Kyle en serrant la main que la jeune femme lui tendait.

Elle avait un large sourire, qui lui creusait de jolies fossettes. Il se rappelait l'avoir vue sur scène, la veille, aux claviers.

— Je n'ai pas eu la chance de faire votre connaissance, hier soir, dit-elle.

— Non, en effet. Cela faisait si longtemps que je n'avais pas vu Madison...

— C'est ce que j'ai cru comprendre. Rafe me dit qu'on célèbre en quelque sorte le retour du fils prodigue à la maison.

Réprimant un vague sourire amusé, Kyle haussa un sourcil. Toute la soirée, les divers membres de sa

« grande » famille avaient essayé de lui présenter des femmes. A croire que son statut de veuf éveillait chez chacun des instincts d'entremetteur.

Tandis qu'il échangeait les quelques banalités d'usage avec Sheila, il remarqua que Kaila regardait sa montre avec nervosité, puis s'éclipsait à l'intérieur de la maison. Aussitôt, Madison lui emboîta le pas, suivie de près par Jassy.

Intrigué, Kyle s'excusa auprès de sa compagne et se dirigea vers le bar, qui se trouvait juste devant l'une des portes-fenêtres donnant sur le living-room. Kaila était au téléphone, constata-t-il, et ses deux sœurs se tenaient près d'elle, l'air anxieux.

En même temps qu'il faisait tomber deux glaçons dans son verre, Kyle se demanda pourquoi il éprouvait le besoin de savoir ce qui se passait. Bien sûr, les trois jeunes femmes avaient été ses demi-sœurs à un moment donné de sa vie. Autrefois, avant le meurtre de Lainie — ou peut-être était-ce avant la mort de Fallon —, ils avaient été très proches les uns des autres. Tout de même ! Cela l'autorisait-il à écouter aux portes ?

Il était inquiet. Inquiet au sujet de Madison. En même temps, il voulait garder ses distances. Elle était dangereuse ; elle avait trop de pouvoir sur lui. Et en plus, elle était comme une réincarnation de Lainie !

En vérité, il la désirait. Il l'imaginait nue, haletante, brûlante. Il voulait...

Il fit tomber un autre glaçon dans son verre et, au même instant, Kaila raccrocha, avec une telle violence que le bruit résonna jusque dans le patio.

Ses deux sœurs échangèrent un regard perplexe et Madison parla la première :

— Voyons, Kaila, tu ne peux pas te mettre dans un

état pareil chaque fois que Dan est retenu par son travail. Il est avoué...

— Et les avoués n'ont pas de vie ? répliqua Kaila d'un ton acerbe.

— Dan est un bon mari. Il a travaillé comme un fou pour finir ses études ; à présent, il veut réussir une belle carrière. Il sait que tu es issue d'une famille influente et il souhaite que tu ne manques de rien. Il a toujours mis un point d'honneur à refuser que papa lui prête de l'argent ou...

— C'est un saint, c'est ça ?

— Allons, Kaila !

— Oui, oui, je sais, le mariage, c'est sacré ! Interdiction de dire du mal de son époux. Et c'est la femme qui a divorcé de M. l'Américain Parfait qui se permet de me donner des leçons !

— Absolument. Crois-moi, je parle en connaissance de cause : le divorce n'est pas une affaire plaisante. Mais toi et Dan vous vous aimez...

— Oh ! tais-toi donc, Madison ! Tu ne comprends rien du tout. Mais c'est normal ! Il n'y en a jamais que pour toi. Madison par ci, Madison par là. « Oh ! Madison, ce serait tellement merveilleux si tu pouvais poser pour ce poster ! Madison, tu es tout le portrait de ta mère ! » Ça suffit, à la fin ! On se ressemble comme deux gouttes d'eau, toi et moi, et pourtant, je reste cette bonne petite Kaila, avec ses trois moutards, ses réunions de parents d'élèves et les déjeuners du samedi chez McDonald's. La pondeuse, quoi ! Tandis que toi...

Depuis son poste d'observation, Kyle ne put s'empêcher d'épier la réaction de Madison. Elle devait mourir d'envie d'envoyer sa cadette au diable. Avant de répondre, pourtant, elle parut prendre sur elle. Elle aimait Kaila, et sans doute comprenait-elle que les propos de sa sœur étaient dictés par la douleur, ou par quelque malaise.

— Kaila, qu'est-ce qui ne va pas ? demanda-t-elle.

— Rien ! Rien ! répondit la jeune femme.

Mais déjà, ses grands yeux bleus s'emplissaient de larmes ; pivotant sur ses talons, elle s'élança dans le couloir en direction des chambres. Alors que Madison s'apprêtait à la suivre, Jassy l'arrêta d'un geste.

— Laisse-la seule quelques minutes, conseilla-t-elle.

— Jassy, il doit vraiment se passer quelque chose, pour qu'elle se comporte ainsi.

— En effet. Et je pense que tu as raison de vouloir lui parler. Mais donne-lui d'abord quelques minutes pour se calmer.

— D'accord.

Madison sortit sur le patio et Kyle, un peu honteux d'avoir épié toute la conversation, se détourna vivement. Il but une gorgée de son whisky tandis que Madison passait à côté de lui, sans même le voir.

Il la suivit des yeux, l'estomac noué. Tout un écheveau de pensées diverses et contradictoires encombrait son esprit. Et par-dessus les autres, une question lancinante et extravagante résonnait en lui : s'il pouvait coucher avec elle, juste une fois, l'obsession qui le taraudait disparaîtrait-elle enfin ?

Madison n'attendit pas longtemps avant de se glisser de nouveau dans la maison et d'aller frapper à la porte de la chambre de Kaila. Elle entra sans attendre d'y être invitée et appela dans un murmure :

— Kaila ?

Sa sœur était allongée sur le lit, les yeux fixés au

plafond. Elle avait cessé de pleurer, mais son visage était encore baigné de larmes.

— Oh, Kaila ! fit Madison en se précipitant vers elle.

Kaila se redressa et la serra contre elle.

— Je suis désolée ! affirma-t-elle. Mais il ne vient jamais, je ne sais jamais vraiment où il est, et je n'arrête pas de me dire qu'il y a autre chose. Je suis sûre qu'il couche avec une autre femme. Seigneur ! Si seulement j'avais le courage d'avoir une liaison, moi aussi.

— Voyons, cela ne résoudrait rien du tout.

— Je me sentirais désirée, au moins.

— Mais, Kaila, Dan est amoureux de toi ! Je le sais.

— Cela t'arrange de le croire. C'est différent. D'ailleurs, comment pourrais-tu comprendre ? Tout le monde t'aime. Tout le monde ! Tu es belle, tu es parfaite, et les gens n'arrêtent pas de se pâmer d'admiration devant toi.

— Kaila !

— C'est la vérité.

Madison secoua la tête.

— Je t'assure que tu n'as pas choisi la meilleure personne pour venir te faire plaindre à ce sujet. Ne t'avise surtout pas de le répéter à qui que ce soit, mais la dernière fois que j'ai fait l'amour remonte presque aux calendes grecques.

Kaila écarquilla les yeux.

— Quoi ?

— Mais oui.

— Allons, c'est impossible ! Avec tous les gens que tu rencontres ? Et tu as toujours une foule d'hommes à tes trousses.

— Ça ne veut rien dire, déclara Madison en haussant les épaules. Crois-moi ou non, Darryl est le seul homme avec lequel j'ai eu une vraie relation.

— Seigneur ! Comment fais-tu pour survivre ? s'exclama Kaila.

Devant son expression horrifiée, Madison ne put s'empêcher de rire.

— Comme beaucoup de gens. Il n'y a pas que le sexe, dans la vie.

— Non, mais ça compte énormément. Enfin, parfois, cela m'ennuie plus qu'autre chose, mais... enfin, je veux dire...

Madison sourit de nouveau.

— Je comprends. Je me rappelle encore l'époque de mon mariage, tu sais. Certains jours, tu te sens d'humeur, d'autres pas, et parfois tu te laisses faire parce que tu sais qu'autrement ton partenaire sera de mauvaise humeur toute la journée.

Kaila pouffa.

— Oui, c'est un peu ça.

Elle réfléchit un instant, puis fronça les sourcils avant d'enchaîner :

— Il y a des jours où je m'en veux, parce que... eh bien, il n'y a aucun problème avec Dan. Je veux dire, il est...

— Apte au service, fonctionnement impeccable, toutes les pièces en parfait état de marche ! lança la voix joviale de Jassy depuis le pas de la porte.

— Ce que tu peux être prosaïque ! protesta Madison.

— Prosaïque ! répéta Jassy.

— Et toutes les deux, vous êtes d'affreuses curieuses ! souligna Kaila.

— C'est à cela que servent les sœurs, assura Jassy.

Se tournant vers Madison, elle remarqua avec incrédulité :

— C'est vrai, ce que tu racontais ? Tu n'as pas de vie sexuelle du tout ?

Madison étouffa un grognement.

— Hé ! on ne peut pas toutes avoir des liaisons secrètes.

— Qui a une liaison secrète ? demanda aussitôt Kaila.

— Jassy, répondit Madison.

— Tu avais promis de ne rien dire ! protesta sa sœur.

— Je suis désolée.

— Bon, ça va parce que c'est Kaila. Mais je ne peux pas vous dire qui c'est. Sinon, ce ne sera plus une liaison secrète.

— Toi non plus, tu ne le sais pas ? demanda Kaila à Madison.

Celle-ci secoua la tête, avant de froncer les sourcils et de regarder en direction de la porte. Jassy ne l'avait pas fermée complètement et il lui semblait l'avoir vue bouger. Puis elle crut entendre un bruit de pas, presque imperceptible, dans le couloir.

— Qu'y a-t-il ? interrogea Kaila.

Madison ne répondit pas. Elle était convaincue, soudain, que quelqu'un avait écouté leur conversation.

— Rien, dit-elle finalement.

Malgré tout, elle se leva, marcha vers le seuil et tira brusquement sur la poignée de la porte.

Mais le couloir était vide. Son imagination lui jouait des tours.

— Madison ? insista Jassy, l'air inquiet.

— Ce n'est rien, affirma Madison en s'efforçant d'évacuer l'étrange sensation qui l'avait envahie.

— Allons retrouver les autres, proposa Kaila. Les enfants sont couchés, et je suis là, à pleurer sur mon sort, alors que je pourrais m'amuser et flirter un peu avec toutes sortes d'hommes intéressants.

— A la bonne heure ! s'exclama Jassy. Voilà comment il faut aborder la vie. Avec un état d'esprit positif et en la prenant à bras-le-corps.

Sur ces mots, les trois sœurs rejoignirent la réception de leur père.

— Madison ! lança Sheila en agitant son verre au-dessus de sa tête.

Du scotch, sans aucun doute, songea Madison. Et sec.

Un jour, se souvint-elle, Sheila lui avait confié qu'il ne fallait jamais mélanger alcool et soda ; c'était ce qui causait la gueule de bois. Sheila pouvait boire du whisky toute une nuit et rester fraîche et pimpante. Madison lui enviait cette résistance.

— Quelle belle soirée ! déclara la jeune femme en arrivant auprès d'elle. C'est gentil de la part de ton père d'avoir invité le groupe.

— La plupart du temps, papa est quelqu'un d'assez gentil, confirma Madison.

— En tout cas, tu es drôlement bien entourée. J'ai toujours trouvé que tes frères étaient beaux, mais le dernier... ouah !

— Qui ça ? Kyle Montgomery ?

— Oui. C'est vraiment ton frère ?

— Son père a été le mari de ma mère.

— Bien sûr ! J'avais oublié le scandale, quand elle a été... Oh ! je te demande pardon, enchaîna Sheila, l'air contrit. Ce que je peux être maladroite, parfois. Excuse-moi.

— Pas de problème. Il se trouve que j'appartiens à une famille sujette au scandale, voilà tout.

Sheila sourit, faisant ainsi apparaître ses deux irrésistibles fossettes.

— En tout cas, tu ne peux pas te plaindre de manquer d'hommes dans ta vie. Ton ex-mari ressemble à M. Univers. Trent est superbe.

— Trent est mon demi-frère par le sang, rappela Madison. C'est le fils de mon père.

— Bon, d'accord, évitons l'inceste. Mais Rafe. Il est beau, lui aussi. Et le dernier, Kyle... Heureusement que vous n'êtes pas liés par le sang, tous les deux. A voir la manière dont vous vous regardez...

— Je ne le regarde pas du tout ! protesta Madison. En fait, nous sommes en froid depuis plusieurs années.

— Vraiment ? Dans ce cas, cela ne te dérangerait pas, si...

— Si quoi ?

— Si je tentais ma chance avec lui.

— Je... Non, bien sûr que non, répondit Madison.

Elle se rendit compte elle-même que son ton n'était guère convaincant. D'ailleurs, Sheila, fine mouche, remarqua :

— Voilà qui me paraît manquer de conviction...

Madison poussa un soupir.

— Ne sois pas ridicule ! Tu peux tenter ta chance auprès de qui tu veux. Ai-je l'air de vouloir m'embarquer dans une histoire avec mon... mon propre... mon...

— ... demi-frère qui n'en est plus vraiment un ? suggéra Sheila.

Elle observa Madison un moment, avant de reprendre, le visage fendu d'un large sourire :

— Non, tu as raison. Tu n'as pas du tout l'air de vouloir t'embarquer dans une histoire avec Kyle...

— Exactement !

— Tu as juste l'air de vouloir le violer sauvagement ! Mais ce n'est pas grave. Je vais te croire sur parole. Et si jamais tu changes d'avis, préviens-moi !

La jeune musicienne s'éloigna alors en direction d'un groupe d'invités au milieu duquel se trouvait Kyle.

Madison l'aurait volontiers giflée.

Avec dignité, bien sûr.

La réception touchait à sa fin, et Dan n'arrivait toujours pas.

Kaila poussa un soupir.

Soit, il était avoué. Fallait-il pour autant qu'il travaille tous les samedis ? Il était toujours absent. Et elle passait sa vie à la maison. Il était toujours en complet cravate, et elle portait des jeans et des T-shirts constamment tachés de bouillie, de compotes ou autres jus de fruit — quand ce n'était pas des renvois ou la diarrhée du dernier né.

Elle adorait ses enfants, bien sûr. Vraiment, elle les aimait à la folie. Mais elle se sentait si... insatisfaite.

Agitée.

Blessée.

Inquiète.

Alors qu'elle avait à peine vingt-cinq ans, il lui semblait la plupart du temps que sa vie était déjà presque terminée, que jamais plus elle ne connaîtrait les plaisirs et les bonheurs de la jeunesse.

Il en allait autrement pour Dan. Il sortait. Il travaillait. Sa profession était importante. Et Kaila, elle, était censée comprendre.

Quand elle était au téléphone, il pouvait l'interrompre parce que le bébé pleurait. Mais si c'était lui qui se trouvait en ligne, elle devait s'assurer qu'on n'entendait pas un bruit dans toute la maison.

Et ce soir, alors qu'ils auraient pu sortir ensemble et s'amuser un peu, Dan brillait une nouvelle fois par son absence.

Lui, en revanche, était là. Son chevalier servant et secret.

Depuis un moment déjà, Kaila attendait qu'il l'approche ; elle était convaincue qu'il ne manquerait pas de le faire. Et en effet, il finit par marcher vers elle. Tranquillement.

— Ça va ? demanda-t-il avec gentillesse.

Kaila éprouva une étrange sensation de chaleur et d'excitation.

— Ça va, répondit-elle.

Il s'accroupit à côté d'elle. Elle était assise au bord de la piscine, ses pieds nus plongés dans l'eau.

— Tu es belle.

— Merci, murmura Kaila, avant de le regarder. Tu as plutôt belle allure, toi aussi.

Il sourit.

— Seigneur, Kaila ! Dan a tout ce que je désire. Tout ce que je veux au monde. Et il ne s'en rend même pas compte. Des enfants magnifiques. Une femme merveilleuse. Si tu étais à moi, je ne te laisserais pas seule une seule seconde.

— C'est gentil de me le dire.

— Tu devrais me donner une chance.

— Pardon ?

— Une sorte de test.

Comme elle le regardait fixement, elle se sentit rougir. Elle était tentée. Il était si beau.

— Je donnerais dix ans de ma vie pour te voir nue, chuchota-t-il.

Elle crut d'abord qu'il la taquinait, qu'il essayait de la réconforter. Mais quand elle plongea les yeux dans les siens, elle comprit qu'il était sérieux. Très sérieux.

— Je serais prêt à mourir, juste pour pouvoir te toucher... pour pouvoir...

Il approcha ses lèvres des oreilles de Kaila et lui décrivit, en détail, ce qu'il aimerait lui faire.

— Ce serait mal ! chuchota Kaila.

— Pourquoi ?

Elle secoua la tête. Elle aurait dû être horrifiée ; elle aurait dû se lever, le gifler et s'éloigner à grands pas. Mais elle ne pouvait pas. Elle était troublée, excitée, et les paroles qu'elle entendait étaient comme un baume sur sa féminité si malmenée.

— Je... je ne peux pas, murmura-t-elle encore.

— Tu n'es pas prête. Et tu ne me crois pas quand je te dis que je t'aime. Que j'ai besoin... que je me meurs d'être aimé de toi. Tu ne me prends pas au sérieux. Tu n'imagines pas à quel point j'aimerais tes enfants, et combien je serais heureux de partager chaque moment de ta vie.

— Je...

— Tu as encore besoin de temps. Je comprends. Je t'attendrai.

Sur ces mots, il se redressa et s'éloigna.

Il était vraiment merveilleux. Si charmant. Si beau. Les femmes s'empressaient autour de lui... Qui savait s'il lui laisserait encore longtemps sa chance ?

Kaila frissonna et serra ses genoux contre sa poitrine.

Elle était mariée depuis longtemps et n'avait jamais vraiment connu un autre homme que Dan. Elle avait peur. Certes, elle en voulait à son mari. Mais elle l'aimait, aussi.

Ou bien était-ce l'habitude ?

Elle ferma les yeux. La tête lui tournait d'avoir bu trop de piña colada. Elle aurait dû être heureuse.

En apparence, sa vie était parfaite. Ils n'avaient pas de problèmes d'argent et ils étaient les parents de trois enfants magnifiques. Alors, pourquoi se sentait-elle aussi misérable ?

Kaila l'ignorait.

Jassy sortit dans le patio. Les invités commençaient à s'en aller ; le silence, peu à peu, s'installait.

Elle contourna la piscine et se dirigea vers le ponton, pour aller regarder la mer. La nuit était belle. Elle se sentait bien.

Soudain, des bras l'entourèrent. Elle aurait crié si une main ne s'était pas aussitôt plaquée sur sa bouche tandis qu'une voix rauque chuchotait à son oreille :

— Chut...

Le cœur de Jassy cognait furieusement dans sa poitrine.

La main qui la bâillonnait glissa le long de son cou, et le bras desserra son étreinte autour de sa taille. Alors, elle se tourna et embrassa son nouvel amant. Un long baiser, profond. Les mains de l'homme glissèrent sur son corps, vinrent emprisonner ses seins. Le souffle court, Jassy se dégagea.

— Pas ici, chuchota-t-elle. Pas maintenant.

L'homme poussa un soupir.

— Je ne comprends pas pourquoi on ne peut pas...

— Il est trop tôt. Je veux être prise au sérieux.

Il fit glisser une mèche des cheveux de Jassy entre ses doigts.

— Allons quelque part, proposa-t-il.

De nouveau, il l'embrassa et Jassy, sans même rompre leur baiser, répondit :

— Impossible.

— Il le faut, murmura-t-il contre ses lèvres.

— Impossible ! répéta-t-elle.

— Nous avons besoin d'être ensemble.

Jassy brisa le contact avec un soupir.

— Je ne peux pas m'en aller ce soir. Tu le sais bien. Je devrais donner des explications.

— Tu es médecin. Invente-toi une urgence.

— Je suis pathologiste. Les morts n'ont pas d'urgence.

— Allons, tu sais bien que c'est faisable.

— Je ne suis pas de garde.

Il prit la main de Jassy et la fit courir le long de son torse, puis plus bas, la pressant contre la bosse qui tendait son pantalon.

— Tu vois ce que tu manques ?

— Un vrai gâchis, admit Jassy avec tristesse.

Il sourit et l'embrassa sur la joue.

— Bon. Je t'aime. Vivement lundi !

— Vivement lundi, répéta Jassy d'une voix douce.

Ils échangèrent encore un long baiser et il disparut dans la nuit. Jassy le regarda saluer quelqu'un, sous le porche. Elle se sentait bien. Merveilleusement bien. C'était si bon d'être amoureuse !

Kyle était à l'agonie.

L'obscurité était totale. L'heure tardive. Il se sentait épuisé, et pourtant, il n'arrivait pas à dormir.

A cause d'elle.

Tout cela était ridicule ! Comment pouvait-on désirer avec tant de force une personne qu'on n'avait pas vue depuis des années ; la désirer au point d'en éprouver une douleur physique, incontrôlable ?

Et cette façon qu'elle avait de le regarder. Avec

colère. Comme si elle voulait le tuer. Avec une lueur étrange, au fond de ses immenses yeux bleus, une lueur indéfinissable...

Il se leva et se mit à faire les cent pas dans la pièce. Il lui suffirait de longer le couloir. Elle était là. A quelques mètres. Il la réveillerait et la mettrait au pied du mur. « Ecoute, lui dirait-il, c'est ce que nous voulons tous les deux. Alors, passons à l'acte et finissons-en une fois pour toutes. Après, chacun retournera à sa vie... »

Déjà, il s'aventurait dans le couloir, sans un bruit. La maison était silencieuse, la nuit profonde. Il savait, au fond de son cœur, que rien ni personne ne l'arrêterait plus.

Il ouvrit la porte de la chambre à la volée.

Un halo de lumière dorée se déversait sur le lit où elle était allongée, renversée sur ses oreillers, le corps à peine couvert d'un déshabillé de soie noire, ses cheveux encadrant son visage comme un manteau de feu. Elle se leva, sans le quitter des yeux, et marcha vers lui. Puis, elle fit glisser les bretelles de son déshabillé sur ses épaules et se tint devant lui, nue, avec ses seins hauts et fermes, le triangle au creux de ses cuisses qui flamboyait comme ses cheveux.

Elle tendit la main vers lui et ses ongles griffèrent son torse, descendant jusqu'au nombril, puis plus bas encore...

Elle avait approché son visage du sien et il chuchota, tout près de ses lèvres :

— Ecoute, c'est ce que nous voulons tous les deux. Alors, passons à l'acte et finissons-en une fois pour toutes. Après, chacun retournera à sa vie...

— Oui...

Il la souleva par la taille et la porta jusqu'au lit. Là,

il l'allongea sur le dos, écarta ses jambes et l'attira vers lui. Pas le temps de jouer. Seigneur, il...

Kyle se réveilla. En sueur. Tremblant de tous ses membres. Le sang battant furieusement à ses tempes.

Il lui fallut de longues minutes pour s'arracher à son rêve et se convaincre qu'il en avait imaginé chaque étape.

Et pourtant...

Il était dans la chambre d'amis. Trempé. Le corps douloureux.

Il poussa un grognement et se passa les mains dans les cheveux, avant d'en presser les paumes contre ses tempes.

Nom d'un chien ! Cela ne pouvait pas durer comme ça.

Le lendemain matin, Kyle se réveilla tard. Madison, ses sœurs et les enfants étaient déjà sortis se promener.

Il décida de déambuler lui aussi dans les rues de Key West, sans but. A son retour, tout ce petit monde avait déjà repris la route de Miami.

Kyle passa l'après-midi à pêcher avec Jordan, son père, Rafe et Trent. Un après-midi entre hommes. Ils attrapèrent beaucoup de poissons, burent plusieurs packs de bière et le soir venu, ils firent griller quelques-unes de leurs prises. Puis, Kyle dormit plusieurs heures, avant de repartir à son tour pour Miami.

Le soleil se levait sur un nouveau lundi, et le moment était proche où il allait devoir se pencher sur un corps humain.

Un corps qu'un fou encore en liberté avait découpé en morceaux.

6.

Le lundi matin, Jimmy Gates passa chercher Madison chez elle, comme prévu. En revanche, elle ne s'attendait pas à ce qu'il la conduise à la morgue ; jusqu'alors, il l'avait toujours emmenée sur le lieu des crimes.

Elle connaissait bien les couloirs du bâtiment qui abritait la sinistre institution. C'était là que Jassy travaillait, et il lui arrivait régulièrement de passer chercher sa sœur, pour aller déjeuner. Malgré tout, elle se sentit brusquement intimidée — angoissée, même.

— Je ne suis pas sûre de pouvoir être utile à grand-chose, murmura-t-elle.

Jimmy lui jeta un coup d'œil.

Il venait juste de fêter son trente-septième anniversaire, mais il avait toujours l'air d'un gamin, avec ses cheveux roux ébouriffés, ses taches de rousseur et ses yeux marron si chaleureux. Ces apparences étaient trompeuses. Car Jimmy pouvait se montrer implacable quand il s'agissait de pourchasser un meurtrier.

— Fais-moi confiance, d'accord ? lança-t-il avec un sourire. J'ai... un pressentiment.

— D'accord.

En dépit des efforts des équipes de nettoyage,

l'odeur qui planait sur la morgue était bien une odeur de mort, et Madison ne put réprimer un frisson d'appréhension.

Finalement, Jimmy poussa une porte et ils entrèrent dans une grande pièce toute blanche. Des tables en acier inoxydable étaient installées à côté de microphones ; dans un coin, un groupe de quatre personnes vêtues de blouses d'hôpital travaillait sur un corps nu. A côté d'eux, des hommes en complet, sans doute des policiers en civil, regardaient et écoutaient une voix décliner une litanie de détails et d'informations dans les haut-parleurs.

La mort. Quelle chose impersonnelle ! Dans ce contexte, surtout, il semblait que l'âme humaine se trouvait privée de ses derniers vestiges de dignité.

— Madison, viens, chuchota Jimmy en l'entraînant vers une porte qui donnait dans une pièce voisine.

Sur une des tables d'acier, une forme était couverte d'un drap vert. Une assistante en pathologie se tenait à côté.

Jimmy regarda Madison fixement.

Aussitôt, elle fut parcourue d'un nouveau frisson, long et glacé. Le pressentiment de Jimmy se vérifiait ; elle sentait déjà quelque chose. Déjà, elle savait qu'elle allait avoir une vision. Presque malgré elle.

— Prépare-toi, lui dit Jimmy. Je te préviens, ce n'est pas joli à regarder.

Puis, il fit signe à l'assistante de soulever le drap.

Un violent haut-le-cœur souleva Madison, qui vomit dans la seconde. La forme qui se cachait sous le drap était une tête, arrachée au niveau du cou. Les yeux avaient été dévorés, et la chair avait une couleur terreuse abominable.

Un gémissement franchit les lèvres de Madison, qui

serra les bras contre elle en fermant les yeux. Ses genoux se dérobaient. Elle allait s'évanouir...

Soudain, elle sentit une paire de bras la retenir ; et à sa grande stupéfaction, elle reconnut la voix Kyle.

— Bon sang, Jimmy ! lança-t-il avec colère. Qu'est-ce qui te prend de l'amener ici pour voir des telles horreurs ?

— Elle peut nous aider.

— Tu es cinglé ! Complètement cinglé !

— Allons, Kyle, c'est Madison, pas une fillette farouche et impressionnable. Sa sœur est un de nos meilleurs médecins légistes. Elle sait à quoi ressemble le sang. Ce n'est pas cela qui va la choquer.

— Mais cette tête m'a foutu un choc, moi ! Et pourtant, j'en ai vu !

Madison ne voulait pas qu'ils se disputent, pas plus qu'elle ne voulait regarder la tête. Elle demeurait pourtant immobile, bien déterminée à se montrer forte et à se tenir bien droite, sans l'aide de Kyle.

Déjà, une sensation effrayante avait pris possession d'elle. La vision horrible de la tête s'estompait, laissant place à celle d'une jolie jeune femme rousse. Elle n'était pas certaine qu'il s'agissait de celle qu'elle avait déjà vue, mais la stature était similaire et les cheveux, auburn, étaient aussi longs. Elle riait et ouvrait la portière d'une voiture, avant de se glisser derrière le volant. Quelqu'un se trouvait avec elle. Puis, ils roulaient. D'abord sur une voie express, ensuite sur une route. De temps à autre, on voyait un gros nid au sommet d'un poteau télégraphique. Il y avait de l'eau, de chaque côté. Soudain, ils passaient devant un panneau. Lac Surprise. Madison connaissait cet endroit. Ils étaient sur la Nationale 1, celle qui menait à Key Largo.

— Les Keys, dit-elle brusquement.

— Quoi ? fit Kyle.

— Les Keys, répéta-t-elle, les yeux toujours fixés sur l'affreuse tête.

— Vous allez me couvrir ça ! ordonna Kyle à l'adresse de l'assistante.

Comme celle-ci s'apprêtait à obéir, Jimmy intervint :

— Attendez ! protesta-t-il. Madison voit quelque chose.

Le drap retomba.

— Elle ne voit plus rien du tout ! déclara Kyle d'un ton péremptoire.

Il avait raison. La vision avait soudain disparu. Et déjà il l'entraînait hors de la pièce.

— Je vais bien, mentit Madison. Vraiment.

Ils firent irruption dans le couloir, suivis par un Jimmy au comble de l'irritation. Kyle ne s'arrêta que lorsqu'ils eurent débouché dans un vestibule où trônait un vieux canapé. Là, il força Madison à s'asseoir.

— Non, mais regarde-toi ! s'exclama-t-il. Tu es blanche comme un linge. Es-tu sûre d'aller bien ?

Elle hocha la tête. Pour rien au monde elle n'admettrait à quel point la vision de cette tête décapitée l'avait bouleversée.

— Mais oui, je vais très bien, marmonna-t-elle avec humeur. Tu sais, je n'ai pas besoin d'un grand frère pour s'occuper de moi.

— Voyons, Madison ! s'exclama Kyle. Même les pathologistes sont parfois dégoûtés ou ébranlés. Et il arrive aux flics les plus endurcis de vomir tout leur déjeuner face à un spectacle auquel ils ne s'attendaient pas. Tu n'as pas besoin de te comporter comme si tu étais le rocher de Gibraltar.

— Qu'as-tu vu, Madison ? intervint Jimmy.

Elle hésita. Elle était furieuse contre Jimmy. Si elle voulait bien l'aider, ce n'était certainement pas en présence de Kyle. Qu'allait-il penser, maintenant ? Qu'il avait eu raison, à la mort de sa femme, de voir en elle une espèce de... sorcière ?

— Madison, cette affaire est sérieuse ! insista Jimmy. Nous avons de fortes raisons de penser qu'elle est liée à celle pour laquelle on a fait appel à Kyle.

— Nom de Dieu, Jimmy ! s'emporta Kyle. Je ne voulais pas qu'elle soit mêlée à tout ça !

Madison leva la tête.

— J'y suis déjà mêlée, que cela te plaise ou non.

S'adressant à Jimmy, elle enchaîna :

— J'ai vu cette jeune femme, juste avant sa mort. Elle est montée en voiture avec quelqu'un.

— Quelle voiture ?

— La sienne. Je crois. En tout cas, c'était elle qui conduisait. Et il y avait une personne du côté passager. La jeune femme riait. Elle avait l'air prête à rouler un moment. Elle était contente, comme si elle s'en allait pour le week-end en compagnie d'une personne avec laquelle elle se sentait bien...

— Un ami ? suggéra Kyle.

— Non. Un amant. Un nouvel amant. Elle était excitée, heureuse.

— Tu as pu voir cet homme ? demanda Jimmy.

— Est-ce qu'il s'agit vraiment d'un homme ? renchérit Kyle.

— Ne m'as-tu pas dit que tu en étais déjà convaincu ? s'étonna Madison.

— Je reste ouvert à toutes les possibilités...

Madison se tourna de nouveau vers Jimmy.

— Je suis désolée, mais je n'en sais rien. J'imagine

qu'il s'agissait d'un homme. Néanmoins, je n'ai vraiment vu qu'elle...

Elle marqua une pause et inspira profondément, avant de reprendre :

— Elle était jolie, vive et pleine d'énergie. Elle a souri, elle est montée dans sa voiture en même temps que quelqu'un d'autre. Elle a pris le volant, donc, et s'est dirigée vers les Keys.

— Comment le sais-tu ?

— J'ai vu des nids de cormorans au sommet des poteaux télégraphiques. Et après, j'ai vu un panneau indiquant le lac Surprise.

Kyle et Jimmy échangèrent un coup d'œil.

— Et ensuite ?

Madison secoua la tête.

— Où a-t-elle atterri ? insista Jimmy.

— Au fond de la mer, répondit Kyle d'un ton las. Je suis prêt à parier que cette tête va avec le bras qu'on a retrouvé.

— Nous l'attendons encore... Mais ce n'est pas ce que je voulais dire. Où sont-ils allés, quand ils sont arrivés dans les Keys ?

— Je l'ignore, murmura Madison.

— As-tu le sentiment que l'homme qui se trouvait avec elle, dans la voiture, est celui qui l'a tuée ? demanda Kyle en la transperçant de son regard vert.

— Non... je... je n'en suis pas sûre.

Elle observa une nouvelle pause, avant de reprendre :

— Quand je nageais sous l'eau, l'autre jour, et que je me dirigeais vers le bras, j'ai eu comme une... vision. Quelque chose de similaire. Une très jolie jeune femme rousse, pleine d'énergie et de confiance. Elle connaissait la personne avec qui elle se trouvait. Elle se faisait une joie d'être avec elle. Et puis, j'ai vu une chambre d'hôtel. Le décor classique, ni bon marché ni luxueux. Un lit, une bible, un téléphone noir et une télécommande. La même jeune femme rousse, le même sourire, les mêmes émotions. Elle était vraiment heureuse. Et puis, j'ai vu une lame de couteau... Elle a été tuée dans cette chambre.

— Est-ce que cela coïncide avec ton autre rêve ? demanda Jimmy.

— Quel rêve ? interrogea aussitôt Kyle.

— Madison a eu un de ses rêves, vendredi, et elle m'a téléphoné. Je ne l'ai pas mêlée à tout ça pour le simple plaisir de lui compliquer l'existence, tu sais, ajouta Jimmy d'un ton acerbe.

Kyle considéra Madison.

— Y a-t-il encore beaucoup de choses que tu ne m'aies pas dites ?

— C'était un rêve, murmura Madison. Tu n'aimes pas entendre parler de mes rêves.

— Ouais, eh bien, il faudra tout de même me les raconter, dorénavant ! riposta Kyle.

Jimmy s'éclaircit la gorge.

— En tout cas, merci, Madison. Ce que tu viens de nous raconter nous sera sûrement très utile.

Elle hocha la tête, avant de demander :

— Est-ce qu'on a identifié la personne à qui appartient la tête ?

— Pas encore. Pour l'instant, l'enquête préliminaire semble suggérer qu'elle a été tuée vendredi...

Jimmy s'interrompit et, à son expression, Madison comprit quelle idée venait de s'imposer à lui : la victime avait sans doute été tuée à un moment correspondant au rêve qu'elle avait fait. Elle se tourna vers Kyle et vit qu'il en était arrivé à la même conclusion.

— La tête a été jetée dans l'eau et trouvée par deux gosses qui pêchaient dans le canal, reprit Jimmy. J'ai demandé à mes gars d'examiner les rapports concernant les disparitions du week-end. Et on attend toujours le bras que vous avez trouvé samedi. Les autorités du comté de Monroe doivent nous le faire parvenir. Ils sont trop contents de se débarrasser de l'affaire.

— Mais elle a été tuée dans un hôtel des Keys...

— Peu importe. La tête a été retrouvée chez nous.

— Tout le corps n'a pas été reconstitué, murmura Kyle. Attendons de voir où on trouve les autres morceaux.

— En tout cas, il faut mettre la main sur ce type, déclara Jimmy. Et au plus vite !

— Jassy est ici ? demanda soudain Madison. C'est elle qui va travailler sur cette affaire ?

— Je suis à peu près sûr que le patron va lui demander de...

Il s'interrompit, comme un technicien de laboratoire s'approchait d'eux.

— Lieutenant Gates ? Le Dr Sibley aimerait vous donner son rapport concernant le macchabée qu'on a apporté la semaine dernière. Il sait que vous êtes là pour une autre raison, mais si vous avez quelques minutes...

— Oui, oui, bien sûr, répondit Jimmy. Madison, ça t'ennuie de m'attendre ? Je n'en aurai pas pour longtemps.

— Je vais la reconduire chez elle, proposa Kyle.

— C'est inutile ! intervint vivement Madison. Je vais prendre un taxi. Tu veux sans doute entendre ce que le Dr Sibley va dire...

— Cela n'a rien à voir avec notre affaire, déclara

Jimmy. Ce type n'avait pas de papiers et il est vieux comme Hérode. Je crois qu'on lui a défoncé la tête pour lui voler les dix dollars qu'il venait de gagner en mendiant. Kyle peut donc te ramener chez toi.

— Merci, murmura Madison, du bout des lèvres.

Kyle l'accompagna à l'extérieur.

La journée était magnifique. Le soleil brillait de mille feux, et le ciel était d'un bleu sans tache.

— Si on déjeunait ? proposa Kyle, quand ils eurent pris place dans sa voiture de location.

— Je croyais que tu étais en colère contre moi ?

— Je le suis. On déjeune ?

Madison plissa le nez.

— Je ne suis pas sûre d'avoir très envie de manger.

Kyle eut un demi-sourire.

— D'accord. Que dirais-tu d'aller boire un verre, dans ce cas ?

— Pendant le travail ?

— Allons, une petite bière ne me tuera pas.

— Tu es prêt à courir un tel risque avec moi ? Tu sais combien je suis vulnérable à l'alcool.

Le sourire de Kyle s'élargit.

— Je cours le risque !

Madison regarda la route, devant elle.

— Désolée, mais il est trop tôt pour moi.

— Allons, un peu d'audace !

— Je dois aller chercher ma fille.

— A quelle heure Carrie Anne sort-elle de la maternelle ?

— 14 heures.

— Je t'emmènerai la chercher.

— Pour ta première journée sur cette enquête, je te trouve plutôt léger...

— Je serai de nouveau au travail à 14 h 30. J'ai

commencé à 6 heures, ce matin. Et sur cette affaire, je suis mon propre patron.

Madison hésita encore. Kyle la considérait comme une espèce de sorcière, dangereuse. En même temps, elle n'était pas naïve au point de ne pas s'apercevoir combien il l'attirait. Même s'il ne s'agissait sans doute que de désir, exacerbé par le vide de sa vie sexuelle, se trouver en sa présence représentait une véritable torture. Enfin, pour ne rien arranger, il avait peut-être une liaison avec Jassy.

Autant d'excellentes raisons de l'éviter avec soin.

Pourtant, elle accepta sa proposition. Ils allaient se contenter de boire un verre et de bavarder un peu. Il n'y avait pas de mal à cela.

— Juste une bière, précisa-t-elle.

— Tu auras peut-être faim, après.

Madison repensa à la tête, sous le drap vert.

— Je ne sais pas si j'aurai de nouveau faim un jour...

Kyle prit la direction de Key Biscayne et s'arrêta devant un restaurant qui surplombait l'eau.

Ils s'installèrent dehors. Assis devant leurs bières pression, ils restèrent un instant sans parler. Alors qu'elle était perdue dans la contemplation des mouettes planant au-dessus de la mer, Madison sentit le regard de Kyle sur elle.

Il avait encore chaussé ses lunettes de soleil.

— Vous formez une drôle de paire, toi et Jimmy ! observa-t-il en secouant la tête. S'il ne te mêle pas à ces histoires, c'est toi qui t'en charges toute seule. Mais il ne devrait pas te laisser faire.

Madison détourna les yeux et but une autre gorgée de bière.

— Tu es parti depuis longtemps, Kyle, et Jimmy est un ami de longue date. Il n'a jamais abusé de notre relation.

— Moi qui te croyais occupée à jouer les chanteuses-mannequins...

— Je pose pour des photographes. Et j'adore faire un bœuf avec le groupe, de temps en temps.

— Faire un bœuf ? Pas davantage ?

— Non. On enregistre quelques maquettes, par-ci par-là. Mais la vie de chanteuse, avec les tournées et tout le reste, n'est pas compatible avec mes responsabilités de mère.

— Il t'arrive de voyager pour tes contrats de mannequin, non ?

— Uniquement quand j'ai le temps.

— C'est incroyable ! Tu pourrais sans doute avoir deux carrières florissantes, mais tu freines et l'une et l'autre.

— J'ai une petite fille.

— Et tu n'as pas envie d'être célèbre comme l'était ta mère, n'est-ce pas ?

Madison le regarda fixement.

— Un jour, reprit-elle, ton père m'a dit que tu étais exceptionnellement doué pour le dessin.

Kyle la considéra un long moment. Finalement, un sourire teinté de cynisme étira ses lèvres.

— Touché ! fit-il en levant son verre de bière.

Au bout de quelques secondes, il ajouta :

— Peut-être. Je n'en suis même plus sûr.

Il secoua la tête.

— Quoi qu'il en soit, je ne voulais pas que Jimmy te mêle à cette affaire.

— Tu as été on ne peut plus clair là-dessus..., souligna Madison.

— Mais vous ne m'avez pas écouté !

— Il n'y a aucune différence entre cette affaire et une autre, Kyle !

— Oh ! que si !

— Laquelle ?

— Je ne sais pas.

— Allons bon ! s'exclama Madison d'un ton railleur. Voilà que toi aussi, tu te mets à imaginer des contes à dormir debout ?

Puis, elle soupira :

— Ecoute, Kyle, je ne suis sans doute pas assez qualifiée pour comprendre tout ce que tu as appris sur la psychologie des tueurs, mais cet homme mutile et découpe des êtres humains. Il ne fait aucun doute pour moi qu'il est complètement névrosé...

— Ou diablement intelligent.

— C'est un malade !

— Un malade intelligent.

Kyle secoua de nouveau la tête et joignit ses mains.

— L'un et l'autre ne sont pas incompatibles, Madison. Découper un corps et jeter les morceaux dans les marais des Everglades peut sembler bizarre ; pourtant, quand on y réfléchit bien, c'est aussi drôlement malin. C'est en tout cas l'endroit idéal pour faire disparaître quelque chose à jamais. D'après ce que nous avons découvert, et ce que les témoins nous ont dit sur les victimes, nous savons que notre homme choisit ses proies avec soin, et qu'il est assez charmeur et convaincant pour les amener exactement là où il veut.

Il haussa les épaules, avant d'enchaîner :

— Je veux dire par là que ce type n'a rien à voir avec celui qui assassinait des prostituées, récemment. Au moins, avec lui, on savait où chercher. Là...

— Kyle, il y a plus de trois millions d'habitants,

dans notre région ! Pourquoi est-ce que je serais, moi, en danger ?

— Je ne sais pas.

De façon inattendue, Kyle se mit à sourire.

— Le monde est si bizarre ! Tous les meurtres sont tristes et affreux, mais certains sont plus faciles à résoudre que d'autres. Cela me rappelle une affaire. Il y a quelques années, un jeune flic marchait dans la rue quand il a vu un type entièrement nu qui se promenait avec une tête coupée entre les mains. Il a voulu la jeter au policier. Heureusement pour celui-ci, il a raté sa cible. Toujours est-il qu'il s'agissait de la petite amie du type, qui n'arrêtait pas de répéter qu'elle était le diable. Il l'avait poignardée une bonne centaine de fois, avant de la décapiter. Le crime passionnel. C'est triste pour la famille de cette pauvre fille, mais au moins sait-on qui est l'assassin. Les gens peuvent compatir, mais ils peuvent aussi continuer à dormir, la nuit. Notre homme est dangereux parce qu'il ne se promène pas tout nu dans la rue, avec une tête coupée sous le bras, et il ne prétend pas que ses victimes sont le diable. Quels que soient ses fantasmes, il les garde cachés. Il mène une vie normale. Il est intelligent. Il vit sûrement seul. Il a une voiture à disposition. Peut-être a-t-il commencé sa carrière de tueur en arrachant leurs ailes aux papillons, quand il était enfant, ou en jetant des pierres aux chiens, en brûlant des chats... En tout cas, quelle que soit la nature de ses débuts, il est devenu un meurtrier. Et il doit s'amuser comme un fou, maintenant, à l'idée qu'il n'a laissé pratiquement aucun indice, et que les flics vont s'arracher les cheveux à essayer de le retrouver.

Il s'interrompit et poussa un soupir.

— Et j'étais censé t'ouvrir l'appétit pour que tu aies envie de déjeuner avec moi !

Madison sourit.

— Allons commander.

Ils gagnèrent l'intérieur du restaurant. Là, Kyle choisit le vivaneau, et Madison le mahimahi grillé.

— Alors comme ça, Darryl est à Miami pour quelque temps, murmura Kyle un moment plus tard. Cela se passe bien, entre vous ?

— Que veux-tu dire ? demanda Madison, aussitôt sur la défensive.

Toutefois, constata-t-elle, Kyle avait l'air sincère ; sa curiosité était pleine de sollicitude.

— Je pensais à Carrie Anne, expliqua-t-il. C'est une enfant adorable, gaie et spontanée. Elle a l'air d'avoir une bonne relation avec vous deux.

— Nous avons beaucoup de chance, reconnut Madison avec un sourire. Aucun de nous ne s'est hasardé à utiliser Carrie Anne pour blesser l'autre. Darryl l'adore, et il fait un père merveilleux. Jusqu'à ce qu'elle entre à la maternelle, elle passait une semaine sur quatre chez lui. Je l'emmenais en avion, et il me la ramenait. Maintenant, comme on ne veut pas qu'elle manque trop l'école, on s'organise autour des week-ends et des vacances. Je n'ai pas eu l'occasion de lui parler beaucoup, samedi soir, mais je crois qu'il doit rester quelques semaines, au moins, dans la région. Tant mieux ! Carrie Anne va pouvoir passer beaucoup de temps avec lui.

— Et toi, tu te joins à eux ?

Madison haussa les sourcils.

— Parfois, répondit-elle.

La serveuse vint chercher leurs assiettes, et ils commandèrent des cafés. Lorsqu'ils furent de nouveau seuls, Kyle demanda :

— Pourquoi avez-vous divorcé ?

— Ça ne te regarde pas !

Puis, de but en blanc, Madison ajouta :

— Et toi ?

— Quoi, moi ?

— Tu n'as pas une femme dans ta vie ?

— Non.

— Tu es devenu moine ?

Kyle la regarda droit dans les yeux.

— Non.

— Alors, tu te contentes de collectionner les aventures d'une nuit ?

— Ça ne te regarde pas.

Madison se mordit la lèvre, alors que la serveuse leur apportait leurs cafés. Elle en avala une gorgée, qui lui brûla la langue. Elle reposa sa tasse et dit :

— Personne ne pourra jamais remplacer Fallon. Mais le sexe est un instinct naturel, et quand tu ressens certains besoins physiques, tu les satisfais. C'est ça ?

— Est-ce ainsi que tu considères l'intimité ?

La manière dont il la regardait, soudain, donna à Madison envie de le gifler. Son cœur s'était mis à battre à coups redoublés, ses paumes devenaient moites.

Décidément, ils étaient incapables de bavarder sans que, très vite, la discussion ne tourne au vinaigre. En plus, l'analyse de Kyle ne manquait pas de justesse. C'était bien ainsi qu'elle appréhendait les choses. Quel dommage qu'il leur faille parler ! songea Madison avec un brin de cynisme. Si seulement elle pouvait juste... le toucher. Oui, elle voulait sentir sa peau, ses lèvres contre sa chair. Il y avait si longtemps que...

Tout à coup, elle se rappela les paroles ironiques de Sheila, l'autre soir : « Tu as raison. Tu n'as pas du tout l'air de vouloir t'embarquer dans une histoire avec

Kyle. Tu as juste l'air de vouloir le violer sauvagement ! » Madison sentit ses joues s'embraser.

Quelle horreur !

C'était la pure vérité.

Heureusement, la serveuse apporta l'addition au même moment, faisant ainsi diversion. La jeune femme, enjouée, leur montra les nuages qui s'amoncelaient, dans le ciel, en provenance de l'est.

— Un vrai temps de saison, dit-elle. C'est toujours comme ça, au printemps. Les matinées sont superbes et l'après-midi, boum ! il tombe des seaux d'eau. Enfin, l'avantage du sud de la Floride, c'est qu'après la pluie, on est toujours sûr de voir le soleil revenir.

— Oui, il fait bon vivre par ici, approuva Kyle.

— Ça, oui ! confirma la serveuse. Bon, tout n'est pas toujours rose, mais c'est comme ça partout, n'est-ce pas ?

— Absolument, acquiesça Madison.

— En tout cas, les tempêtes sont superbes à regarder, d'ici, conclut la serveuse avant de s'éloigner.

C'était une jolie jeune femme, gaie, amicale, vive.

Comme les victimes de leur tueur, songea Madison.

Elle croisa le regard de Kyle et s'aperçut que la même pensée lui avait traversé l'esprit.

— Tu vas la prévenir ? demanda-t-elle.

— En tout cas la mettre en garde et suggérer qu'elle ne s'en aille pas avec qui que ce soit sans prévenir un proche et lui dire où elle se rend.

Il considéra Madison d'un regard grave.

— Il en va de même pour toi. Ne va nulle part, avec qui que ce soit, sans qu'une tierce personne en soit informée.

— Je ne suis pas idiote !

— Ai-je dit une chose pareille ? Baisse un peu ta garde, Madison ! Nous ne sommes pas en guerre.

— Non, mais j'ai l'impression que tu essaies de régenter ma vie et...

— Pour l'amour du ciel, tu ne veux pas essayer de comprendre que je m'inquiète à ton sujet ?

Madison s'accorda quelques secondes avant de répondre, sur un ton très calme :

— A une époque, moi aussi j'ai été très inquiète à ton sujet. Mais tu étais un adulte, et je n'ai rien pu faire d'autre qu'accepter le fait que tu ne voulais pas de moi dans ta vie. J'ai grandi, depuis. Et aujourd'hui, je te dis que tu n'as pas besoin de t'inquiéter à mon sujet.

Kyle se leva si brusquement qu'il manqua renverser sa chaise.

Il alla payer et échangea quelques mots avec la serveuse. Celle-ci parut l'écouter, sans se départir de son éternel sourire. Puis, elle se tourna vers Madison et lui adressa un signe de la main. Elle devait les prendre pour un couple.

Finalement, ils quittèrent le restaurant ; à l'exception des quelques indications de Madison, ils roulèrent en silence jusqu'à l'école de Carrie Anne.

De là, Kyle les conduisit jusque chez elles.

Madison se taisait toujours, mais le babillage insouciant de la fillette qui racontait sa journée à l'école aida à dissiper le malaise qui régnait dans la voiture. En tout cas, Kyle paraissait l'écouter avec attention.

Un moment plus tard, il s'arrêta devant la maison de style espagnol de Madison, dont il scruta longuement la façade. Toutefois, quand elle lui proposa d'entrer, par pure politesse, il déclina l'invitation. Comme Carrie Anne insistait, il lui confia d'une voix triste :

— Je dois retourner travailler. C'est ma première journée, ici. Je dois être sage.

— Tu ne peux même pas entrer une minute ?

Le regard étrangement voilé, il secoua la tête. Puis, passant le bras par la fenêtre ouverte de la portière, il ébouriffa les cheveux de Carrie Anne.

— Crois-moi, rien ne me ferait plus plaisir que de passer l'après-midi en compagnie d'une charmante petite jeune fille comme toi. Mais je dois aller travailler, maintenant.

Carrie Anne parut accepter cette explication et Madison, qui avait assisté à la scène, en conçut une étonnante émotion. Elle ne doutait pas un instant de la sincérité de Kyle. Peut-être même se demandait-il si sa propre fille aurait ressemblé à Carrie Anne, si elle avait eu la chance de vivre.

Puis, il leva les yeux vers elle, et elle oublia tout. Les enfants. Les tueurs qui rôdaient dans la région. Elle lui rendit son regard, et son corps s'embrasa brusquement.

Alors, Madison prit la main de sa fille et, pivotant sur ses talons, elle gagna d'un pas rapide l'entrée de sa maison.

7.

Le téléphone sonna à 5 heures du matin.

Kyle tendit la main et décrocha, jetant un coup d'œil au cadran lumineux de son réveil digital. A l'autre bout de la ligne, Jimmy ne s'embarrassa pas de formules de politesse.

— On a trouvé un torse.

Kyle se frotta le menton.

— Où ça ?

— Sur le Trail. Juste à la sortie de Krome.

— J'arrive.

— Je crois qu'on a un indice.

— Ah bon ?

— Un tatouage, juste sous le nombril. Une rose, avec des épines. Le médecin, ici, dit qu'il est très récent. Pour ainsi dire tout neuf.

— Une rose... avec des épines ?

— Il y avait un bouquet de roses fraîches, dans la maison de Maria Garcia, la deuxième victime encore manquante. Et la première, Jane Doe, à la morgue...

— ... avait un tatouage en haut de la fesse gauche, compléta Kyle, qui se souvenait du rapport légiste qu'il avait reçu alors qu'il se trouvait à Washington. Une rose. Je me dépêche !

Il raccrocha et bondit hors de son lit.

Leur assassin avait révélé quelque chose de lui-même ; il avait laissé sa carte de visite.

Des roses...

Avec des épines.

Kaila Adair Aubrey crispa ses doigts sur les draps, de chaque côté de son corps, et serra les dents, les yeux fixés au plafond.

— Parle-moi, bébé ! Parle-moi !

Et voilà !

Les hommes voulaient que les femmes *parlent*.

Seulement, à cet instant, Kaila n'avait rien à dire. Non pas que Dan fût un mauvais amant ; il pouvait même être merveilleux. Mais il en allait avec le sexe comme avec tout le reste, ces derniers temps : il n'y en avait que pour lui.

Kaila n'était pas d'humeur à provoquer une scène, ou une grosse dispute. Elle ne savait même pas comment formuler ce qu'elle ressentait. Or, si elle ne réussissait pas à s'exprimer clairement, Dan rejetterait sans doute ses arguments, comme les hommes savent si bien le faire, en affirmant qu'elle était juste une empêcheuse de tourner en rond sur le point d'avoir ses règles, contrairement à lui, le pauvre mari incompris, qui travaillait si dur pour subvenir aux besoins de sa famille.

— Kaila..., fit-il dans un grognement rauque.

Au moins se rappelait-il son prénom, songea-t-elle avec amertume.

Elle avait si peur, depuis quelques mois — depuis qu'il avait commencé à travailler de plus en plus tard —, qu'il ait une liaison avec une autre femme. Cette pensée ne la quittait plus. Mais à peine lui faisait-elle part de son inquiétude, que monsieur se mettait en colère. Evidemment, elle était moins à plaindre que bien des épouses avec de jeunes enfants et un mari qui les trompait ; elle pouvait toujours retourner chez son père. L'argent n'était donc pas la raison pour laquelle elle restait sagement à la maison avec son époux. Non. C'était plutôt son insécurité, sa confusion, le fait qu'elle ne sache pas quoi faire d'elle-même, et de sa vie, qui la paralysait. Y avait-il autre chose, pour elle, en dehors du foyer conjugal ? Quelqu'un d'autre ? Ailleurs ? Ou bien aimait-elle réellement son mari ? Peut-être ne s'agissait-il que d'une fatigue passagère ; cette impression d'être vieille et grosse, après avoir mis au monde trois enfants, en l'espace de si peu de temps... Bien sûr, elle exagérait un peu. Et puis, elle était sincèrement heureuse d'être mère ; heureuse que ses deux garçons et sa fille soient là, en bonne santé. Simplement, elle se sentait sombrer de plus en plus dans un gouffre sans fond ; psychologiquement, elle était dans un état épouvantable.

Deviendrait-elle folle, si Dan tombait amoureux d'une autre femme et qu'il l'oubliait ? Car elle l'aimait. Vraiment. Elle était juste à bout de nerfs.

Et guère d'humeur à faire l'amour !

Mais ce matin, comme trop souvent ces derniers temps, elle s'était laissé faire plutôt que de provoquer une discussion. A cet instant, elle aurait aussi bien pu vaquer à ses occupations dans la cuisine, ou dans la chambre des enfants, en dépit du fait que Dan allait et venait en elle, en sueur.

Enfin, il jouit et retomba sur elle, sans douceur, avant de rouler sur le côté.

Il posa une main sur les cheveux de Kaila.

Tous deux restaient immobiles et silencieux.

Puis, au bout de quelques minutes, il se mit à la caresser. D'abord, Kaila serra les dents. Mais bientôt, à sa grande surprise, elle sentit son corps réagir et, instinctivement, elle se serra contre son mari. Ils s'embrassèrent. Tandis que les mains de Dan couraient sur sa peau, elle se frotta contre sa cuisse et son aine.

— Oui, bébé, prends-moi, grogna-t-il.

Kaila eut l'impression qu'elle venait de recevoir un seau d'eau glacée sur la tête.

Elle se figea un bref instant, hésitante. Elle savait ce qu'il voulait. Il lui était très facile de glisser le long du corps de son mari et de le prendre dans sa bouche, comme il le souhaitait. Seulement, elle n'en avait pas envie. Ce qu'elle voulait, c'était que lui la séduise ! Qu'il la transporte jusqu'au septième ciel !

Elle se leva, d'un mouvement brusque, et Dan ouvrit les yeux, la regardant avec surprise.

— Il faut que j'aille préparer le petit déjeuner, déclara-t-elle avec irritation. Les enfants vont se réveiller.

Sous la douche, elle l'entendit qui se brossait les dents, à côté. Quand elle sortit de la cabine, il y entra à son tour. Sans lui accorder un regard.

Kaila attacha ses cheveux et s'enduisit le visage de crème hydratante.

Puis, Dan quitta la douche et se sécha.

Kaila l'observait dans le miroir. Il avait des cheveux d'un blond foncé, coupés court. Ses yeux bleu-vert ressortaient sur son teint légèrement hâlé. La paternité n'avait aucun effet sur le physique des hommes, songea-t-elle avec amertume. Il était grand, bien bâti et séduisant. Elle le désirait et, dans le même temps, elle ne voulait pas de lui. Elle l'aimait, mais elle le détestait aussi.

Souffrait-elle de quelque étrange maladie ?

— Si tu ne veux pas faire quelque chose, Kaila, déclara-t-il en nouant sa serviette autour de ses reins, il suffit de me le dire.

— Je l'ai fait.

— Non. La première fois. C'était comme de faire l'amour à une souche d'arbre.

— Désolée, murmura Kaila, blessée.

— Tu n'avais qu'un mot à dire.

— J'essayais d'être une bonne épouse.

— C'est ça ! Donnez à un homme l'impression qu'il n'est pas à la hauteur, et il sera convaincu qu'il a la meilleure épouse du monde.

— Va te faire foutre ! répondit posément Kaila.

— Je m'amuserais sûrement davantage, rétorqua-t-il.

Piquée au vif, Kaila se figea. Il ne lui était jamais venu à l'esprit que Dan pouvait être malheureux, lui aussi. Et plus que jamais, elle se demanda s'il avait une liaison.

Il retourna dans la chambre et s'habilla. Agitée, tremblante, Kaila enfila un peignoir et quitta la pièce en fermant la porte derrière elle.

Elle accomplit de façon mécanique ses tâches matinales, comme le réveil des enfants ou la préparation du petit déjeuner... Hélas ! un malheur n'arrivant jamais seul, Shelley ne tarda pas à éclater en sanglots parce qu'elle ne trouvait pas une de ses chaussures de sport ; or elle devait impérativement les porter aujourd'hui, car l'école allait recevoir de nouveaux équipements pour jouer dehors.

Anthony laissa tomber son gobelet par terre et se mit à hurler pour qu'on le lui rende.

Et Justin, désireux d'aider, voulut verser lui-même

le lait sur ses corn flakes, mais le carton glissa de ses petites mains et le liquide se répandit partout sur la table et sur le carrelage.

Ce fut bien sûr le moment que choisit Dan pour entrer dans la cuisine.

— Eh bien, on dirait que je vais être en retard! marmonna-t-il.

— Tu aurais pu y penser plus tôt, répliqua Kaila.

— J'aurais dû, en effet.

Il entreprit d'éponger le lait sur la table, mais Kaila l'arrêta. Elle était tout près d'éclater en sanglots.

— C'est bon, je m'en occupe, lui dit-elle. Va-t'en. Tu peux être en retard pour beaucoup de choses, mais surtout pas pour ton cher travail.

— Que veux-tu, Kaila, là-bas, au moins, les gens m'apprécient un peu. C'est fou ce que ça peut donner envie de s'y retrouver!

Sur ces mots, il jeta l'éponge sur la table et quitta la maison en claquant la porte derrière lui.

Tant bien que mal, Kaila réussit à habiller les petits et à conduire Justin et Shelley à l'école. Anthony avait recouvré sa bonne humeur. Puis, Anna, la gouvernante, arriva. C'était une femme merveilleuse, qui avait un don réel pour s'occuper des enfants et de la maison. Elle rangea la cuisine en quelques minutes, mit le linge sale dans la machine, puis entra dans la chambre de Shelley, où Kaila fouillait dans une pile de jouets à la recherche de la chaussure de sport manquante.

— Vous ne jouez pas au tennis, ce matin? interogea Anna.

— J'avais une leçon, mais...

— Allez-y. Et passez un bon moment.

— Mais c'est vraiment la pagaille!

— Kaila, je travaille pour vous, non? Alors, laissez-moi me charger de la pagaille. Je suis là pour ça. Vous me payez bien, et vous avez des enfants mignons comme tout. Allez-vous-en, maintenant !

Kaila se rendit à sa leçon de tennis. Au club, elle retrouva ses amies, qui l'invitèrent à déjeuner. Trop contente de l'opportunité qui lui était donnée de se changer les idées, elle appela Anna pour lui demander d'aller chercher Shelley, puis Justin, à l'école.

C'était une chaude journée, et Kaila but deux piña coladas pendant le repas. Lorsqu'elle quitta ses amies, la tête lui tournait un peu.

Elle rejoignit les vestiaires afin de se changer, longeant le couloir qui séparait l'espace des femmes et celui réservé aux hommes. Un étrange silence régnait, et les semelles de ses chaussures de tennis couinaient à chacun de ses pas.

Soudain, une main se posa sur son épaule et elle sursauta, étouffant un cri.

— Kaila.

Elle fit volte-face et se trouva nez à nez avec son soupirant secret.

Vêtu d'un short et d'un polo blancs, il la regardait en souriant, toujours aussi séduisant.

— Tu es si jolie que j'ai envie de te dévorer ! dit-il.

Kaila sourit à son tour. Elle se sentait un peu soûle... et très sotte. Deux cocktails en pleine journée, ce n'était vraiment pas raisonnable !

— Merci, murmura-t-elle.

— Es-tu enfin prête à avoir une liaison avec moi ? demanda-t-il.

Le ton de sa voix était léger, câlin, mais son regard était sérieux. Il la poussa doucement contre le mur, ses doigts glissant sur son visage.

— Je... ne peux pas.

— Tu sais bien que cela va arriver.

Kaila sourit encore.

— Nous ne devrions pas, murmura-t-elle en secouant la tête. Je veux dire... il ne faut pas. Vraiment. Il ne faut pas.

Elle ne put retenir un gloussement et maudit ces satanées piña coladas.

Il se pressa contre elle et soudain, ses lèvres furent sur les siennes. Brûlantes. Passionnées. Kaila réagit aussitôt. « Ce sont les cocktails », se dit-elle. Déjà, elle répondait à son baiser. Après tout, ce n'était pas bien méchant. Si ? Leurs langues se mêlaient, ainsi que leur salive, leur souffle. Elle avait besoin d'air...

Bizarrement, elle se sentait à la fois excitée et...

Dégoûtée.

Une vague sensation de panique l'envahit. Les mains de l'homme étaient sur son corps, épousant la courbe de ses seins, glissant le long de ses cuisses, touchant sa peau nue.

— Couche avec moi, chuchota-t-il contre ses lèvres avec ferveur. Aime-moi...

Kaila éprouvait le besoin irrésistible de le repousser. Mais il s'écarta le premier.

— Je t'aime, déclara-t-il. Et j'attendrai jusqu'à ce que tu sois prête. Le moment approche. Je commence à le goûter, quand nous nous embrassons. Si tu savais tout ce que j'ai envie de te faire, tous ces points si sensibles que je veux caresser, embrasser. Ce sera si bon. Je passerai ma langue ici... et là...

Il fit glisser ses doigts entre les cuisses de Kaila, qui se raidit, choquée. Jusqu'à présent, elle n'avait fait que jouer avec l'idée d'une liaison. A présent, il ne s'agissait plus d'un simple jeu. C'était réel. Beaucoup trop réel !

— Mais je peux attendre, poursuivait-il. Je *vais* attendre. Ce sera tellement meilleur. Tu auras envie de moi. Oui, crois-moi, quand j'en aurai terminé avec toi, tu auras envie de moi.

Kaila était bouche bée. Elle ne pouvait plus parler.

Alors, il lui caressa la joue, avec tendresse, la regardant comme s'il comprenait. Puis, il s'éloigna en sifflotant.

Quelques mètres plus loin, il croisa une connaissance et ils échangèrent quelques propos, sur un ton jovial.

Kaila était appuyée contre le mur, les jambes flageolantes. Elle tremblait de tous ses membres, consciente qu'une fois encore, elle ne savait pas ce qu'elle voulait.

Elle avait trouvé amusant d'entretenir ce fantasme. Elle s'était imaginé un amant merveilleux, séduisant et charmeur, qui aurait tout fait pour lui donner le sentiment qu'elle était belle et désirable. Un amant qui l'aurait adorée, qui aurait su exactement où et comment elle voulait être touchée, caressée.

Mais voilà que, brusquement, elle se sentait... sale. Son beau rêve à portée de main, elle s'avisait qu'elle n'en voulait plus.

De nouveau, Kaila était au bord des larmes.

Enfin, elle réussit à se redresser et rejoignit le vestiaire des femmes. Elle devait ramener leur relation sur le mode de l'amitié. A moins, bien sûr, que Dan n'ait vraiment une liaison avec une autre femme. Dans ce cas, pour apaiser sa fureur, elle coucherait sans doute avec le premier venu.

Avec *lui*.

Elle s'arrêta devant son casier et sourit. La sensation de dégoût s'effaça. Il était vraiment adorable ! Ce charmeur avait le don de dire et de faire ce qu'il fallait pour qu'elle se sente mieux.

Il lui avait laissé des roses. Des roses rouges, magnifiques. Une douzaine. Elles étaient posées sur le banc, juste en face de son casier.

Elle les prit et aussitôt, poussa un petit cri de douleur, avant de sucer le doigt où perlait une goutte de sang.

Ces roses avaient des épines.

Mais il s'agissait quand même de roses... C'était tellement romantique.

Kaila prit une longue douche, essayant de mettre un peu d'ordre dans ses idées, avant de rentrer à la maison.

Quand elle en franchit le seuil, le monde ne lui paraissait plus aussi sombre et frustrant. Anna avait tout rangé. Anthony faisait la sieste. Shelley jouait avec ses poupées et Justin poussait ses camions sur le tapis, tout en regardant une vidéo de Walt Disney.

Dans la cuisine, elle trouva Anna en train de préparer des légumes pour le dîner.

Soudain, Kaila sursauta. La porte de la salle à manger était ouverte, et un énorme bouquet de roses trônait au milieu de la table.

— Anna, qu'est-ce que c'est ? demanda-t-elle.

— Des fleurs. Elles sont arrivées il y a une heure.

— Qui les a envoyées ?

— Je ne sais pas. La carte vous est adressée.

Kaila se rendit dans la salle à manger. Il y avait au moins deux douzaines de roses superbement arrangées dans un vase. Elle trouva la petite enveloppe et sortit le carton qui se trouvait à l'intérieur.

Juste quelques mots. Très simples.

« Kaila, je t'aime. Dan. »

⁂

Il se passait parfois des jours, des semaines, des mois durant lesquels on piétinait sur une affaire. Et bien sûr, il arrivait qu'on ne retrouve jamais un meurtrier. L'avantage, en ce qui concernait la plupart des serial killers, c'était qu'au fond de leur inconscient, ils voulaient qu'on les attrape. Ils savaient que leur comportement était abominable, et ils voulaient être arrêtés. Pour cette raison, ils laissaient généralement leur carte de visite ; ils provoquaient la police en abandonnant toujours quelques indices. Et chaque année, grâce aux progrès de la science, on parvenait de mieux en mieux à établir un lien irréfutable entre les meurtriers et leurs victimes. Empreintes, sang, fibres, marques de dents, A.D.N. : tout cela permettait de condamner de nombreux criminels.

Une fois qu'on les avait attrapés.

Avant d'en arriver là, il fallait recourir aux services de professionnels dont la spécialité consistait à établir le profil de l'assassin. Kyle était au nombre de ces spécialistes.

Ce jour-là, il avait passé toute la matinée sur le site où l'on avait retrouvé un torse de femme, enterré sur la berge. Il se rendit ensuite au bureau du coroner, pour attendre les conclusions des pathologistes. Ceux-ci furent formels : la tête coupée, le bras retrouvé sous l'eau et le torse appartenaient bien à la même personne. Kyle demanda des photos des tatouages qui ornaient la fesse de Jane Doe et le bas du ventre de leur dernière victime. Au début de l'après-midi, les clichés furent passés dans l'ordinateur et on put se livrer à des vérifications à travers tout le pays, afin de découvrir si des « signatures » similaires avaient été trouvées sur les corps d'autres cadavres, dans d'autres Etats, tandis que des policiers étaient envoyés dans tous les salons de tatouage du sud de la Floride.

Kyle travailla tard à son ordinateur, dans sa chambre d'hôtel de Coconut Grove. Vers 21 heures, le téléphone sonna.

— Kyle ?

— Salut, papa. Tu vas bien ?

— Oui. C'est un tel luxe de t'avoir de nouveau chez nous que j'ai décidé de te passer un petit coup de fil, juste pour le plaisir. Tout se déroule comme tu le souhaites ?

— Plus ou moins, oui. L'enquête a l'air d'avancer.

— Ah bon ?

— Oui. Deux des victimes s'étaient fait récemment tatouer.

— Les journaux parlent de corps découpés et de membres éparpillés à travers l'Etat.

— Les journaux en disent toujours trop ! soupira Kyle. Et plus les détails sont horribles, plus ils sont contents.

— C'est vrai, reconnut Roger. Enfin, tu penses pouvoir te libérer un peu, ce week-end ?

— Sans doute.

— Tu te souviens du vernissage dont je t'ai parlé, l'autre soir ?

Kyle écarquilla les yeux, avant d'éprouver un affreux sentiment de culpabilité. Oui, bien sûr ! Son père et un de ses amis peintre avaient décidé d'ouvrir une galerie pour y exposer leurs œuvres, ainsi que celles des artistes de la région, et ils organisaient un cocktail pour l'occasion, le dimanche soir suivant.

— Si je suis disponible, je te promets d'être présent, répondit-il.

— Bravo. Rafe sera content.

— Ah bon ? Pourquoi ?

— Si tu es là, d'après ton frère, les journalistes le laisseront peut-être un peu tranquille. Ils sont toujours en train de lui demander pourquoi il ne s'est pas orienté vers l'art. Il a beau leur répondre qu'il n'a aucun talent, cela ne suffit pas à les convaincre. Il espère qu'ils s'attaqueront à toi, dimanche...

Kyle éclata de rire.

— J'imagine très bien Rafe en train de leur expliquer très sérieusement qu'il est nul en dessin. Si tu le vois avant moi, dis-lui que je m'en veux de ne pas vivre en Floride et de lui abandonner la responsabilité de justifier le fait qu'il n'a pas hérité de tes gènes artistiques.

— Il sera content de l'entendre. Je te verrai donc là-bas, fiston ?

— D'accord. Oh ! papa, le reste de la famille sera aussi présent ?

— Le reste de la famille ?

— Euh, oui... enfin, je veux dire, Jordan et sa marmaille.

— Bien sûr ! En tout cas, ils sont tous invités. Tu sais que nous ne manquons jamais de nous soutenir mutuellement, et ils savent que cette galerie compte beaucoup pour moi. Cela te pose un problème ?

— Non, pas du tout.

Ils raccrochèrent un moment plus tard, et Kyle se leva, s'étira, et fit quelques pas dans la chambre, avant de se rasseoir. Il était fatigué, mais trop agité pour dormir.

Le téléphone sonna de nouveau. C'était Kaila, qui appelait juste pour dire bonjour. Puis ce fut le tour de Trent. Et celui de Jassy, qui l'entraîna dans une longue conversation à propos de leurs découvertes médico-légales, avant de déclarer qu'elle l'avait en réalité appelé pour savoir comment il allait et lui dire qu'elle était contente de le savoir de retour parmi eux.

Quand la sonnerie retentit de nouveau, Kyle espéra, malgré lui, que Madison l'appelait.

Mais il s'agissait de Rafe. Il venait d'aller au cinéma avec une amie qui habitait près de l'hôtel de Kyle ; en la reconduisant chez elle, il avait pensé à son frère et s'était dit qu'ils pourraient aller prendre un verre ensemble. Kyle accepta aussitôt de le rejoindre.

Même après 22 heures, en pleine semaine, l'artère marchande de Coconut Grove connaissait une grande activité.

Kyle entra dans une librairie, ouverte jusqu'à 23 heures, et acheta plusieurs journaux et magazines. Puis il se rendit au Fat Tuesday, où Rafe l'attendait, déjà installé devant une bière, au bar.

— Alors, tu as été abandonné par ta nouvelle conquête ? lança Kyle en s'asseyant à côté de lui.

Rafe sourit et haussa les épaules. Il avait à peine deux ans de plus que Kyle — leur père ayant changé d'épouses très rapidement, quand il était jeune. Toutefois, en dehors de l'âge et de la taille, les deux frères n'avaient pas grand-chose en commun. Rafe avait été un étudiant brillant et sérieux, avant de devenir un génie de la finance. Il avait passé plusieurs années à travailler à la bourse de New York, avant de commencer à investir ses propres économies. Très vite, il avait pu démissionner du poste qu'il occupait et il vivait maintenant — fort bien — du résultat de ses opérations financières. Le soleil avait encore décoloré ses cheveux blonds et, en dépit de sa nature sérieuse, ses yeux gris pouvaient pétiller d'amusement, comme à cet instant.

— J'espérais qu'elle me proposerait de rester, mais je vais encore devoir patienter un peu. La prochaine fois, peut-être. Elle est infirmière et commence son service à 6 heures, demain matin. Elle est vraiment sympa. Enfin ! on verra comment cela évolue...

— Il serait temps que tu aies enfin une relation sérieuse avec une femme.

— Je suis sérieux avec toutes les femmes ! répondit Rafe. Et toi ? Comment se passe ton séjour dans notre folle cité ?

— Pas trop mal. L'enquête avance.

Il lui raconta la découverte du torse, et les roses livrées chez Maria Garcia, lui recommandant de garder ces informations pour lui. Puis, il haussa les épaules.

— Jimmy n'a pas pu s'empêcher de mêler Madison à tout ça.

— Et alors ? Ce n'est pas la première fois qu'elle travaille pour lui. Pour une affaire pareille, il fallait s'attendre à ce qu'il lui demande son aide.

— Ça ne me plaît pas.

— Pourquoi ? Elle a eu des visions ?

— Des visions, des rêves. De la victime, chaque fois.

— C'est généralement le cas. Souviens-toi qu'elle n'a jamais pu voir le meurtrier de sa mère.

— C'est vrai. Pour l'instant, elle ressent la souffrance de la femme qui a été tuée.

Kyle secoua la tête.

— Je ne peux pas expliquer pourquoi, mais je n'aime pas la savoir mêlée à tout ça.

— Madison est majeure, commenta Rafe d'un ton fataliste. Et Jimmy se servira d'elle de toute façon. Que cela te plaise ou non.

— Peut-être. Il n'empêche que j'ai un mauvais pressentiment.

Rafe joua un instant avec l'étiquette de sa bouteille de bière.

— Je crois que tu es nerveux parce que tu te rends compte à quel point Madison ressemble à Lainie... quand elle a été tuée.

Les sourcils froncés, Kyle réfléchit aux paroles de son frère. Se pouvait-il qu'il ait raison ?

— Je ne suis pas sûr que cela ait un rapport. D'ailleurs, quand on l'a attrapé, Harry Nore a été jugé fou à lier.

Rafe eut une moue dubitative.

— Je ne pense pas que Madison ait jamais été convaincue qu'il était le meurtrier de sa mère...

— Elle a bien été obligée d'accepter l'évidence. Les flics l'ont arrêté, avec l'arme du crime et des traces de sang de Lainie dessus.

— Elle a accepté parce qu'elle était une gamine et qu'elle n'avait pas le choix.

— Les preuves contre Nore étaient suffisantes. A quoi bon continuer à remuer la boue ? Madison en avait assez bavé comme ça.

— Elle est plus forte que tu n'as l'air de le croire, Kyle. En outre, si tu me permets d'être franc, tu ne peux pas reparaître après toutes ces années et t'imaginer que tu vas mener toute la famille à la baguette.

— Je n'imagine rien de tel, répliqua Kyle. Simplement, je n'aime pas l'idée de la savoir mêlée à cette histoire. Ça me rend nerveux.

— Dans ce cas, débrouille-toi pour qu'elle n'y soit plus mêlée.

— Comment ?

Rafe éclata de rire.

— Qu'est-ce que j'en sais, moi ? C'est toi l'agent du FBI !

Il recouvra brusquement son sérieux.

— Bon, c'est une sale affaire. Et tu as peut-être raison de vouloir laisser Madison en dehors de tout ça. Alors, trouve un moyen de l'occuper ailleurs. Je ne sais pas, moi : fais-la kidnapper et abandonne-la sur une île déserte jusqu'à ce que tu aies trouvé ton coupable.

— C'est ça ! Et après, le FBI sera à mes trousses.

— Allons, je suis sûr que tu vas avoir une idée. Fais de ton mieux pour la tenir à l'écart.

Kyle descendit brusquement de son tabouret.

— Où vas-tu ? demanda son frère.

— Lui téléphoner. Tous les autres m'ont appelé, ce soir. Même Trent. Je tiens juste à m'assurer qu'elle va bien.

— Madison est une grande fille, tu sais.

Kyle hocha la tête, mais il se dirigea quand même vers le téléphone public, à côté des toilettes. Il composa le numéro de la jeune femme. Et il tomba sur le répondeur.

— Madison, c'est Kyle, dit-il. Réponds. Madison, je vais attendre. Je vais continuer de parler jusqu'à ce que tu décroches. C'est Kyle. Réponds !

Personne ne répondit.

Il rappela. Et cette fois encore, il n'obtint que le message enregistré. En désespoir de cause, il raccrocha et retourna vers Rafe.

— Il est 23 heures, et on est mardi, déclara-t-il en jetant un coup d'œil à sa montre. Où peut-elle bien être ?

— Un rendez-vous galant ? suggéra Rafe.

— Elle a une petite fille.

— Et alors, les mères de famille peuvent aussi sortir dîner, non ?

Kyle fusilla son frère du regard.

— Dans ce cas, la baby-sitter aurait répondu au téléphone.

— Peut-être. Mais tu oublies que Darryl est en ville. Carrie Anne doit être avec lui. Il se peut aussi que Madison soit avec eux.

— Madison et Darryl sont divorcés, rappela Kyle.

— Ce qui ne les empêche pas d'être encore très proches l'un de l'autre. Qui sait s'ils ne décideront pas de revenir ensemble, un jour... Kyle, elle va bien ! Ouvre un peu les yeux. Elle a sans doute décidé de passer la nuit chez Darryl. Tu ne peux pas débarquer ainsi en ville, sans crier gare, et te mettre à la poursuivre.

— Je ne suis pas en train de la poursuivre. Je m'inquiète à son sujet.

— Elle est majeure et vaccinée. Du reste, tu ne fais même pas vraiment partie de sa famille ; et en plus, tu avais disparu de sa vie depuis des années. Tu ne peux pas décider comme ça, du jour au lendemain, d'endosser le rôle de son ange gardien.

Kyle saisit sa bouteille de bière et but une longue rasade, avant de murmurer :

— Mmm. Tu as peut-être raison.

Ils changèrent de sujet, et Rafe lui donna des conseils pour investir son argent. Quand ils se séparèrent, la nuit était bien avancée.

Dans sa chambre, à l'hôtel, Kyle se coucha sans attendre. Il aurait dû s'endormir rapidement, mais il ne cessait de tourner et de virer dans son lit, à la recherche du détail qui lui échappait.

Excédé, il finit par se lever et reprit tous les rapports, qu'il compulsa de nouveau. Et soudain, il eut la révélation.

Les victimes de leur tueur maniaque étaient toutes rousses !

Sans doute en aurait-il pris conscience plus tôt, si la photo de Julie Sabor qu'il avait en sa possession n'avait pas été en noir et blanc. Mais c'était écrit, en toutes lettres, dans le rapport d'autopsie : la jeune femme avait des cheveux roux. Si ceux de Maria Garcia étaient très sombres, on voyait distinctement des mèches auburn. Et la tête, hier...

Il eut un haut-le-cœur, et son anxiété au sujet de Madison ne fit que grandir. Il essaya encore d'appeler chez elle mais, de nouveau, il n'obtint que le répondeur.

Il raccrocha.

Rafe avait paru suggérer qu'elle couchait toujours avec Darryl. Kyle pouvait donc appeler ce dernier ; pour cela, toutefois, il lui fallait découvrir où le joindre. N'y tenant plus, il composa le numéro de Jassy. La jeune femme répondit d'une voix ensommeillée.

— Madison pourrait être avec Darryl, dit-elle après que Kyle lui eut expliqué la situation, mais à mon avis, elle est chez elle. La plupart du temps, elle coupe la sonnerie du téléphone après 22 heures à cause de Carrie Anne, qui a le sommeil très léger. Essaie de nouveau demain matin, Kyle. Je suis sûre qu'elle va bien.

Il songea un instant à se rendre chez elle et à frapper à sa porte jusqu'à ce qu'elle lui ouvre. Il se ravisa assez vite : elle serait vraiment furieuse contre lui, alors ; et surtout, elle serait encore moins disposée à écouter ses conseils.

Il ne lui restait donc plus qu'à se calmer et patienter jusqu'au lendemain.

Il se recoucha et demeura éveillé, les yeux fixés au plafond, avant que la fatigue ne le terrasse.

Et il fit un rêve.

Il était dans une maison. Madison était là, aussi. Soudain, il se voyait en train de longer un couloir sombre, pour la rejoindre. Il venait de prendre une douche et portait juste une serviette autour de la taille. Il n'avait qu'un seul but . Madison. Le moment était venu. Et peu importaient leurs disputes, leurs prises de bec. Elle le savait bien, elle aussi. Ce qui existait entre eux était très différent des émotions qu'il avait éprouvées pour Fallon. Cela n'avait rien à voir avec le passé, ou avec l'avenir ; et cela aussi, Madison en était consciente.

Pour toutes ces raisons, il longeait à présent ce long couloir sombre et brumeux. Un couloir pareil à celui qui se trouvait dans la maison que Lainie avait autrefois partagée avec Roger Montgomery.

Madison était au bout. Dans sa chambre. Une douce lumière dorée émanait de la pièce. Elle portait une serviette, elle aussi. Ses cheveux étaient secs et tombaient en longues cascades de feu sur ses épaules nues. Ses yeux brillaient. Elle l'attendait.

Leurs regards se croisèrent, et Kyle sentit la violence de l'émoi qui agitait la jeune femme, en même temps que sa fureur de se découvrir aussi impuissante à le contrôler. Car elle ne voulait pas avoir envie de lui ; et elle voulait encore moins qu'il sache à quel point elle se consumait de désir pour lui...

Il sourit et s'approcha encore.

Soudain, l'obscurité s'épaissit, et Madison parut s'éloigner de lui. Même la nature de l'air, autour d'eux, avait changé. Kyle sentit une autre présence.

Quelqu'un s'immisçait entre eux.

Quelqu'un rôdait dans l'ombre grandissante. Quelqu'un qui attendait, qui menaçait Madison...

Puis, il vit briller la lame d'un couteau. Un énorme couteau de boucher, surgi de nulle part. Il était suspendu dans l'air, comme soutenu par des fils invisibles.

La lame fendit l'air.

Les ombres bougèrent.

Et Madison poussa un hurlement...

Kyle se réveilla brusquement, tout trempé de sueur.

Il lui fallut plusieurs secondes avant de comprendre qu'il venait de rêver. Il était dans son lit, dans sa chambre d'hôtel, et la lumière du petit matin commençait de filtrer à travers les rideaux tirés.

6 h 30.

La sonnerie du réveil se déclencha au même moment, et il s'en fallut de peu que Kyle, surpris, ne bondisse hors du lit.

Irrité contre lui-même, il se leva et se rendit dans la salle de bains. Là, il se glissa sous la douche, sursautant quand le jet d'eau glacé le frappa de plein fouet. Peut-être avait-il eu tort d'accepter cette mission. Des criminels, il y en avait partout à travers le pays. Jamais il n'aurait dû revenir en Floride.

Le téléphone sonnait déjà, quand il sortit de la salle de bains. Il décrocha. C'était son assistant, Ricky Haines, qui l'appelait de Virginie pour le mettre au courant des derniers développements de l'enquête. On n'avait pas encore trouvé de tatouages ressemblant à celui des victimes de l'assassin, mais les recherches se poursuivaient.

Kyle le remercia. Puis, il s'habilla et consulta sa montre, avant de composer le numéro de Jimmy. Ce dernier arrivait souvent au commissariat vers 7 h 30, parfois même plus tôt.

Il était là, en effet, et il avait des informations toutes fraîches.

On avait réussi à identifier la jeune femme qu'ils appelaient Jane Doe. Elle s'appelait en réalité Julie Sabor. Un moulage dentaire envoyé de Cincinnati avait permis de la reconnaître sans erreur possible.

— Nous pensons aussi avoir un nom pour notre victime de ce week-end, poursuivit Jimmy. Holly Tyler, 28 ans. Elle travaillait comme standardiste dans un laboratoire d'analyses médicales. Enfant unique, parents décédés, amicale, appréciée sur son lieu de travail. Elle était très énervée, vendredi après-midi. Elle avait demandé à partir un peu plus tôt et parlait d'une escapade amoureuse. Mais elle n'a pas voulu en dire davantage. Elle avait promis à ses collègues qu'elle leur raconterait son week-end à son retour, lundi matin.

— Et elle n'est jamais revenue.

— Ses amies ont hésité à téléphoner. Elles pensaient qu'elle avait peut-être l'intention d'appeler pour dire qu'elle était malade. Puis, l'une d'elles a remarqué un article, dans le journal, au sujet du torse qu'on a retrouvé hier. J'attends deux de ses collègues, dans à peu près une heure, pour qu'elles identifient le corps... enfin, la tête.

— Je serai là, promit Kyle, avant de raccrocher.

Aussitôt, il essaya d'appeler chez Madison. Et de nouveau, il tomba sur le répondeur.

Il étouffa un juron et décida de se rendre chez elle.

La Cherokee beige était dans l'allée. Pourtant, quand il sonna, personne ne répondit. Il frappa à la porte, puis fit le tour de la maison, cognant aux fenêtres.

— Merde, Madison ! jura-t-il entre ses dents.

Finalement, il retourna dans sa voiture et rappela Jimmy avec son téléphone cellulaire.

— Est-ce que Madison est avec toi à la morgue ? s'enquit-il avec colère.

— Non, Madison n'est pas à la morgue, répliqua Jimmy d'un ton revêche. On peut savoir ce qui te prend ?

— Elle ne répondait pas au téléphone, hier soir. Et elle n'est pas chez elle, ce matin.

— Au cas où tu ne t'en serais pas aperçu, Kyle, Madison est majeure et vaccinée.

— C'est ce qu'on m'a déjà dit, oui. Je vais défoncer la porte, Jimmy !

— Kyle, je suis sûr qu'elle...

— Je m'en fous ! J'entre chez elle.

— Bon. J'arrive. Tu entends ? Cinq min...

Mais Kyle avait déjà raccroché.

8.

— Sublime ! Absolument sublime ! Maintenant, cesse de sourire. Sois provocante, Madison. Séduis l'appareil photo. Nous ne sommes plus en train de jouer, ici. On brûle, ma chérie ! Tu es la sensualité faite femme. Bouge doucement, à peine, imperceptiblement. Ecarte les lèvres. Juste un peu. C'est ça ! Voilà. Parfait. C'est par-fait !

Jaime Marquesa mitraillait Madison avec son appareil photo en même temps qu'il lui donnait ses instructions. Ils faisaient une séance en extérieur, sur un morceau de plage privée de Key West. Tandis que Jaime tournait autour de son modèle, ses deux assistants le suivaient en silence, prêts à écarter le moindre objet gênant ou à lever leur panneau d'aluminium pour cacher le soleil, s'il le fallait.

Madison aimait bien Jaime, tout comme elle appréciait de travailler avec Michelle Michaux. D'origine haïtienne, celle-ci avait émergé d'un des quartiers d'immigrants de Miami et s'était hissée jusqu'aux sommets de l'univers de la mode. Ses collections de maillots de bain étaient devenues si populaires que le nom de la petite couturière de quartier apparaissait désormais fréquemment dans le magazine *Forbes*.

Michelle avait une philosophie : « Rends à la vie ce qu'elle t'a donné. » C'était ainsi qu'aujourd'hui, Madison, Jaime et la créatrice offraient chacun son temps et son talent pour une campagne d'affiches dont le but était de soutenir les étudiants de la région désireux de poursuivre une carrière dans la mode ou dans les beaux-arts.

Avec Darryl à Miami, et trop heureux de passer le plus de temps possible avec Carrie Anne, Madison avait sauté sur l'opportunité de s'échapper durant quelques jours.

— Je vois du sable ! s'écria soudain Jaime d'un air mécontent.

Il planta un poing sur sa hanche et considéra avec sévérité un de ses assistants, Hector, un jeune New-Yorkais d'origine nicaraguayenne.

— Je vois du sable ! répéta le photographe.

Hector haussa les épaules et courut vers Madison avec un pinceau, la débarrassant des quelques grains de sable qui pouvaient subsister sur ses fesses.

— Merci, murmura-t-elle.

Il lui adressa un clin d'œil.

— C'est un sale boulot, mais il faut bien que quelqu'un le fasse.

Elle lui sourit. Ses paroles ne portaient guère à conséquence. Hector était l'amant de Jaime.

— Et dire que je dois tenir ces foutus pare-soleil ! soupira George, le deuxième assistant.

— Les pare-soleil sont très importants, assura Hector.

— Peut-être, mais le sable est beaucoup plus amusant...

— On travaille, ici, les garçons ! grommela Jaime avec un soupir théâtral. Allez, Madison, on recommence. Le même air rêveur et provocant à la fois... Voilà ! Et maintenant, donnez-lui les écharpes. Les écharpes pour Madison ! Oui, c'est ça, tu joues avec. Amuse-toi. Cours. Fais-les flotter dans la brise. On essaie de démontrer que les rêves se tissent comme la soie... Ils flottent dans les airs. Ils sont ce qu'on en fait, tu comprends ? Va. Cours...

Et Madison courait.

Jaime était doué. Il était le meilleur. Avec lui, Madison faisait des étincelles. Et en plus, elle s'amusait.

Bien sûr, c'était physiquement éprouvant. Ils travaillaient depuis le matin, et même si l'après-midi touchait à sa fin, le soleil continuait de darder ses rayons... et Jaime de prendre photo sur photo. Alors que la styliste et la maquilleuse étaient parties après la dernière pause, il avait promis au moins une dizaine de fois d'arrêter « dans quelques minutes ». Mais ainsi que Madison avait souvent eu l'occasion de le constater, les minutes de Jaime pouvaient durer des heures...

Lors d'une brève pause durant laquelle Hector revint lui ôter quelques grains de sable supplémentaires, elle fut stupéfaite, en levant la tête, de découvrir Kyle Montgomery en train de converser avec Michelle et le photographe. Il leur parlait, mais c'était elle qu'il regardait.

Il était vêtu d'un short en jean, de sandales et, bien sûr, il avait chaussé ses inévitables lunettes de soleil. Ses cheveux bruns tombaient sur son front et il était superbement bronzé, à tel point qu'on aurait pu le prendre sans peine pour un des membres de leur équipe plutôt que pour un agent du FBI. Que faisait-il ici ? Il était censé travailler.

Bien malgré elle, Madison sentit son cœur battre plus fort, pus vite. Pourquoi avait-il quitté Washington ?

Elle s'efforça de discipliner le rythme de sa respiration, ordonna à ses jambes de ne pas se dérober, et elle se reprocha en silence d'être ainsi affectée par sa présence. Si seulement il pouvait disparaître...

Elle ferma les yeux. Mais quand elle les rouvrit, Kyle était toujours là.

Jaime hocha la tête, comme s'il lui donnait la permission d'aller parler à son modèle. Kyle lui adressa à son tour un signe de tête en guise de remerciement et il marcha vers Madison. Il s'arrêta juste devant elle, ôta ses lunettes de soleil, et la fusilla du regard. Madison eut l'impression qu'il fournissait un terrible effort pour ne pas la secouer.

— Qu'est-ce que tu fais là ? demanda-t-elle d'une voix qui lui parut affreusement haut perchée.

— Je me retiens de te donner une bonne fessée, répondit-il.

— Et on peut savoir pourquoi ?

— Est-ce qu'il t'arrive d'écouter les autres ? s'emporta Kyle. Bon sang, Madison ! Qu'est-ce que tu fabriques ici ?

Stupéfaite par l'intensité de sa colère, elle répondit :

— Au cas où tu ne l'aurais pas compris, je travaille. Ou plutôt, je suis en train de faire une bonne action. J'offre mon temps pour le bien de la communauté. Tu t'es fâché parce que je me mêlais de ton enquête. Alors, je me suis éloignée, afin de te laisser tranquille. Quel est ton problème, cette fois ?

— Il ne t'est pas venu à l'idée de dire à quelqu'un où tu te trouvais ?

— Darryl sait où je suis. Carrie Anne est avec lui.

— Darryl ! Et c'est tout.

— Attends une seconde. Laisse-moi réfléchir. Est-ce que je devais prévenir le père de mon enfant de l'endroit où je me rendais, compte tenu du fait qu'il allait tout de même s'occuper d'elle ? Ou bien est-ce que j'aurais dû me dire : « Non, non, je vais plutôt avertir mon demi-frère — celui que je n'ai pas vu depuis plus de cinq ans et qui trouve toujours le moyen de critiquer tout ce que je fais » ?

Kyle serra les dents et la prit par le bras, l'attirant vers lui — comme s'il avait besoin de s'assurer qu'elle allait entendre chacun des mots qu'il s'apprêtait à prononcer.

— Je ne te demandais pas de m'avertir, moi, personnellement. Mais tu aurais pu appeler une de tes sœurs. Ou ton père. Quelqu'un d'autre.

Madison voulut se dégager, mais il la tenait avec fermeté.

— Je suis partie de façon très soudaine, riposta-t-elle. J'avais l'intention d'appeler papa à la fin de cette séance, et de le prévenir que j'allais dormir chez lui à Key West, ce soir, puisqu'il est parti à Miami. Je ne pensais pas que je devais rendre compte de mes moindres mouvements. Il faut dire que mon propre père ne se comporte pas avec moi comme s'il était le roi Henry VIII...

— Tu n'es qu'une petite idiote irresponsable ! marmonna Kyle. Je pensais pourtant t'avoir fait comprendre qu'il y a un serial killer en liberté dans la région !

Madison serra les dents.

— Il y a toujours un serial killer en liberté quelque part. Après tout, c'est pour ça que tu as un job, non ?

— C'est différent, cette fois, et tu le sais très bien.

— Comment est-ce que tu m'as trouvée ?

— J'ai appelé tout le monde. Y compris Darryl.

Madison poussa un soupir.

— Tu ne voulais pas que je sois mêlée à l'enquête, n'est-ce pas ? Alors, je me suis éloignée.

— Bon sang, Madison ! Elles sont toutes rousses ! Chacune des victimes...

— ... est rousse, du sexe féminin et jeune. Quant à moi, je suis assez intelligente pour faire attention, Kyle.

Celui-ci fronça les sourcils.

— Tu savais qu'elles avaient toutes les cheveux roux ?

— C'est toi qui viens de me le dire.

— Mais tu le savais déjà.

— Dans mes visions, la jeune femme était rousse. C'est tout ce que je savais. Je ne peux quand même pas m'arrêter de vivre parce que je suis une femme, jeune et aux cheveux roux !

Kyle s'apprêtait à rétorquer, mais la voix de Jaime l'en empêcha.

— Agent Montgomery ? lança-t-il en s'approchant d'eux, l'air anxieux. Je comprends l'importance de votre travail, mais si votre conversation pouvait attendre encore quelques minutes... Nous sommes en train de perdre de précieux instants de lumière.

— Je crois que l'agent Montgomery en a fini avec moi, déclara Madison.

— Absolument pas ! s'exclama Kyle en chaussant de nouveau ses lunettes de soleil. Mais je peux attendre, ajouta-t-il poliment.

— Tu ne devrais pas rentrer à Miami ? Tu n'as pas des pistes à suivre ?

— Je suis avec toi, Madison. Je m'entretiens avec la femme aux pouvoirs médiumniques. Je travaille.

— Madison ? appela encore Jaime.

— Je suis prête, répondit-elle.

Kyle alla rejoindre les autres, et la séance de photos reprit.

Mais Madison se rendit compte assez vite qu'il lui était impossible de faire abstraction de sa présence, de cette manière qu'il avait de la regarder, le visage dur et les bras croisés. Elle se sentait maladroite, comme une petite fille qui joue à se déguiser en adulte, à paraître belle, mature, séduisante.

Jaime se mit à soupirer.

Hector vint lui ôter un peu de sable, avec plus d'ardeur que jamais, ce qui ne fit qu'empirer les choses.

— Allons, Madison, nous sommes en train de perdre la lumière ! lui lança Michelle. Rappelle-toi ! Nous faisons cela pour donner de l'espoir à de jeunes gens talentueux ! Grâce à l'aide sociale que ma mère recevait de l'Etat, j'ai pu être aidée. Moi, je ne touche rien. Nous travaillons pour convaincre des jeunes qu'ils ont la capacité de se créer un avenir meilleur.

— *Si, Si* ! renchérit Jaime. Excellent discours. Mais ce n'est pas un air militant qu'il nous faut, Madison. Nous ne sommes pas en train de brûler des soutiens-gorge. Je veux de la douceur. Du sexy...

— Madison a juste besoin d'être réveillée pour avoir l'air sexy, déclara Michelle.

— Elle serait sexy même avec les yeux fermés, ajouta George.

— Joue avec l'appareil photo ! lança Jaime. Fais-lui l'amour...

En cet instant, Madison n'avait qu'une idée en tête : elle voulait tuer Kyle. Cette séance de photos était importante ! Elle devait oublier sa présence. Oublier qu'il était là.

Comme cette stratégie ne fonctionnait pas, elle

décida soudain de changer son fusil d'épaule. Au lieu de chercher à effacer l'importun, qui la fixait de son air furieux, elle allait se servir de sa présence. Sachant qu'elle ne pourrait jamais se laisser aller à rire et à flirter avec Kyle, elle décida de le séduire par l'intermédiaire de l'appareil photo.

Elle allait le provoquer, le faire souffrir.

Alors, elle joua. Elle rit, sourit, posa, fit la moue. Elle éprouva le plaisir de sentir glisser la soie entre ses doigts, offrit son corps à la caresse des rayons du soleil rougeoyant, au sable, à la pure sensualité de cette journée qui scintillait tout autour d'elle. Elle déploya des trésors d'imagination et d'audace pour lui montrer ce qu'il avait choisi de dédaigner, toute sa vie !

Enfin, la lumière tomba et Jaime se déclara satisfait. Le photographe souriait et Michelle, elle aussi, était ravie. Hector assura Madison qu'elle venait de faire de lui un bisexuel et George, s'il ne dit rien, transpirait abondamment.

Seul Kyle demeurait silencieux et impassible.

Hector vint poser un peignoir sur les épaules de Madison, alors qu'elle buvait de grandes gorgées d'eau fraîche à même une bouteille qu'elle venait de prendre dans la glacière.

Sentant la présence de Kyle, dans son dos, elle dit :

— Pourquoi restes-tu là ? Ces séances sont plutôt ennuyeuses pour les spectateurs, non ? En tout cas, je me demande vraiment pour quelle raison tu as fait tout ce chemin jusqu'ici.

Kyle avait toujours les bras croisés, et ses satanées lunettes sur le nez.

— On discutera plus tard. Tes admirateurs veulent fêter la fin de votre séance de photos et aller manger.

— De qui parles-tu ? De mes associés ?

— Les deux homos, la femme et le technicien qui a la langue qui pend jusqu'au sable.

— La langue de George pend jusqu'au sable ? Comme c'est mignon...

— Et si jamais tu te retrouves avec un tueur à la langue pendante après toi, Madison, tu trouveras ça mignon, aussi ?

— Il aurait au moins l'avantage d'être humain, au contraire de certaines personnes que rien n'affecte, répliqua Madison. Et maintenant, si tu le permets, je voudrais me changer.

Elle s'éloigna vivement en direction de la petite maison, sur la plage, qui appartenait à un ami de Michelle.

Celle-ci la rejoignit presque aussitôt, afin de ranger les maillots de bain qu'ils avaient utilisés durant la séance de poses.

— Eh bien ! fit-elle en secouant la tête d'un air amusé.

— Eh bien, quoi ?

— Ce garçon aurait fière allure sur notre affiche. Il est diablement sexy !

— C'est un agent du FBI. On ne les autorise pas à être sexy.

Michelle haussa les sourcils.

— En tout cas, il a l'air de tenir à toi, ma chérie.

— Il est fou de rage, oui ! Bien que j'aie vingt-six ans, j'ai oublié de demander la permission avant de quitter Miami.

Le sourire entendu de Michelle s'épanouit.

— Les gens ne s'inquiètent à ton propos que lorsqu'ils tiennent à toi. Et ils ne se mettent en colère que quand ils tiennent *beaucoup* à toi.

— Oh ! bien sûr qu'il tient à moi. A sa façon. Nous

avons été frère et sœur, à une époque. Enfin, demi-frère et demi-sœur.

— On n'a pas forcément de lien étroit avec son demi-frère ou sa demi-sœur. Surtout quand... ta maman est morte, et la relation a pris fin, n'est-ce pas ?

— Ma mère a été assassinée, je lui ressemble, et personne n'a pu venir à son secours. Je crois que Kyle se sent la responsabilité de veiller à ce qu'il ne m'arrive rien de tel. C'est purement psychologique.

— Eh bien, tu devrais te réjouir d'avoir un homme fort qui veille sur toi. Et tu sais quoi ? Si j'étais toi...

Michelle marqua une pause, et Madison leva les yeux.

— Oui ?

L'Haïtienne eut un clin d'œil.

— Je coucherais avec lui.

— Je devrais coucher avec un homme simplement parce qu'il s'inquiète à mon sujet ?

— Mais non ! Tu devrais coucher avec lui parce qu'il a des bras musclés, un beau torse, et de jolies fesses, aussi. Sans parler de sa belle peau et de son visage plein de caractère, masculin. Fais confiance à l'opinion d'une artiste.

Madison ne put s'empêcher de rire.

— En d'autres termes, déclara-t-elle, la marchandise te paraît être de bonne qualité.

— Allons, tu es jeune, Madison ! Tu voudrais coucher avec un vieux bonhomme tout rabougri ?

— Non. En tout cas pas tant que je ne serai pas moi aussi une vieille femme toute rabougrie. Mais tout de même, Michelle, on ne peut pas coucher avec un homme simplement parce qu'il a un beau corps ! Il faut un peu de magie, du désir...

— Cela se crée, ma chérie. Tu es trop sérieuse ! Tu

passes tout ton temps avec ta famille, avec la petite Carrie Anne... Je suis en train de t'encourager à prendre des risques. Lance-toi !

— Parfois, quand on se lance, on tombe et on se fait mal, murmura Madison.

— Il n'empêche que c'est cela qu'on appelle vivre. La souffrance est souvent le meilleur des professeurs. Et puis, il faut bien quelques malheurs pour être capable de reconnaître les vrais moments de plaisir et de bonheur.

— Crois-moi, Michelle, Kyle n'est pas l'homme qu'il me faut. Il me prend pour une sorcière.

— Ce n'est pas forcément mauvais. Les sorcières sont proches de la terre et de la nature, nourricières. Et sexy !

Madison secoua la tête en riant.

— Tu es incorrigible !

Recouvrant son sérieux, elle ajouta :

— De toute façon, rien n'est possible, entre Kyle et moi. Tu comprends, nous avons un... passif, qui remonte à très loin.

— C'est à toi de comprendre que ce qui est passé est passé, et que l'avenir est devant toi. Occupe-toi du présent. C'est là que se trouve la vie, ta vie.

Le sourire aux lèvres, Michelle sortit et ferma la porte derrière elle.

Madison s'approcha de la fenêtre et regarda son amie s'entretenir avec Kyle et éclater de son rire mélodieux.

— Dévoreuse d'hommes ! murmura-t-elle en secouant la tête avec indulgence.

Il était presque 20 heures et la palette de couleurs qui zébrait le ciel commençait à virer au gris.

Kyle admirait le spectacle, lui aussi. S'il écoutait

Michelle, son regard était perdu vers l'horizon. Autrefois, se souvint Madison, quand ils étaient gamins, ils s'asseyaient ensemble pour contempler le coucher de soleil...

Elle secoua la tête, agacée par cet accès de nostalgie, puis attrapa son sac.

Pourquoi ne faisait-on pas travailler cet homme de 9 heures à 17 heures, comme tout le monde ? se demanda-t-elle. Et qui diable l'avait autorisé à descendre à Key West, en plein milieu d'une enquête ?

Elle sortit de la maison, bien décidée à ne plus se laisser intimider.

— Nous sommes pratiquement prêts, lui annonça Hector. George finit de ranger le matériel.

Elle resta avec lui et attendit. Soudain, le téléphone cellulaire de Kyle sonna, et il s'excusa auprès de son interlocutrice, avant de s'éloigner de quelques pas pour répondre.

George et Jaime les avaient rejoints, ainsi que Michelle, et ils échangèrent des commentaires à propos de la séance de photos. Mais Madison ne les écoutait pas. Une sensation étrange venait de la pénétrer ; il lui semblait brusquement qu'on la surveillait.

Elle regarda autour d'elle. La mer et la plage s'étendaient derrière elle. Il y avait la maison, à droite, et un peu partout, des buissons caressés par la brise nocturne. Elle ne vit personne ; rien qui pût éveiller le moindre soupçon ou justifier la moindre inquiétude.

Pourtant, elle avait la chair de poule.

Kyle finit sa conversation au téléphone, et il se rapprocha.

— Alors, où est-ce qu'on dîne ? demanda Jaime.

Les propositions fusèrent. Seule Madison demeura silencieuse. Peu lui importait où ils allaient, dès lors qu'ils s'éloignaient d'ici.

⁂

Kaila était fatiguée, physiquement et moralement. Si les fleurs de Dan l'avaient touchée, elles ne pouvaient suffir à le remplacer. Alors qu'elle finissait à peine de lire le court message, sur le carton, le téléphone avait sonné. Il devait quitter la ville pour quelques jours, lui avait-il annoncé. Il était vraiment désolé. Il saurait se faire pardonner. Il l'aimait.

Bla-bla-bla.

Enfin, à 20 heures, elle réussit à coucher les enfants.

Elle entra dans sa chambre, ôtant ses vêtements au fur et à mesure, sans se soucier de tirer les rideaux. Elle abandonna son T-shirt, son jean et ses sous-vêtements sur la moquette et fit couler l'eau, dans la salle de bains.

Puis, elle se glissa sous la douche et laissa le jet lui battre la peau, frissonnant de plaisir. Si elle n'avait pas été si fatiguée, elle aurait pris un bain moussant. Mais elle avait peur de s'endormir et de s'y noyer.

Soudain, elle crut entendre un bruit, comme si on faisait glisser la baie vitrée séparant la chambre du patio et de la piscine.

Elle se figea.

Et attendit, l'oreille tendue...

Jassy avait eu une longue journée, excitante et effrayante à la fois.

Elle était souvent stupéfaite de constater à quel point elle était capable d'éprouver de la compassion pour les victimes de crimes et, dans le même temps, de se plonger avec passion et énergie dans le travail de furetage que constituait la pathologie. On lui avait demandé, un jour, si elle éprouvait de la culpabilité à découper ainsi les corps de ceux qu'avait déjà frappés une mort violente. Elle avait répondu qu'elle était parfois désolée, sans jamais se sentir coupable. Les morts ne pouvaient plus parler ; ils ne pouvaient plus obtenir justice pour les actes barbares dont ils avaient été victimes. En accomplissant son travail, elle œuvrait à faire justice à leur place.

La découverte du torse, la veille, leur avait permis d'analyser le contenu de l'estomac de la jeune morte. Maintenant, avec une bonne enquête de terrain, il serait possible de découvrir l'endroit dans lequel Holly Tyler avait mangé son dernier repas. Et de là, ils pourraient commencer à visiter tous les hôtels et les motels des environs et peut-être, par chance, ou par la grâce d'une intervention divine, retrouver la chambre dans laquelle Holly avait été tuée, interroger des témoins qui l'avaient vue arriver, et même avaient vu son meurtrier...

Jassy était d'excellente humeur, quand elle rentra chez elle en début de soirée.

Un coup d'œil à sa montre lui apprit que son nouvel amant n'allait pas tarder à arriver. Elle en conçut une excitation, une émotion si intenses qu'elle en rougit presque. Elle était pire qu'une adolescente ! Mais c'était si grisant !

Et il l'aimait, lui aussi.

Encore un quart d'heure.

Elle fit claquer la porte d'entrée derrière elle, avant de se débarrasser en hâte des vêtements qu'elle avait portés tout le jour à la morgue.

Un quart d'heure, c'était peu.

Elle abandonna ses chaussures et sa blouse de laboratoire par terre. Puis, elle ôta sa jupe. Quand elle arriva dans sa chambre, elle finissait de déboutonner son chemisier ; elle le laissa tomber et dégrafa son soutien-gorge. Un instant plus tard, elle était sous la douche.

Un jet d'eau froide lui frappa le visage et elle poussa un cri, s'empressant de régler la température. Puis, comme elle tendait la main pour prendre le savon, elle se rappela le gel parfumé qu'on lui avait offert à Noël.

Toute dégoulinante d'eau, elle sortit de la cabine de douche et fouilla dans le placard, sous le lavabo, à la recherche du fameux gel. Elle le trouva et s'en passa sur tout le corps, généreusement, à deux reprises.

Et maintenant, qu'allait-elle porter ?

Rien, décida-t-elle. A l'exception de ses pendants d'oreilles en or, de sa chaîne ornée d'un saphir et de son bracelet de cheville.

Soudain, elle frissonna. Elle était persuadée d'avoir entendu un bruit. Comme un déclic. Elle réfléchit un instant et écarquilla les yeux.

Seigneur ! Avait-elle verrouillé la porte d'entrée ?

Killer admirait la femme qu'il aimait.

Bien sûr, son nom n'était pas vraiment Killer, et il aimait toutes les femmes. Malgré tout, celle-ci comptait plus que les autres.

Il s'était donné le nom de Killer parce qu'il lui plaisait. Parce que c'était un nom vigoureux, masculin ; un nom plein d'assurance, et même un tantinet fanfaron. Et aussi, bien sûr, parce qu'il était un « killer », un tueur. Doué. Intelligent. Alors qu'ils étaient tous si bêtes.

Il la regardait. Fasciné.

Il admirait la manière gracieuse avec laquelle elle se

mouvait tandis qu'elle se débarrassait de ses vêtements, un à un, révélant des formes parfaites. Elle avait de beaux seins, hauts et fermes. Ses cheveux ruisselaient sur ses épaules nues. Elle se détourna, et il trembla en imaginant le plaisir qu'il aurait à la toucher. Elle avait un beau cul. Et puis, elle était différente. D'abord, elle le connaissait. Elle le connaissait bien. Il ne s'agissait pas d'un rendez-vous unique, comme avec les autres. Cette fois, cela pouvait marcher. Elle pourrait l'aimer. Vraiment. Elle serait peut-être le parfum capiteux, la douceur veloutée... sans les épines.

Alors, il n'aurait peut-être pas besoin de la tuer.

Elle bougea de nouveau. Bientôt, elle quitterait son champ de vision. C'était si bon de pouvoir la regarder ainsi, sans qu'elle le sache ; sans qu'elle devine le désir qu'il avait de la caresser, de la lécher. Elle ne se doutait pas à quel point il serait un bon amant pour elle. Parfois, il devrait peut-être lui faire mal, juste pour qu'elle comprenne bien qu'elle n'avait pas intérêt à essayer de le blesser, de se jouer de lui. Et aussi pour qu'elle puisse connaître la violence du plaisir qui vient juste après la douleur.

Soudain, il sursauta, envahi par une sensation désagréable — comme s'il était observé, lui aussi. Il regarda autour de lui, rapidement, les sourcils froncés. Mais non. Il n'y avait personne. Personne ne pouvait le voir. Sauf, peut-être...

L'autre ! Celle qu'il voulait vraiment.

Un jour. Oh ! oui, un jour...

La tête lui tournait. Elle regardait, regardait et regardait encore. Mais elle ne voyait pas ! songea-t-il en exultant.

Lui, il l'avait vue !

Alors que dans ses yeux à elle, l'arbre cachait la

forêt. Ils étaient tous si aveugles. Il pensa à une citation de la Bible et se retint de rire. « Nul n'est plus aveugle que celui qui ne veut pas voir. »

Tout de même, elle pouvait se révéler dangereuse. Si elle s'approchait trop, si elle devenait une menace, alors il devrait agir en conséquence...

Avec elle, il prendrait tout son temps. Et ce serait exactement comme autrefois. Il l'adorerait en même temps qu'il la méprisait. Et il ferait en sorte qu'elle comprenne et qu'elle voie tout ce qu'il avait l'intention de lui faire.

Mais, pour l'instant, il scrutait les ombres de la nuit et attendait patiemment que les nuages couvrent la lune, avant d'esquisser le moindre mouvement.

Pétrifiée d'effroi, Jassy entendit de nouveau le même déclic. Alors, sans réfléchir, elle bondit hors de la cabine de douche, attrapa une serviette et, ruisselante d'eau, elle se rua dans le couloir. Contre toute logique. Elle aurait mieux fait d'éteindre les lumières et de s'enfuir par la porte de derrière.

Trop tard.

Il était déjà là.

Elle se figea et le regarda fixement, tremblant dans son drap de bain.

— Les portes sont faites pour être verrouillées, déclara-t-il d'une voix douce. Tu devrais le savoir mieux que personne...

Il poussa un soupir.

— Enfin ! tu apprendras.

Jassy ouvrit la bouche, pour parler, mais aucun son ne franchit ses lèvres. Car, déjà, il avançait vers elle.

— Tu es si belle. Si belle et si parfaite. Et cette

façon que tu as de parler des fragments du corps humain...

Kaila s'enroula dans une serviette, sans couper l'eau. Puis elle marcha vers la porte de la salle de bains. Là, faisant de son mieux pour rester cachée, elle regarda tout autour d'elle.

Il y avait quelqu'un dans la maison.

Son premier instinct fut de claquer la porte et de s'enfermer. Mais elle ne pouvait pas. Ses enfants dormaient à côté. Elle devait les protéger.

Elle pensa alors à son téléphone cellulaire, enfoui au fond de son sac, à côté du lit.

Les yeux braqués vers la chambre, épiant chaque coin et recoin de la pièce, elle ne bougeait pas. Finalement, elle sortit sur la pointe des pieds.

Elle ne vit personne. Elle remarqua que la baie vitrée était entrouverte. Une légère brise soulevait le rideau à demi tiré.

D'un pas lent, le cœur dans la gorge, elle se dirigea vers cette issue.

— Kaila ?

En entendant son prénom, elle poussa un cri, fit volte-face, et lâcha sa serviette.

Dan se tenait dans l'encadrement de la porte, un sceau à glace avec une bouteille de champagne dans une main, et deux flûtes de cristal dans l'autre.

— Je suis désolé, chérie ! J'ai appelé quand je suis entré. Le voyage a été annulé. Tu n'as pas dû m'entendre à cause de la douche.

— Tu as bien failli me faire mourir de peur !

— Je suis désolé, répéta Dan.

Il posa le sceau à glace et les flûtes, alla fermer la baie vitrée et se tourna vers elle.

Il sourit, séduisant, ébouriffé, fatigué, et visiblement heureux d'être à la maison. Comme Kaila se penchait pour ramasser sa serviette, il approcha rapidement.

— Non ! Tu es si belle, comme ça...

Il poussa un soupir, avant de reprendre :

— Je suis désolé de travailler autant, Kaila. Je te le jure. C'est comme si je n'arrivais pas à m'en dépêtrer. Mais je t'aime. Toi et les enfants vous comptez plus que tout au monde, pour moi.

Il l'attira contre lui, l'enveloppant de ses bras.

Kaila était mouillée, frissonnante, et il était tout chaud. C'était si bon de se blottir contre son torse. Elle se sentait en sécurité. Et quel bonheur elle tirait de sa présence !

— Je t'aime, lui dit-elle.

Je suis en congé toute la journée, demain. Je vais m'occuper des enfants du matin jusqu'au soir.

— Oh, Dan ! C'est l'offre la plus romantique qu'on m'ait jamais faite, s'exclama Kaila avec gratitude.

Il l'embrassa, sur les lèvres, puis le long de son corps. Sa langue glissa sur sa peau, entre ses cuisses...

Alors que Madison venait de grimper sur la banquette avant, dans le van de Jaime, elle fut parcourue d'un violent frisson. Elle boucla sa ceinture de sécurité en essayant de chasser la vision qui lui brouillait l'esprit.

Elle vit des ombres. Parmi elles, deux amants, aux corps étroitement emmêlés.

Elle ne les voyait pas vraiment, mais elle sentait que leur intimité était profonde.

La femme était rousse.

Brusquement, elle prit conscience qu'elle ne les

voyait pas à travers son propre regard. Puis, des mots étranges passèrent dans son esprit.

Killer observe. Killer observe...

La vision s'effaça de façon aussi brutale qu'elle était apparue, et il ne resta plus que le souvenir de la femme aux cheveux roux.

Et ces mots :

Killer observe. Killer observe...

Ils résonnaient comme un écho, comme un refrain qui la hantait. Son cœur chavira. Car elle venait de décider que malgré le différend qui les opposait, elle allait révéler à Kyle ce qu'elle avait vu au travers du regard si étrange de son esprit.

9.

Madison essaya de contrôler les battements de son cœur et s'efforça de ne pas céder à la panique. Dans le van, Jaime, Hector, George et Michelle bavardaient avec animation, mais elle ne les entendait pas. Elle écoutait le message effrayant qui continuait de résonner dans son esprit.

Peu à peu, cependant, la voix parut s'éloigner, et Madison se sentit un peu bête d'avoir eu aussi peur. Après tout, elle était entourée d'amis ; elle ne risquait rien. Elle avait même son agent du FBI personnel qui les suivait dans une voiture de location.

Quand ils arrivèrent quelques minutes plus tard devant le restaurant où ils avaient choisi de dîner, elle s'était refait une contenance.

L'endroit était populaire et bondé. Pourtant, Jaime réussit à leur obtenir une table. Tout le monde s'installa, et une serveuse vint prendre les commandes.

Madison avait pensé que Kyle ne serait peut-être pas à son aise pendant le dîner. Après tout, il ne connaissait qu'elle, dans le groupe. Elle s'était trompée ! Tous étaient au courant de l'ouverture prochaine de la galerie de son père, et l'enthousiasme de chacun pour l'œuvre de Roger Montgomery suffit à meubler la conversation un bon moment. Peu à peu, Madison oublia la sensation qu'elle avait eue d'être observée ; la compagnie de ses amis et l'ambiance chaleureuse du restaurant aidant, elle finit même par se détendre tandis que le souvenir de ses visions s'estompait.

Soudain, un cri de surprise couvrit le brouhaha du restaurant, et une petite tornade traversa la salle en direction de leur table.

C'était Sheila.

— Madison ! Quelle drôle de coïncidence ! Et Kyle Montgomery. Ça me fait vraiment plaisir de vous voir.

— Oui, c'est une surprise, murmura Madison du bout des lèvres.

Kyle tira une chaise pour la jeune femme, et Madison la présenta.

— Sheila fait partie des Storm Fronts, expliqua-t-elle. Elle est aux claviers.

— Mais oui, je me souviens ! s'exclama Jaime. Je vous ai vue jouer avec Madison.

Il baisa la main de Sheila, qui rosit de plaisir, puis lança :

— Et moi, j'adore ce que vous faites ! Vos photos sont fantastiques !

— Vous êtes trop bonne, protesta Jaime. Mais enfin, nous avons tous notre petit éclair de génie, de temps en temps, n'est-ce pas ?

— Tu es seule, Sheila ? demanda Madison par pure politesse. Veux-tu te joindre à nous ?

— Avec plaisir ! Nous venons de fêter l'anniversaire de ma sœur, avec son mari et mes parents, mais ils sont tous rentrés.

Elle commanda une bière, et la conversation reprit de plus belle, roulant sur la musique, puis de nouveau sur l'art. Madison parlait peu ; en revanche, elle écoutait Kyle qui participait largement à la discussion. Ses connaissances étaient vastes — bien plus qu'elle ne l'aurait imaginé.

Soudain, il la surprit en train de l'observer. Ce fut un moment étrange. Bien qu'elle sût qu'il lisait dans ses pensées, elle sentit qu'il était le plus vulnérable des deux. Un changement de statut qui n'était pas pour lui déplaire.

Puis, une question fusa, à propos du travail de Kyle, et celui-ci redevint grave.

— Je suis chargé d'établir des profils de meurtriers, répondit-il. Mais pas n'importe quel meurtrier. Des serial killers. Or, nous avons toutes les raisons de croire que l'un d'eux sévit en ce moment dans la région. Vous avez sans doute lu ou entendu certaines rumeurs, dans la presse et à la télévision. Les derniers rebondissements devraient faire la une des journaux télévisés, ce soir, ajouta-t-il. Comme mon effraction chez Madison, ce matin.

— Quoi ? s'écria celle-ci.

Kyle haussa les épaules, avant de promener son regard autour de la table.

— Au cours des quatre derniers mois, il y a eu quatre meurtres sordides, chaque fois autour du quinze du mois, et chaque fois plus violent. Les victimes étaient toutes des jeunes femmes, belles et pleines de vie. Quand on a affaire à quelqu'un d'aussi dangereux, on a tendance à s'inquiéter pour ses proches.

— Seigneur ! murmura Sheila.

— Mais... vous êtes entré par effraction chez Madison parce que vous poursuiviez ce tueur ? demanda Michelle.

Kyle secoua la tête.

— Comme je viens de le dire, ce malade s'attaque à

de belles jeunes femmes. Je n'ai pas pu joindre Madison, hier soir, et ce matin non plus, alors...

Il ouvrit les mains en un geste d'impuissance, avant d'avaler une longue gorgée de bière.

— Si la serrure était facile à forcer, son système d'alarme est très efficace. Bref, j'avais prévenu Jimmy Gates, au service des homicides, mais... j'ai tout de même failli me faire arrêter. Je vais sûrement avoir l'air d'un imbécile, au journal télévisé.

— Je n'ai pas répondu au téléphone, alors tu as forcé ma porte ? balbutia Madison d'un ton incrédule.

— Tu devrais remercier le ciel d'avoir un demi-frère qui s'inquiète à ce point pour toi, intervint Sheila. Moi, si on n'arrivait pas à me joindre, ma famille attendrait sûrement au moins une semaine avant de se poser la moindre question !

Kyle haussa un sourcil, visiblement satisfait que les amis de Madison prennent son parti.

— Mais, Sheila ! protesta Madison. Il t'arrive de disparaître pendant des jours !

— Quand même ! Tu devrais être touchée, pas en colère.

— Tu es en colère ? demanda Hector, que cette discussion semblait amuser beaucoup.

Tout le monde la regardait fixement, et Madison serra les dents.

— Non, pas en colère, mentit-elle. Je suis juste étonnée.

— Eh bien, moi, je suis morte de peur ! s'exclama Michelle. Un serial killer qui s'attaque aux jeunes femmes, tu te rends compte ?

— Avoir peur ne peut pas faire de mal, souligna Jaime.

— Qu'en pensez-vous, Kyle ? renchérit Michelle. Croyez-vous que les femmes doivent avoir peur ?

— Je suis d'accord avec Jaime. La peur a parfois du bon, dans la mesure où elle incite à la prudence. La police n'a pas cherché à étouffer ces meurtres, au départ, mais elle ne voulait pas non plus provoquer un courant de panique. Toutefois, depuis cet après-midi, la décision a été prise officiellement de donner l'alerte. D'après certains commentaires des victimes à des proches, nous pensons que le meurtrier est un homme charmant, qui séduit ses proies en leur faisant croire qu'elles vont vivre la plus belle histoire d'amour de leur vie. Il est sûrement bel homme et d'apparence tout à fait respectable — il n'a rien d'un tueur fou. Dans ces conditions, j'estime qu'il serait sage de faire très attention.

— Vous savez, il est presque 22 heures. Si vous voulez voir le journal télévisé, on peut se déplacer au bar, intervint Hector.

Tous échangèrent un bref coup d'œil, avant de se lever dans un même mouvement. Kyle demeura légèrement en retrait tandis que le présentateur passait des nouvelles internationales aux locales. Enfin, une femme policier apparut sur l'écran. Elle déclara qu'un lien avait été établi entre quatre meurtres perpétrés récemment dans la région, et qu'ils semblaient être le fait d'un seul homme. Les jeunes femmes devaient se tenir en alerte, tout particulièrement celles qui vivaient seules.

Tout en écoutant le reportage, Madison se prit à craindre pour la vie de Jassy. Celle-ci ne lui avait-elle pas parlé d'une liaison mystérieuse avec un homme merveilleux ? Evidemment, si cet homme était Kyle...

Sur l'écran, Jimmy Gates répondait maintenant aux questions de la presse. Il précisa qu'avant sa disparition, chaque victime avait confié à ses amies qu'elle avait rendez-vous avec un nouvel amant. Puis, Kyle apparut en plan large devant la maison de Madison, environnée de voitures de police. Il avait l'air fatigué, exaspéré. On le vit s'entretenir avec Jimmy, puis il fit une brève déclaration, conseillant la plus grande prudence aux jeunes femmes vivant dans le sud de la Floride.

— Ne sortez pas avec des inconnus, dit-il. Même si vous pensez connaître une personne, soyez accompagnée d'autres amis. N'allez nulle part sans prévenir un proche, en précisant l'endroit exact où vous vous rendez et qui se trouve avec vous. Quittez votre lieu de travail en groupe, faites vos courses avec des parents ou des amis.

— Faut-il conseiller aux femmes de s'armer ? lui demanda une jolie journaliste.

— Chacun est libre de prendre cette décision, mais n'oubliez jamais qu'un pistolet ne représente pas une garantie de sécurité. A mon avis, le meilleur moyen de ne pas courir de risque est d'être prudent et attentif.

— Et en ce qui concerne les femmes qui vivent seules ? renchérit la même journaliste.

— Si vous pouvez aller habiter quelque temps dans votre famille, faites-le, répondit Kyle. Sinon, je le répète, la meilleure défense est la prudence.

Kyle dut encore expliquer pourquoi il se trouvait devant la maison de Madison Adair, et ce qui l'avait poussé à y entrer par effraction. Il s'acquitta de la tâche avec habileté, ignorant les questions embarrassantes et déclarant que tout homme, dans les circonstances actuelles, avait des raisons de s'inquiéter au sujet des jeunes femmes de sa famille. Oui, il avait craint pour la vie de sa demi-sœur — mais il avait appris depuis qu'elle était en déplacement pour une séance de photos.

Madison remarqua qu'il se gardait bien de préciser où.

Finalement, la jeune journaliste apparut en gros plan sur l'écran. Elle avait bien fait son travail. Elle rappela ainsi les circonstances du meurtre de Lainie et la vie scandaleuse de l'actrice, avant d'évoquer les activités de Madison, sa ressemblance avec sa mère et sa participation sporadique à certaines enquêtes de police. Lorsque le bulletin d'informations prit fin, Madison aurait voulu disparaître sous terre tant elle regrettait son ingratitude envers Kyle.

Comme elle se tournait vers lui, il haussa les épaules, agacé.

— Au moins, ont-ils omis de préciser que j'ai manqué me faire tirer dessus avant d'avoir l'occasion de montrer mon badge.

— Merci, murmura Madison. Je suis désolée. Tu avais raison : j'aurais dû prévenir Jassy, ou papa, avant de m'en aller comme ça.

— En tout cas, ce tueur a intérêt à faire attention, maintenant, déclara Michelle. Tout le monde va être sur ses gardes.

Kyle secoua la tête.

— Si seulement c'était vrai. Ce type est très malin. Et charmeur. La plupart des gens ont tendance à penser que des meurtres aussi violents ne peuvent être perpétrés que par un fou. Ils se disent qu'ils le reconnaîtront, qu'il doit avoir une tête de monstre. Or, le pouvoir de notre homme réside justement dans le fait qu'il peut entrer n'importe où sans éveiller la moindre méfiance. Tout ce que l'on peut espérer, maintenant, c'est qu'il va redoubler de prudence, que cela va le ralentir un peu, et nous donner, par la même occasion, la possibilité de l'épingler.

Un instant interdite, Michelle se signa sur la poitrine. Hector l'imita, et Madison dut presque se retenir pour ne pas en faire autant.

— C'est une façon bien triste de terminer une aussi bonne soirée, murmura Sheila.

Puis, levant les yeux vers Kyle, elle sourit.

— Je dois avouer que j'ai peur de rentrer seule à la maison, maintenant.

— Kyle est en voiture. Il va te raccompagner, suggéra Madison, sans trop savoir qui elle provoquait — elle-même, ou le diable.

— Oh ! Ce serait si gentil ! s'exclama Sheila.

Elle avait l'air si petite, si charmante, avec ses grands yeux et ses battements de cils, que Madison se surprit à vouloir la secouer.

— Aucun problème, répondit Kyle, les yeux fixés sur Madison. Nous raccompagnerons Sheila, avant d'aller chez ton père.

La moue de déception de Sheila n'échappa pas à Madison. Durant le trajet, la musicienne ne cessa de bavarder avec Kyle, évoquant notamment son goût pour l'indépendance.

— Evidemment, avec un tueur en vadrouille dans les rues de Floride, je vais devoir faire plus attention. Mais je refuse de laisser cet animal me gâcher la vie !

Puis, sans transition, elle enchaîna :

— Il paraît que votre père va ouvrir une galerie à Miami ?

— En effet. L'inauguration a lieu dimanche, répondit Kyle. Vous êtes la bienvenue.

— Oh ! j'adorerais m'y rendre avec vous. Merci !

Kyle fronça les sourcils.

— Sheila, je n'ai pas...

— Nous voilà chez moi. C'est la maison, juste là.

Où sont mes clés ? Seigneur ! je suis si nerveuse que mes mains tremblent. Vous ne voudriez pas entrer avec moi et jeter un coup d'œil...

Si Madison ne disait rien, elle bouillait intérieurement. Sheila savait très bien que Kyle ne l'avait pas invitée à se rendre avec lui à l'inauguration. Mais, ainsi qu'elle l'avait clairement fait savoir, Kyle lui plaisait et elle allait tout mettre en œuvre pour le séduire.

Après s'être garé devant chez la jeune femme, Kyle ne la suivit pas dans l'allée. Il descendit de voiture et ouvrit la portière arrière.

— Viens, dit-il à Madison.

— Je vais rester là et t'attendre, répondit-elle. Je crois qu'elle veut un petit bisou pour l'aider à s'endormir.

Un léger sourire aux lèvres, Kyle secoua la tête.

— Madison, je suis sûr que tu as vu assez de films d'horreur pour connaître ce point du scénario : on laisse la fille toute seule dans la voiture deux minutes, et c'est ce moment que choisit l'assassin pour opérer. Il est hors de question que tu restes ici. Allez, viens !

— Je ne cours aucun danger.

— Qu'en sais-tu ?

— Je le sentirais.

Le visage de Kyle se fit grave.

— C'est exactement ce qui me fait si peur, dans cette histoire. Je ne suis pas sûr que si tu étais toi-même en danger tu le sentirais. Et d'ailleurs, même si tu n'es pas en danger, moi je le suis.

— Ah bon ? Et peut-on savoir ce qui te menace ?

— Sheila ! répondit Kyle d'un ton brusque. Allez, viens avec moi.

— Allons ! Sheila est toute mignonne...

— Certes. Madison, viens avec moi !

Après une brève hésitation, Kyle ajouta :

— S'il te plaît.

Poussant un soupir sonore, Madison descendit de voiture et ils marchèrent jusqu'à la maison de Sheila. Là, Kyle fit appel à tout son charme pour expliquer qu'il ne pouvait pas se rendre à l'inauguration de la galerie avec elle, car il avait promis à son père de rester à sa disposition, en cas de besoin. La jeune femme accepta l'excuse et promit d'être là, malgré tout.

Puis, Madison et Kyle regagnèrent la voiture et se dirigèrent vers la propriété de Jordan Adair. Martique, la gouvernante, était là. En dépit de l'heure tardive, elle leur ouvrit la porte. Puis, elle disparut pour aller se coucher.

Alors que Madison s'apprêtait à taquiner son compagnon au sujet de Sheila et à évoquer la manière dont il avait réussi à se débarrasser d'elle, Kyle ne lui laissa pas le temps de parler.

— Maintenant que nous sommes seuls, je veux que tu m'écoutes ! commença-t-il d'une voix tendue. Je t'interdis, tu m'entends ? je t'interdis de t'en aller comme ça, sans prévenir. Sans *me* prévenir. Tu m'as ridiculisé, aujourd'hui. Et en plus, tu aurais pu courir un grave danger.

— Tu ne crois pas que tu exagères ? Je n'ai rien fait. C'est toi qui t'es ridiculisé tout seul. Je suis touchée par ton inquiétude, mais tu n'es pas responsable de ma personne.

— Ah non ? Comme tu n'es pas capable d'être responsable pour toi-même, il faut pourtant bien que quelqu'un d'autre le soit !

Il se passa une main dans les cheveux et poussa un soupir.

— Madison, s'il te plaît, essaie de comprendre...

— Bon, bon, je ne ferai plus le moindre geste sans te demander d'abord la permission, marmonna-t-elle, l'air moqueur.

— Très bien ! commenta froidement Kyle.

— Très bien ! répéta-t-elle.

— Bonne nuit.

— Bonne nuit.

Madison pivota sur ses talons et marcha en direction de sa chambre.

— Madison !

— Quoi ? fit-elle en se retournant.

Kyle hésita.

— Je sais que je suis parti depuis longtemps, mais... généralement, Jimmy t'appelle, non pas tant parce que tu peux sentir et voir des choses à travers les yeux de la victime, mais parce que tu peux voir le meurtrier, aussi. Cette fois, on dirait que tu ne sais rien de lui. Crois-tu que cela peut avoir une signification ?

Madison secoua la tête et avala péniblement sa salive. Il avait raison.

— Je ne sais pas, répondit-elle. Et toi, tu as une idée ?

A son tour, Kyle secoua la tête.

— Non. Mais c'est curieux. Et un peu effrayant, ajouta-t-il d'une voix douce.

— Je vais bien, déclara Madison avec fermeté.

— Oui. Bonne nuit, Madison.

Cette fois, ce fut lui qui se tourna et s'engagea dans l'autre couloir, en direction de la chambre d'amis. Madison entendit la porte s'ouvrir. Et se fermer.

Alors, elle entreprit de rejoindre sa propre chambre. Jamais le couloir ne lui avait paru aussi long ni aussi sombre.

⁂

Kyle ne se coucha pas tout de suite. Il brancha son ordinateur et son modem, et appela Ricky Haines, en Virginie.

Par chance, ce dernier ne dormait pas encore. Il dit avoir consulté toutes les données disponibles par informatique, dans l'espoir de trouver des liens entre les vies des quatre jeunes victimes.

— Je n'ai encore rien de bien concret, avoua-t-il, mais on n'abandonne pas. Et de votre côté ?

— As-tu remarqué qu'elles avaient toutes des cheveux roux ?

— Vraiment ? C'est difficile à dire, sur la photo noir et blanc...

— Je sais. Mais crois-moi, les quatre victimes étaient rousses.

Il repensa à sa belle-mère assassinée.

— Concentre-toi sur ce point, d'accord ?

— Bien sûr !

Avant de raccrocher, Kyle demanda encore à Ricky de transférer sur son ordinateur les informations les plus récentes qu'ils avaient réunies sur les quatre jeunes femmes.

Quelques minutes plus tard, quand il eut reçu ce qu'il attendait, il étudia avec soin chaque rapport. Debra Miller, Julie Sabor et Holly Tyler étaient toutes célibataires. Jamais mariées. Maria Garcia était divorcée et mère de deux enfants.

Pour l'instant, et à l'exception des cheveux roux, il ne parvenait pas à établir le moindre lien entre elles. Elles habitaient des quartiers de Miami différents, exerçaient des professions différentes, et venaient d'horizons également différents. Debra était native de la Floride, alors que Julie était née à New York. Maria était une immigrante cubaine tandis que Holly Tyler venait du Minnesota. Encore une fois, leurs seuls points communs étaient leur chevelure rousse, leur âge, et aussi le fait qu'elles étaient jeunes, jolies et pleines de vie. Mais peut-être n'existait-il pas d'autre lien...

Kyle se massa les tempes, passant en revue les méthodes d'autres serial killers, dans l'histoire de la criminologie, ainsi que leurs motifs. Le plus souvent, un détail précis agissait comme un déclencheur dans l'esprit du tueur. Qu'était-ce donc, cette fois ? Juste les cheveux ? La personnalité ? Et où donc le meurtrier recherchait-il ses victimes ?

Ils piétinaient !

Et Kyle n'éprouvait pas autant de fatigue qu'il l'aurait souhaité. La perspective de passer encore une nuit à tourner et virer dans son lit ne le tentait guère. Mais s'il dormait, serait-ce vraiment mieux ? Il risquait encore de rêver de Madison, ou de se voir en train d'emprunter cet impossible couloir...

Il coupa néanmoins son ordinateur et décida de prendre une douche. Froide. Quand il en sortit, il éteignit toutes les lumières, à l'exception de celle de la salle de bains, qui se trouvait juste à gauche de la porte de la chambre. Des années d'entraînement lui avaient appris à dormir dans la pénombre, en laissant éclairées toutes les issues possibles.

Il ferma les yeux. Mais, comme il l'avait prévu, il ne put trouver le sommeil. Il se mit à regarder le plafond.

Il aurait pu se lever, aller trouver Madison et lui demander carrément si elle voulait coucher avec lui. Mais elle risquait de lui rire au nez.

Et elle aurait bien raison.

Ou alors, il pouvait faire mine d'être allé chercher à boire et entrer dans la chambre de la jeune femme « par accident ».

Mais elle dormait sûrement à poings fermés.

Il avait eu tant de fois la même vision. Il entrerait, et elle serait là. Enveloppée dans une serviette de bain. Ou en déshabillé de soie. Qu'importait ? Tout cela glisserait bien vite au sol. « L'un et l'autre, nous désirons la même chose, lui dirait-il. Cessons de nous disputer. Faisons l'amour, et retournons à nos vies respectives. »

Mais il ne pouvait pas.

Il croyait connaître Madison. Parfois, son regard accrochait celui de la jeune femme, et il lui semblait voir crépiter le désir entre eux. Comment être sûr qu'il ne prenait pas ses rêves pour la réalité ?

Soudain, il entendit un bruit de pas. Furtifs. Rapides. De l'autre côté de sa porte.

Il se redressa et tendit la main vers la table de chevet, là où il avait rangé son Magnum.

Le battant de bois s'ouvrit, lentement...

La silhouette de Madison fut prise dans le halo de lumière douce qui émanait de la salle de bains, et elle s'immobilisa dans l'entrée, légèrement aveuglée, tandis que Kyle demeurait figé, sur le lit.

Elle portait un long peignoir de soie qui semblait ruisseler sur les courbes de son corps. Ses cheveux tombaient sur ses épaules, en longues cascades flamboyantes.

Madison était venue jusqu'à lui.

10.

— Dis-le encore ! murmura Jimmy Gates en déposant des baisers coquins sur la cheville de Jassy.

Le sourire aux lèvres, celle-ci hésita, puis chuchota :

— Morphométrique.

— Mm. Encore ! supplia Jimmy en remontant le long du mollet.

— Dépôts de périoste.

— Chaque fois que je t'entends parler dans ton jargon médical, je deviens fou !

Jassy éclata de rire, le repoussa et bondit hors du lit.

— Hé ! protesta Jimmy.

— J'ai soif.

— C'est agréable, vraiment ! Je te fais l'amour passionnément, et toi tu préfères aller chercher un Pepsi.

— Tu ne me fais pas l'amour, tu te moques de moi ! rétorqua Jassy. Et tu me fais tellement rire que j'en ai mal aux côtes. Veux-tu quelque chose ?

Jimmy tapota le drap à côté de lui.

— Oui. Toi.

Il marqua une pause et haussa les épaules.

— Et pourquoi pas une bière, tant que nous y sommes.

— Une bière pour monsieur, une !

Jassy se rendit dans la cuisine, entièrement nue. Elle prit un Pepsi et une bière dans le réfrigérateur, un paquet de chips dans le garde-manger, et retourna bien vite dans la chambre.

— Quelle femme ! s'exclama Jimmy. Des leçons d'anatomie, de la bière et des chips. Et tout ça, au lit. Comment est-ce que j'ai pu vivre aussi longtemps sans toi ?

— Franchement, je n'en sais rien, répondit Jassy.

Elle tapota un oreiller avant de s'y appuyer et de déchirer le paquet de chips.

— Tu en veux ?

— Et comment !

Jimmy s'assit à son tour et grignota une chips en même temps qu'il tendait la main pour attraper la télécommande. Il alluma la télévision et trouva une chaîne qui repassait le journal télévisé de 22 heures. Après avoir regardé la séquence couvrant les événements du matin, à l'extérieur de la maison de Madison, il murmura :

— Il faut vraiment qu'on retrouve ce type.

Il secoua la tête et se tourna vers Jassy.

— Tu sais, je n'ai jamais manqué de veiller à la sécurité de ta sœur, chaque fois que je lui demandais de m'aider dans une enquête ; mais cette fois, Kyle m'a vraiment fait peur.

— Pourquoi ?

— Selon lui, les filles étaient toutes rousses.

— D'après ce que je sais, il y a toujours un détail qui provoque un déclic chez ce genre de meurtrier. Cela me rappelle une affaire, en Californie : un serial killer qui s'attaquait uniquement aux petites brunes. Celui-ci doit aimer les rousses.

Jassy garda le silence un instant.

— Je comprends qu'il s'inquiète au sujet de Madison. Mais enfin, Kaila aussi a les cheveux roux.

— Oh ! il se fait sûrement du souci pour elle. Si ce n'est que Kaila est mariée et qu'elle ne risque pas de partir en week-end avec un inconnu.

— Kyle est descendu à Key West pour rejoindre Madison ?

— Oui, répondit Jimmy.

Il porta la bouteille de bière à ses lèvres et avala une longue rasade de bière.

— C'est un soulagement, murmura Jassy.

— Pourquoi ? Toi aussi, tu t'inquiètes pour elle ?

— A partir de demain, tout le monde, par ici, va vivre dans la peur. Miami a beau souffrir d'un taux élevé de criminalité, c'est une autre affaire que de se retrouver aux prises avec un serial killer ! Oui, je suis contente que Kyle soit avec ma sœur. Il va veiller sur elle.

Jimmy hocha la tête Il avait l'air grave, soudain. Songeur

— Tu sais, avoua-t-il, je n'arrête pas de penser à autre chose.

— A quoi ?

— Lainie Adair.

— Lainie ?

— Elle aussi était rousse.

— Ah ça ! Une rousse avec un sacré caractère, c'est le moins qu'on puisse dire ! reconnut Jassy.

— Tu ne t'entendais pas bien avec elle ?

— Si. Mais parce que j'avais toujours le nez fourré dans mes livres. Je ne représentais donc pas une menace sérieuse à ses yeux. Et puis, quand elle et papa ont divorcé, je ne l'ai plus vue très souvent. Il n'empêche qu'elle avait le don de m'exaspérer.

— Ah bon ? Pourquoi ? s'enquit Jimmy, visiblement très intéressé.

— Tu veux la vérité ?

— Bien sûr !

— J'ai toujours pensé que c'était une garce. Mon père ne lui suffisait pas. Roger non plus. Ils étaient tous les deux fous amoureux d'elle. Evidemment, elle était sexy. Et c'était une star. Mais justement, avec elle, tout était prétexte à faire des drames, ou à jouer. Elle adorait monter mon père et Roger l'un contre l'autre. Il fallait que tous les hommes, dans sa vie, soient convaincus qu'ils ne pourraient plus jamais aimer une autre femme après elle. Papa ne s'est jamais vraiment remis de cette histoire. Chaque fois qu'elle était furieuse contre Roger, elle courait voir mon père. Je ne sais pas s'il leur est arrivé de coucher ensemble, après qu'elle a épousé Roger, mais si ce n'est pas arrivé, ce n'est pas parce qu'elle ne l'a pas voulu.

Jassy marqua une pause.

— Je ne dis pas qu'elle était incapable de la moindre gentillesse. Elle adorait ses filles, et je dois admettre qu'elle a toujours été très bien, avec Trent et moi. Mais la manière dont elle manipulait les hommes... vraiment, c'était révoltant !

— Tout de même, Roger Montgomery et ton père ne sont pas des parangons de vertu et de fidélité.

— Non, bien sûr que non.

Jassy secoua la tête.

— Un jour, alors que Lainie était encore vivante, papa m'a dit qu'elle était la punition de Dieu pour tout le mal qu'il avait fait à d'autres. Va savoir ! Si elle n'était pas morte, elle aurait peut-être réussi à les faire s'entre-tuer, lui et Roger.

— Au lieu de quoi, ils sont devenus les meilleurs amis du monde.

— Le malheur partagé crée des liens. Après l'enterrement de Lainie, ils ont passé toute la nuit à boire ensemble.

— Tu as remarqué la manière dont ils regardent Madison, tous les deux ?

— Oui. Forcément. Elle est l'image vivante de Lainie.

Les sourcils froncés, Jassy se tut un instant.

— C'est bizarre, reprit-elle d'un ton songeur, parce que Kaila ressemble aussi à Lainie. Pourtant, elle ne produit pas le même effet. Je crois que Madison a hérité de la présence de sa mère, de sa manière de marcher, de bouger. Mais la similitude entre elles s'arrête là.

— Que veux-tu dire ? demanda Jimmy.

— Madison n'a rien d'une garce. Elle est toujours en train de penser à ceux qui l'entourent. Lainie était belle, gâtée et foncièrement égoïste, alors que Madison sera prête à tout pour aider ou comprendre les autres. En réalité, ces derniers temps, c'est plutôt Kaila qui se comporterait comme Lainie.

— Tu n'as pas besoin de défendre Madison devant moi, tu sais, observa Jimmy. J'ai toujours pensé qu'elle était merveilleuse.

Jassy lui donna un coup de coude.

— Hé ! Modère un peu ton enthousiasme, veux-tu ?

Jimmy sourit.

— Allons ! J'adore ta demi-sœur, mais d'une manière totalement différente, et tu le sais très bien. Elle n'est pas capable de parler de sang et d'intestins comme toi...

Jassy ne put s'empêcher de rire.

— Merci, mon Dieu, de m'avoir donné de tels talents ! s'exclama-t-elle.

A peine Jimmy avait-il esquissé un nouveau sourire que son visage redevint grave. Il se leva soudain, comme si une idée venait brusquement de lui traverser l'esprit.

— Jassy, excuse-moi, mais il faut que je vérifie quelque chose, annonça-t-il en attrapant son pantalon et en l'enfilant prestement. Ferme la porte derrière moi, d'accord ? Je te rappelle. C'est promis.

Un peu interloquée, Jassy fit ce qu'il lui disait et retourna se coucher. Après son départ, elle demeura longtemps éveillée.

Madison.

Ce n'était pas un mirage, un autre rêve. Elle était vraiment là. Dans un peignoir de soie.

— Madison, murmura-t-il enfin. Tu aurais dû frapper. J'aurais pu te tuer.

Les yeux de la jeune femme s'étaient habitués à la pénombre et, comme ils se posaient sur lui, Kyle les vit s'écarquiller. Il se rappela alors qu'il s'était couché nu et fut tenté, une fraction de seconde, de tirer le drap sur lui. Mais il n'en fit rien. Il demeura comme il était, assis, et se contenta de reposer son arme sur la table de chevet.

Madison croisa son regard.

— Non, tu ne m'aurais pas tuée, déclara-t-elle. Tu es bien trop professionnel.

Il ne répondit rien. Il fixait le visage de Madison, songeant qu'elle avait sans doute les joues en feu. Elle non plus ne parla pas pendant un long moment.

Soudain, Kyle se leva, sans chercher à dissimuler son érection. Après tout, c'était elle qui était venue le voir dans sa chambre.

— Que fais-tu ici ? demanda-t-il, sur un ton qu'il jugea trop brusque.

Son cœur battait à se rompre ; il avait le souffle court, tous ses muscles le faisaient souffrir.

— Je...

Madison s'interrompit et rejeta ses cheveux sur ses épaules.

— Jc n'arrivais pas à dormir, reprit-elle, et j'ai senti... je me suis dit que peut-être tu étais réveillé, toi aussi, et tu aurais envie de bavarder.

— Bavarder ?

Elle garda le silence, un instant, sans le quitter des yeux. Puis elle haussa les épaules.

— Bon, d'accord, je ne pensais pas vraiment que tu aurais envie de bavarder. Mais c'est vrai que je n'arrivais pas à dormir. Oh ! et puis zut, Kyle ! C'est ce que nous voulons, tous les deux. Alors, passons à l'acte et finissons-en une fois pour toutes. Après, nous pourrons retourner chacun à notre vie.

Les sourcils froncés, il la fixa avec colère.

— Quoi ? fit-il d'une voix sourde.

Puis, sans transition, il demanda :

— Est-ce que tu es entré dans mon esprit, Madison ?

— Quoi ? fit-elle à son tour. Combien de fois devrai-je te répéter que j'en suis incapable ! lança-t-elle avec colère. Tu recommences à me traiter comme un être bizarre et...

— Tu as un don, Madison. Et les gens aiment garder leurs pensées pour eux-mêmes.

— C'était une erreur ! chuchota Madison. Mon Dieu, c'était une erreur !

Elle tremblait de tous ses membres. Kyle, soudain, oublia sa colère, les airs bravaches de la jeune femme, pour ne songer qu'au courage qu'il lui avait fallu pour faire ainsi le premier pas. Et, comme elle baissait les yeux, son cœur chavira. Alors qu'elle était venue jusqu'à lui, exauçant ses rêves les plus fous, il était sur le point de la perdre. Pourquoi ? Parce que les mots qu'elle avait utilisés étaient précisément ceux qu'il avait imaginés si souvent.

Déjà, Madison faisait volte-face.

Kyle tendit le bras pour la retenir ; s'il la laissait partir, elle ne reviendrait plus jamais, il le savait.

— Madison !

Il lui prit le poignet et l'attira contre lui.

— C'est ce que nous voulons tous les deux, déclara-t-il d'une voix rauque. Alors, passons à l'acte... Oui, passons à l'acte.

Il dénoua la ceinture du peignoir de soie. Dessous, Madison était nue. Il fit glisser l'étoffe brillante sur ses épaules, la laissant tomber au sol. Puis, il promena son regard sur ce corps somptueux, avant de lever les yeux vers elle.

— Nous parlons bien de la même chose, n'est-ce pas ?

Madison rougit de plus belle, et il sourit.

Puis il perdit la tête. Avec un grognement étouffé, il la souleva dans ses bras. La peau nue de Madison caressa la sienne. Il entendait les battements désordonnés de son cœur, voyait ses seins se soulever au rythme saccadé de sa respiration. Il lui semblait même sentir l'odeur de son désir...

Mais, soudain, elle l'arrêta d'un geste.

— Kyle ! Attends.

— Quoi ?

Il baissa les yeux et les plongea dans ses prunelles si claires, la tenant serrée contre lui.

— Tu n'es pas...
— Quoi ? répéta-t-il.
— Tu... tu ne sors pas avec ma sœur, n'est-ce pas ?
— Ta sœur ? Laquelle ?
— Jassy, répondit-elle.
Ecarquillant les yeux, elle ajouta :
— Enfin. Les deux.
Kyle sourit et secoua la tête.
— Non, je ne sors ni avec l'une ni avec l'autre. D'où te vient une idée pareille ?
— Jassy voit quelqu'un.
— Ce n'est pas moi. Tu as d'autres questions ?
— Non, murmura Madison.

Alors, consumé par un flot de passion, de désir et d'énergie brute, Kyle prit possession de ses lèvres, plongeant sa langue au plus profond de sa bouche. Sans interrompre leur baiser, la tenant toujours dans ses bras, il chercha aveuglément le lit, sur lequel ils tombèrent, leurs corps emmêlés.

Les mains de Kyle glissèrent vers les seins de Madison, qu'il prit en coupe, avant d'en agacer les pointes du bout des doigts. Ses lèvres suivirent le même trajet, et il humecta de baisers la chair tendue et palpitante, goûtant les mamelons durcis et arrachant à Madison de petits gémissements surpris.

Il la désirait jusqu'à la souffrance. Il lui semblait que jamais il ne pourrait assouvir le besoin qu'il avait d'elle. Maintenant moins que jamais. Elle était si vivante, entre ses bras. Si chaude. Vibrante...

Sans cesser de l'embrasser, il toucha chaque parcelle de sa peau, s'aventurant jusqu'au triangle de son intimité. Il la caressa, glissa ses doigts en elle. Et soudain, il sentit qu'à son tour elle le caressait.

Kyle se dressa sur ses coudes et la regarda. Madison lui rendit son regard, les pupilles dilatées. Prête.

Alors, il descendit le long de son corps, dévorant ses seins de baisers, avant de goûter au satin de son ventre. Il lui écarta les cuisses et entreprit de l'aimer avec sa langue.

Elle poussa un cri, les mains agrippées à ses cheveux. Et en l'espace de quelques secondes, elle fut secouée par de violents spasmes de jouissance.

N'y tenant plus, Kyle remonta, et il pénétra Madison en un long mouvement puissant. Brûlante, humide, elle s'enveloppa aussitôt autour de lui.

Il se mit à bouger avec frénésie, perdu au milieu d'un océan de sensations sublimes, noyé dans le parfum capiteux de leurs ébats. Les hanches de Madison le suivaient dans sa danse érotique, violente, et soudain, il explosa en elle. Il enroula ses bras autour d'elle, la serrant toujours plus fort contre lui, jusqu'à ce qu'il recueille sur ses lèvres un nouveau cri de jouissance.

Alors, il roula sur le dos, sans relâcher son étreinte, et ils demeurèrent longtemps immobiles, peau contre peau, le cœur battant d'un même rythme.

Finalement, Kyle la toucha de nouveau, traçant une ligne depuis son épaule jusqu'au bas de ses reins.

— Je sais, maintenant, pourquoi je suis resté loin de toi pendant si longtemps, murmura Kyle avec douceur.

— Pourquoi ?

— Tu es la tentation faite femme, Madison.

Elle bougea, dans ses bras, et leva les yeux vers lui.

— Pourquoi m'as-tu accusée d'avoir lu dans tes pensées ? demanda-t-elle en le sondant du regard. Tu continues à croire que je suis une sorcière ?

Kyle la serra plus fort contre lui.

— Oui. Tu es une vraie sorcière. Tu jettes des sorts. Tu envoûtes les hommes. Ils n'ont qu'à te regarder, sur les affiches, ou sur la couverture d'un magazine, pour tomber fou amoureux de toi. Ils seraient prêts à mourir pour t'avoir.

— « Ils » ?

— Et j'ai rêvé des dizaines de fois que je suivais ce couloir, que j'entrais dans ta chambre et prononçais exactement les mêmes mots.

— Oh !

— « Passons à l'acte », chuchota Kyle. Je crois que nous aurions connu un drame, ce soir, si tu n'avais pas pris les devants. J'aurais explosé, et on aurait retrouvé des petits morceaux de moi un peu partout à travers le sud de la Floride.

Madison sourit mais, presque aussitôt, son visage redevint grave.

— Comme cette pauvre femme, murmura-t-elle.

Il y eut un silence tandis que Kyle prenait conscience de ce qu'il venait de dire.

— En tout cas, reprit-il en caressant distraitement les cheveux de Madison, nous sommes passés à l'acte.

— Oui. Je devrais retourner dans ma chambre, maintenant.

— C'est hors de question !

— Mais..., commença Madison.

Kyle lui prit le menton, afin qu'elle puisse le regarder droit dans les yeux.

— Je viens de vivre l'expérience sexuelle la plus intense de ma vie, Madison. Et tu penses que je vais te laisser partir, alors que tu es là, dans mon lit, toute prête, toute chaude... ?

Madison garda un instant le silence.

— Je pensais qu'il s'agissait juste de curiosité, murmura-t-elle. Que j'avais juste besoin...

— ... d'un bon coup ? compléta Kyle avec un rien de cynisme.

— Nous devrions en être à l'étape où chacun retourne à sa vie, non ? souligna Madison.

— C'est le cas ?

— J'aimerais bien.

— Mais ?

— Je n'aurais jamais dû venir...

— Est-ce que tu en as fini avec moi, oui ou non ? insista Kyle.

— Vraiment, tu as de ces questions !

— Elles ont au moins le mérite d'être claires. Alors, tu en as fini avec moi ?

— Non ! admit Madison avec colère.

— Tant mieux.

Il s'empara de ses lèvres. Il se contrôlait mieux, cette fois, et il prit tout son temps, taquinant, caressant, léchant chaque centimètre carré de peau, jusqu'à ce que la passion les enflamme de nouveau.

Alors, il vint en elle.

Et de nouveau, il connut une des expériences les plus intenses de sa vie.

Trent Adair se moquait de l'heure tardive. Il pouvait y passer toute la nuit.

Profondément satisfait, il considéra la page sur laquelle il travaillait.

L'inspecteur en chef Jésus Hernandez se pencha sur le cadavre et secoua la tête, ravalant une vague de nausée. A chaque nouveau meurtre, l'assassin mutilait le corps de ses victimes avec un regain de ferveur.

Elle avait été belle, jeune, avec de l'espoir plein les yeux — ces beaux yeux dont les pupilles bleu cristal fixaient désormais le ciel sans le voir. Son âme avait peut-être suivi ce chemin, au moment de mourir, s'élevant vers l'infini. Hernandez ne pouvait que prier pour son repos.

Car ce qui gisait sur le sol, pauvres vestiges d'un corps humain, représentait une tragédie, un soufflet cruel aux rêves de la jeunesse. On l'avait disséquée avec soin, avant d'ôter ses organes et de les disposer autour du cadavre. La tête était presque détachée du tronc, et un collier de sang courait autour du cou, si épais qu'on aurait dit un ruban coloré...

Trent se renversa sur son fauteuil, un sourire heureux aux lèvres. Il commençait à devenir très bon. Et il allait trouver un éditeur avant même qu'on sache autour de lui qu'il essayait d'écrire un livre.

Car il avait gardé le secret. Il ne voulait surtout pas qu'on le soupçonne de vouloir user de l'aide ou de l'influence de Jordan. Il pouvait très bien réussir seul.

La scène qu'il venait d'écrire était vraiment horrible.

Excellente, mais horrible.

Et très différente du genre qu'affectionnait Jordan Adair, ou même de son style. Ceci était beaucoup plus graphique.

Plus réaliste.

Le jour se leva, et la lumière commença de filtrer à travers les stores.

Kyle se réveilla lentement. Un instant, il se demanda s'il n'avait pas encore rêvé.

Mais non. Madison était là. Allongée à côté de lui.

Nue.

Profondément endormie.

Kyle se redressa sur un coude et la contempla un long moment, content de ce répit avant l'inévitable malaise qui ne manquerait sans doute pas d'accompagner le réveil de la jeune femme.

Madison était allongée sur le ventre, ses cheveux drapés autour de ses épaules et le long de son dos en une masse flamboyante. Elle avait repoussé le drap, et il put admirer la chute de ses reins, le galbe de ses jambes fuselées. Elle avait un corps magnifique. Loin d'être maigre, comme tant de mannequins, elle arborait des courbes et des fesses bien rondes.

Kyle mourait d'envie de la toucher, mais il craignait de la réveiller.

Soudain, il fronça les sourcils et se pencha en avant, repoussant un coin du drap qui jetait une ombre sur la hanche droite de la jeune femme.

Là, juste sous la ligne du Bikini, il y avait un tatouage. Joli. Discret. Minuscule.

Kyle sentit son sang se glacer.

C'était une rose.

Une rose rouge sang.

11.

Kyle eut un geste si brusque que Madison se réveilla en sursaut. Elle s'assit. Alors qu'elle prenait conscience de l'endroit où elle se trouvait, puis de ce qui s'y était produit, les émotions se succédèrent sur son visage.

Instinctivement, elle tira le drap pour couvrir sa nudité.

— J'ai dû m'endormir, murmura-t-elle. Il faut que je parte. Martique a dû se réveiller et...

— D'où vient ce tatouage ? l'interrompit Kyle.

— Pardon ?

— Ton tatouage. Quand l'as-tu fait faire, et où ?

— Je ne vois vraiment pas en quoi cela te regarde...

Kyle inspira profondément. Quel besoin avait-il de se comporter comme un sergent de caserne ?

— C'est important, Madison, reprit-il en changeant de ton.

Madison le fixa un instant, puis elle se tourna, prête à attraper son peignoir et à s'en aller. Mais Kyle lui attrapa le bras.

— Laisse-moi tranquille ! lança-t-elle.

— Pas tant que tu ne m'auras pas écouté ! Deux des victimes avaient une rose tatouée sur le corps.

— Beaucoup de femmes ont des tatouages.

— Peut-être. Mais pas forcément une rose.

— Je n'en ai pas entendu parler.

— Parce que la police n'a pas l'intention de révéler cette information. Quand des meurtres de ce genre se produisent, ils reçoivent des douzaines de coups de téléphone de cinglés qui affirment être coupables. Ce genre de détail permet d'écarter les farfelus. Crois-moi, Madison ! Sinon, appelle ta sœur ! Deux des victimes avaient une rose tatouée sur le corps. Une autre venait de recevoir un énorme bouquet de roses... Maintenant, s'il te plaît, réponds-moi.

— J'ai ce tatouage depuis ma première année d'université, révéla Madison avec un soupir. J'étais sortie avec des copines. On a un peu trop bu et on a toutes décidé de se faire tatouer. Heureusement que je n'étais pas si soûle que ça ; sinon, il aurait peut-être été beaucoup plus gros.

Visiblement étonné, Kyle secoua la tête.

— Qu'est-ce qui t'a pris de t'amuser à une chose pareille ?

— Tu n'as jamais voulu jouer les adultes, quand tu étais gosse ? répliqua Madison en haussant les épaules. Je crois que c'était en Virginie, du côté de Manassas. Mais je n'en suis pas sûre. C'était il y a si longtemps ! C'est le genre de bêtise qu'on fait quand on est gamin. Une fois, je me suis teint les cheveux en bleu...

Elle marqua une pause, avant de reprendre :

— Quant au motif, cette rose... je crois que je devais me sentir coupable.

— Coupable ? Pourquoi ?

— Eh bien, j'étais vraiment habitée par la peur d'être comme ma mère... Encore aujourd'hui, il m'arrive d'y penser — peut-être, justement, parce que je lui ressemble beaucoup. Ne va pas croire que je ne l'aimais pas. Au contraire, j'adorais Lainie. C'était une épouse désastreuse, elle était très égoïste, mais elle faisait aussi une bonne mère, à sa façon. A la générale d'une pièce, alors qu'elle était en costume, et toute maquillée, le metteur en scène s'est mis à lui crier dessus parce que je m'étais assise sur ses genoux et que j'allais abîmer la robe. Elle m'a serrée encore plus fort contre elle et lui a répondu que ses enfants étaient beaucoup plus importants que toutes les robes, et même toutes les pièces de théâtre du monde. Elle nous aimait vraiment...

Madison haussa les épaules.

— Enfin, toujours est-il que Lainie avait cette rose.

— Ta mère avait un tatouage sur le corps ? interrogea Kyle, incrédule.

Madison hocha la tête, gravement, avant de sourire de nouveau.

— Eh oui ! Tu te rappelles que ton père la surnommait toujours sa rose ? Je l'entends encore répéter que Lainie était comme la fleur : belle, parfumée... et pleine d'épines. Maman s'était fait faire ce tatouage à cause de Roger. Elle disait qu'elle avait insisté pour avoir les épines, afin qu'il n'oublie pas qu'elle avait ses propres défenses. Elle avait besoin de ses épines, expliquait-elle. Evidemment, tu ne pouvais pas le savoir. Mais je l'ai vue se changer si souvent. La nuit où j'ai fait faire le mien, j'avais bu quelques coupes de champagne et, je ne sais pas pourquoi, je pensais à ma mère. Elle était pourtant morte depuis longtemps. Mon amie Cathy Tarlington s'est fait tatouer un poisson, parce que son petit ami était un fou de pêche. Jill Anderson a choisi un héron, et elle travaille aujourd'hui à la préservation des Everglades. Moi, j'ai choisi une rose.

Sans mot dire, Kyle la regarda fixement.

— Mon tatouage n'a rien de dangereux, affirma-t-elle.

— Sans doute pas. Mais tu avoueras que c'est une étrange coïncidence.

— Tu aurais très bien pu ne jamais le voir.

— Alors là, je crois que tu te trompes. Je l'aurais vu, tôt ou tard. Ce qui s'est passé entre nous, la nuit dernière, était inévitable, et tu le sais bien. Cela aurait dû arriver depuis longtemps.

— Comment cela ? Tu viens à peine de revenir !

— J'ai envie de toi depuis le premier instant où je t'ai revue. Pas toi ?

— Absolument pas ! s'exclama Madison.

— Non ?

— Non.

— Tu es une menteuse !

— Pas du tout.

— Tu m'as dit, hier soir, que tu n'aurais pas supporté d'attendre une minute de plus.

— Je n'ai jamais dit ça.

Madison fit mine de se lever, emportant le drap avec elle. Kyle tira dessus et elle le lâcha, avant de se retourner vers lui.

— Eh bien, moi, je le dis ! murmura-t-il d'une voix rauque. Et je n'ai pas peur d'avouer que tu es la meilleure partenaire que j'ai jamais eue. Tu es belle, sensuelle et généreuse. Et jamais je ne regretterai ce qui s'est passé entre nous cette nuit.

— Je n'ai pas dit que je regrettais, souligna Madison.

Se mouvant avec une élégance et une grâce félines, elle se pencha pour ramasser son peignoir de soie, sur le sol. Mais elle ne l'enfila pas.

Kyle, qui la contemplait, sentait déjà son corps réagir.

— Pourquoi es-tu aussi pressée ? demanda-t-il.

— Il fait jour. Martique...

— Martique ne dira jamais rien à qui que ce soit, et tu le sais bien.

— Je veux prendre une douche et m'habiller. Nous devons encore faire une séance de photos pour la campagne d'affiches, aujourd'hui.

— Voyons, Madison, il n'est pas encore 7 heures du matin ! Et faut-il vraiment que tu poses encore ? Jaime a dû utiliser des dizaines de rouleaux de pellicule, hier. Je dois retourner à Miami...

— Et moi, je dois rester travailler ici ! coupa Madison.

Kyle se leva. Sans la quitter des yeux, il lui prit le peignoir des mains.

— Je peux faire vite, chuchota-t-il.

— Kyle...

— Très vite.

Le peignoir de soie retomba sur le sol.

— Une fois que je t'aurai laissée partir, j'ignore quand tu reviendras. Ne me laisse pas comme ça.

Il l'attira dans ses bras et plaqua les mains sur ses fesses, la serrant contre lui pour lui faire sentir la violence de son désir.

Un sourire étira les lèvres de Madison et, aussitôt, Kyle la souleva et l'allongea sur le lit.

Il fut loin d'être aussi rapide qu'il l'avait promis.

Soit, c'était elle qui avait fait le premier pas, se dit Madison, sous la douche. Et elle ne le regrettait pas du tout. Car rien de ce qu'elle avait vécu jusqu'à présent ne pouvait se comparer aux heures qu'elle venait de passer dans les bras de Kyle. Il était si passionné ! L'alchimie, entre eux, était explosive. Même quand elle se croyait fatiguée, épuisée, il avait le don de réveiller son corps et ses sens ; quand elle se croyait sur le point de défaillir sous la violence du plaisir, il la portait encore vers d'autres sommets. Et il lui disait sans cesse qu'elle était la maîtresse la plus belle et la plus excitante qu'il ait jamais connue.

Mais le sexe semblait rendre les hommes possessifs, songea Madison.

Elle ne put réprimer un sourire. Ne rendait-il pas les femmes possessives, aussi ? Après tout, elle savait qu'elle n'hésiterait pas à assommer Sheila, si celle-ci essayait encore de tenter sa chance avec Kyle. Elle n'avait pourtant aucun droit sur lui. Ils avaient fait l'amour, certes, mais sans rien se promettre, sans rien exiger l'un de l'autre. Le désir brûlait entre eux, depuis le début, et, après l'avoir reconnu, ils avaient franchi le pas. L'expérience avait été merveilleuse. Toutefois, cela s'arrêtait là. Débarrassés de leur obsession, ils devraient maintenant chacun pouvoir retourner à sa vie.

Madison n'admettrait jamais qu'elle était amoureuse de Kyle, depuis presque toujours, qu'elle l'aimait encore, et qu'elle l'aimerait jusqu'à son dernier souffle. Jamais !

Elle n'oubliait pas qu'il l'avait traitée de sorcière, autrefois. A présent, il pensait sans doute qu'elle était douée au lit. Mais Kyle n'était pas le genre d'homme à donner son cœur si facilement.

Ils avaient pris du plaisir ensemble, et maintenant la vie continuait. A elle de veiller à garder la tête sur les épaules.

Si seulement il lui facilitait un peu les choses...

— Je n'aime pas savoir que tu restes seule ici, lui dit-il un peu plus tard, comme il s'apprêtait à partir.

— J'ai promis de travailler encore une journée, répondit Madison. D'ailleurs, tu sais bien que je ne risque rien, avec Jaime et son équipe.

Le visage grave, il secoua la tête. Il était magnifique, dans son complet sombre.

— Justement non ! déclara-t-il. Le plus effrayant, dans cette histoire, c'est que le meurtrier est quelqu'un à qui on donnerait le bon Dieu sans confession. Il mène une vie tout à fait normale.

— Je ne risque rien. Jaime va venir me chercher et je lui demanderai de me reconduire, ce soir. Martique sera à la maison, quand je rentrerai, et d'ailleurs...

Elle marqua une pause. Une lueur d'amusement apparut dans son regard tandis qu'elle enchaînait :

— Le système d'alarme de mon père est encore plus efficace que le mien.

— Mouais, fit Kyle.

— Et n'oublie pas que la sorcière, c'est moi. Or, je ne sens aucun danger.

— Je ne sais pas pourquoi, mais cette affaire me donne la chair de poule...

— Tu es peut-être surmené, suggéra Madison avec douceur.

— Oui. Des vacances ne me feraient pas de mal. Enfin ! je vais attendre que Jaime passe te prendre, et je reviendrai ce soir. Nous repartirons ensemble pour Miami, demain.

— Ce n'est pas nécessaire.

— Je pense que ça l'est, au contraire.

Madison cessa de discuter, et ils gardèrent le silence, jusqu'à ce qu'ils entendent un coup de klaxon, dans la rue, devant la maison.

— C'est Jaime, dit-elle.

Elle se leva et attrapa son sac.

Kyle ne l'embrassa pas, ne la toucha pas. Il se contenta de hocher la tête et la suivit jusqu'au portail d'entrée, restant devant le seuil tandis qu'Hector descendait du siège du passager avant et tenait la portière afin que Madison s'installe à côté du photographe. Le jeune assistant grimpa à l'arrière, fit un signe de la main, et la voiture s'éloigna.

Dan était vraiment merveilleux.

Fidèle à la parole donnée, il avait laissé Kaila faire la grasse matinée et s'était occupé des enfants. Puis, déclarant qu'elle devait profiter pleinement de sa journée, il avait insisté pour qu'elle aille déjeuner avec ses amies.

Elle disputa une partie de tennis, se doucha et rejoignit un petit groupe de ses connaissances, au club house. Pour une fois, elle n'était pas pressée par le temps, par des obligations. Elle se sentait heureuse, détendue, et elle sirota tranquillement son verre de vin blanc. A la fin du repas, le serveur lui apporta, sur un plateau d'argent, une petite boîte enveloppée d'un ravissant ruban. Sur la carte qui l'accompagnait était inscrit son prénom. Rien de plus.

— Un admirateur secret ? interrogea Candy, une de ses amies.

Kaila secoua la tête et sourit.

— Je pense que cela vient de Dan. Il est particulièrement attentionné, ces derniers temps.

— Regarde ce qu'il y a dedans ! suggéra Tara, sa voisine de droite.

Kaila ouvrit la boîte et découvrit, enveloppée dans

du papier de soie rose, une minuscule culotte en chocolat et sucre d'orge. Elle écarquilla les yeux et sentit son visage s'embraser.

— Ouah ! s'exclama Candy. Si seulement David pouvait m'offrir des cadeaux comme ça, de temps en temps. Il manque tellement d'imagination ! Pour mon anniversaire, il m'achète le plus souvent des ustensiles de cuisine.

D'un geste brusque, Kaila ferma la boîte.

— C'est bizarre, murmura-t-elle.

— Quoi donc ? demanda Tara.

Kaila haussa les épaules.

— Je ne sais pas. Ça ne ressemble pas à Dan non plus. Il m'a fait livrer des fleurs, récemment, mais la plupart du temps, il est plutôt porté à m'acheter des ustensiles de cuisine, lui aussi.

— Vous vous êtes disputés ? interrogea Candy. Tu sais comment sont les hommes, quand ils ont quelque chose à se faire pardonner...

— Non, pas vraiment. Enfin, nous avons eu un petit accrochage, l'autre jour, mais c'est déjà oublié. Il est à la maison, aujourd'hui, et s'occupe des enfants.

— Ah ! je comprends mieux ! s'exclama Tara, les yeux brillants. Après une journée entière passée avec les gosses, il a prévu de libérer sa frustration, ce soir...

— Peut-être, murmura Kaila.

— Hé, après tout, s'il est d'humeur romantique, profites-en, conseilla encore Candy.

Kaila ne put s'empêcher de sourire. Son amie avait raison. Dan était merveilleux. Elle fut prise de remords, tout à coup, songeant qu'elle se comportait vraiment comme une enfant trop gâtée, par moments — tout ça parce qu'elle avait l'impression que la vie passait à côté d'elle lorsqu'elle était occupée à changer des couches. Mais ses enfants étaient importants, et elle les aimait profondément. Ils méritaient une mère plus douce, plus calme. Dan, aussi, déployait des trésors de patience à son égard. Lui qui travaillait si dur ! Il avait même compris qu'elle avait besoin d'une coupure dans sa routine. Seigneur ! Ne mesurait-elle donc pas la chance qu'elle avait ? D'autant qu'elle pouvait compter sur l'aide inestimable d'Anna. Combien de mères devaient se débrouiller seules, avec plusieurs enfants en bas âge ?

Kaila cligna des yeux furieusement, s'avisant soudain combien elle avait été près de détruire son mariage. Dans son aveuglement, son égoïsme, elle aurait presque pu tromper Dan.

Elle porta sa tasse de café à ses lèvres, but une gorgée et sourit à ses amies.

— J'espère qu'il est vraiment très frustré, parce qu'il va passer une sacrée nuit !

Elle était résolue à le gâter, afin de lui faire oublier son attitude des dernières semaines.

Ce soir.

Il fallut moins d'une heure à Kyle pour franchir en avion la distance séparant Key West de Miami. A midi, il était dans le bureau de Jimmy et parcourait les rapports d'autopsie de chaque victime, dans l'espoir qu'un détail attirerait son attention.

Soudain, Jimmy entra, prit place sur une chaise, en face de lui, et le regarda fixement.

— Devine la dernière ! lança-t-il soudain.

— Quoi ?

— Tu te rappelles Henry Nore, le clochard aux yeux globuleux et aux dents pourries qu'on a trouvé avec la médaille de Saint-Christophe de ton père et le couteau de boucher qui avait tué Lainie Adair?

Kyle fronça les sourcils.

— Evidemment. Pourquoi?

— Il a été relâché.

— Quoi? s'exclama Kyle avec stupéfaction.

L'air grave, Jimmy hocha la tête.

— Crois-le si tu veux, mais les psychiatres l'ont laissé sortir. Et comme ils étaient tenus de nous prévenir, le cas échéant, ils nous ont écrit. Il leur a fallu un peu de temps : ça fait six mois qu'il est dehors!

— Six mois? s'exclama encore Kyle, de plus en plus abasourdi.

— Et les meurtres ont commencé voilà quatre mois. Toutes des rousses. Comme Lainie.

— Ouais. Toutes rousses. Comme Lainie, répéta Kyle.

— Alors, qu'en penses-tu? Tu crois qu'il pourrait être derrière ces meurtres?

— Ce n'est pas le genre. Tu imagines Nore en train de courtiser une femme? Sait-on où il se trouve, maintenant?

Jimmy fit la grimace.

— Figure-toi que non. Il était censé vivre à Stuart, où une assistante sociale devait lui rendre visite tous les quinze jours. Seulement, tu sais comment ça se passe... Il a disparu après la première entrevue. J'ai lancé un avis de recherche, mais il peut très bien se trouver n'importe où aux Etats-Unis. Y compris à Miami.

Kyle inspira profondément.

— Ça ne peut pas être Nore, affirma-t-il en secouant la tête.

— Pourquoi pas? D'après ses propres aveux, il a

assassiné Lainie. Rappelle-toi : elle était la progéniture du diable. Il pense peut-être la même chose de toutes les rousses. Et maintenant qu'il est libre, il peut très bien avoir décidé que Dieu attend de lui qu'il tue encore d'autres rousses, d'autres filles du diable.

— Non !

Jimmy poussa un soupir exaspéré.

— Pourquoi faut-il toujours que vous compliquiez tout, vous autres du FBI ? Nore est un tueur maniaque. Il a égorgé sa femme, puis Lainie, et on dirait qu'il continue.

— Nore n'a jamais été jugé pour le meurtre de Lainie.

— Mais puisqu'il a avoué !

— Ouais. Sauf que c'est un fou et que les fous confessent des crimes tous les jours.

— Décidément, tu as passé trop d'années à l'école, mon vieux ! Les fous ne confessent pas des crimes... ils les commettent !

De nouveau, Kyle secoua la tête.

— Jimmy, l'homme que nous recherchons est habile. Il séduit ses victimes. Est-ce que tu te souviens de la tête de Nore ? Il avait des yeux de cinglé et un sourire effrayant. Il est aussi séduisant qu'un chien enragé. Je suis convaincu qu'il n'est pas notre homme.

Jimmy garda le silence un instant, avant de laisser échapper un autre soupir.

— Je déteste quand tu tiens des propos presque sensés.

Kyle haussa les épaules.

— Cela ne signifie pas pour autant qu'il fallait libérer ce type.

— Ça, c'est le moins qu'on puisse dire !

— Maintenant, il faut le retrouver et découvrir s'il a traîné du côté de Miami.

— J'ai lancé un avis de recherche, répéta Jimmy.

— Bon. Pour ce qui nous concerne, je pense qu'on devrait avoir un après-midi intéressant.

— Ah bon ? Quel est le programme ?

— Aller fureter dans les salons de tatouages.

— On a déjà des flics en train de faire la tournée, tu sais.

— Ouais, mais j'aimerais bien y aller, moi aussi. A moins que tu n'aies une autre piste à suivre ?

— Non, reconnut Jimmy. Je t'accompagne.

Ils passèrent le reste de la journée à se rendre d'un salon à l'autre, montrant chaque fois des clichés des roses qu'on avait tatouées sur les corps des deux victimes.

Les recherches ne donnèrent aucun résultat jusqu'à ce qu'ils se rendent en début de soirée dans un endroit tenu par une certaine Tammy. Petite et menue, la jeune femme portait un short de cuir minuscule et un gilet couvrant à peine une poitrine imposante. Ses cheveux étaient teints en orange. Elle flirta ouvertement avec eux, avant de comprendre qu'ils étaient de la police. Kyle la rassura aussitôt en lui expliquant qu'ils ne s'intéressaient qu'aux tatouages représentant une rose. Puis, il lui montra une photo de Holly Tyler. Elle y jeta un regard furtif et écarquilla les yeux.

— Mon Dieu, mais je la connais ! Elle... elle est morte ?

— Elle est venue ici ? demanda Kyle.

Tammy hocha la tête, l'air horrifié.

— C'est moi qui lui ai fait ce tatouage.

— Quand ? intervint Jimmy.

— Euh, voyons, c'était... vendredi dernier ? Oui, c'est ça, vendredi en fin d'après-midi. Elle était pressée. Elle m'a dit que c'était pour faire plaisir à un homme.

Jimmy et Kyle échangèrent un coup d'œil.

— Quel homme ? demanda Kyle.

— Je ne sais pas. Elle était seule. Elle ne semblait pas très rassurée, d'ailleurs. C'était la première fois qu'elle se faisait tatouer, et on aurait dit qu'elle venait de pénétrer dans un repaire du diable. Elle était si pressée que je n'ai pas fini le travail comme je l'aurais voulu. Mais elle était vraiment excitée. D'ailleurs, elle a commencé à se détendre et elle n'a plus arrêté de parler. Elle m'a dit que c'était dur, ces temps-ci, de trouver un type bien. Et celui-là était un vrai prince. Il lui tenait la porte, l'invitait au restaurant, et il l'avait même invitée à partir en week-end au bord de la mer. Ils allaient juste paresser, boire du vin, nager un peu et faire l'amour.

— Vous savez où ils allaient ?

Tammy secoua la tête.

— Vers le sud. Où exactement, mystère. Peut-être à Key Largo, ou Marathon, ou peut-être même à Key West. Elle n'arrêtait pas de répéter à quel point il était formidable. Et il lui avait demandé de se faire tatouer une rose, là où il serait seul à la voir.

— Elle n'a pas dit s'il était brun, clair, blond, chauve, de type nordique, latino-américain... n'importe quoi ?

— Non.

— Elle ne l'a pas décrit du tout ? insista Jimmy.

— Je suis désolée...

La jeune femme s'interrompit brusquement, comme si elle venait de se rappeler un détail.

— Quoi ? lui demanda aussitôt Kyle.

— Eh bien, elle m'a dit qu'il était très beau, mais plutôt timide. Elle avait eu un mal fou à le prendre en photo, et encore, elle avait dû le faire en cachette, profitant d'un moment d'inattention. Des Polaroïds. Elle a voulu me les montrer. Sauf qu'elle ne les a pas trouvées dans son sac.

— Merde ! fit Jimmy.

— Appelle le commissariat et demande qu'on fouille de nouveau la maison de Holly Tyler, lui dit Kyle. Qu'on nous rapporte toutes les photos qu'on trouvera. Fais suivre toutes les pistes.

Jimmy acquiesça d'un signe de tête.

Tammy semblait désolée.

— J'aurais tellement aimé vous aider, murmura-t-elle.

— Grâce à vous, nous savons à présent qu'il existe des photos du tueur. Vous nous avez peut-être aidés plus que vous ne le pensez.

— Si jamais je me rappelle autre chose...

— Surtout, appelez-nous ! acquiesça Kyle en sortant une carte de visite sur laquelle il ajouta le numéro de son téléphone cellulaire, ainsi que celui de la maison de Jordan, à Key West. Pour quoi que ce soit. Même un détail qui vous paraît sans importance.

Jimmy aussi lui donna une de ses cartes. Puis ils quittèrent le salon et reprirent la route de Miami. Ils retournèrent dans le bureau de Jimmy et ajoutèrent la nouvelle information au tableau sur lequel ils avaient entrepris de noter l'emploi du temps de Holly Tyler, durant les dernières heures de sa vie.

— On dirait que tu attaches beaucoup d'importance à cette histoire de tatouage, remarqua Jimmy, un peu plus tard, comme il conduisait Kyle à l'aéroport.

Celui-ci consulta sa montre, contrarié par l'heure tardive. Il devait attraper la navette aérienne à destination de Key West, et il était déjà plus de 22 heures. Jamais il n'arriverait chez Jordan avant minuit. Or, Madison devait être seule.

Il fut tenté d'expliquer à Jimmy que la jeune femme portait un tatouage similaire à celui de Holly Tyler, mais il n'en fit rien. Jimmy ne manquerait pas de se demander d'où il tenait cette information. Or, il lui paraissait primordial, tout à coup, de s'assurer que personne ne savait ce qui s'était passé entre Madison et lui.

Personne.

Evidemment, Darryl Hart devait connaître l'existence de ce tatouage. Après tout, Madison avait été son épouse. Mais nul autre ne devait l'apprendre.

Il hésita un instant, avant de dire :

— Lainie avait un tatouage, aussi. Une rose avec des épines.

— Lainie ! s'exclama Jimmy, avant de le considérer d'un regard curieux. Comment le sais-tu ?

— Elle était mariée avec mon père.

— Oh ! fit Jimmy, visiblement peu convaincu.

— Je n'ai pas eu une liaison adolescente avec ma belle-mère, l'assura Kyle d'un ton sec.

— Je n'ai rien suggéré de tel.

— Tu te demandais juste ?

L'air penaud, Jimmy haussa les épaules.

— Bah oui.

— Pour rien au monde je ne l'aurais approchée ! murmura Kyle.

Il s'aperçut que Jimmy le regardait de nouveau d'un air soupçonneux et ajouta :

— Cette femme était un démon. Elle a torturé mon père et Jordan. Et sûrement beaucoup d'autres hommes.

— Comment ?

Kyle réfléchit un instant.

— Elle aimait tenir les gens sous sa coupe. Par

exemple, chaque fois que mon père avait le malheur de lui déplaire, elle lui rappelait que Jordan ne demandait pas mieux que de la voir retourner avec lui. Oh ! c'était fait avec beaucoup de subtilité. Lainie était une virtuose de la manipulation. Et si elle détenait une information contre toi, elle n'avait aucun scrupule à s'en servir, crois-moi.

— Ah bon ?

— Un soir, elle m'a surpris avec Patty Lawton, une fille avec laquelle je suis sortie pendant quelque temps, au collège. Mon père était persuadé qu'elle cherchait à tomber enceinte pour me contraindre à l'épouser. Or, lui voulait que je poursuive des études supérieures. A partir de ce moment, chaque fois que j'avais le malheur de ne pas faire exactement ce que Lainie voulait, elle menaçait de me dénoncer — à mots couverts, bien sûr. C'était quelqu'un qui savait trouver le point faible des gens et comment l'utiliser à son avantage.

— C'est drôle. Pour moi, Lainie Adair était une grande vedette, belle et élégante, le genre de personne que tu places sur un piédestal. Je n'aurais jamais imaginé qu'elle pouvait avoir ne serait-ce qu'une goutte de sang mauvais dans le corps.

— Demande à Jassy combien de gouttes de sang il y a dans le corps humain...

— Enfin ! elle n'était pas si foncièrement mauvaise, tout de même !

— Personne n'est foncièrement mauvais. Le monde n'est pas noir ou blanc : il y a toujours toutes sortes de nuances de gris. Lainie avait ses qualités.

Kyle haussa les épaules.

— En fait, ça dépend du point de vue où on se place. Les filles l'aimaient, et elle était une bonne mère pour elles. Elle était même capable de se montrer plutôt chouette avec la progéniture de ses divers maris. Elle nous préparait des fêtes d'anniversaire très élaborées et elle adorait acheter des cadeaux. Elle tirait toujours une fierté sincère de nos bonnes notes... Comment dire ? Lainie était unique. Et elle ne méritait en tout cas pas une mort aussi affreuse.

Au souvenir de cette nuit abominable, il tressaillit.

— Qu'y a-t-il ? demanda Jimmy.

— Rien. Il ne faut pas parler en mal des morts, n'est-ce pas ? Lainie était une femme complexe. J'espère qu'elle repose en paix.

Sur ces mots, Kyle se prit à penser à Madison.

Elle était si différente de sa mère.

Il tenait énormément à elle ; bien plus qu'il n'était prêt à l'admettre. Mais tous deux avaient souffert. Ils savaient garder leur distance.

Seulement, cette fois, Kyle ne pouvait pas rester à l'écart. Au contraire. Il devait s'attacher aux pas de la jeune femme, la suivre comme son ombre. Le problème était de déterminer comment il allait s'y prendre.

Jimmy le déposa à l'aéroport, et Kyle embarqua à bord du petit avion qui effectuait la navette entre Miami et Key West. Malgré le bruit des moteurs, il s'assoupit durant le vol. Puis, aussitôt arrivé, il sauta dans un taxi. Le chauffeur roulait lentement, trop lentement. Comme ils roulaient à travers les rues vides et sombres de la petite ville, Kyle commença d'éprouver un étrange malaise.

Il était presque minuit, et Madison se trouvait seule dans la grande maison de son père, lequel était à Miami. Il y avait bien l'intendante de maison, mais celle-ci logeait dans un petit appartement à côté de la piscine.

— Vous ne pouvez pas aller un peu plus vite? demanda-t-il soudain au chauffeur.

Ce dernier marmonna quelques paroles incompréhensibles, et il écrasa la pédale d'accélération, si brutalement que Kyle se trouva projeté contre le dossier de la banquette. Ils franchirent la distance les séparant encore de la maison en quelques minutes.

— Merci. Et gardez la monnaie, lança Kyle en laissant à l'homme un pourboire avantageux.

Les lumières du patio étaient allumées, comme à l'accoutumée. Tout avait l'air tranquille. Mais les apparences pouvaient se révéler trompeuses.

D'un geste machinal, Kyle vérifia que son revolver était bien glissé dans son holster, sous sa veste. Puis, il enfonça la clé dans la serrure du portail d'entrée. Ce fut à cet instant qu'il entendit le premier cri.

Un cri très bref, haut perché, et qui parut faire trembler l'air de la nuit.

Il fut suivi d'un autre cri, interminable, empli de terreur. Un hurlement qui lui glaça le sang.

L'espace d'une fraction de seconde, Kyle fut pétrifié. Puis, il fit irruption dans la maison, sortit son arme et se précipita dans le couloir qui menait à la chambre de Madison.

Le troisième cri de la jeune femme lui déchira les oreilles.

— Vous ne pouvez pas aller un peu plus vite ? demanda-t-il soudain au chauffeur.

Ce dernier marmonna quelques paroles incompréhensibles et il écrasa la pédale d'accélération, si brutalement que Kyle se trouva projeté contre le dossier de la banquette. Ils franchirent la distance les séparant encore de la maison en quelques minutes.

— Merci. Et gardez la monnaie, lança Kyle en laissant à l'homme un pourboire avantageux.

Les lumières du rez-de-chaussée étaient allumées. Comme à l'accoutumée. Tout avait l'air paisible. Mais les apparences pouvaient se révéler trompeuses.

D'un geste machinal, Kyle vérifia que son revolver était bien glissé dans son holster sous sa veste. Puis il enfonça la clé dans la serrure du portail d'entrée. Ce fut à cet instant qu'il entendit le premier cri.

Un cri très bref, haut perché, et qui parut faire frémir l'air de la nuit.

Il fut suivi d'un autre cri, interminable, empli de terreur. Un hurlement qui lui glaça le sang.

L'espace d'une fraction de seconde, Kyle fut pétrifié. Puis il fit irruption dans la maison, sortit son arme et se précipita dans le couloir qui menait à la chambre de Madison.

Le troisième cri de la jeune femme lui déchira les oreilles.

12.

Madison se trouvait de nouveau dans leur ancienne maison, celle de Roger Montgomery, à Coconut Grove. La maison dans laquelle Lainie était morte.

Mais au lieu d'un seul couloir, il y en avait plusieurs, qui partaient chacun dans une direction différente. Une brume grise flottait dans l'air ; très épaisse jusqu'à la taille, elle s'éclaircissait au fur et à mesure qu'elle montait vers le plafond.

Madison entendait la voix de sa mère. Elle voulait la trouver, mais ne savait quel couloir emprunter.

Elle se mit à courir. Essaya un couloir, puis un autre.

Les cris de Lainie allaient en s'amplifiant, ils étaient de plus en plus terrifiés. Et Madison n'arrivait pas à déterminer d'où ils venaient.

Le brouillard devint plus épais, soudain, tourbillonnant autour d'elle comme si un coup de vent avait pénétré dans la maison. Il retomba très vite, et elle se trouva devant un couloir unique.

Alors qu'elle voulait s'élancer, elle fut incapable de courir. Ses jambes refusaient de lui obéir, et il lui fallait fournir un effort surhumain pour franchir un seul pas. Avançant au ralenti, elle essayait de crier, d'appeler à l'aide, mais aucun son ne franchissait ses lèvres.

Puis, elle vit le couteau.

Il était haut dans l'air, comme pris dans le gris scintillant de la brume.

Et soudain, il fendit l'obscurité.

Elle entendit sa mère hurler ; elle sentit la souffrance de Lainie tandis que l'arme blanche tranchait sa chair.

Elle voulut crier, encore, et encore. Elle savait qu'elle se débattait au milieu d'un cauchemar. Si seulement elle pouvait se réveiller.

Elle revit le couteau, suspendu dans le brouillard. De sa lame tranchante comme un rasoir, tombait... du sang !

Et le silence tomba, pesant, insupportable. La voix de Lainie s'était tue à jamais.

Madison connaissait le cauchemar ; elle l'avait déjà vécu. Elle lutta encore pour s'y arracher. Mais plus elle luttait, plus elle sombrait. Le couteau ne pouvait pas flotter ainsi dans l'air. Quelqu'un devait le tenir — ce même quelqu'un qui avait tué Lainie, et qui tuerait encore.

Soudain, elle entr'aperçut une main, gantée, puis un poignet et un bras, avalés par l'obscurité. Si elle regardait bien, si elle attendait que la brume se dissipe, elle verrait le meurtrier. Elle devait le voir. Elle devait l'empêcher de tuer encore. Mais le brouillard était si épais...

Alors, de nouveau, il parut s'éclaircir. Le couteau s'éleva dans l'air, et Madison, bien qu'il lui fût impossible de les voir, sentit les yeux de l'assassin sur elle. Il la regardait.

Killer observe ! Killer observe !

Le couteau se dirigeait vers elle. D'une seconde à l'autre, il allait s'abattre sur sa prochaine victime. La lame acérée brillait dans le noir, encore dégoulinante du sang de sa mère. Elle se rapprochait, encore, et encore...

Madison se détourna pour fuir et entendit l'arme siffler dans l'air. Alors — enfin ! — elle put crier.

Elle hurla, hurla, hurla...

Des bras la saisirent aux épaules, l'enveloppant, puis la secouant.

— Madison !

Elle se réveilla, terrifiée, et commença de lutter contre l'homme qui la tenait.

— Madison !

Les yeux de Madison étaient grands ouverts. Pourtant, il lui fallut encore plusieurs secondes avant de comprendre que c'était Kyle qui la serrait contre lui.

Martique se tenait au seuil de la chambre, en pyjama et pieds nus. Elle considérait la scène d'un air inquiet.

Madison leva les yeux vers Kyle. Il portait encore son complet sombre, mais il avait desserré sa cravate et défait les deux premiers boutons de sa chemise.

— Ça va ? demanda-t-il en lui caressant les cheveux. Tu as fait un cauchemar ?

Pour toute réponse, Madison se contenta de hocher la tête. L'air conditionné commençait à pénétrer sa peau trempée de sueur, et elle fut prise de frissons.

— Je vais vous préparer quelque chose à boire, intervint Martique.

— Quelque chose de fort, suggéra Kyle. Un whisky, par exemple.

— Je ne peux pas boire de whisky, murmura Madison.

— C'était pour moi ! précisa-t-il d'un ton taquin. Tu m'as fait une de ces peurs !

Elle sentit qu'elle rougissait.

— Un peu de thé avec du brandy vous fera du bien à tous les deux, décida Martique.

Quand elle se fut éloignée, Kyle caressa la joue de Madison.

— Raconte-moi, proposa-t-il d'une voix douce.

— Il n'y a pas grand-chose à raconter. J'ai rêvé de la nuit où ma mère a été tuée. Ça paraissait si réel ! Comme si je la revivais encore. J'avais la sensation que le tueur était tout près de moi et qu'il pouvait me voir, alors que j'essayais de courir vers Lainie.

Kyle garda le silence. Il avait croisé ses doigts avec ceux de Madison et gardait les yeux baissés.

— Tu n'aurais jamais dû être mêlée à cette histoire, murmura-t-il enfin.

Madison haussa les épaules, peu désireuse d'admettre qu'en cet instant elle n'était pas loin de partager son avis.

— Ce n'est pas la première fois que je travaille avec Jimmy, remarqua-t-elle. Seulement jusqu'à maintenant, c'était différent. Bien sûr, un meurtre est toujours une chose affreuse mais, dans cette affaire, ils sont si violents, si vicieux... Je suppose que ça fait resurgir en moi des souvenirs de ce qui est arrivé à ma mère.

— Toutes les victimes sont rousses, murmura Kyle. Comme Lainie. Et Harry Nore a été relâché.

— Quoi ? s'écria Madison en se dressant sur ses genoux. Mais alors, c'est peut-être l'auteur de ces meurtres abominables !

— Jimmy a lancé un avis de recherche. On va le retrouver. Néanmoins, je vais te répéter exactement ce que j'ai déjà dit à Jimmy. Je ne crois pas que Harry Nore soit notre coupable. Quelle femme à peu près normale pourrait se réjouir à l'idée de passer un week-end romantique avec un homme comme Harry Nore ? Il a un sourire de babouin, il sent plus mauvais qu'un bouc et l'expression de son visage est celle d'un dément.

— Si on l'a laissé sortir de l'asile, c'est peut-être qu'il est guéri.

— Ce n'est pas pour autant qu'il en deviendrait aussi beau et charmeur que Sean Connery jeune, si ? L'homme que nous recherchons séduit des jeunes femmes. De jolies jeunes femmes. Crois-moi, un vieux cinglé comme Nore n'a aucune chance de se transformer en don Juan.

Madison avala péniblement sa salive et ferma les yeux.

— Je sais qu'on l'a trouvé avec l'arme du crime, murmura-t-elle. Je sais aussi qu'il y avait le sang de ma mère, dessus. Mais je n'ai jamais cru qu'il l'avait assassinée.

— Je m'en souviens, oui. Quand on a trouvé Harry Nore dans la cuisine du voisin, en train de couper tranquillement du pain, il tenait le couteau qui avait servi à tuer ta mère. Or, toi tu avais vu la main de l'assassin qui tenait ce même couteau, au moment du meurtre. Et cette main était gantée. Un gant comme en portent les chirurgiens.

— Autrement dit, si Nore est innocent, l'assassin a dû être assez rapide pour se débarrasser de l'arme...

— ... et filer sous ton nez, le mien, celui de Kaila, de mon père et de tous les flics qui ont fait irruption sur les lieux du crime en l'espace de quelques minutes, compléta Kyle d'un air sombre.

Madison tressaillit. Elle était trempée de sueur, et l'air conditionné lui donnait la chair de poule.

— Je vais prendre une douche, annonça-t-elle en se levant.

Kyle hocha la tête.

Mais une fois à l'intérieur de la salle de bains, Madison fut la proie d'une bouffée d'anxiété. Elle jeta un coup d'œil vers la chambre et croisa le regard de Kyle.

— Je suis là, lui dit-il simplement.

Rassurée, elle se glissa sous l'eau chaude et demeura immobile un moment, laissant le jet lui frapper le visage et le corps, avant de se savonner longuement. Elle finissait de se rincer lorsqu'elle entendit la voix de Kyle.

— Madison ?

— Oui ?

Il entra dans la douche, derrière elle. Nu.

— Je ne voulais pas t'effrayer, murmura-t-il.

Passant les bras autour d'elle, il l'attira contre lui. Ses mains glissèrent le long de la taille de Madison, remontant jusqu'à ses seins. Il les caressa et elle ferma les yeux tandis que le plaisir explosait dans tout son corps comme en une multitude de petites bulles.

Kyle souleva sa longue chevelure auburn et déposa des petits baisers dans sa nuque et le long de ses épaules. Puis, ses lèvres descendirent le long de la colonne vertébrale de Madison, s'arrêtant un moment au bas du dos, pour glisser sur ses fesses. Alors, il la retourna, sans cesser de l'embrasser et de la caresser, ses gestes devenant de plus en plus intimes, de plus en plus érotiques. Et toujours, l'eau chaude cascadait sur eux. Peu à peu, Madison sentit ses jambes trembler. Elle enfonça ses ongles dans les épaules de Kyle, chuchotant son prénom, désespérément. Mais il demeura sourd à ses prières et continua sa caresse. Elle eut l'impression que ses membres se liquéfiaient, en même temps qu'une vague brûlante lui parcourait tout le corps, avant d'exploser au creux de son ventre, la propulsant vers la jouissance.

Mais déjà, Kyle s'était redressé et l'embrassait à pleine bouche, partageant le miel qu'il avait recueilli en elle.

Un instant plus tard, il la retourna de nouveau et lui fit prendre appui contre le mur carrelé. Alors, il vint en elle, par-derrière. L'eau chaude, bienfaisante, continuait de tomber sur eux.

Kyle bougea en elle, avec passion, avec urgence, la portant vers de nouveaux sommets. Le bruit de la douche résonnait aux oreilles de Madison, noyant celui des battements de son cœur. Puis, Kyle se pressa contre elle, le corps noué par la tension, et la violence de son orgasme précipita celui de Madison.

Elle s'abandonna contre lui. Ils demeurèrent ainsi longtemps, silencieux, serrés l'un contre l'autre, jusqu'à ce qu'ils s'aperçoivent que l'eau devenait froide.

Kyle tendit la main pour couper le robinet. Puis il sortit de la douche et saisit un drap de bain, dont il enveloppa Madison.

— Martique a apporté du thé au brandy, dit-il finalement.

— Tu crois qu'il est encore chaud ?

— J'en suis sûr. Elle l'a apporté dans une Thermos avant de s'éclipser.

— Elle sait, murmura Madison, lui tournant le dos et quittant la salle de bains.

— Et alors ? répondit Kyle.

Il finit de se sécher et noua la serviette autour de sa taille.

— Elle ne semble pas choquée. Qu'est-ce que cela change, de toute façon ? Tu es majeure, et moi aussi.

La rejoignant dans la chambre, il versa le thé dans deux tasses avant de lui en tendre une.

— Nous ne sommes pas liés par le sang, poursuivit-il. Aucun risque que nous ayons un enfant avec une tête pointue, ou que sais-je d'autre.

Madison eut un léger sourire, avant de recouvrer son sérieux.

— Kyle, j'ai une petite fille, rappela-t-elle.

— Je sais. Je ne l'oublie jamais.

— Je dois m'assurer que rien de ce que je fais ne lui causera du tort, ou la moindre peine.

— Elle est avec son père, non ?

— Maintenant ? Oui.

— Alors, rien de ce que tu fais ne va lui causer du tort ou de la peine. Au contraire.

Madison haussa les sourcils.

— Au contraire ?

— Oui. Je m'inquiète pour ta sécurité. Mais pour arriver jusqu'à toi, il faudra me passer sur le corps.

— Ah.

— Et je ne suis pas du genre à me laisser passer dessus ! conclut Kyle.

Il posa sa tasse et lui prit la sienne des mains.

— Encore obsédé ? chuchota Madison contre les lèvres de Kyle, comme il se penchait pour l'embrasser.

— Encore obsédé.

— Tu es sûr que le sexe n'est pas une manière agréable de passer le temps pendant que tu t'acquittes de ton devoir d'ange gardien ?

— Certain ! Et toi ?

— Je suis encore... curieuse, murmura-t-elle.

Kyle s'empara de ses lèvres, et elle cessa aussitôt de raisonner et s'abandonna à ses sensations.

⁂

Kaila, qui baignait dans un bien-être comme elle n'en avait pas connu depuis des années, se blottit contre son mari.

Dan l'attira plus près de lui et chuchota contre sa tempe :

— Ouah !

— Incroyable ! renchérit-elle.

Et c'était vrai. Leur vie sexuelle avait toujours été plutôt satisfaisante — en tout cas jusqu'à ces dernières semaines où, toute à sa colère, Kaila s'était éloignée de Dan. Mais ce soir... Quel feu d'artifice !

Et cela par la grâce de ce petit cadeau si sexy. Dan était devenu fou quand il l'avait vue porter le minuscule slip brésilien. Ce qu'il lui avait fait... Et la manière dont elle avait répondu... Rien que d'y penser, Kaila en frissonnait encore.

— Quelle bonne idée ! murmura-t-elle en lui baisant les lèvres avec douceur. Merci.

— Merci à toi ! s'exclama Dans. Chérie, tu étais fantastique. Tellement sexy ! Il faudra que tu rachètes un de ces petits slips. Comment as-tu eu cette idée ?

Kaila sentit une main de glace se fermer sur son cœur. Elle était si stupéfaite qu'elle en perdit momentanément l'usage de la parole.

Devant ce silence, Dan se dressa sur un coude et la dévisagea, l'air interrogateur.

— Kaila ?

Elle leva les yeux vers lui. Dans sa poitrine, son cœur battait à grands coups désordonnés.

— Kaila, où t'es-tu procuré cette culotte ?

— Je... je ne me la suis pas procurée. C'était un cadeau. On me l'a apporté à ma table, aujourd'hui, à la fin du déjeuner. Le paquet m'était adressé. J'ai... j'ai cru que cela venait de toi.

— Bah voyons !

— Dan !

Il s'écarta d'elle, la considérant d'un air accusateur.

— Dan... ce n'est pas toi qui me l'as envoyé ?

— Non.

— Mais...

— Je ne t'ai rien envoyé du tout !

— Alors, c'est sûrement une erreur. Il devait être destiné à quelqu'un d'autre.

— Tu viens juste de dire qu'il t'était adressé !

— Vraiment ?

— Oui, vraiment ! s'emporta Dan. Alors, le paquet était pour toi, oui ou non ?

— Dan ! Arrête. Nous ne sommes pas dans une salle de tribunal. Tu...

— Un tribunal ? Nous pourrions bien nous y retrouver très vite ! Le paquet était pour toi, n'est-ce pas ?

— Oui. Mais je ne vois pas pourquoi tu te mets dans un tel état. Si ce n'est pas toi qui me l'as envoyé, alors c'est sûrement une des filles qui a voulu me jouer un tour...

— Oh ! Kaila, arrête un peu, tu veux !

— Comment ça, arrête un peu ?

— C'est pourtant clair. Visiblement, tu t'es amusée à flirter avec quelqu'un et tu l'as suffisamment allumé pour lui donner l'impression que tu étais disponible. Seigneur ! Et moi qui suis là à me sentir coupable, parce que tu es coincée à la maison dans ton rôle de mère et que cela te déprime !

— Mon rôle de mère ne me déprime pas ! protesta Kaila. Je n'ai jamais dit ça. Et je ne flirte pas !

Elle avait prononcé ces derniers mots avec aplomb. Pourtant, à peine eurent-ils franchi ses lèvres qu'elle prit conscience d'avoir menti.

Elle avait flirté.

Elle avait permis à un homme d'envisager la possibilité d'avoir une liaison avec elle. Et cet homme, qui lui avait offert des roses avec des épines, pouvait très bien lui avoir envoyé ce... cadeau.

Son cœur chavira.

— Ecoute, Dan...

— Oh ! je t'en prie, Kaila, abstiens-toi !

Il se leva, attrapa son peignoir et quitta la chambre en claquant la porte.

Kaila le regarda sortir, les yeux écarquillés.

Elle fut parcourue d'un violent frisson. Seigneur, avait-elle été si près d'avoir une liaison ? Pire ! Avait-elle détruit son mariage ?

La prochaine fois qu'elle verrait son soupirant, elle serait très ferme. Elle lui expliquerait que Dan et elle avaient traversé une période un peu difficile, mais que tout allait bien de nouveau, et qu'elle aimait vraiment, profondément, son mari.

Voilà ce qu'elle dirait.

Dieu, qu'elle se sentait sale, tout à coup ! Et elle avait peur. Jamais Dan ne l'avait regardée comme il venait de le faire.

Elle se leva à son tour, enfila son peignoir et quitta la pièce. Dan se tenait dans la cuisine, les yeux fixés vers le patio, une bouteille de bière à la main.

— Dan ?

— Quoi ?

— Je t'aime.

— Qui t'a envoyé ce slip, Kaila ?

Elle décida de mentir. Elle devait mentir !

— Je n'en ai aucune idée, Dan. Honnêtement. Je te jure sur la tête des enfants que... je ne t'ai jamais trompé.

— Peut-être. Néanmoins, souligna Dan d'un ton

froid, je trouve intéressant qu'un autre homme envoie des sous-vêtements comestibles à ma femme !

— Une de mes copines a dû vouloir me faire une blague.

— C'est ça !

Kaila marcha vers lui et glissa les bras autour de sa taille.

— Je t'aime, Dan, chuchota-t-elle.

L'idée de le perdre la mettait au désespoir.

Peu à peu, elle sentit qu'il se détendait. Il l'enlaça à son tour. Du bout des doigts, il essuya les larmes qui coulaient sur les joues de Kaila, puis l'embrassa.

— Parfois..., murmura-t-il.

— Quoi ?

— Tu ressembles tant à ta mère ! Et parfois, je m'imagine que tu vas peut-être toi aussi vouloir essayer plusieurs maris.

— Comment peux-tu dire une chose aussi affreuse ?

— Je te rappelle que tu viens de recevoir des sous-vêtements en chocolat...

— Je t'aime, Dan !

— Vraiment ?

— Mon Dieu, oui ! Je crois que j'ai eu peur, ces derniers temps, avoua Kaila. Tu es si souvent absent. Tu travailles avec des avocates qui sont belles, jeunes, brillantes. Parfois, je me dis que je ne suis pas à la hauteur. Je porte tout le temps les taches de régurgitation du bébé ; et tout ce que j'ai à te raconter, le soir, quand tu rentres, c'est comment s'est passée la dernière réunion de parents d'élèves ou quelle cassette de Walt Disney les enfants ont regardée.

Dans sourit et lui caressa les cheveux.

— Les taches de régurgitation que tu portes sont celles de mon enfant, Kaila. Et j'adore les films de

Disney. Enfin, crois-le ou non, ce qui se passe aux réunions de parents d'élèves m'intéresse vraiment. Tu es intelligente et intéressante. Tu es la femme que j'ai choisi d'épouser, Kaila, et je t'aime.

— Oh, Dan ! murmura-t-elle. Je te demande pardon d'avoir été si difficile, ces derniers temps. Les enfants sont encore si petits ! Parfois, j'ai l'impression qu'il me faudrait trois paires de mains. Dieu sait si je les adore, pourtant. Et toi aussi, je t'adore. Tu es si merveilleux !

— Tu sais quoi ? déclara Dan d'une voix qui avait retrouvé les intonations de la colère.

— Quoi ?

— Je vais découvrir d'où venait cette fichue culotte !

Dan tenait Kaila contre lui. Pourtant, en dépit de cette étreinte tendre et chaleureuse, elle sentit de nouveau la main glacée se fermer sur son cœur.

— Vraiment, je ne comprends pas pourquoi tu te fais du souci à ce point, déclara Madison.

Elle conduisait, et Kyle était assis à côté d'elle. Ils venaient de s'arrêter pour acheter le *Miami Herald*, dans un kiosque.

— Ce type est un assassin qui tue en suivant un schéma bien précis, reprit Madison. Et s'il continue d'agir comme par le passé, il ne se manifestera pas avant plusieurs semaines, en fait la moitié du mois.

Kyle, qui avait les yeux fixés sur le journal, s'écria brusquement :

— Merde !

Madison sursauta.

— Quoi ?

Il poussa un soupir exaspéré et expliqua :

— Quelqu'un a laissé filtrer une information confidentielle à la presse.

— Laquelle ?

— On a envoyé une équipe fouiller la maison de la dernière victime pour essayer de retrouver des Polaroïds sur lesquels on aperçoit le tueur.

— Comment ça ?

— Jimmy et moi avons retrouvé l'endroit où Holly Tyler s'est fait tatouer. La jeune femme qui tient la boutique nous a rapporté que Holly avait voulu lui montrer une photo de l'homme avec lequel elle devait passer le week-end. Seulement, quand elle l'a cherchée dans son sac, elle ne l'a pas trouvée. On espère les retrouver chez elle. Et c'est dans le journal !

— Est-ce si grave ? Après tout, les flics sont déjà sur place, non ? Le tueur ne va pas prendre le risque de tout mettre sens dessus dessous pour retrouver les photos lui-même.

— Peut-être, répondit Kyle, les sourcils froncés. Et si nous sommes dans un monde parfait, ils auront retrouvé les Polaroïds à notre arrivée à Miami, ce type sera fiché, on retrouvera son identité grâce à l'informatique, et il sera arrêté avant la fin de l'après-midi.

— Ce n'est pas impossible...

— Oh que si ! Je vais te dire, moi, ce qui va se passer. Nous allons nous retrouver en train de filer le troisième cousin issu de germain de Holly, quelque part au fin fond de l'Arkansas, et puis des amis de la police, sans compter tous les dopés de la région, vont se mettre à nous envoyer des Polaroïds. Bref, notre belle aiguille va se trouver perdue au beau milieu d'une énorme botte de foin.

— Ou bien c'est le premier scénario qui va se produire.

— Mouais, marmonna Kyle, avant de sortir son téléphone cellulaire de sa poche.

Il composa le numéro de la ligne directe de Jimmy, et ce dernier l'assura qu'ils étaient en train de chercher d'où venait la fuite ; le responsable ne l'emporterait pas au paradis.

Kyle raccrocha.

Le silence s'installa dans l'habitacle de la voiture. Finalement, Madison le rompit.

— Kyle ?

— Oui ?

— Rappelle-toi ce que j'ai dit tout à l'heure. L'assassin frappe toujours en milieu de mois. Il reste encore trois semaines.

— Ce qui signifie ?

— Qu'il est inutle que tu t'inquiètes ainsi, à mon sujet. Je vais rentrer chez moi.

— Et ?

— Et Carrie Anne revient, ce soir.

— Et ?

— Kyle, je ne peux pas... je ne peux pas dormir avec toi à la maison. Il faut que tu retournes à ton hôtel.

Les yeux fixés sur la route, Madison sentit le regard de Kyle peser sur elle.

— Carrie Anne est une petite fille. Je ne sais pas comment lui expliquer...

— Tu crois vraiment que Darryl ne voit jamais personne quand il est avec sa fille ?

— Je n'en sais rien. De toute façon, c'est moi qui ai la garde. Elle passe la majeure partie de son temps avec moi.

— Autrement dit, tu vas passer ta vie à avoir des liaisons de deux jours, et uniquement lorsque ta fille sera chez son père ?

— Tu n'es pas raisonnable !

— Je suis surtout curieux. Que feras-tu si jamais tu tombes amoureuse ?

— Je me remarierai et j'expliquerai à Carrie Anne pourquoi, répliqua Madison avec irritation. Encore une fois, Kyle, c'est une toute petite fille. Et même si Darryl et moi nous nous entendons très bien, je ne veux pas lui donner la moindre arme contre moi si jamais il se mettait en tête d'obtenir la garde.

— Darryl ne ferait jamais une chose pareille.

— On ne sait jamais.

— Eh bien, tu n'as qu'à épouser de nouveau ce bon vieux Darryl, suggéra Kyle d'un ton agressif. Cela résoudrait le problème. Ou alors, tu pourrais coucher avec lui de temps en temps. Ça aussi, ça irait, non ?

Madison le regarda fixement, partagée entre l'incrédulité et la fureur. Puis elle aperçut une station d'essence, un peu plus loin. Elle bifurqua et s'engagea dans la bretelle d'accès.

— Qu'est-ce que tu fabriques ? demanda Kyle.

— Je m'arrête. Descends de ma voiture.

— Quoi ?

— Sors !

— Je ne crois pas, non.

— Je te dis de descendre !

Kyle plissa les yeux.

— Et moi, je refuse. Je dois aller travailler à Miami.

— Appelle un taxi.

— Ici ? Au milieu des Keys ? Appeler un taxi pour aller jusqu'à Miami ?

— Alors, appelle ton foutu FBI. Peu m'importe, du moment que tu sors de ma voiture.

— Mais pourquoi, bon sang ?

Madison le considéra avec stupéfaction.

— Pourquoi ? Parce que tu es odieux, grossier...

— ... et mort de trouille, l'interrompit-il d'une voix rauque.

Il se pencha vers elle, prit son visage entre ses mains et plongea les yeux dans les siens.

— Un type est en train de tuer des jeunes femmes rousses au milieu de chaque mois, et toi, que tu le veuilles ou non, tu as des pouvoirs médiumniques. Tu vois les victimes de ces meurtres. La police est en train de découvrir quelques pistes. Juste quelques-unes. Mais cela peut suffire à effrayer notre homme. Je ne veux pas que tu restes seule. Nous ne sommes pas forcés de dormir ensemble. Je m'installerai sur le canapé, et nous expliquerons à Carrie Anne que je suis de la police, comme Jimmy, et que je suis ici pour veiller sur vous. Tu as des objections ?

Madison essaya d'en trouver une. En vain.

— Non. Je ne crois pas. Tu peux me lâcher, maintenant ?

Il obéit et se laissa aller contre le dossier de son siège.

— On y va ? demanda-t-il poliment.

Madison ramena la voiture sur la voie express, et ils roulèrent en silence durant un moment. Comme ils passaient devant le Sea Theatre, Madison murmura soudain :

— J'ai toujours rêvé de faire ça.

— Quoi donc ? s'enquit Kyle d'un ton perplexe. Aller au Sea Theatre ?

Elle rit.

— Nager avec des dauphins.

— Tu fais de la plongée, non ? Tu nages avec des créatures de la mer à longueur de temps.

Madison secoua la tête.

— Je n'ai jamais joué avec un dauphin. Jamais.

— Si tu en as tellement envie, fais-le. C'est simple.

— Quand tu as envie de quelque chose, tu le fais toujours ?

— Absolument !

— Et quelle est la dernière chose dont tu aies eu envie ? demanda Madison.

Kyle esquissa un sourire.

— Coucher avec toi.

— Oh ! murmura Madison, qui ne put s'empêcher de sourire à son tour.

Mais presque aussitôt, le visage de Kyle se rembrunit.

— Madison.

— Quoi ?

— Quel jour ta mère a-t-elle été assassinée ?

Madison sentit son cœur se serrer.

— Le... 15 juin.

— Exactement. Au milieu du mois.

— C'est forcément une coïncidence.

— Crois-tu ?

Killer aurait dû attendre qu'il fasse nuit.

Mais il n'osa pas. En outre, le défi ne lui déplaisait pas.

Le salon de tatouage n'ouvrait pas avant 10 heures du matin.

Il était 9 h 03.

Il enfila ses gants. Des gants en plastique fin, pareils à ceux qu'utilisaient les médecins et les chirurgiens. Il laissa sa voiture sur le parking du supermarché, au bas de la rue, et franchit à pied la distance le séparant du salon.

Il portait une perruque et des lunettes noires.

La porte d'entrée de la boutique était verrouillée. Il fit donc le tour et entra par derrière.

Tammy, avec ses cheveux teints et son apparence débraillée, était assise à un bureau, en train de consulter des factures. En l'entendant, elle leva les yeux et dit :

— On n'est pas encore ouverts.

Il la considéra avec dégoût. Quelle horrible créature ! Il était vraiment irrité de devoir perdre son temps — pire ! de devoir gâcher son talent — sur un tel déchet. Mais Holly avait pris une ou plusieurs photos de lui. Les flics avaient fouillé sa maison. Sans résultat. Or, ces Polaroïds avaient bien dû se perdre quelque part.

— Bonjour, Tammy ! lança-t-il avec ce sourire qu'il savait irrésistible.

— On se connaît ? répondit la fille en lui adressant en retour un sourire qui se voulait enjôleur.

Tammy n'était pas farouche, songea Killer.

— Moi, je te connais, lui dit-il. Et je sais que tu n'as pas encore ouvert, mais... il fallait que je te parle. Seul à seule.

— Seul à seule, répéta Tammy.

Il hocha la tête.

— Oui. Je voulais te demander un petit service, déclara-t-il de sa voix la plus suave.

Avec naturel, il ferma et verrouilla la porte de derrière.

Tammy se leva.

— Et qu'est-ce que je peux faire pour toi ?

Il se glissa derrière elle et effleura de ses lèvres l'oreille de la jeune femme.

— Mourir, ma chère. Mourir...

Et il lui trancha la gorge d'un geste impeccable. Pas une goutte de sang ne gicla sur lui.

La pauvre fille fut agitée de quelques spasmes et s'effondra sur le sol. Sans plus se soucier d'elle, il entreprit de fouiller la boutique, de fond en comble. Finalement, il trouva ce qu'il cherchait. Les Polaroïds. Elles étaient glissées dans l'espace qui séparait l'assise et le dossier réglable du fauteuil sur lequel s'installaient les clients pendant que Tammy travaillait à les tatouer. Elles avaient dû tomber du sac de Holly, sans que cette dernière s'en aperçoive.

Il considéra les clichés que sa victime avait pris de lui, à son insu.

Puis, après les avoir glissés dans sa poche, il consulta sa montre. L'épisode ne lui avait pas pris un quart d'heure. Il était temps de sortir.

Pourtant...

Il considéra le cadavre encore chaud de Tammy, hésita un instant et, finalement, il ne put résister à la tentation. Après tout, il disposait encore de quelques minutes.

Il s'approcha des instruments de Tammy et se mit au travail.

13.

A 11 heures, Madison s'arrêtait devant sa maison. Elle avait proposé à Kyle de le déposer au commissariat, ou à son hôtel, afin qu'il récupère sa voiture de location, mais il voulait d'abord passer chez elle. Il visita chaque pièce, sans se préoccuper du fait que Peggy, l'intendante, se trouvait sur place. Après quoi, il soumit Madison à un véritable interrogatoire.

— Qui a les clés ? demanda-t-il.

— Peggy. Elle vient trois fois par semaine.

— Quels jours ?

— Ça dépend. Nous décidons d'une semaine sur l'autre.

Kyle poussa un soupir exaspéré.

— Qui d'autre ?

Madison réfléchit.

— Jassy. Mon père...

— C'est tout ?

— Kaila, aussi.

— Et ?

— Trent. Peut-être Rafe. Je ne me souviens plus si je lui ai donné une clé ou pas.

— Pourquoi est-ce que tu t'embêtes avec des clés ?

Tu n'as qu'à inviter toute la ville de Miami à venir vivre chez toi !

— Allons, Kyle, je ne sais pas toujours à l'avance quand je vais devoir me déplacer ! Or, nous avons un chat, deux hamsters et des poissons rouges. Parfois, j'appelle les uns et les autres en espérant qu'un, au moins, sera disponible pour nourrir les animaux. D'ailleurs, tous ceux que je t'ai cités appartiennent à la famille. Sauf...

— Sauf qui ?

Madison hésita.

— Eh bien, je crois que Jimmy a un jeu de clés, lui aussi.

— Jimmy Gates ?

— Eh bien, oui ! Il est flic, et c'est un ami. Comme il m'arrive de travailler avec lui, et que je suis souvent retenue plus longtemps que prévu par mes séances de photos, il peut entrer et m'attendre à l'intérieur au lieu de rester coincé dehors.

— Ça alors ! Je lui ai annoncé, l'autre matin, que j'allais enfoncer ta porte. Il ne m'a jamais dit qu'il avait une clé !

— Te connaissant, je ne serais pas surprise que tu ne lui en aies pas laissé le temps. De toute façon, tu n'aurais pas dû pénétrer chez moi par effraction.

— Madison, il faut que tu fasses changer tes serrures.

— Les doubles de mes clés sont tous chez des gens que je connais et en qui j'ai entièrement confiance...

— Et qui pourraient tout aussi bien les laisser traîner n'importe où.

— Ma parole, tu deviens paranoïaque !

— Il vaut mieux prévenir que guérir. Est-ce que Peggy passe toute la journée ici ?

— Oui.
— A quelle heure Carrie Anne revient-elle ?
— Je vais la chercher à 13 heures.
— Très bien. Revenez directement ici et...
Madison leva la main.
— Une petite minute ! Je l'emmène toujours quelque part, le vendredi. On va au cinéma, manger une glace, au parc. Ça dépend. C'est elle qui choisit.
— D'accord. Dans ce cas, appelle-moi sur mon cellulaire pour me dire où tu seras.
— C'est complètement ridicule !
Au même instant, le téléphone de Kyle se mit à sonner. Il tapota ses poches jusqu'à ce qu'il le trouve. Puis, les yeux fixés sur Madison, il écouta en silence ce que lui disait son interlocuteur.
Elle vit son visage se décomposer.
— Passe me prendre chez Madison ! déclara-t-il enfin, avant de couper la communication.
— Que se passe-t-il ?
— La tatoueuse qui nous a donné l'information concernant Holly Tyler a été retrouvée morte.
Madison sentit un nœud se former dans son ventre.
— Où ça ? interrogea-t-elle d'une voix blanche.
— Dans sa boutique. Elle avait la gorge tranchée.
— Il peut s'agir d'un cambriolage qui aura mal tourné, suggéra Madison. Le serial killer n'a encore jamais laissé ses victimes là où on pouvait les trouver facilement. Etait-elle rousse ?
— Plutôt orange...
— Et nous ne sommes pas au milieu du mois.
— Ce type est peut-être un psychopathe, mais il est intelligent. Il est capable d'enfiler son masque charmeur ou de s'en débarrasser avec une incroyable facilité. Généralement, il arrive un moment où ce genre

d'assassin commence à perdre le contrôle des événements. Il met et il ôte son masque trop vite ; il craque, quelque part, et il devient visible, pour sa famille ou pour ses amis.

Il réfléchit un instant, et secoua la tête.

— Pourtant, reprit-il, je ne crois pas que notre homme soit poussé par le besoin irrépressible de satisfaire les exigences de son intellect dérangé. La logique l'a averti que cette femme représentait un danger pour lui, et que par conséquent il devait la faire taire à jamais.

— Mais pourquoi ?

Kyle haussa les épaules.

— On n'a pas retrouvé les Polaroïds dont Holly Tyler avait parlé à Tammy. Les flics ont fouillé chez elle. Il n'y avait rien. Elle a dû les perdre quelque part entre chez elle et le salon où elle est allée se faire tatouer. L'assassin a peut-être pensé que pour retrouver ces photos, il devait d'abord se débarrasser de Tammy.

Un Klaxon résonna à l'extérieur, et il ajouta, rapidement :

— Tiens-moi au courant de ce que tu fais tout au long de la journée, d'accord ? Et emporte ton cellulaire partout où tu vas.

— Les gens n'aiment pas qu'un téléphone portable se mette à sonner en pleine séance de cinéma ! protesta Madison.

— Eh bien, ne va pas au cinéma. Ou laisse les autres se mettre en colère.

— Kyle...

— Jimmy est dehors, coupa Kyle en se dirigeant vers la porte d'netrée. Il faut que j'y aille.

Madison le suivit.

— Mais enfin ! s'exclama-t-elle. Ce meurtre n'a peut-être rien à voir avec l'autre histoire !

— Si. C'est le même homme.

— Qu'en sais-tu ?

Kyle fit volte-face et la regarda droit dans les yeux.

— Quand il a eu terminé son sale boulot, il a laissé sa signature.

— Sa signature ?

— Il s'est servi des instruments de Tammy pour lui tatouer une rose sur le dos. Satisfaite ?

Un frisson courut dans le dos de Madison, qui se contenta de hocher la tête.

— Je serai là, ce soir, reprit Kyle.

Elle acquiesça et le regarda ouvrir la porte et sortir. Jimmy était descendu de voiture et venait à sa rencontre. Aussitôt, les deux hommes se mirent à discuter âprement, et Kyle secoua la tête avec force.

Sans doute Jimmy voulait-il qu'elle les accompagne, comprit Madison. Mais Kyle ne voulait pas en entendre parler.

Elle ferma la porte, doucement, et s'adossa au battant. En se rendant dans le salon de tatouage, elle pourrait peut-être les aider dans leur enquête. Ou bien se révéler inutile. Une chose était sûre : elle n'avait pas du tout envie d'y aller.

— Peggy ! appela-t-elle. Je dois m'absenter.

La gouvernante surgit de la cuisine, s'essuyant les mains sur son tablier.

— Voulez-vous que j'aille chercher Carrie Anne ? proposa-t-elle.

— Oui, c'est une bonne idée. Les clés de ma Cherokee sont sur le buffet. Passez la prendre et retrouvez-moi devant le cinéma de Falls à 14 heures.

— D'accord. Nous y serons.

Comme Madison rouvrait la porte d'entrée, elle

découvrit que les deux hommes étaient encore en train de se disputer. Elle s'approcha d'eux.

— Madison ne voit que les victimes ! déclarait Kyle avec colère.

— On ne sait jamais à l'avance ce qu'elle va voir ! affirma Jimmy.

— Kyle ! appela Madison en arrivant à leur hauteur.

Aussitôt, elle vit ses épaules se crisper. Il se tourna et la regarda fixement, les lèvres pincées.

— Je vais avec vous, dit-elle.

— Si tu insistes.

Sans autre commentaire, il rejoignit la voiture de Jimmy et s'installa du côté passager.

Jimmy et Madison échangèrent un regard et s'engouffrèrent à leur tour dans le véhicule.

Durant le trajet, Kyle posa des questions d'un ton sec, auxquelles Jimmy répondit de la même façon.

Le corps de Tamara Leigh Harding avait été trouvé à 10 h 30 par une de ses employées. La boutique avait été saccagée. Il y avait des empreintes partout, mais on était déjà pratiquement certain que l'assassin portait des gants.

L'arme n'avait été retrouvée ni sur les lieux du crime ni aux alentours. Le coroner pensait que le meurtrier était droitier, et qu'il avait attaqué sa victime par-derrière, lui tranchant la gorge de gauche à droite. Il n'avait sans doute pas été taché par le sang, qui avait dû gicler vers l'avant, lui-même étant protégé par le corps de sa victime. Les tables et les chaises étaient renversées, des monceaux de papiers jonchaient le sol, mais rien ne semblait avoir disparu. Et si le sac de Tammy avait été vidé sur le bureau, on n'avait pas touché à son portefeuille, qui contenait pourtant près de deux cents dollars. Il y avait cinq cents dollars en liquide dans la caisse.

Quand ils arrivèrent sur le lieu du crime, des rubans jaunes entouraient le trottoir tout autour du salon et en interdisaient l'accès. Jimmy présenta son badge aux policiers en faction et Kyle, posant la main dans le dos de Madison, la guida à travers l'attroupement qui s'était formé dans la rue.

Elle fut parcourue d'un frisson de malaise tandis qu'ils approchaient de la porte, à l'arrière de la boutique. Elle marqua une légère pause et regarda autour d'elle, se demandant si l'assassin était en train de les observer. Mais elle n'eut guère le temps d'y réfléchir davantage, car Kyle la poussait de nouveau vers l'avant.

A l'intérieur de la boutique régnait une sorte de chaos organisé. La victime gisait encore sur le sol, dans une mare de sang coagulé. Des photographes prenaient des clichés sous différents angles. Les yeux de la jeune femme étaient écarquillés, et sa bouche ouverte, comme si la mort l'avait prise totalement par surprise. Son chemisier avait été déchiré dans le dos, et la rose était là, qu'on aurait pu croire dessinée par un enfant. La tige, les pétales, les feuilles... et les épines.

Une mouche bourdonna, avant de se poser sur la bouche du cadavre. Madison eut un haut-le-cœur.

Kyle se tenait légèrement en retrait, les bras croisés. Il ne la quittait pas des yeux et semblait résolu à ne lui offrir aucun réconfort. Il était fou de rage.

Dans le brouhaha ambiant, Madison s'efforçait de rester bien droite, de ne pas chanceler.

— Madison ? murmura soudain Jimmy en se tournant vers elle.

Elle hésita, avant de regarder de nouveau la victime. Puis elle ferma les yeux, et presque aussitôt, elle leva la tête vers la porte de derrière. Celle-ci paraissait noyée dans l'ombre. Il y avait quelqu'un. Madison entendit la morte déclarer à l'homme que le salon n'était pas encore ouvert. L'homme parla à son tour, d'une voix un peu rauque, et la morte sourit. Avec coquetterie. Elle flirtait.

Ensuite, le tueur l'approcha par derrière et, l'espace d'un éclair, elle vit la lame du couteau. Elle goûta le sang dans sa gorge. Seigneur ! Elle en eut le goût dans la bouche avant même de comprendre ce que c'était.

Et puis, plus rien.

— Madison ?

Elle s'aperçut qu'elle avait presque perdu connaissance. Jimmy l'avait rattrapée avant qu'elle ne tombe. Comme un des policiers lui apportait un peu d'eau, elle balbutia un vague remerciement.

Kyle, lui, n'était plus là.

— Qu'est-ce que tu as vu ? interrrogea Jimmy.

— Rien. Un homme, dans l'ombre. Elle flirtait vaguement avec lui. D'abord, elle lui a dit que le salon était encore fermé ; et puis, elle lui a souri.

— Que venait-il faire ?

— Je ne sais pas. Elle ne le savait pas non plus. Il est apparu à la porte, il est entré, et il l'a tuée.

Jimmy hocha la tête.

— O.K., Madison. Je sais à quel point tout cela est dur pour toi. Merci.

— Je t'en prie, Jimmy.

— Allez, viens.

Ils retournèrent vers la voiture, où Kyle les attendait déjà, assis du côté passager.

— Elle n'a pas vu le meurtrier, annonça Jimmy en démarrant.

— Evidemment ! déclara Kyle sur un ton cassant.

— On ne sait jamais...

Kyle se retourna et regarda Madison.

— Tu as vu mourir la victime, n'est-ce pas ?

— Oui.

— Et maintenant, des images de cette pauvre fille vont te hanter, en même temps que toutes celles que ton cerveau a déjà emmagasinées. Petit à petit, tu vas perdre la raison.

— Je vais bien, Kyle, affirma Madison.

— C'est de la folie ! On ne peut pas continuer à se servir de toi comme ça.

— Kyle, si je peux arrêter ces meurtres...

— Mais tu n'as empêché aucun meurtre ! Tout ce que tu as fait, c'est te mettre toi-même en danger. A quoi cela sert-il ?

Madison inspira profondément.

— Je sais que Tammy ne connaissait pas son meurtrier, ni la raison pour laquelle il est venu. Et je sais qu'elle l'a trouvé attirant, et qu'il a été capable de la tuer très vite.

De nouveau, Kyle se tourna vers l'avant.

— Tu ne verras pas le meurtrier, Madison ! lança-t-il avec brusquerie.

— Et pourquoi pas ?

— Oui, pourquoi pas ? renchérit Jimmy.

— Ne te mêle pas de ça, Jimmy.

— Dans ce cas, réponds-moi, Kyle ! s'exclama Madison avec colère. Pourquoi est-ce que je ne le verrai pas ?

— Parce qu'il ne le veut pas.

— Mais comment pourrait-il l'en empêcher ? intervint Jimmy. Comment saurait-il même que Madison existe ?

— C'est très simple. Madison est une personnalité publique, et quelques articles la concernant ont déjà évoqué son don mystérieux. Il se peut aussi que le meurtrier soit un homme proche d'elle. En tout cas, pour une raison ou pour une autre, l'esprit de Madison opère un blocage dès qu'il s'agit de ce type.

— Et il pourrait aller jusqu'à croire qu'il est capable de créer ce blocage ?

— C'est possible. Il pense peut-être qu'elle est seulement en mesure de voir les victimes de crimes violents. Il pense qu'elle ne le regardera pas. Quand on ne regarde pas, on ne risque pas de voir. Mais il y a une autre possibilité...

— Laquelle ? demanda Jimmy.

— A un moment ou un autre, il pourrait devenir nerveux et décider que Madison doit être éliminée. Comme cette Tammy. Et elle aussi se retrouvera la gorge tranchée.

Kyle était en colère, songea Madison.

En même temps, il se pouvait qu'il ait raison.

Ils continuèrent de rouler en silence.

Kyle refusa que Madison sorte seule de la voiture, quand ils arrivèrent devant le cinéma. Avec Jimmy, il l'accompagna jusqu'à l'entrée. Peggy et Carrie Anne étaient déjà là, et la fillette poussa un cri de joie, avant de courir se jeter dans les bras de sa mère. Elles s'embrassèrent en riant, et Carrie Anne déclara que son papa allait bien, qu'ils s'étaient bien amusés, et qu'il avait même pensé à payer pour les photos de classe.

Puis, l'enfant fit la bise à Jimmy et à Kyle. Elle insista pour qu'ils aillent au cinéma tous ensemble, mais les deux hommes lui expliquèrent qu'ils devaient retourner travailler.

Après avoir conseillé à Madison de rentrer directement chez elle, après la séance, ils s'éloignèrent.

— Quel bel homme, ce M. Montgomery ! commenta Peggy avec un hochement de tête approbateur.

— Papa a dit que c'était un chouette type, renchérit Carrie Anne.

— Vraiment ? fit Madison.

Sa fille prit un air solennel.

— Oui. Et il a dit aussi que tu avais toujours aimé Kyle beaucoup énormément.

— Tu sais, il est mon demi-frère, murmura Madison.

— Non, je crois que papa voulait dire que tu étais toujours amoureuse de Kyle, précisa Carrie Anne avec un aplomb étonnant. Mais ça ne le dérange pas, ajouta-t-elle. Il sort avec Lindy. Elle est très gentille. C'est rigolo, parce qu'elle te ressemble un peu, maman. Sauf qu'elle n'est pas aussi jolie. Mais elle a des cheveux roux comme toi et tante Kaila. Il a parlé beaucoup avec Lindy.

— Carrie Anne, tu n'aurais pas dû écouter leurs conversations ! Et je ne veux pas savoir tout ce que ton papa a dit à Lindy. D'accord ?

— D'accord.

Madison avait tressailli en entendant les propos de sa fille, et surtout la description qu'elle lui avait faite de la nouvelle petite amie de son père. Seigneur ! elle n'allait tout de même pas se mettre à soupçonner Darryl, songea-t-elle en maudissant Kyle. A ce train-là, il se méfierait bientôt de sa propre famille et de ses amis intimes !

Kyle était à la morgue et buvait un café insipide en attendant un rapport complet sur Tammy, lorsque Jassy le rejoignit.

— Salut, frangin !

— Salut, sœurette !

— Bisque de homard, crevettes à l'étouffée, pommes de terre frites et salade verte avec de la vinaigrette, déclara la jeune femme sans préambule.

Kyle fronça les sourcils.

— Merci, Jassy, mais je n'ai pas faim.

— C'est le dernier repas de Holly Tyler. Voilà une copie du rapport du labo. Des hommes font déjà la tournée des restaurants entre Miami et Key West.

— Dis à Jimmy de veiller à ce qu'ils se concentrent sur le sud de Florida City. Nous savons à quelle heure Holly s'est fait tatouer. Le dîner a dû suivre de peu la séance, et ils se dirigeaient vers le sud.

— Tu es sûr ?

Kyle hésita.

— Ta sœur les a... « vus » qui roulaient vers le sud, après le lac Surprise. Donc, je suis sûr.

— O.K. Je vais prévenir Jimmy.

Sur la mort de Tammy, le coroner ne leur révéla rien qu'ils ne savaient déjà. Elle avait fait confiance à son assassin, jusqu'à ce qu'elle soit étouffée par son propre sang. Elle ne s'était pas débattue, n'avait pas protesté. Elle s'était juste contentée de mourir. A part de l'encre, il n'y avait aucun résidu, aucune trace de quoi que ce soit sous ses ongles. Certaines des empreintes qui avaient été relevées dans la boutique correspondaient à celles de criminels aux casiers judiciaires bien remplis, et ils devraient se livrer à de nombreuses vérifications. Mais Kyle savait que ces hommes étaient venus pour des tatouages. On ne trouverait pas les empreintes de l'assassin de Tammy.

Il passa le reste de l'après-midi et le début de la soirée à interroger les employées de la jeune femme, ainsi que plusieurs de ses amis et deux anciens amants. Là encore, il n'apprit rien qui puisse lui fournir la moindre piste.

Finalement, il appela son bureau en Virginie, dans l'espoir que Ricky Haines aurait de nouvelles informations, soit au sujet de Harry Nore, soit à propos de crimes similaires perpétrés ailleurs dans le pays.

Ricky lui avoua qu'il était épuisé.

— Je n'ai trouvé qu'une seule chose susceptible d'avoir un rapport avec notre affaire, déclara-t-il sur un ton las. Une histoire qui s'est produite à West Palm Beach, il y a deux ans. Malheureusement, les infos dont nous disposons sont plutôt maigres. Il n'y a jamais eu de poursuite judiciaire.

— Raconte toujours.

— Eh bien, une jeune femme policier a essayé de faire témoigner certaines victimes de viol, à l'époque. Mais, comme c'est souvent le cas dans ce genre d'affaires, elles n'ont pas voulu parler.

— Qui est cette femme policier ? Je peux peut-être la rencontrer.

— Elle s'appelle Marge Krell. Une de ses amies l'avait entraînée voir une autre amie qui avait été attaquée par un type. L'homme en question l'avait séduite, ils étaient sortis ensemble, mais cela allait un peu trop vite au goût de la jeune femme. Toujours est-il qu'ils se sont retrouvés à l'hôtel. Elle a résisté et brusquement, il lui a mis un couteau sous le nez. Il ne l'a pas coupée, mais il l'a menacée ; et après l'avoir attachée, il l'a violée. La fille n'a rien dit parce qu'elle l'avait suivi de plein gré dans cette chambre d'hôtel. En plus, elle était mariée. Son mari et elle avaient traversé une période difficile et ils s'étaient séparés. Peu de temps après les faits, ils se sont remis ensemble, et elle ne voulait pas qu'il apprenne ce qui s'était passé. Le type en question lui avait dit qu'il travaillait comme professeur de tennis, dans un club de Palm Beach ; mais là-bas, personne ne l'a jamais vu. Il n'existe pas. En menant sa petite enquête, Marge Krell a découvert qu'il avait ainsi séduit et violé plusieurs autres femmes. Mais toutes avaient peur de témoigner, puisqu'elles avaient accepté de le suivre.

— Il n'y a pas de meurtre, dans cette histoire ?

— Pas qu'on le sache. Néanmoins, depuis, deux corps de femmes qui avaient disparu ont été retrouvés, affreusement décomposés, dans des marais de la région. Manque de bol, il ne restait pratiquement rien que les os, et le bureau du coroner n'a pu déterminer la cause exacte de la mort.

— Il y a peut-être un lien avec notre affaire, remarqua Kyle.

— J'en suis à peu près certain, répondit Ricky.

— Pourquoi ?

— Ecoute bien ça, Kyle : toutes les femmes dont je viens de te parler étaient rousses.

Après avoir raccroché, Kyle appela aussitôt Marge Krell. Celle-ci n'était pas sûre de pouvoir l'aider, mais elle était disposée à essayer.

— Deux femmes, seulement, ont accepté de me parler, raconta-t-elle. Claire Engle, d'abord. Après son histoire, elle s'est réconciliée avec son mari, ils ont eu un enfant et sont partis vivre dans l'Iowa. Elle nie fermement tout ce qui est arrivé. Vous pourriez la convoquer devant une cour de Justice et même devant Dieu, elle ne soufflerait pas un mot. Ensuite, il y a Josie Morgan. Elle, en revanche, acceptera de vous parler, j'en suis certaine. Nous sommes restées en contact, et c'est devenu une bonne amie. Elle est en vacances sur un bateau de croisière, en ce moment, mais elle rentre mercredi matin. C'est une chouette fille. Si je vais la chercher à sa descente du bateau, on pourrait aller vous voir dans l'après-midi. Il faudra que je demande la permission à mon capitaine, bien sûr...

— Le FBI va vous arranger ça, l'assura Kyle. Mercredi, vous avez dit... On déjeune ensemble ?

— Super ! Où nous emmenez-vous ?

— Où voulez-vous aller ?

Marge choisit un restaurant italien sur Coconut Grove. Quand il raccrocha, Kyle espéra qu'il tenait enfin une piste.

La violence suivait généralement une courbe ascendante. Leur meurtrier avait peut-être commencé sa carrière de criminel comme violeur. A moins, bien sûr, que l'homme ne fût le même qui avait poignardé Lainie Adair. Dans ce cas, sa haine serait restée en veilleuse durant toutes ces années. Ce premier assassinat lui avait peut-être suffi pendant un long moment — jusqu'à ce qu'il ressente de nouveau le besoin de prendre une femme et de lui faire du mal...

Et pourquoi ? Parce qu'elle ne lui donnait pas ce qu'il voulait, ce dont il avait besoin ?

Repensant à Lainie, il lut et relut les rapports psychiatriques relatifs à Harry Nore. Et plus il s'en imprégnait, plus il était convaincu que ce dernier n'avait pas tué Lainie Adair. Il avait égorgé sa femme avec un couteau de cuisine, ça oui. Mais les circonstances étaient différentes : Nore se servait de l'instrument pour découper de la viande, lorsque son épouse avait débranché la radio au beau milieu de la retransmission d'une finale de base-ball. Si la réaction de Nore était pour le moins disproportionnée, un homme souffrant de problèmes psychologiques graves pouvait en arriver à de telles extrémités. Les cas de violence domestique étaient souvent provoqués par un incident bénin.

Comment expliquer, toutefois, que Harry Nore ait été retrouvé en possession du couteau avec lequel Lainie avait été assassiné ? A l'époque, l'homme vivait comme un clochard dans les rues de Coconut Grove. Se pouvait-il qu'il l'ait ramassé dans un caniveau, tout simplement ?

Soudain, la voix de Jimmy le fit sursauter.

— Hé, tu as l'intention de passer la nuit ici ?

Kyle jeta un coup d'œil à sa montre et s'aperçut qu'il était déjà 22 heures. Il se leva d'un bond et rangea ses papiers à la hâte. Son cœur s'était mis à battre follement ; tout d'un coup, il éprouvait un brusque sentiment de panique au sujet de Madison...

Ce rêve était différent.

Elle était dans une voiture. C'était elle qui conduisait. Enfin, c'était elle, sans être vraiment elle.

Lui était assis du côté passager. Il lui indiquait le chemin, bien qu'elle le connût déjà. Elle était déjà venue. Il y avait très longtemps. Quand elle était petite fille.

Ils se dirigeaient vers une cabane dans les marais. Autrefois, avant que la ville de Miami ne devienne une métropole, et avant que les écologistes ne s'aperçoivent que l'écosystème si unique des Everglades était en voie de destruction, des hommes possédaient des cabanes de chasse dans les marais. Ils s'y rendaient pour traquer l'alligator, et passaient souvent beaucoup plus de temps à tirer dans des canettes de bière. Jordan Adair et Roger Montgomery avaient chacun la leur.

— Je t'aime. Et toi aussi, tu m'aimes. Et ce soir, tu vas me le prouver.

Elle ne le voyait pas, mais elle était terrifiée. A tel point qu'elle aurait voulu arrêter la voiture et s'enfuir à travers les marais, avec l'espoir de le semer... Malheureusement, il y avait quelqu'un sur la banquette arrière. Quelqu'un qui chuchotait, encore et encore, d'une petite voix effrayée :

— Maman ?

— Tu vas m'aimer, espèce de salope ! Tu ne me feras pas souffrir. Tu ne me déchireras pas le cœur. Tu vas tout me rendre.

— Maman ?

Elle ouvrit la bouche, puis ravala son cri en sentant une pointe acérée contre son flanc. Elle baissa les yeux.

Un couteau.

Enorme. Avec une lame argentée d'au moins quinze centimètres de long ; elle réfléchissait tant la lumière qu'elle fut aveuglée lorsqu'elle essaya de le regarder. Le couteau la touchait juste. Il ne la coupait pas. Du moins pas encore. Mais quand elle le regarda enfin, il lui sembla que du sang s'en écoulait, et elle sut que ce sang était celui de toutes celles qui l'avaient précédée.

Madison se réveilla, le corps trempé d'une sueur glacée.

Aussitôt, elle sentit qu'il y avait quelqu'un dans la chambre. Quelqu'un qui la regardait, attendait.

Elle se mit à hurler.

⁂

Kaila se rendit au supermarché très tard, ce soir-là. Ce n'était pas dans ses habitudes, mais elle venait de s'apercevoir qu'elle n'avait plus de lait pour le petit déjeuner des enfants. Dan était rentré épuisé du travail, et elle n'avait pas eu le cœur de lui demander de ressortir. D'ailleurs, s'était-elle dit, une petite escapade lui ferait du bien.

Elle passa un long moment à déambuler dans les allées. Quand elle traversa le parking pour rejoindre sa voiture, il était presque 22 h 30. Soudain, quelqu'un lui tapota l'épaule.

Elle se tourna, surprise, et se trouva nez à nez avec... *lui*.

Kaila frissonna, traversée par une multitude de sensations désagréables, déstabilisantes.

— Attends, je vais t'aider, proposa-t-il.

— Non, inutile. Ce n'est pas lourd.

— Que fais-tu dehors, à cette heure ?

— Je suis sortie acheter du lait.

— Dan aurait pu s'en charger. C'est dangereux, pour une femme, de se promener si tard.

— Mais non. Beaucoup de gens font leurs courses après le travail, ou après dîner. Le supermarché ne ferme qu'à 23 heures.

— Quand même, c'est dangereux.

Il hésita, avant d'ajouter :

— Il ne t'aime pas comme tu le mérites. Comme je t'aime, moi. Quand vas-tu le comprendre ? Quand vas-tu venir avec moi ?

Se penchant sur elle, il murmura d'une voix rauque :

— Laisse-moi te lécher tout le corps. Laisse-moi dévorer cette petite culotte à même ta peau.

L'espace d'un instant, le souffle manqua à Kaila. Puis, elle laissa exploser sa colère.

— Comment as-tu osé me faire une chose pareille ?

— Quoi ? Je t'ai envoyé un cadeau pour que nous le partagions.

Elle secoua la tête.

— J'ai cru qu'il venait de Dan.

Le visage de l'homme se durcit.

— Pourquoi aurait-il fait une chose pareille ? Tu m'as dit que c'était un crétin et qu'il n'était même pas capable de rentrer à la maison à une heure décente.

— Je... j'ai eu tort. Ecoute, je sais que je t'ai amené à penser que peut-être... Mais Dan est le père de mes enfants. Nous sommes mariés. Nous avons eu quelques problèmes, et nous allons les résoudre. Tu m'as toujours remonté le moral, quand je me sentais découragée, et je t'en suis reconnaissante, mais...

— Mais quoi, Kaila ?

— S'il te plaît, ne m'envoie plus de cadeau. Il ne peut rien y avoir entre nous, à l'exception de la complicité qui nous a toujours liés.

A son tour, il secoua la tête.

— Tu te trompes, dit-il avec douceur. Tu m'aimes. Et un jour, tu vas enfin en prendre conscience. Que Dan aille donc se faire foutre !

— Tu ne comprends pas..., murmura Kaila.

— Je comprends très bien, au contraire, l'interrompit-il. Tu te comportes comme une salope, comme la plupart des femmes. Comme ta mère.

Kaila écarquilla les yeux. Elle n'en croyait pas ses oreilles.

— Co... comment peux-tu... Comment oses-tu...

— Pardon, fit-il sur un ton bref. Soit, tu es de nouveau amoureuse de ton mari. Laisse, je vais t'aider.

Il lui prit le sac des bras et se dirigea vers la voiture. Kaila craignit un instant qu'il ne monte avec elle, de force, mais il n'en fit rien. Il se contenta de poser le sac sur la banquette arrière, avant de fermer la portière.

— Ecoute, je suis désolé, reprit-il. Ce que je viens de dire était horrible. Mais tu admets toi-même que tu m'as donné de faux espoirs. Et, tôt ou tard, ta relation avec Dan va connaître une nouvelle rechute. A ce moment-là, tu seras contente de retrouver ce que je suis en mesure de te donner.

— Non. Je t'en prie ! Je n'ai jamais voulu te blesser. Je traversais une mauvaise période, c'est tout. Et Dan est furieux. Je lui ai menti, mais il est déterminé à découvrir qui m'a envoyé cette culotte. Tu dois faire attention. Il faut que nous cessions de nous parler, et...

— De nous s'embrasser ?

— Oui. Nous ne devons plus nous embrasser. S'il te plaît, ne sois pas fâché contre moi. Je tiens à toi. Ne sois pas en colère.

— Je ne suis pas en colère.

Il lui sourit.

— Puisque je sais que tu vas revenir.

Kaila secoua la tête.

— Non. Je ne reviendrai pas.

— J'ai droit à un petit baiser d'adieu ? demanda-t-il.

— Bien sûr.

Ce ne fut pas un baiser chaste. Il voulait davantage. Enervée, vaguement effrayée, Kaila commença par se laisser faire, avant de trouver la force de le repousser.

Il se dégagea.

— Je t'aime toujours.

— Restons bons amis, murmura-t-elle.

— Nous verrons.

— Tu ne m'en veux pas ?

— Je ne t'en veux pas. Pas du tout.

Il pivota sur ses talons et s'éloigna.

Kaila fut prise de frissons. Elle se demandait brusquement si elle ne devait pas se confier à Dan, admettre ce qu'elle avait été tout près de faire.

Non. C'était impossible. Trop de gens étaient concernés par cette histoire ; elle risquait de tout gâcher.

Kaila rentra en hâte chez elle, rangea les provisions dans le réfrigérateur et se rendit dans la chambre. Dan était déjà couché, et regardait la télévision. Il lui sourit et tapota le drap à côté de lui, d'un air coquin.

— Une petite seconde, dit Kaila. Je vais prendre une douche.

Elle se savonna avec vigueur, à deux reprises. Puis, elle se brossa les dents et se rinça la bouche avec de l'élixir, comme pour s'assurer que l'odeur, le goût de l'autre homme ne restaient pas sur elle.

14.

— Alors là, bravo ! s'écria Kyle d'un ton furieux. « Emmenons Madison avec nous »... histoire qu'elle voie encore la victime d'un autre de ces foutus meurtres !

Il faisait les cent pas devant le lit de Madison, qui le regardait aller et venir, assise contre les oreillers, à la fois soulagée et épuisée. Elle sentait les premiers signes d'une migraine. L'humeur massacrante de Kyle n'arrangeait rien.

Bien sûr, il avait commencé par la rassurer, la prenant dans ses bras et la serrant contre lui, très fort, jusqu'à ce qu'elle ait acquis la certitude qu'il était bien là, jusqu'à ce qu'elle cesse de trembler.

— Tu... tu étais dans ma chambre, lui dit-elle. Tu m'as fait peur.

— Tu savais bien que j'allais rentrer, Madison. Et tu criais dans ton sommeil. J'ai pensé que tu rêvais. Si ça n'avait pas été le cas, j'espérais te sauver la vie.

— Je suis désolée...

— De quoi as-tu rêvé ?

— Je... je ne me rappelle plus.

— Tu parles ! Tu as beaucoup plus de souvenirs que ce que tu veux bien m'en dire. Tu as eu une vision, quand nous sommes sortis en bateau, et tu n'en as pas soufflé mot jusqu'à ce qu'on se retrouve avec Jimmy, deux jours plus tard.

— Forcément ! Jimmy, lui, ne m'a jamais accusée de m'immiscer dans sa vie, dans ses pensées.

Kyle cessa de marcher et la regarda en secouant la tête.

— Franchement, le moment est mal choisi pour me faire payer les propos stupides que j'ai pu te tenir, alors que je souffrais.

Madison tressaillit violemment, et il vint aussitôt s'asseoir à côté d'elle.

— Qu'y a-t-il ? demanda le jeune homme en l'attirant contre lui.

— Je ne sais pas. Une réaction a posteriori.

— Raconte-moi ton rêve. Concernait-il Tammy ?

Madison se dégagea et le considéra un instant, avant de répondre :

— Non. C'était bizarre. J'ai du mal à m'en souvenir précisément... On aurait dit que le passé se mêlait au présent. Je roulais vers l'ouest, du côté de la piste de Tamiami, en direction des cabanes de chasse. C'était moi, et ce n'était pas moi. J'aurais pu me croire revenue au temps de mon enfance, sauf que j'étais adulte. Le meurtrier m'emmenait quelque part. Je voulais m'enfuir, mais je ne pouvais pas, parce que...

— Quoi ?

— Il y avait un enfant dans la voiture.

— Carrie Anne ?

— Je ne sais pas. Je ne crois pas. C'était vraiment étrange. C'était moi... et quelqu'un d'autre à la fois...

— Tu vois toujours à travers les yeux des victimes.

— Oui, mais ce rêve était différent des autres.

Madison exhala un long soupir.

— Certaines personnes ont le don de prophétie ; ce

n'est pas mon cas. Je ne vois jamais que des événements qui ont déjà eu lieu, ou bien j'en rêve au moment où ils sont en train de se produire. Cette fois, il en allait autrement. Il ne s'agissait pas d'un fait déjà survenu. Comme d'habitude, c'était moi et ce n'était pas moi, mais d'une façon différente. Et l'enfant... l'enfant ne cessait de répéter : « Maman, maman. »

— Autrement dit, tu penses que ce dont tu viens de rêver n'est pas vraiment arrivé ?

— Non. Enfin... Mon Dieu ! aucun enfant n'a été mêlé à ces meurtres, n'est-ce pas ?

— Aucun, l'assura Kyle.

— Dans ce cas, tu as peut-être raison. J'ai vu un cadavre de trop.

Madison hésita.

— Comment expliques-tu que Jassy ne fasse aucun cauchemar ? interrogea-t-elle.

— Elle a un esprit plus rationnel, scientifique.

— Si seulement j'étais comme elle !

Elle réfléchit un instant.

— Pourtant, je continue à croire que je peux être utile dans cette affaire. Ma conviction est même de plus en plus forte.

— Et moi, j'ai la conviction de plus en plus forte que tu es en danger. Et tu souffres ! Tu souffres pour chacune de ces malheureuses qu'on assassine. Tôt ou tard, tu vas en payer les conséquences au niveau psychologique.

— Je vais bien, Kyle. Les flics et les médecins apprennent à vivre avec la souffrance et la mort. S'ils en sont capables, je le suis aussi. D'ailleurs, je l'ai déjà prouvé. N'oublie pas dans quelles circonstances j'ai perdu ma mère. Je veux continuer à travailler sur cette affaire. Il le faut !

Kyle serra les dents.

— A une seule condition : tu dois promettre de m'écouter.

— Ah oui ? Et qui a décidé que tu étais le patron ?

— Le FBI.

— Oui, eh bien, tu n'es pas le patron dans ma vie.

— Si tu veux continuer de participer à l'enquête, il va pourtant falloir que tu acceptes mes conditions.

— Maman ?

Ils levèrent la tête à l'unisson.

Carrie Anne, le pouce dans la bouche, se trouvait devant le seuil de la chambre.

Aussitôt, Madison se sentit coupable — tout en ayant conscience qu'elle ne faisait rien de mal.

Instinctivement, elle s'écarta de Kyle et tendit les bras vers sa fille.

— Bonsoir, ma chérie. Entre.

— Bonsoir, la puce, lança Kyle en se levant.

La fillette le regarda fixement.

— Tu dormais ici ? demanda-t-elle.

— Je suis dans la chambre d'amis, au bout du couloir.

— Non, c'est pas vrai. Tu es ici.

— Je dormais dans la chambre d'amis au bout du couloir, corrigea Kyle. Et puis, ta maman a fait un cauchemar.

Carrie Anne jeta un coup d'œil vers sa mère et hocha la tête, l'air grave, avant de regarder de nouveau Kyle.

— Elle fait beaucoup de rêves affreux.

Elle continua d'étudier un instant Kyle en silence, puis lança :

— Est-ce que tu vas te marier avec maman ?

— Carrie Anne ! s'exclama Madison, stupéfaite.

— Il n'y a rien de mal, maman. Il n'est pas vraiment ton frère. C'est ce que Lindy a dit à papa.

Elle se tourna encore vers Kyle pour s'adresser à lui.

— Papa s'inquiète parce qu'il dit que tu aurais dû avoir ta propre petite fille, et il ne veut pas que tu commences à penser que tu es mon papa, ou quelque chose comme ça. Mais il t'aime bien. Il a dit aussi que son seul problème, dans son mariage, c'était qu'il n'était pas toi.

Remise de sa stupeur, Madison bondit du lit et souleva la petite dans ses bras.

— Carrie Anne, tu n'es pas censée écouter les conversations des adultes et encore moins les répéter ! Que t'ai-je dit, cet après-midi ? Que je ne voulais pas savoir ce que papa et Lindy se racontaient.

Elle jeta un coup d'œil vers Kyle, qui contemplait la scène en essayant de réprimer un sourire amusé.

— Je crois que je vais retourner dans la chambre d'amis, annonça-t-il.

— Tu ne peux pas dormir avec ma maman si vous n'êtes pas mariés, approuva Carrie Anne.

— Je sais. Laisse-moi te dire quelque chose... J'aime bien ton papa, et c'est vrai que j'ai perdu une petite fille, il y a très longtemps. Alors, je suis content de pouvoir passer un peu de temps avec toi. Je ne pense pas que ça l'embête, mais je lui demanderai, la prochaine fois que je le verrai.

— Et si je nous préparais un bon chocolat chaud ? intervint Madison, soucieuse de changer de sujet.

— Je vais mettre l'eau et le lait à bouillir, proposa Kyle.

Il quitta la pièce, laissant Madison et Carrie Anne en tête à tête. Madison posa sa fille sur la moquette et la considéra avec sévérité.

— A nous deux, maintenant !

Mais Carrie Anne fronça les sourcils, et son petit visage se chiffonna, comme si elle allait pleurer.

— Je suis désolée, maman, bredouilla-t-elle. Qu'est-ce que j'ai fait de mal ?

— Oh ! ma chérie, murmura Madison en la serrant contre elle. Alors, dis-moi : tu penses que papa a l'intention d'épouser Lindy ?

— Peut-être.

— Tu sais, il était souvent en Floride, ces derniers mois. Je parie qu'il a passé beaucoup de temps avec elle, à s'assurer qu'elle serait une bonne belle-mère pour toi, avant de te la présenter.

— Papa ne se mariera pas avec quelqu'un qui ne m'aimera pas, n'est-ce pas ? Les belles-mères peuvent être vraiment méchantes. Comme dans *Blanche-Neige* ou dans *Cendrillon*...

Madison rit doucement.

— Papa t'aime plus que tout au monde, ma chérie ! Il pensera toujours à toi d'abord. Et moi aussi.

— Alors, tout va bien.

— Qu'est-ce qui va bien ?

— Si papa se marie avec Lindy, toi tu te maries avec Kyle.

— En temps normal, Kyle habite à côté de Washington. Il est venu ici pour son travail, mais quand il aura fini...

— Hé ! l'eau et le lait sont chauds ! annonça la voix de Kyle, depuis la cuisine. Où est le truc en poudre ?

— Je vais te montrer ! répondit Carrie Anne en se précipitant hors de la chambre.

Madison poussa un soupir et la suivit.

Quand ils furent installés devant leur chocolat chaud, la petite fille se mit à bavarder avec animation.

Elle commença par parler à Kyle de ses amis, à la maternelle, puis elle lui raconta le film qu'elle avait vu avec sa maman dans l'après-midi.

Kyle l'écoutait attentivement, il lui posait des questions et relançait la conversation. Avec un pincement au cœur, Madison repensa à la mort de sa femme et de son bébé. Quelle tristesse ! Il aurait fait un père merveilleux.

Finalement, elle intervint.

— Carrie Anne, il faut que tu dormes.

— Oui, maman.

— Tu veux rester avec moi, cette nuit ?

— Non.

La fillette se leva et embrassa Kyle. Puis, Madison alla border son lit. Quand elle revint dans la cuisine, Kyle était retourné dans sa chambre. Alors elle retourna se coucher, elle aussi.

Mais la nuit fut longue.

Samedi matin, Madison se sentit des velléités de cuisiner. Le café était déjà prêt, quand elle se leva, et lorsqu'elle frappa à la porte de la chambre de Kyle, elle le trouva devant son ordinateur.

— Bonjour ! lança-t-elle. Et merci pour le café.

— Pas de quoi, répondit-il avec un hochement de tête.

— Je vais préparer le petit déjeuner pour Carrie Anne. Tu veux manger avec nous ?

— D'accord.

Madison se dit qu'elle n'avait nullement l'intention de l'épater avec ses talents de cuisinière — lesquels étaient du reste assez limités. Mais quand il lui arrivait de se mettre aux fourneaux, le résultat était toujours bon.

Elle décida de préparer des omelettes aux champignons et du pain perdu. Puis, elle pressa des oranges et, pour finir, elle lava des fraises qu'elle arrosa de crème fouettée.

Carrie Anne l'aida à dresser le couvert, avant d'aller chercher leur invité.

— Ouah ! s'exclama ce dernier en entrant dans la cuisine.

Il était vêtu d'un short en jean, d'un T-shirt noir, et une mèche de ses cheveux retombait sur son front.

Son regard se déplaça de la table à Madison, et de cette dernière à Carrie Anne.

— Vous mangez toujours comme ça, le matin ?

— Oh, non ! répondit la fillette. En général, je prends des Cheerios, et maman, des céréales avec des raisins dedans.

Kyle sourit.

— Alors, l'occasion est spéciale...

— Je me sentais d'humeur, murmura Madison, avant de regarder sa fille d'un air de reproche. Et puis, nous cuisinons toujours, le week-end.

— Toujours ? demanda Kyle à la petite fille.

Celle-ci sourit et haussa les épaules. Ils étaient déjà devenus complices.

— Asseyez-vous donc, mangez, et cessez de me torturer ! déclara Madison.

Elle était en train de verser le jus d'orange dans les verres, quand le téléphone sonna. Carrie Anne courut répondre.

— Allô ?

Presque aussitôt, son visage s'éclaira d'un large sourire.

— Maman, c'est tatie Kaila. Elle veut qu'on aille chez elle, avec Kyle. Elle dit qu'il faut qu'il arrête de travailler autant et qu'il vienne nager et manger des grillades. Oncle Dan est à la maison et il veut faire un barbecue. On y va, maman ?

Madison n'hésita pas.

— Bien sûr. Mais je ne peux pas répondre pour Kyle.

— Avec grand plaisir, déclara ce dernier. De toute façon, si on a besoin de moi, on m'appellera.

— Très bien. Dis à Kaila que nous arriverons vers midi, Carrie Anne. Que veut-elle que nous apportions ?

Carrie Anne répéta la question, avant de se tourner de nouveau vers sa mère.

— Nous. Elle dit que ça suffira.

Madison éclata de rire.

— Très bien.

Carrie Anne raccrocha et revint vers la table d'un pas sautillant. Toute à sa joie de voir ses cousins, elle ne tenait plus en place et commença par refuser de manger. Mais Madison l'avertit qu'ils n'iraient nulle part tant que le petit déjeuner ne serait pas avalé. L'argument porta, car la fillette se calma aussitôt et fit honneur au pain perdu.

Lorsqu'ils eurent terminé, Kyle proposa de débarrasser.

— Je préférerais que tu ailles chercher des sodas, de la bière et des gâteaux, répondit Madison. Tu pourrais emmener Carrie Anne avec toi.

— Tatie Kaila a dit que...

— Nous savons ce qu'elle a dit, coupa Kyle, mais nous ne pouvons pas arriver les mains vides. Je ne connais pas encore très bien ton oncle Dan. Il faut que je fasse une bonne impression...

— D'accord, approuva Carrie Anne. Je te dirai quels gâteaux choisir.

— Pour oncle Dan ?

— Non. Pour Justin, Shelley et le bébé Anthony, répondit la fillette le plus sérieusement du monde.

— Pour faire plaisir à oncle Dan, je suggère d'apporter de la Guinness, conseilla Madison.

— Entendu, fit Kyle.

Une fois seule, Madison rangea la cuisine et enfila son maillot de bain, un short et un T-shirt. Elle glissait les pieds dans des sandales, quand le téléphone sonna de nouveau.

C'était Darryl.

— Hé, j'ai un petit compte à régler avec toi ! lui lança-t-elle avec bonne humeur.

— Ah bon ? Qu'est-ce que j'ai encore fait ?

— Dis-moi d'abord la raison de ton appel.

— Eh bien, je comptais amener une amie au vernissage de Roger, demain. Cela devient sérieux entre nous, et je tenais à m'assurer que cela ne te dérangeait pas.

Madison sourit, en même temps qu'une bouffée d'affection pour Darryl montait en elle.

— Darryl, nous sommes divorcés depuis près de trois ans ! rappela-t-elle. Bien sûr que tu peux amener Lindy. J'ai beaucoup entendu parler d'elle...

— Vraiment ?

— Eh oui ! C'est ça, le compte que j'ai à régler avec toi. Vous n'avez pas été très discrets, tous les deux. Carrie Anne a répété des propos qu'elle a surpris entre vous.

Il y eut un silence.

— Oh ?

— Kyle t'aime bien, lui aussi, déclara Madison d'un ton taquin.

— Aïe ! Et alors, que se passe-t-il avec lui ? Je veux

dire... tu as raison de rappeler que nous sommes divorcés depuis longtemps. Mais nous avons toujours été si prudents, dès qu'il s'agissait de Carrie Anne...

— Ne t'inquiète pas, Darryl. En fait, je ne sais pas ce qui se passe avec Kyle. Il est obsédé par l'idée que je cours un danger, alors il s'est installé à la maison.

— C'est à cause de cette affaire de meurtres en série ? Je suis tombé sur Jassy, en ville, hier, et elle m'a parlé de ces cadavres qui s'accumulent.

— Oui. Et Kyle joue les anges gardiens.

— C'est tout ?

— Il dort dans la chambre d'amis, précisa Madison.

— Mmm.

— Que veut dire ce « Mmm » ? Darryl, je ne...

— Loin de moi la pensée que tu me mens, Madison. Mais je te connais depuis longtemps. Nous étions ensemble la nuit où tu as fait ce rêve. Et aussi à l'enterrement de sa femme. Il y a toujours une espèce de lien entre vous. Je ne sais pas exactement ce que c'est. Mais je doute que cela disparaisse un jour.

— Il va repartir bientôt, souligna Madison. Il travaille à Washington.

— Moi aussi, en théorie. Mais on dirait qu'ils vont me muter ici. Définitivement.

— Oh ! Darryl, je suis si contente !

— Vraiment ?

— Evidemment !

— Toujours est-il que tu vas pouvoir faire la connaissance de Lindy. J'espère que tu l'aimeras. Elle est adorable. Et c'est encore une rousse !

— C'est ce que je me suis laissé dire...

— Ah oui ?

Madison ne put s'empêcher de rire.

— J'imagine que tu la vois depuis plus longtemps que Carrie Anne le soupçonne.

— En effet. Je l'ai rencontrée il y a presque un an de cela, quand j'étais venu pour le goûter d'anniversaire de Carrie Anne. On passe du temps ensemble, quand je descends en Floride ; et elle est venue me voir plusieurs fois, aussi.

— Bon. Je veux que ton prochain mariage soit un succès !

— Merci. En tout cas, je suis heureux que le premier m'ait laissé une amie comme toi.

— Moi aussi, Darryl. Alors, à demain. Je suis impatiente de rencontrer ta copine.

— Merci. Dis donc, Madison ?

— Oui ?

— Est-ce que les divorces sont censés se passer aussi bien que le nôtre ?

— Je ne remets jamais en question les bonnes choses de ma vie, affirma Madison.

— Et je suis une bonne chose ?

— Un peu.

— Je t'aime, ma puce. Hé ? Madison ?

— Oui ?

— Ne laisse pas ton orgueil se mettre en travers de ton bonheur. Tu m'as épousé parce qu'il t'avait fait mal. Ce n'était pas son intention. Allez, à demain.

Sur ces mots, Darryl raccrocha.

Madison remit le combiné du téléphone en place et demeura immobile, à le regarder. Elle n'avait toujours pas bougé quand Kyle et Carrie Anne revinrent, un moment plus tard.

— Un problème ? s'inquiéta aussitôt Kyle.

— Hein ? Oh, non ! Darryl va amener Lindy au vernissage de ton père, demain. Nous pourrons faire sa connaissance.

— Elle est gentille, maman.

— J'en suis persuadée, ma chérie. Et maintenant, va chercher tes affaires.

— J'ai laissé les bières, les sodas et les gâteaux dans la voiture, précisa Kyle alors que la fillette s'élançait en courant vers sa chambre.

— Très bien. Je suis prête.

— Ça ne t'ennuie pas ? lui demanda-t-il.

— Quoi donc ?

— Darryl et Lindy.

— Non, pas du tout, affirma Madison. Pourquoi est-ce que cela m'ennuierait ?

— Je ne sais pas. Après tout, vous avez été mariés. Et, de l'extérieur, on a du mal à comprendre ce qui a pu vous séparer.

— Cela n'a pas marché, voilà tout.

— A cause de moi ?

— Kyle Montgomery ! s'exclama Madison. Tu as un de ces ego !

Elle aurait aimé échapper à son regard inquisiteur, mais il se tenait devant elle, lui bloquant le passage.

— Bon, si on y allait ? suggéra-t-elle.

Il hocha la tête.

— Un autre homme ?

— Allons-y.

— Une autre femme ?

Elle plaqua la main contre le torse de Kyle et lui donna une poussée.

— Allons-y !

Le barbecue fut une réussite. Dan était d'excellente humeur et il fit le pitre avec sa longue fourchette, puis en jonglant avec les hamburgers au-dessus du gril, arrachant de grands éclats de rire aux enfants. Plus tard, Madison aida sa sœur à ranger les reliefs du repas. Elle était heureuse de voir que cette dernière allait mieux — et qu'elle semblait de nouveau amoureuse de son mari.

— Cette semaine a été meilleure que la dernière, on dirait, remarqua-t-elle, comme Kaila rinçait un plat dans l'évier.

Celle-ci leva la tête et lui sourit.

— Oui, en effet. Dan a pris une journée de congé. Il s'est occupé de la maison et des enfants... Et puis, nous avons parlé.

— Tant mieux. Je sais qu'il t'adore. Mais il n'est pas toujours facile de concilier sa carrière et sa vie de famille.

— Oui, tu as raison. Si seulement je ne me sentais pas aussi coupable.

— Coupable ? répéta Madison. Pourquoi ? Kaila, tu n'as pas...

— Non, non ! Je ne l'ai pas trompé.

— Mais alors ?

— Je ne sais pas. C'est peut-être le fait d'y avoir pensé. C'est aussi un péché, non ?

— Kaila, tu avais quelqu'un à l'esprit ?

Sa sœur la regarda longuement, fixement, comme si elle hésitait à se confier.

— Kaila ? insista Madison.

— Eh bien, je...

— Hé, chérie ! fit la voix de Dan.

Entrant dans la cuisine, il sourit à Madison et glissa un bras autour de la taille de son épouse.

— Les enfants veulent qu'on fasse une bataille dans la piscine. Toi sur mes épaules, et Madison sur celles de Kyle. Et on va voir qui, des deux sœurs, renverse l'autre...

— Ces gosses sont comme les anciens Romains qui exigeaient le sacrifice des Chrétiens dans l'arène, déclara Kyle en entrant à son tour. Ils veulent qu'on les distraie. Envoyez les gladiateurs ! Lâchez les lions !

Kaila et Madison échangèrent un regard.

— Il faut relever le défi, chérie ! insista Dan. On ne peut pas se laisser humilier devant nos enfants.

— Attention ! Je suis drôlement fort à ce genre de jeux, déclara Kyle avec le plus grand sérieux.

— Et j'ai toujours battu Kaila, renchérit Madison.

— Alors, ça ! si ce n'est pas un défi ! s'écria Kaila.

Dix minutes plus tard, les deux sœurs, juchées sur les épaules de leurs compagnons, riaient aux éclats. Car en dépit de tous leurs efforts, elles ne parvenaient pas à se faire perdre l'équilibre. Les enfants, eux, hurlaient de joie.

— Arrête donc de gigoter, Kaila ! protesta Dan. Tu es en train de m'arracher tous les cheveux qui me restent !

— Madison, lâche-la ! grogna Kyle. J'ai le genou de ta sœur dans le nez.

— Je vais l'avoir, je vais l'avoir ! s'écria Kaila, tirant de toutes ses forces sur la main de Madison.

— Ah oui ! ? fit celle-ci.

L'instant d'après, elles plongeaient toutes les deux dans la piscine.

Pour la fin de l'après-midi, les adultes organisèrent des jeux avec les enfants.

Avant de partir, Madison essaya encore de bavarder en tête à tête avec sa sœur, mais Kaila paraissait l'éviter. Finalement, elle parvint à lui glisser quelques mots, alors qu'elles se tenaient près de la voiture.

— Kaila, tu sais que si tu as besoin de parler à quelqu'un, je suis là, n'est-ce pas ? Je ne te jugerai jamais. Mais s'il y a eu un homme...

— Ne dis pas de bêtises ! l'interrompit sa sœur. Il n'y a eu personne.

— Bon. En tout cas, n'oublie pas. Je suis là. Ou Jassy. Ou papa.

— Papa ! Il continue de traiter Jassy comme si elle avait seize ans.

— Et elle l'ignore. Soit, n'appelle pas papa. Appelle-moi. Ou Jassy.

— Je te le promets, Madison.

— C'est sûr ?

— Mais oui.

Kyle approchait, avec Dan. Carrie Anne était déjà dans la voiture, allongée sur la banquette arrière, et dormait à poings fermés.

Les adultes s'embrassèrent et se félicitèrent de cette excellente journée, puis Madison prit le volant. Kyle s'installa à côté d'elle, sans parler. Il avait le visage grave.

— Que se passe-t-il ? lui demanda-t-elle au bout de quelques instants. Tu étais si joyeux, tout à l'heure.

— Rien.

— Bien sûr que si.

Kyle haussa les épaules.

— Ton beau-frère m'a demandé de mener une petite enquête pour lui.

— Pardon ?

Il lui jeta un coup d'œil.

— Tu n'es pas au courant ?

— De quoi ?

— Ta sœur ne t'a pas confié qu'elle... voyait quelqu'un ?

Madison sentit son sang se glacer dans ses veines.

— Kaila n'a pas de liaison, déclara-t-elle avec fermeté.

— Tu en es certaine ?

— Oui, mentit Madison. Pourquoi ?

Tournant la tête vers la banquette arrière, Kyle s'assura que Carrie Anne dormait bien.

— Parce qu'on lui a envoyé des sous-vêtements comestibles, répondit-il.

— Quoi ? s'exclama Madison, incrédule.

Kyle confirma d'un signe de tête.

— Mais comment Dan le sait-il ? demanda encore Madison.

— Apparemment, Kaila a pensé qu'ils venaient de lui. Elle les a portés pour lui.

— N'est-ce pas la preuve qu'elle n'a pas de liaison avec un autre homme ? C'est sûrement un imbécile qui a voulu lui faire une mauvaise plaisanterie.

— C'est ce qu'on va voir.

Madison fronça les sourcils.

— Kyle, pourquoi veux-tu te mêler de cette histoire, sachant que tu risques de mettre en péril de mariage de Kaila ?

— Tu oublies un détail.

— Lequel ?

— Ta sœur est rousse, elle aussi. Si un imbécile lui envoie des cadeaux d'un goût douteux, je veux savoir à qui nous avons affaire.

— Voyons, Kyle, c'est peut-être...

— Elle s'occupera de sauver son mariage quand on aura fini de s'inquiéter pour sa vie ! s'exclama Kyle.

Un instant, Madison garda le silence, puis murmura :

— Donne-moi une chance de lui parler, d'accord ?

— D'accord.

— Merci.

— Demain, reprit Kyle. A la galerie de mon père. Elle y sera.

— Bon.

— Mais sache que si elle ne te raconte rien, j'utiliserai tous les moyens en ma possession pour découvrir comment ta sœur s'est débrouillée pour recevoir un cadeau pareil.

Ils n'échangèrent plus un mot jusqu'à ce que Madison s'engage dans l'allée, devant chez elle. Kyle prit Carrie Anne dans ses bras, pendant qu'elle déverrouillait la porte et débranchait le système d'alarme. Il emporta la fillette dans sa petite chambre. Là, Madison déshabilla Carrie Anne et lui mit son pyjama, avant de border son lit et d'éteindre la lumière. Puis, elle retourna dans la cuisine, pensant que Kyle l'y attendrait. Mais il n'était pas là.

Après une courte hésitation, elle alla frapper doucement à la porte de sa chambre.

— Oui ?

Il était devant son ordinateur.

— Je voulais juste te souhaiter une bonne nuit, dit-elle.

— Bonne nuit, Madison.

Elle hocha la tête et ferma la porte. Si elle espérait que Kyle se mourait de désir pour elle, elle en était pour ses frais.

La jeune femme alla se coucher, persuadée qu'elle allait rester éveillée ou, pire, qu'elle s'endormirait et ferait un nouveau cauchemar.

En effet, elle se retrouva au volant d'une voiture.

Cette fois, c'était bien elle, et pas une autre femme. Elle roulait vite, à la limite de l'imprudence, suivant la piste de Tamiami, loin à l'ouest de Miami. Il n'y avait que de vieux chemins de terre, par là-bas, qui pour certains s'enfonçaient dans les marais, à travers des canaux et des marécages, n'aboutissant nulle part.

D'autres se dirigeaient vers les vieilles cabanes cachées dans les pins.

Elle conduisait comme une folle, essayant désespérément d'arriver quelque part. Il s'agissait d'un endroit de sa connaissance. Un endroit qu'elle avait connu, dans une autre vie. A moins que cela ne remonte à une époque où elle était toute petite.

Elle courait un danger, elle le savait, mais elle ne pouvait pas faire demi-tour. Elle devait se rendre... *quelque part.* C'était un besoin urgent, pareil à celui qu'elle avait éprouvé de sortir de sa chambre, pour essayer de rejoindre sa mère. Elle devait faire vite, parce que sinon...

Seigneur !

Sinon, quelqu'un d'autre allait mourir. Encore une personne qu'elle aimait.

— Madison ! Chut. Voilà, tout va bien...

Kyle était là. Il s'était glissé dans le lit à côté d'elle et l'avait prise dans ses bras. Il la rassurait, lui caressait les cheveux.

— Chut. Tout va bien.

Madison tressaillit, et il la serra plus fort contre lui.

— Que se passait-il, cette fois ?

— Je conduisais, encore, répondit-elle entre deux sanglots. Je suivais la piste de Tamiami. Je devais me rendre quelque part, très vite, et j'étais désespérée, parce que si je n'arrivais pas à temps, il y aurait un affreux malheur. J'essayais de retrouver une des cabanes. Tu te souviens des cabanes, Kyle ? Quand on était gosses, Roger et mon père avaient chacun la sienne. C'était avant que le gouvernement ne décide de protéger les Everglades. Les hommes y allaient pour chasser, mais la plupart du temps, ils buvaient de la bière et ils tiraient sur des canettes vides. Ton père a dû t'y emmener ?

— Oui, bien sûr. Je me rappelle qu'ils picolaient sec. C'est un miracle qu'ils n'aient jamais descendu autre chose que des canettes de bière. Mais ces cabanes ont été détruites il y a des années, Madison. C'est un nouveau monde. Les environnementalistes ont horreur des types qui tirent sur les bouteilles de bière !

Elle esquissa un sourire léger, et Kyle lui caressa la joue. Il était si près d'elle. Peu à peu, sa chaleur et sa force eurent raison des frissons qui la parcouraient, et la tentation devint trop forte. Madison glissa la main dans l'ouverture du peignoir qu'il avait dû revêtir en hâte, effleurant son torse, puis descendant plus bas. Du bout des doigts, elle effleura son membre dressé, avant de le caresser. Elle approcha ses lèvres des siennes.

Mais, tout à coup, il s'écarta en chuchotant :

— La porte.

Carrie Anne était devant le seuil. Elle se frottait les yeux, à peine ouverts.

— Maman, tu as encore crié...

Kyle se leva et noua son peignoir, avant de se diriger vers la petite fille. Il lui ébouriffa les cheveux en passant.

— Mais tu es là, maintenant. Va te blottir contre maman, d'accord ?

— Tu ne restes pas ? demanda la fillette.

— Non. Je crois que je vais prendre une douche. Dormez bien. Nous avons une longue journée, demain. C'est l'ouverture de la galerie de mon papa.

Le cœur empli de honte, Madison accueillit sa fille dans ses bras.

Et elle essaya de se rendormir.

15.

— Ça ne peut pas continuer comme ça ! déclara Madison, le lendemain matin, alors qu'elle prenait son café avec Kyle.

— Pardon ?

Elle rougit.

— Je veux parler de ta présence dans la maison. Tu n'as rien fait. Simplement... ça ne peut pas durer.

— Madison ! Le problème n'est pas de chercher à ménager les susceptibilités des uns et des autres, qu'il s'agisse de toi, moi, ou de Carrie Anne. Tu es en danger !

— Nous n'en savons rien du tout.

— Peut-être. Mais c'est ma théorie, et je m'y tiens.

— Kyle, voyons ! protesta Madison.

— Je ne te laisserai pas seule.

— Très bien. J'irai m'installer chez Jassy. Elle a un pistolet et tire très bien.

— Elle n'est jamais chez elle.

— Dans ce cas, j'irai chez mon père.

— Je ne suis pas certain que ce soit une bonne idée, murmura Kyle en regardant le café dans sa tasse.

Madison manqua s'étrangler.

— Serais-tu en train d'accuser mon père... ?

— Tout ce que je sais, c'est que ton père et ta mère ont eu une violente dispute, le jour où Lainie a été tuée. Tu n'en as rien su, parce que tu étais en cours. Moi, j'étais là. Elle a demandé à Jordan de venir la voir. Elle pleurait parce que mon père lui avait fait une vacherie — du moins l'affirmait-elle —, et elle voulait se servir de Jordan pour se venger de Roger. Je dois admettre que ton père a refusé de se laisser manipuler.

— Bah voyons ! s'exclama Madison avec colère. Alors, il est revenu plus tard pour l'assassiner ! Tu racontes vraiment n'importe quoi ! Et ton père ? Lui et maman se disputaient sans arrêt. Je suis bien placée pour le savoir, car j'entendais leurs hurlements pratiquement toutes les nuits !

— Très bien. Mon père est donc suspect, lui aussi.

Madison leva les yeux au ciel.

— Quoi qu'il en soit, déclara-t-elle, je refuse de continuer comme ça. Et si je m'installais chez Kaila ?

— Tu crois vraiment qu'elle a besoin d'une invitée à demeure en ce moment ?

— Alors, j'irai chez Darryl. Je suis la mère de son enfant, après tout.

— Super ! Ainsi, Darryl pourra te consoler quand tu feras des cauchemars...

— Je suis certaine que Carrie Anne trouverait ça plus normal, murmura Madison.

D'un mouvement brusque, Kyle se leva.

— Nous réglerons cette histoire plus tard, d'accord ? Je dormirai dans la voiture, s'il le faut. Mais pour l'instant, je dois me rendre à la galerie de mon père. Ce vernissage est très important pour lui. Et tu viens avec moi.

Madison haussa un sourcil.

— Je vais venir avec toi, mais pas parce que tu l'as

décidé, riposta-t-elle avec humeur. Je viens à cause de Roger, qui a toujours été bon pour moi, et à qui je tiens à faire plaisir.

Elle se leva à son tour, pivota sur ses talons et quitta la cuisine pour aller s'habiller.

Bien que l'ouverture officielle de la galerie fût fixée entre 14 et 22 heures, ils y arrivèrent à midi. La mission de Madison consistait à rassurer les artistes dont les œuvres étaient exposées — et qui étaient par conséquent les vedettes de l'événement. Pour certains, cela signifiait l'absorption de litres de café. Pour d'autres, seul le champagne pouvait se révéler efficace.

Roger parut ravi de la voir arriver en avance, avec Kyle. Il prit ses mains entre les siennes et la contempla un instant.

— Tout le monde dit que tu ressembles à ta mère. Ce sont des foutaises, ma chérie. Tu es dix fois plus belle !

Il l'embrassa sur la joue.

— Merci d'être venue et de me donner un coup de main. Ton père est par là-bas.

Encore une fois, il l'enveloppa d'un long regard.

— Vraiment, tu es sensationnelle !

Elle avait choisi pour l'occasion une robe de cocktail de soie noire, courte, avec un décolleté plongeant dans le dos.

— Merci.

— Mais toi aussi, tu es mignon, enchaîna Roger en s'adressant à son fils avec un sourire taquin.

Kyle n'était pas mignon. Il était époustouflant, tout de noir vêtu, avec une chemise à col Mao.

— Franchement, papa ! soupira-t-il en levant les yeux au ciel.

— Assez bavardé ! coupa Roger. Au boulot !

⁂

A 17 heures, Madison était épuisée. Elle s'occupait des enfants depuis un bon moment, déjà. Roger avait pensé à leur installer un espace, avec des petites tables, des chaises, et des seaux pleins de blocs de construction, des crayons de couleurs... Ainsi, avait-il expliqué, les enfants exprimeraient leur talent artistique pendant que les parents dépenseraient des dollars pour aider les artistes locaux.

En cet instant, Carrie Anne et la progéniture de Kaila étaient occupées à faire des dessins avec deux fillettes, des jumelles de cinq ans. Jimmy Gates se tenait à proximité, écoutant patiemment une des artistes exposées souligner le caractère surréaliste de son travail. Un peu plus loin, Dan et Kaila admiraient une superbe marine.

Madison fronça les sourcils. Elle se faisait de nouveau du souci pour sa sœur ; celle-ci semblait tendue et ne cessait de jeter des coups d'œil par-dessus son épaule, comme si elle craignait... Mais quoi donc ?

— Attention ! Attention ! entendit-elle, tout à coup.

Elle se tourna et vit Rafe, Trent et Kyle en train de soulever avec mille précautions une sculpture métallique représentant des déesses dans un jardin. L'artiste et l'acheteur dirigeaient les opérations, visiblement inquiets, sous l'œil de Roger. La scène ne manquait pas d'intérêt.

— Hé, Jassy ! lança Madison à l'adresse de sa sœur.

— Oui ?

— Tu viens t'occuper des petits pendant un moment ?

— Bien sûr.

Madison se leva et se dirigea vers l'entrée de la

galerie, afin d'observer de plus près le déménagement de la sculpture. Puis, elle s'appuya contre le chambranle de la porte tandis que les trois hommes s'efforçaient de poser la pièce à l'arrière de la camionnette de son nouveau propriétaire.

Elle ferma les yeux. Le printemps touchait à sa fin, mais les dernières journées avaient été torrides; la brise qui se levait, ce soir-là, en était d'autant plus agréable.

Soulevant les paupières, elle regarda autour d'elle.

La galerie était située dans la même rue que Cocowalk et Mayfair, deux prestigieuses galeries marchandes de Miami. Le quartier était un des plus appréciés de la ville, largement fréquenté tant par ses habitants que par les touristes. Roger et son partenaire avaient bien choisi l'emplacement.

— Vous!

Madison ne prêta pas attention à la voix, tout d'abord. Elle goûtait la douceur de la brise sur sa peau. Et puis, Coconut Grove ne manquait pas de farfelus, pour la plupart inoffensifs.

— Vous!

Cette fois, elle tourna la tête, et écarquilla les yeux, stupéfaite.

Harry Nore!

Il était là, avec ses yeux globuleux, ses cheveux gris hirsutes et son visage mangé par une barbe sale. Il avait l'air aussi fou qu'autrefois. En dépit de la chaleur, il portait un imperméable qui, en d'autres temps, avait dû être beige. Il la regardait fixement, pointant vers elle la lame d'un couteau à cran d'arrêt.

— Vous! hurla-t-il. Le diable! La salope! La fille de Satan, séductrice d'innocents! Vous êtes revenue! Vous êtes revenue des entrailles de l'enfer! Vous êtes revenue d'entre les morts, comme tous les envoyés de Satan. Mais Satan va devoir vous reprendre en enfer... et vous allez brûler ! Vous allez brûler !

Il prononça ces derniers mots à tue-tête tandis qu'il s'élançait vers Madison. Celle-ci fit un bond en arrière et se cogna contre la porte. Il se jeta alors de nouveau vers elle, et de nouveau, elle voulut reculer. Elle entendit un craquement. Elle venait de s'écraser contre la vitrine de la galerie, et un de ses talons avait cassé. Sentant qu'elle perdait l'équilibre, elle fit son possible pour se redresser. Elle ne devait pas tomber. Elle ne pouvait pas tomber !

Elle leva les yeux. Tordu par un épouvantable rictus, le visage hideux de Nore était tout près, maintenant, si près qu'elle aurait pu compter chacune de ses dents pourries. Au même instant, elle entendit un autre craquement, plus violent encore que le premier.

Kyle s'était jeté sur l'agresseur, le clouant sur le bitume.

Il y eut un mouvement de panique. Alors que Trent atterrissait à son tour sur Harry Nore, les gens sortaient en courant de la galerie.

L'instant d'après, Rafe était au côté de Madison.

— Ça va ?

Elle hocha de tête, la gorge et la bouche affreusement sèches. Jassy, qui venait de les rejoindre, s'accroupit devant elle.

Madison lui prit la main.

— Va trouver Dan. Dis-lui d'emmener Kaila et les enfants par-derrière. Je t'en prie. Je ne veux pas que Carrie Anne voie cela. Je ne veux pas qu'elle ait peur...

— Reste avec elle, déclara Rafe en s'adressant à Jassy. Je vais trouver Dan et Kaila et leur demander d'emmener Carrie Anne chez eux, pour la nuit. Les flics ne vont pas tarder à arriver et il faudra que tu leur parles, Madison. On ne sait pas quand tout ça va se terminer.

— Les flics sont déjà là, annonça Jimmy en s'accroupissant à son tour devant Madison. Ça va, ma puce ?

De nouveau, elle hocha la tête en guise de réponse.

— On dirait que tu t'es fait mal au poignet. Il est tout enflé. Tu as dû tomber dessus.

— Ce n'est pas grave.

— Il faudra tout de même passer des radios.

Des sirènes hurlaient tout autour d'eux. L'instant d'après, le père de Madison arriva. Jamais Madison ne lui avait vu un visage aussi blême, aussi tendu. Il semblait plus âgé de dix ans, soudain.

— L'ambulance est là, annonça-t-il.

— Papa, mon poignet est un peu enflé, c'est tout. Je peux marcher. Je n'ai pas besoin d'une ambulance.

— Soit. Mais elle est là, maintenant. Alors, monte.

En l'espace d'une heure, on lui fit des radios du poignet et de la main. Il ne s'agissait que d'une foulure légère. Le médecin lui mit un pansement élastique et l'assura que, dans quelques jours, il n'y paraîtrait plus.

Madison retourna dans la salle d'attente des urgences de l'hôpital, où elle retrouva son père, Roger, Jimmy, Jassy et Kyle, ainsi qu'un jeune policier qui souhaitait lui poser quelques questions. Elle fit une brève déposition, l'assurant qu'elle n'avait plus revu ou entendu parler de Harry Nore depuis la mort de Lainie. L'homme ne la retint pas longtemps ; il avait déjà parlé avec plusieurs témoins de l'agression.

— Il y a toute une meute de journalistes, dehors, murmura Jassy, quand ils eurent terminé.

— Je vais conduire la Cherokee à l'arrière de l'hôpital pour y prendre Madison, suggéra Kyle.

— Bonne idée, approuva Jordan.

Il embrassa Madison sur la joue, avant de se tourner vers Kyle.

— Et reste avec elle.

— J'en ai bien l'intention.

A travers les portes vitrées de l'hôpital, Madison vit un groupe de reporters en train d'attendre. Cela signifiait-il que tout était fini ? Harry Nore était-il coupable des meurtres de ces jeunes femmes ? Avait-il vraiment tué sa mère, toutes ces années auparavant ?

— Fichons le camp d'ici ! lança Jassy.

Elle entraîna Madison vers l'arrière. Kyle était déjà là, moteur en marche et portière du passager ouverte. Madison se glissa près de lui, et la voiture s'élança aussitôt.

Il avait un visage cendreux ; sa veste noire était sale et déchirée.

— Je vais bien, tu sais, lui dit-elle finalement. Je t'assure. J'aimerais juste récupérer Carrie Anne et...

— Carrie Anne n'a pas la moindre idée de ce qui s'est passé. Elle est avec sa tante, son oncle et ses cousins, et elle est toute contente parce que Dan va monter une tente dans le salon pour qu'ils aient l'impression qu'ils campent tous dehors, cette nuit.

Madison baissa les yeux sur ses mains.

— Qu'as-tu prévu ? demanda-t-elle.

— On va disparaître pendant vingt-quatre heures.

— Comment ? Et pour aller où ?

— Tu verras. Fais-moi confiance.

— Je n'ai plus confiance en personne.

— Dans ce cas, dis-toi que je te kidnappe et essaie de t'amuser quand même.

— Où allons-nous, maintenant ?

— L'aéroport.

— L'aéroport ? Mais, je ne peux pas...

— Si, tu peux !

— Mais c'est vraiment un kidnapping ! s'exclama Madison avec colère.

Pour toute réponse, Kyle haussa les épaules.

— Que feras-tu, si je me mets à hurler et que je fais une scène en plein aéroport ? lui demanda Madison. Il faudra que tu donnes quelques explications...

— Tu veux bien arrêter de me compliquer l'existence ? Je t'emmène réaliser un de tes plus vieux rêves !

— Quoi ?

— Tu vas pouvoir nager avec des dauphins.

— Qu'est-ce que tu racontes ? interrogea Madison, sans comprendre.

— Tu m'as bien dit que tu avais toujours rêvé de nager avec des dauphins, n'est-ce pas ?

— Oui, mais il nous suffit d'aller aux Keys...

— Ce n'est pas assez loin, affirma Kyle. Nous avons vraiment besoin de nous éloigner. J'ai un ami qui possède un complexe privé, sur une des îles situées au large de la Martinique. Nous y serons dans deux heures.

Il était devenu fou ! Alors qu'ils avaient l'air de deux rescapés du naufrage du *Poséidon*, il voulait s'en aller sur une île tropicale, sans se soucier de tout ce qui se passait en ce moment.

Il était fou... et diablement sérieux. Madison le suivit à travers l'aéroport, jusqu'à une boutique où ils purent s'acheter des T-shirts, des shorts, des maillots de bain et des sandales.

— Je te rappelle quand même que tu m'as interdit de disparaître sans prévenir ma famille, marmonna-t-elle, comme ils attendaient pour payer.

— J'ai dit à ton père et à Jimmy où nous allions.

— Quoi ? Tu as dit à mon père que nous allions passer la nuit dans une île des Antilles ?

— Oui.

— Comment as-tu osé ?

— Pourquoi n'aurais-je pas osé ?

— Mais, il ne savait rien, à notre sujet !

— Je crois au contraire qu'il s'en doutait. D'ailleurs, je pense que c'est le cadet de ses soucis, pour le moment. Il veut que tu vives. Tiens, voilà les toilettes pour dames. Va te changer. Et dépêche-toi. Nous devrions déjà être en train d'embarquer.

Quand elle ressortit, Kyle avait enfilé ses nouveaux vêtements, lui aussi, et Madison ne put retenir un sourire en le voyant dans sa chemise de touriste à fleurs multicolores.

— Pas un mot ! grommela-t-il en guise d'avertissement.

Elle demeura muette.

— Allons-y.

Ils coururent jusqu'à une passerelle d'embarquement, si éloignée que Madison commença à se demander s'ils n'allaient pas rejoindre leur île à pied. Puis, elle se retrouva dans un avion minuscule, assise juste derrière le pilote.

Kyle se plongea tranquillement dans la lecture d'un magazine.

— Je n'arrive pas à croire que tu me fais une chose pareille ! reprit-elle.

— Je ne t'ai rien fait du tout. Nous sommes ensemble.

— Mais ce n'était pas mon idée !

— Dis-moi, tu as oublié de hurler, à l'aéroport...

— Je te déteste !

— Ecoute, fit Kyle d'un ton brusque, nous allons essayer de passer une nuit sans avoir peur ni faire de cauchemar, d'accord ? Et puis, pense au côté positif de la situation. Harry Nore est de nouveau sous les verrous.

— Tu sais bien qu'il n'a pas commis tous ces meurtres.

— A voir la manière dont il t'a attaquée, aujourd'hui, tous les doutes sont permis. Le fait est qu'il est sous bonne garde, et que tu es saine et sauve. Il aurait pu te tuer.

Tandis qu'elle gardait un moment le silence, Madison revit le regard dément de Harry Nore et l'éclair de la lame du couteau à cran d'arrêt avec lequel il avait essayé de la frapper.

— On ne peut pas partir trop longtemps, reprit-elle. Carrie Anne ne comprendrait pas.

— Je sais. Moi non plus, je ne peux pas partir trop longtemps, ou je serai viré. Remarque, ajouta Kyle, comme s'il se parlait à lui-même, ce ne serait peut-être pas une mauvaise chose.

— Que veux-tu dire ? Tu adores ton travail, non ?

— Je l'ai aimé, longtemps. Mais je suis fatigué. Usé. J'aimerais ouvrir un club de plongée. Et peut-être continuer à mener quelques enquêtes dans le privé.

— Tu veux t'amuser à filer des maris infidèles, après toutes ces années passées à élucider des affaires importantes ?

— Non, pas exactement. En réalité, je n'ai pas d'idée précise. Je pourrais devenir consultant. Essayer de mêler la plongée et mon expérience professionnelle. Qui sait ? Je n'ai pas de projets définitifs. A part celui d'avaler un bacardi coco. Tu en as déjà bu ?

— Non.

— Eh bien, nous allons combler cette lacune.

Le petit avion atterrit en Martinique ; de là, ils embarquèrent à bord d'un autre appareil à destination d'une île privée. Madison y fit la connaissance de l'ami de Kyle, Gene Grant, qui était le propriétaire des lieux. Barbu et vieillissant, il cultivait une certaine ressemblance avec Hemingway.

— Un ancien de la CIA, expliqua Kyle dans un chuchotement.

Gene leur fit faire une visite rapide de la grande demeure de bois blanc où il accueillait ses clients et invités. Dans un salon, il leur montra des fresques représentant des dauphins en train de jouer et leur donna ses premiers conseils à propos de leur expédition du lendemain.

— N'oubliez jamais à quel point ils sont forts. Je ne permets pas que mes invités nagent avec les mâles, parce qu'ils peuvent se montrer très agressifs. Même si Flipper a toujours l'air doux et gentil, un coup de tête d'un dauphin peut sans problème vous briser plusieurs côtes. Ce sont des créatures merveilleuses, intelligentes et espiègles. Ils adorent qu'on les caresse, mais il ne faut jamais les pousser, ou leur donner des coups de coude ou des coups de poing, même pour rire. Notre entraîneur vous en dira davantage demain. Pour l'instant, je crois avoir compris que cette escapade était la conclusion d'une journée mouvementée. Vous avez dîné ?

— Rien avalé depuis des heures, répondit Kyle.

— Le buffet est encore ouvert, sous la véranda. Quant à votre chambre, elle vous attend.

Kyle le remercia et guida Madison vers la véranda. Celle-ci, très vaste, abritait des tables et des chaises en osier, à la lumière des lanternes qui brûlaient partout.

Un orchestre jouait de la musique calypso, et des serveuses en sarong se mouvaient lentement au milieu des invités. Dans un coin, une longue table croulait sous les victuailles.

Kyle fit signe à une des jeunes femmes et commanda, en français, deux bacardi coco.

Puis, ils se rendirent au buffet, où Madison s'avisa soudain qu'elle mourait de faim. Elle remplit son assiette de plusieurs spécialités des îles. Comme elle retournait vers la table, elle découvrit que leurs cocktails étaient arrivés.

— Ça a l'air délicieux, dit-elle.

— Ce n'est pas qu'un air, déclara Kyle.

En effet, si le mélange glacé à base de rhum, de lait de coco, de grenadine et de citron était sucré, il n'était pas écœurant. A peine sentait-on le goût du rhum. Madison vida son verre en quelques minutes et, Kyle, aussitôt, fit signe pour qu'on leur en apporte deux autres.

— Gene est donc un ancien de la CIA ? demanda Madison.

— Absolument. Il a travaillé pour le gouvernement pendant vingt-cinq ans. Et puis, un jour, il a décidé qu'il en avait assez. Il a toujours adoré les sports d'eau et le soleil, alors il a ouvert cet endroit. Maintenant, il baigne dans les brises tropicales et il essaie de jouir du temps qui lui reste à vivre.

— Il essaie ?

— Dans des professions comme les nôtres, certaines choses sont impossibles à oublier.

Madison hocha la tête et Kyle tendit la main pour couvrir la sienne.

— Mais tu vis avec, poursuivit-il. Tu apprends que l'existence est précieuse, et qu'elle vaut la peine de se battre, aussi longtemps qu'on respire.

— Je sais, murmura Madison.

Kyle se laissa aller contre le dossier de sa chaise et avala une gorgée de son cocktail.

— Moi, je ne l'ai pas su pendant longtemps. Longtemps après la mort de Fallon.

Sans un mot, Madison sirota la fin de son deuxième cocktail. Un troisième apparut, comme par magie.

— Tu n'as pas oublié que je ne supporte pas l'alcool, n'est-ce pas ? murmura-t-elle.

— Je n'ai pas oublié.

— Je suis capable de m'endormir brusquement.

— Je prends le risque.

— Et tu sais, tu n'as pas besoin de me soûler pour que je couche avec toi.

Kyle sourit.

— Je le sais.

Madison se tapota la joue. Ces cocktails étaient vraiment traîtres. Elle ne sentait plus son visage !

— Finis ton verre, et nous irons faire une promenade, proposa Kyle. Il y a une ravissante petite église, au bout de ce chemin, là-bas. Elle a été construite par des pirates, il y a environ trois siècles.

— Je ne suis pas sûre de pouvoir marcher.

— Je t'aiderai.

L'univers tournoyait. Mais il tournoyait magnifiquement. Madison avait l'impression de voir brûler des lanternes un peu partout autour d'eux. L'île chatoyait de mille couleurs, et la brise du soir était comme un baume. Comment croire qu'elle avait failli être tuée par un dément, à peine quelques heures plus tôt. Cela semblait si loin.

Madison songea qu'elle était pompette. Et c'était bien agréable. Elle n'avait plus le moindre souci. Cette nuit, elle dormirait sans faire de cauchemar.

Quelques minutes plus tard, elle s'avisa qu'elle n'était pas pompette. Elle était ivre.

Complètement soûle.

Elle fit son possible pour le cacher.

— Comme c'est beau, confia-t-elle à Kyle.

— Je suis content que cela te plaise, répondit-il. Tiens, voici l'église. Entrons.

Le bâtiment n'était pas vide. Il y avait d'autres personnes, à l'intérieur. Un prêtre. Et deux serveuses dans leur joli sarong. Des bougies étaient allumées un peu partout, des fleurs décoraient l'autel. Des plaques commémoratives étaient alignées sur le sol et des vitraux s'élevaient en arc au-dessus de tombes anciennes.

— C'est fantastique, murmura Madison.

— N'est-ce pas? J'étais sûr que cela te plairait. Nous allons nous marier ici.

— Hein? Bien sûr que non!

— C'est dans l'ordre des choses.

— Dans l'ordre des choses? Ecoute, je ne suis pas dans mon état normal, mais je suis bien sûre que les gens ne se marient pas parce que c'est dans l'ordre des choses.

— Très bien.

Mettant un genou en terre, Kyle plongea ses yeux dans ceux de Madison.

— Madison, épouse-moi.

— Parce que nous passons de bons moments au lit et parce que tu veux me garder en vie? Non.

— Il y a pire, comme raisons...

— Kyle, tu te moques de moi, n'est-ce pas?

— Absolument pas.

— Mais enfin, tout ceci... C'est forcément une mascarade.

— Pas du tout. C'est la réalité.

— Quand as-tu trouvé le temps de tout organiser ?

— Pendant qu'on te faisait passer des radios, répondit Kyle.

Madison secoua la tête.

— Je ne te crois pas.

— Mais regarde donc, Madison ! Je suis devant toi, genou à terre. Dis oui.

— Oui, à quoi ?

— A moi.

— Non !

— Pense à Carrie Anne.

— Je pense toujours à ma fille.

— Tu as envie de m'épouser.

— Pas du tout !

— Mais si, Madison. Allez, dis oui.

— Kyle, je peux bien dire tout ce que tu veux. Cela ne signifie pas pour autant...

— Viens avec moi.

Il la guida vers l'autel. Tout le monde la regardait, et le prêtre sourit. Puis, il ouvrit un livre et se mit à parler.

Madison ne put s'empêcher de rire.

— Enfin, Kyle ! Qu'est-ce que c'est que ce coup monté ?

— Réponds juste à cet homme.

De nouveau, Madison se tapota la joue. Elle ne sentait toujours pas son visage. Il lui semblait même qu'elle allait s'évanouir d'une seconde à l'autre. Tout ça à cause de ces fichus cocktails ! Ou plutôt non. A cause de Kyle !

Le prêtre s'exprimait en français, et elle n'avait pas la moindre idée de ce qu'il racontait.

Kyle lui donna un coup de coude.

— Dis oui.

Elle le regarda fixement. Alors, il glissa un bras autour de ses épaules et hocha la tête à sa place.

— Dis oui, répéta-t-il.

— Oui.

Le prêtre eut un sourire bienveillant. Il avait deux visages, constata Madison. Non, trois. Il recommença à parler, et Kyle lui répondit. Il lui tenait la main, et elle sentit quelque chose de froid.

— Je... je vais tomber dans les pommes, chuchota-t-elle.

— D'accord. Mais attends encore quelques minutes.

— Je... je vais me sentir mal.

— Tu n'as pas intérêt !

Soudain, Madison entendit des applaudissements, tout autour d'elle. L'univers tournait, tournait, basculait...

Elle commença de s'effondrer.

Aussitôt, Kyle la souleva dans ses bras et la porta à l'extérieur de l'église. L'air frais de la nuit lui fit du bien.

— Tu sais parfaitement qu'il ne faut pas me faire boire comme ça...

— Tu t'en remettras.

Ils arrivèrent dans leur chambre, qui se trouvait dans un petit bungalow adossé à un bosquet d'arbres tropicaux. Grâce à l'air conditionné, la température était délicieusement fraîche.

Kyle allongea Madison sur le lit, et elle resta immobile, à regarder tourner le ventilateur au-dessus de sa tête. Soudain, elle bondit et courut vers la salle de bains.

— Respire par le nez, conseilla Kyle, qui l'avait

suivie. J'ai préparé du café. Mais d'abord, tu devrais essayer de prendre une douche.

Il l'aida à se débarrasser de son accoutrement de touriste, puis à se glisser sous le jet d'eau chaude, sans se soucier de mouiller sa chemise à fleurs. Madison se sentit peu à peu revivre. Au bout d'un moment, elle réussit même à sortir, seule, et à enfiler un des peignoirs en éponge. De retour dans la chambre, elle se laissa choir sur le lit et prit la tasse de café que Kyle lui tendait.

— Tu parles d'une nuit de noces, dit-il en souriant.

— Nous ne sommes pas vraiment mariés !

— Oh ! que si.

— C'est impossible, voyons ! Comment as-tu pu me jouer un tour pareil ? Tu ne m'as jamais rien demandé. Je veux dire... tout est arrivé aujourd'hui.

— J'ai des amis haut placés.

— Je ne t'ai pas épousé, Kyle ! La peur et une bonne entente sexuelle ne sont pas des raisons suffisantes pour se marier.

Elle lui rendit la tasse de café et se jeta sur les oreillers. Ses yeux se fermèrent.

— Pourquoi ? Pourquoi m'avoir épousée ? interrogea-t-elle. Pour me garder en vie ? Tu m'as traitée de sorcière, un jour. Tu pensais que j'étais responsable de la mort de Fallon...

— Ce n'est pas vrai.

— Si, c'est vrai.

— Madison, je t'ai vue souffrir. Je sais que sa mort t'a fait beaucoup de peine et que tu n'y étais pour rien. Je te demande pardon pour ce que j'ai dit, le jour de son enterrement. Vraiment, je suis désolé.

— Tu es désolé ? Oh ! Kyle, tu ne peux pas épouser quelqu'un juste parce que tu...

⁂

La voix de Madison s'éteignit, et Kyle s'assit auprès d'elle, écartant une mèche de cheveux mouillés de son visage.

Il sourit quand il s'aperçut qu'elle dormait.

— Je t'ai épousée, petite sotte, parce que je t'aime depuis des années, même si j'étais trop bête pour m'en apercevoir, murmura-t-il. Et je vais te garder en vie.

Elle n'avait pas entendu un seul mot de ce qu'il venait de dire, mais qu'importait ? Il s'allongea près d'elle et la serra contre lui. Dans son sommeil, Madison poussa un soupir.

Etait-ce lui ? Ou, plus probablement, le rhum ? En tout cas, elle dormit profondément, cette nuit-là. Aucun cauchemar ne vint la hanter.

16.

Madison se réveilla avec un affreux mal de tête. D'abord, elle n'osa même pas soulever les paupières. Sa bouche et sa gorge étaient sèches, et elle se sentait incapable de prononcer ne fût-ce qu'un mot pour supplier qu'on lui apporte un peu d'eau.

Finalement, elle ouvrit les yeux. La chambre tournait encore. Plus jamais elle ne tremperait les lèvres dans un bacardi coco, ou tout autre mélange alcoolisé. Comme elle essayait de s'asseoir, la pièce tournoya encore plus vite autour d'elle.

Elle se laissa retomber sur l'oreiller avec un gémissement.

— Allons, tu vas survivre, dit la voix de Kyle.

Madison serra les dents. Si elle en avait eu la force, elle se serait jetée sur lui pour le rouer de coups.

— Ce ne sera pas grâce à toi, marmonna-t-elle.

En dépit de son épouvantable mal de tête, elle parvint à se redresser et regarda fixement l'annulaire de sa main gauche, auquel brillait une alliance en or toute simple. Puis elle leva les yeux vers Kyle.

Ce dernier était installé à une table, devant une porte-fenêtre ouvrant sur la pelouse qui descendait en pente douce vers la plage. Rasé de frais, il sirotait un café et lisait le journal. Il avait même fait des courses, puisqu'il portait un T-shirt neuf, un short en jean et de nouvelles sandales. Il avait l'air à l'aise et détendu.

— Peut-on savoir ce que tu fabriques ? s'exclama Madison.

Il lui sembla que sa propre voix résonnait douloureusement dans son cerveau.

— Je lis le compte rendu des événements d'hier dans le journal, répondit-il.

Madison s'avisa qu'il paraissait insatisfait. Comme si ce qu'il lisait le chiffonnait.

Mais en cet instant, elle se moquait bien de cela. Sa situation présente prenait le pas sur tout le reste.

— Tu m'as piégée ! reprit-elle. Tu m'as soûlée exprès. Dis-moi que tout ce qui s'est passé hier était une stupide plaisanterie...

— Ce n'en était pas une.

— Je suis citoyenne américaine ! déclara Madison d'un ton solennel.

— Et tu crois que notre mariage est illégal parce qu'il a eu lieu hors des Etats-Unis ?

— Je ne sais pas exactement ce qui est légal ou ce qui ne l'est pas, mais je peux aisément le découvrir. J'ai un beau-frère juriste.

— Et alors ?

— Kyle, qu'essaies-tu de faire exactement ? Tu ne peux pas me protéger chaque minute de ma vie, pendant le reste de mes jours !

Sans même prendre la peine de lui répondre, il versa du café noir dans un mug, qu'il lui apporta avec deux aspirines.

Comme il lui glissait les cachets dans la main, Madison les considéra, avant de le regarder droit dans les yeux.

— Tu avais tout prévu! marmonna-t-elle. Même l'aspirine.

— Madison, tu n'étais pas inconsciente, souligna-t-il en s'asseyant à côté d'elle. Tu savais ce qui se passait. Et le fait est que si tu ne me laisses pas vous protéger, toi et Carrie Anne, vous allez être exposées à un grave danger.

— Mais de là à se marier?

— Notre union n'a rien d'illégal. Néanmoins, tu peux toujours tout changer.

Madison but quelques gorgées du café qu'il lui avait apporté, submergée par une étrange sensation de défaite.

— Toute ma vie, on m'a comparée à Lainie, reprit-elle à voix basse. Je l'aimais, bien sûr. Elle était ma mère. Mais je ne voulais pas être comme elle.

— Madison, tu n'es pas...

— Elle a été mariée quatre fois, poursuivit Madison. Je crois bien que papa l'a été plus de six. Evidemment, il a vécu plus longtemps.

— Madison, je suis désolé, murmura Kyle.

— De m'avoir épousée?

— De te voir aussi bouleversée.

D'un trait, Madison termina son café.

— Je vais prendre une douche, annonça-t-elle en se levant.

— Bonne idée. Je te commande quelque chose à manger.

— Non!

— Cela te ferait du bien. Fais-moi confiance...

— Te faire confiance? Te faire confiance, à toi? Tu plaisantes, j'imagine?

— Je vais te prendre des toasts. Tu verras. Après, ça ira mieux.

Quand Madison sortit quelques minutes plus tard de la salle de bains, enveloppée dans un des gros peignoirs en coton de l'hôtel, on avait déjà apporté un plateau, avec des toasts grillés, du jus d'orange pressé, ainsi que du café tout frais. Et à sa grande stupéfaction, Madison découvrit qu'elle était capable de manger. Elle découvrit aussi que Kyle avait raison : après ce petit déjeuner, elle se sentit mieux.

Kyle consulta sa montre.

— Si tu essayais de dormir encore, pendant deux heures ? lui proposa-t-il. Nous irons ensuite jouer avec les dauphins, avant de reprendre l'avion pour Miami.

— Nous allons vraiment nager avec les dauphins ?

— Absolument ! répondit Kyle en se levant.

— Où vas-tu ?

— Me promener. Essaie de dormir. Je te verrai tout à l'heure.

Il sortit, et Madison se demanda vaguement où il allait.

Elle leva sa main gauche, qui ne tremblait presque plus, et considéra l'alliance avec incrédulité. Si on lui avait demandé, alors qu'elle était enfant, ce qu'elle souhaitait le plus au monde, elle aurait répondu — si elle avait été vraiment honnête — qu'elle voulait grandir pour épouser Kyle. Et maintenant, c'était arrivé. Il l'avait piégée, et elle s'était laissé faire.

Madison ferma les yeux... et sombra dans un sommeil profond.

Kyle l'en tira en lui touchant le bras, gentiment.

— Hé, il faut que nous soyons dans le bassin d'ici une demi-heure. Tu te sens d'attaque ?

Madison le regarda fixement et hocha la tête. Sa migraine avait disparu; elle allait beaucoup mieux.

— Oui.

Elle se leva d'un bond et disparut dans la salle de bains, où elle enfila le maillot qu'ils avaient acheté, la veille, dans la boutique de l'aéroport.

Kyle l'attendait sous la véranda du bungalow. Tandis qu'ils descendaient la pelouse, il lui désigna du doigt la petite crique dans laquelle se trouvait le bassin aux dauphins.

— C'est un lagon naturel, expliqua-t-il, mais Gene en a fermé une partie. D'après lui, les gens qui font tant d'histoires pour libérer les dauphins et les orques sont fous : ces animaux ne sont pas plus faits pour vivre à l'état sauvage que des caniches nains. Il a lui-même élevé toutes ses dames, comme il les appelle, et elles sont affectueuses et habituées à être nourries. Tiens ! Voilà Judy, l'entraîneur qui va s'occuper de nous.

— Où sont les autres ? demanda Madison.

— Il n'y a personne d'autre. Juste toi et moi.

Madison haussa un sourcil, et comprit pourquoi il avait disparu, un peu plus tôt : il voulait organiser cette séance privée. Pour un agent du FBI, qui n'hésitait pas à rouler son monde quand il le jugeait nécessaire, il pouvait aussi se montrer incroyablement attentionné.

— Madame Montgomery, dit Judy en tendant la main avec chaleur.

S'entendre ainsi appeler surprit tant Madison qu'elle eut l'impression de jouer un rôle, quand elle répondit. Mais déjà, la jeune femme enchaînait :

— J'ai cru comprendre que vous rêviez de cela depuis très longtemps... Venez donc faire la connaissance des filles.

Judy, qui devait avoir une trentaine d'années, était mince et jolie, et elle avait terminé une maîtrise de biologie marine, à l'université de Miami. Elle adorait visiblement les quatre dauphins qui nageaient dans le lagon. Quand elle les eut présentés un à un — Heidi, Rachel, Debbi et Hannah —, elle avertit ses deux clients que les dauphins pouvaient parfois se montrer agressifs, même s'ils sont d'un naturel affectueux. Madison et Kyle leur donnèrent du poisson, puis leur firent efffectuer plusieurs sauts sous la supervision de Judy ; après quoi, ils enfilèrent masque, tuba et palmes, pour rejoindre les mammifères dans l'eau.

Madison s'amusa comme une folle.

Rapidement, elle s'aperçut que les dauphins étaient en effet très forts, et qu'ils pouvaient pousser un peu durement quand ils jouaient ; néanmoins, ils se révélèrent aussi très affectueux. Ils adoraient être touchés et se frottaient volontiers contre Kyle et Madison. A un moment, ils firent surface en même temps, et elle s'aperçut qu'il s'amusait autant qu'elle. Ils échangèrent un regard. Durant une fraction de seconde, Madison oublia le reste du monde.

Durant toute sa vie, ou presque, elle l'avait aimé. Et à présent, ils étaient ensemble, et partageaient une expérience dont elle rêvait depuis des années.

Au même moment, Heidi vint se frotter contre elle, comme pour attirer son attention, et Madison caressa l'animal, avant de plonger de nouveau.

Ils passèrent beaucoup plus de temps que prévu dans l'eau, car Judy finit par s'approcher de Kyle et lui lança :

— J'ai peur que vous ne ratiez votre avion si vous ne sortez pas maintenant.

— Oui, merci, répondit-il.

Madison et lui firent leurs adieux aux dauphins, les caressant une dernière fois, et ils émergèrent du lagon.

— Il faudra revenir, leur dit Judy, au moment de se séparer. Dès que vous aurez plus de temps.

— C'est une bonne idée, approuva Madison, avant de jeter un coup d'œil vers Kyle. Mais d'abord, il faudra que je revoie un peu mon français.

Comme ils s'éloignaient en direction de leur bungalow, Kyle lui demanda :

— Est-ce que cela aurait changé quelque chose ?

— Quoi donc ?

— Si tu avais compris le français ? Je veux dire, nous étions dans une église, il y avait un prêtre...

— J'ai pensé que c'était un jeu.

— Autrement dit, je t'ai facilité les choses.

— Dans quel sens ?

— Eh bien, quoi qu'il arrive, c'est ma faute.

— Je... je ne veux pas y penser, murmura Madison.

Elle marqua une pause, avant de reprendre :

— En revanche, je tiens à te remercier pour cet après-midi. J'ai passé un moment merveilleux.

— Cela signifie-t-il que tu me pardonnes ?

Elle secoua la tête.

— Tu sais bien que je ne tiens pas l'alcool.

— Je ne nierai pas que je comptais un peu là-dessus, admit Kyle. A présent, il faut nous dépêcher. Il n'y a qu'un seul avion en partance pour les Etats-Unis, ce soir.

Une fois qu'ils eurent rejoint le bungalow, Madison se rendit directement dans la salle de bains. Elle pensait que Kyle l'y rejoindrait, et elle se reprocha sa déception quand elle s'aperçut qu'il n'en faisait rien. Quelle sotte elle faisait ! Après tout, ils avaient un avion à prendre. Néanmoins, elle le trouva tendu, un peu brusque, puis étrangement pensif une fois qu'ils furent à bord de l'appareil. Durant ce premier vol, puis le second, il garda les yeux perdus à travers le hublot, le front barré par un pli soucieux.

Il était tard, quand ils atterrirent à Miami. La Cherokee les attendait sur le parking, et Kyle s'installa au volant.

— Je suppose que Carrie Anne passe encore la nuit chez ma sœur ? demanda Madison d'un ton sec.

Il hocha la tête, avant de préciser :

— J'ai prévenu Dan que l'un de nous irait la chercher à la sortie de la maternelle, demain.

— Tu lui as dit que nous étions mariés, aussi ?

— Oui. Mais il a promis de ne pas en parler à Carrie Anne.

— Et Darryl ?

— Il est au courant.

— Et mon père ? Et le tien ?

Kyle opina encore de la tête.

— J'ai passé pas mal de coups de téléphone, pendant que tu dormais, expliqua-t-il.

— Tu n'as pas averti les musiciens des Storm Fronts, aussi, pendant que tu y étais ? Je devais les retrouver au studio, jeudi et vendredi, pour faire un enregistrement.

Madison fut à peine surprise de le voir acquiescer, de nouveau.

— Ton père m'en a parlé et il m'a donné le numéro de téléphone de Joey. Il n'y a aucune raison que tu ne sois pas au rendez-vous.

— Fantastique ! marmonna Madison. Tu n'auras qu'à décider pour moi. Tu fais ça si bien.

Kyle choisit de ne pas relever le sarcasme.

Quand il s'arrêta devant chez Madison, un moment plus tard, elle était épuisée. Elle ouvrit la porte d'entrée, débrancha l'alarme, puis se dirigea vers sa chambre, sans un regard ni une parole pour Kyle. Il était presque minuit et, bien qu'elle n'ait rien avalé depuis des heures, elle n'avait pas faim. Sans doute aurait-elle pu préparer quelque chose à manger pour Kyle, mais elle ne se sentait pas d'humeur. Qu'il se débrouille tout seul !

Enfilant une chemise de nuit, un moment plus tard, elle songea encore qu'elle aurait pu lui parler. Pour lui dire quoi ?

Alors, elle se coucha et fit semblant de dormir... jusqu'à ce que le sommeil la terrasse pour de bon.

Killer observait, caché dans l'ombre.

Il enrageait.

Elle était là, en train de sourire à un autre homme. En train de rire. Pourtant, elle s'était confiée à lui ; elle avait eu besoin de lui ; elle avait tout fait pour qu'il la désire, pour qu'il l'aime. Et lui n'avait pas compris qu'il s'agissait d'un jeu — un jeu d'allumeuse.

Exactement comme avec l'autre. Celle qui avait prétendu tenir à lui, et qui pourtant était prête à révéler la vérité sur son compte.

L'autre. Lainie. Avec ses cheveux roux et son sourire étincelant ; toutes ces apparences charmantes qui cachaient un cœur de pierre. Elle avait la beauté d'une rose. Mais ses épines étaient dangereuses. Mortelles. Elles pouvaient vous entailler la chair, vous trancher le cœur et faire couler le sang... S'il l'avait laissée faire, il serait devenu un paria. On l'aurait enfermé, interné.

Et maintenant...

Maintenant, il y avait celle-ci.

Ils auraient pu être heureux, pourtant. Elle aurait pu calmer la colère et la furie qui bouillaient dans son âme. Il se serait occupé des enfants. Les gosses l'aimaient bien. Depuis toujours.

Oui, elle aurait pu l'aimer.

Mais elle n'était qu'une pute rousse en chaleur, comme l'autre, et elle avait choisi de le repousser.

Lui donnerait-il une autre chance ? Il pourrait la forcer à le voir tel qu'il était, l'obliger à être avec lui, afin qu'elle comprenne tout ce qu'il avait à offrir.

Serrant les poings, il pivota sur ses talons. Une fois dans sa voiture, il roula longtemps, sans but précis.

Finalement, il se retrouva sur la 79ᵉ Rue — le quartier des courtisanes, comme il aimait à l'appeler. Il remarqua une fille. Ses cheveux étaient teints en roux, mais un roux bizarre, qui tirait sur le rose. Ce n'était pas la couleur qu'il aimait. Tant pis ! Ce soir, il s'en moquait.

Il l'aborda, la paya, et se rendit avec elle dans une chambre de motel bon marché qu'il lui avait demandé de régler, afin qu'on ne le voie pas. Là, il la battit. Avant de lui trancher la gorge.

Quand il s'aperçut que les drôles de cheveux roses étaient ceux d'une perruque, il se mit à rire. Il avait commis une erreur. Ou plutôt, non. *Elle* avait commis une erreur.

Il décida de l'abandonner comme ça. Mieux valait ne pas prendre le risque de laisser sa signature sur le corps, ou à côté. Les flics croiraient qu'elle avait été tuée par un maquereau un peu trop gourmand.

Killer retrouva sa voiture et s'éloigna en riant.

Une perruque. Une foutue perruque !

En tout cas, cette pute ne commettrait plus jamais d'erreur.

Le rêve s'immisça dans le sommeil de Madison, insidieusement. D'abord, il y eut comme un brouillard. Puis, elle entendit parler. Les échos d'une dispute.

D'abord, elle crut qu'elle était redevenue une petite fille ; qu'elle se trouvait de nouveau dans l'ancienne maison de Roger Montgomery, là où sa mère avait été assassinée. Une des voix ressemblait d'ailleurs à celle de Lainie. En plus rauque. L'autre voix était celle d'un homme. Une voix grave. Gutturale. Elle la connaissait.

Non, elle ne la connaissait pas.

— Aime-moi. Tu me l'as promis, espèce de salope. Tu m'as souri. Tu m'as dit que...

— Non. Non. Je n'ai pas...

— Tu vas m'aimer. Ne bouge pas. Ne bouge pas et dis-moi que tu m'aimes. Fais-moi l'amour. Maintenant. Tu ne veux pas effrayer les enfants, n'est-ce pas ?

Il y eut un silence. Un silence interminable. Puis un gémissement désespéré.

— Je ferai ce que tu voudras. Mais ne fais pas mal aux enfants. Je t'en prie...

— Je veux juste que tu m'aimes !

Madison se réveilla en sursaut. Une fois encore, elle tremblait. Une fois encore, le rêve n'avait aucun sens. Elle était couverte de sueur, et elle était fatiguée, tellement fatiguée de ces cauchemars. Elle éclata en sanglots.

— Madison.

Ouvrant les yeux, elle vit Kyle entrer dans sa chambre, vêtu de son peignoir.

Il s'assit sur le lit.

— Tu ne pleures pas parce que je n'ai pas exigé qu'on fasse l'amour, si ? la taquina-t-il gentiment.

Elle ne put s'empêcher de rire, avant de redoubler de sanglots.

— Oh ! Kyle, je n'en peux plus de ces rêves si

fréquents. Je ne comprends pas ce qu'ils signifient. Je ne sais pas comment me rendre utile. J'ai l'impression qu'une personne proche de moi court un grave danger, mais j'ignore qui. Je ne sais pas quoi faire, comment aider...

— Tu vas bientôt voir la fin de tout cela, Madison, lui promit Kyle. Vraiment. Nous allons attraper ce type.

Il la tenait dans ses bras et la berçait doucement. Puis, il l'allongea sur le lit.

— Veux-tu que je reste ? demanda-t-il d'une voix sourde.

Il la regarda droit dans les yeux et ajouta :

— Je te préviens, je vais exiger qu'on fasse l'amour.

Madison réprima un sourire.

— Il faut parfois payer le prix, murmura-t-elle.

— En effet.

Il prit sa main, en baisa la paume, avant de la faire descendre le long de son torse, par l'ouverture du peignoir. Puis, il enroula les doigts de Madison autour de son membre dressé.

— Je crois que nous en étions restés là, la dernière fois, murmura-t-il.

Il se leva, se débarrassa du peignoir et ôta sa chemise de nuit à Madison. Puis, sans la quitter des yeux, il lui écarta les genoux et frotta son sexe contre le sien.

Madison fut stupéfaite par la brusque montée de son désir. Une vague de chaleur submergea son corps, avant même que Kyle ne la pénètre, profondément, les yeux toujours rivés aux siens.

Alors qu'elle allait mourir de plaisir, il se retira brusquement. Il baisa ses lèvres, embrassa chaque parcelle de son corps — sauf là où elle brûlait.

Finalement, il se pencha sur le bouton de chair qui palpitait follement et elle poussa un cri, balbutia son prénom, l'implora de combler le vide en elle ; mais il ne la pénétra de nouveau que lorsqu'elle se mit à trembler de manière incontrôlable. Alors, il entra en elle et se mit à aller et venir avec force. Et quand il se libéra, Madison découvrit qu'elle pleurait tant sa jouissance était violente.

Elle demeura un long moment immobile, abasourdie par la puissance des sensations qu'il avait le pouvoir de lui faire éprouver. Elle s'aperçut soudain qu'il l'observait, dans l'obscurité, en appui sur un coude.

— Qu'est-ce qui n'a pas marché, entre toi et Darryl ? demanda-t-il sur un ton posé. Qu'a-t-il fait de mal ?

Madison se mordit la lèvre.

— Rien, murmura-t-elle. Il n'a rien de fait de mal. Simplement, il n'était pas toi.

Kyle la serra contre lui et elle s'endormit. Et, comme toujours, quand elle dormait dans ses bras, aucun cauchemar ne vint la tourmenter.

Quand Madison se réveilla, le lendemain matin, Kyle était parti. Mais elle entendit Peggy, qui allait et venait dans la maison en chantonnant.

Madison paressa quelques minutes au lit, prenant plaisir à s'étirer entre ces draps qu'imprégnait encore l'odeur un peu musquée de leurs ébats amoureux. Enfin, elle se leva, prit une douche et sortit en peignoir.

Peggy l'accueillit avec un large sourire.

— Dieu soit loué ! dit-elle en ouvrant les bras et en serrant Madison contre son ample poitrine. Alors, vous avez épousé ce beau garçon ? Un bon choix, je vous le dis. C'est merveilleux. Ainsi, vos deux familles sont de nouveau réunies, n'est-ce pas ?

— Eh bien... oui, en effet, murmura Madison.

— Mais le plus important, c'est vous. J'ai reçu des instructions très strictes. Vous ne devez pas quitter la maison, aujourd'hui.

— Oh ?

— Et je ne dois pas vous y laisser seule.

— Vraiment ?

Peggy hocha la tête d'un air solennel.

— Votre nouveau mari m'a promis qu'il serait de retour avant le dîner. Nous irons chercher Carrie Anne toutes les deux. Bien sûr, c'est à vous de décider si vous voulez le dire à la petite, ou si voulez attendre, ou si vous préférez encore lui en parler quand vous serez avec M. Montgomery. Vous savez, elle l'aime beaucoup. Je suis sûre qu'elle va être enchantée. Comme moi. Tout ira bien, maintenant.

— Vraiment ? répéta Madison.

— Et votre père est en route pour vous voir, enchaîna Peggy.

— Pardon ? Papa vient ici ?

— Il a appelé, tout à l'heure, pour annoncer qu'il retournait à Key West et qu'il voulait passer vous embrasser avant son départ. Je lui ai dit que vous dormiez encore. J'ai préparé le petit déjeuner ; il est au chaud.

— Très bien. S'il arrive, servez-lui du café. Je vais m'habiller.

Comme elle retournait dans sa chambre, Madison s'avisa qu'elle était curieuse de savoir ce que son père allait penser de son mariage subit.

⁂

Kyle était assis dans une voiture de police banalisée, sur le bas-côté d'une route, à Key Largo, et il consultait une liste de noms et d'adresses. Jake Ramone, le jeune policier assis à côté de lui, s'éclaircit la gorge.

— Je suis désolé qu'il y en ait autant...

— En effet, marmonna Kyle. Qui aurait cru que tant de restaurants offriraient des crevettes à l'étouffée en plat du jour, le même week-end ?

— La pêche avait dû être bonne.

— Ouais. Bon, on essaie le suivant ? Rusty Rumhouse.

— Pas de problème !

Le policier reprit la route, et Kyle ravala un soupir d'ennui. Quelle matinée ! Même si l'ordinateur s'était chargé d'une bonne partie du travail, la liste des établissements ayant servi le menu retrouvé dans le corps de Holly Tyler dépassait en longueur ses estimations les plus pessimistes. Ils en avaient déjà visité une dizaine, et chaque fois, il posait les mêmes questions, montrait la photo de la jeune victime. En vain.

Bien sûr, rien ne l'obligeait à accomplir ce travail fastidieux, de ceux qu'on réservait aux débutants, mais il ne savait plus quoi faire pour s'occuper ; et il avait besoin d'action.

Il s'était même rendu au club de tennis de Kaila, afin d'interroger le serveur qui avait apporté le paquet contenant la culotte en chocolat. L'homme lui avait répondu qu'il avait trouvé la boîte sur son plateau et déduit, tout naturellement, que le maître d'hôtel, ou l'hôtesse, l'avait posée là. Mais ni l'un ni l'autre n'avait jamais vu le fameux paquet. Kyle était reparti avec une liste des employés et des membres.

Toute sa famille — ainsi que celle de Madison — y

figurait. Il avait aussitôt faxé ces informations à Ricky, à Washington, afin de voir si l'ordinateur en tirait des conclusions intéressantes.

Maintenant, il avait envie de bouger. Il devait retrouver ce meurtrier, coûte que coûte. Et pour le moment, cela signifiait qu'il devait s'astreindre à un véritable travail de fourmi, alors qu'il aurait préféré se trouver chez lui.

Chez lui ! Jusqu'à ces derniers jours, et depuis de nombreuses années, il se considérait chez lui dans son appartement de Virginie. Il était frappé de constater avec quelle rapidité ce petit coin de Floride était redevenu son foyer, le lieu où il souhaitait vivre ; il était stupéfait aussi de la rapidité avec laquelle la maison de Madison était devenue la sienne, celle où il voulait habiter. Mais il n'osait pas trop y penser pour le moment. Pas encore. Pas avant qu'ils n'aient résolu cette affaire de meurtres. Jusque-là, jusqu'à ce que ce fou meurtrier soit démasqué, ils n'auraient pas de vie — qu'il soit l'époux de Madison ou non, qu'il vive à demeure chez elle ou non.

Kyle repensa aux derniers développements de l'affaire. Ce matin, au commissariat, Jimmy Gates avait reçu les derniers résultats de l'expertise médico-légale. En dépit de l'état du corps de Holly, le coroner avait pu établir que la jeune femme avait eu des rapports sexuels avant de mourir. S'il n'était pas possible de déterminer si les rapports avaient été forcés, ou non, il avait retrouvé un échantillon de sperme et pouvait donc, désormais, effectuer une comparaison ADN.

Parmi les autres développements, il y avait eu le suicide de Harry Nore, dans sa cellule. Le clochard illuminé avait mis fin, de manière pitoyable et insensée, à une vie qui ne l'avait pas été moins. Kyle l'avait appris dans les journaux alors qu'ils se trouvaient encore sur l'île, Madison et lui. Mais la mort de Harry ne l'aidait pas à résoudre la série de meurtres qui l'occupait actuellement.

Le téléphone de la voiture sonna et Jake Ramone répondit, avant de tendre le combiné à Kyle.

— C'est pour vous. Washington.

— Allô ? fit Kyle.

— Salut, vieux. C'est Ricky.

— Quoi de neuf ?

— Pas grand-chose. J'ai appris que tu t'étais marié...

Kyle leva les yeux au ciel. Evidemment. Il avait prévenu ses supérieurs, et la nouvelle avait filtré.

— Ouais.

— Tu as épousé ta sœur ?

— Elle a été ma demi-sœur, à une époque, expliqua Kyle d'un ton patient.

— Oh ! d'accord. Désolé. Mais tout ça paraît un peu bizarre, vu de chez nous.

— Bien sûr. Dis donc, Ricky, tu m'as appelé pour me tourmenter, ou tu as une raison valable ?

— J'ai une raison. Tu te souviens que tu m'as demandé de chercher tous les liens qui pouvaient exister entre ces meurtres et Lainie Adair ? Ton flair ne t'avait pas trompé, on dirait. J'ai compulsé quelques vieux fichiers et je suis tombé sur un truc intéressant. Tu savais que le titre d'un des derniers films de Lainie Adair était *Une Rose au milieu des épines* ?

— Ça me dit quelque chose, oui. Cela se passait dans les montagnes de l'ouest de la Virginie, non ?

— Oui. Une histoire à la Cendrillon, sur une jeune femme qui a grandi au milieu d'une bande de voleurs. Elle a trop honte de ce qu'elle est pour tomber amoureuse du héros, jusqu'au jour où elle découvre qu'elle n'est pas du tout celle qu'elle croit être... Elle avait été kidnappée par les affreux voleurs et était issue, en fait, d'une riche famille de New York.

— Ouais, je m'en souviens.

— Cela semble corroborer ta thèse selon laquelle ces meurtres sont liés à celui de ta belle-mère. L'assassin signe ses crimes d'une rose avec des épines. Drôle d'affaire ! Un homme en veut à Lainie Adair, il la tue, il contrôle ses pulsions meurtrières pendant un moment, et il finit par recommencer. Cette fois, en s'attaquant à des femmes qui ressemblent à Lainie.

— Bon boulot, Ricky ! Merci. Et si tu as quoi que ce soit d'autre, même un détail minime, rappelle-moi.

— Pas de problème. Et mes félicitations pour ton mariage avec ta sœur...

— Ecrase un peu, Ricky ! rétorqua Kyle, avant de couper la communication.

Ils venaient d'arriver devant le restaurant.

— O.K., Jake ! lança-t-il. Allons voir si le Rusty Rumhouse nous porte chance.

Il faisait sombre, à l'intérieur de l'établissement. Il y avait un grand comptoir, au milieu, et des tables éparpillées aux quatre coins de la salle. Kyle trouva le gérant, un homme agréable répondant au nom de Brad Maxwell, et lui montra la photo de Holly. Maxwell appela ses serveuses.

— Oui ! Oui ! C'est moi qui me suis occupée de sa table ! s'écria aussitôt l'une d'elles. Ce n'était pas ce week-end... Plutôt le jeudi ou le vendredi d'avant. Elle était jeune, petite, avec des longs cheveux roux tout bouclés.

— Comment vous appelez-vous ? lui demanda Kyle.

— Bitsy. Bitsy Larkin.

— Eh bien, Bitsy, merci pour votre aide. C'est vraiment très important. Elle a dû dîner ici vendredi dernier.

— Oui, vous avez raison ! C'était forcément vendredi, puisqu'elle a commandé les crevettes à l'étouffée.

— Exactement ! fit Kyle, le cœur battant à se rompre.

Le travail de policier était ainsi. Des semaines et des semaines de recherches sans aucun résultat, sans le plus petit indice pour éclairer une piste, et soudain, une lumière, un petit pas en avant.

— Vous vous rappelez avec qui elle était ?

— Oui, bien sûr.

— Vous pensez que vous pourriez l'identifier ?

— Absolument, affirma Bitsy d'un ton solennel. Oh ! oui, j'en suis sûre.

17.

Madison finissait d'enfiler son jean, quand elle entendit la sonnette, puis la voix de son père. Elle sortit de sa chambre pour aller à sa rencontre.

Jordan avait bien meilleure mine que la dernière fois qu'elle l'avait vu, à l'hôpital. Il lui sourit.

— Madame Montgomery...

— Papa ! murmura Madison en se jetant dans ses bras. Tu es fâché ?

— Fâché ? Au contraire, je suis enchanté. Même si vous avez pris une décision plutôt rapide.

— Je crois que Kyle ne m'a épousée que pour mieux veiller à ma sécurité.

Jordan prit les mains de Madison entre les siennes et il la regarda droit dans les yeux.

— Et moi, je crois qu'il t'a épousée parce que tu es une femme fantastique.

— Merci, papa, répondit-elle, très émue. C'est une des choses les plus gentilles qu'on m'ait jamais dites.

— Je suis fier de toi, ma chérie. Je suis fier de tous mes enfants. Et je suis ravi d'avoir Kyle pour gendre.

Madison sourit.

— Veux-tu prendre un petit déjeuner avec moi ? Peggy a tout préparé.

— Avec plaisir. Tu dois mourir de faim, hein? Les nuits sont courtes quand on est en lune de miel..., ajouta Jordan avec un clin d'œil espiègle.

— Papa! s'exclama Madison.

Elle précéda son père dans la cuisine, où ils mangèrent en silence pendant quelques instants.

— Tu es au courant? demanda soudain Jordan, après s'être éclairci la gorge.

— De quoi?

— Harry Nore a réussi à se pendre dans sa cellule.

Madison posa sa fourchette.

— Mon Dieu! murmura-t-elle. Je ne sais pas si je dois être désolée, ou si je dois m'en réjouir.

— Il a tué ta mère, et il a essayé de te tuer. On ne peut pas dire que je le regretterai.

Madison secoua la tête.

— Je n'ai jamais cru qu'il était coupable du meurtre de maman. Même si on l'a trouvé en possession de l'arme du crime...

— Ce type était un fou dangereux! Un assassin!

Brusquement, Madison se rappela l'air soucieux de Kyle, sur l'île, puis dans l'avion, la veille. Il avait dû apprendre la nouvelle de la mort de Nore dans les journaux. A présent, il lui était impossible de l'interroger, de compter sur son aide pour soulever un coin du voile qui recouvrait toujours le meurtre de Lainie et découvrir un lien avec cette série d'horribles assassinats. Il était difficile d'acquitter un homme mort; et encore plus de rechercher un meurtrier, si l'on pensait celui-ci décédé.

Elle frissonna.

— Kyle ne m'a rien dit.

— Il essaie de te protéger.

— Peut-être trop, murmura Madison. Oh! papa, je ne sais pas si c'était une bonne idée...

Jordan secoua la tête.

— Ma chérie, permets-moi d'en être sûr pour toi. J'ai toujours aimé Kyle. Dès notre première rencontre. Il était encore gamin, mais il avait une façon bien à lui de considérer le monde — une forme de sagesse. Et il y a toujours eu un lien très fort entre vous. Au début, tu l'adorais comme un grand frère. J'ignore exactement quand cela a changé. Il s'est peut-être tenu à l'écart exprès, quand tu as commencé à grandir. Je pense qu'il voulait te donner une chance de devenir adulte. Et puis, il a rencontré Fallon...

— Et j'ai épousé Darryl, compléta Madison, pensive. Enfin, quoi qu'il en soit, je suis contente que tu approuves.

Jordan hocha la tête et hésita, comme s'il voulait encore parler. Il se leva et fit quelques pas dans la cuisine.

— Tu sais, reprit-il, il ne m'a jamais accusé d'avoir tué ta mère. Pourtant, il était là, le jour où elle et moi avons eu une de nos pires disputes.

— Papa..., commença Madison, mal à l'aise.

— Non, écoute-moi. Il y a longtemps que j'ai envie de t'en parler. Le jour de sa mort, Lainie m'a appelé pour que j'aille la voir. Roger avait refusé d'annuler un engagement qu'il avait avec un musée à Toronto, pour rester et la voir jouer dans une pièce, à Miami Beach. Elle était furieuse. Elle s'attendait vraiment à ce que nous soyons à son entière disposition, qu'il suffisait d'un claquement de ses doigts pour que nous obéissions. Elle voulait que je reste avec elle, afin de convaincre Roger qu'il était dangereux de nous laisser seuls dans la même ville...

De nouveau, Jordan haussa les épaules.

— Je l'aimais toujours. Je l'ai toujours aimée. Je crois bien que je l'aimerai jusqu'au jour de ma mort. Mais je savais qu'elle se servait de moi, et j'ai refusé de jouer son jeu. Alors, elle a commencé à me jeter des objets à la tête. Je l'ai attrapée... et je l'ai relâchée, avant de m'en aller. Elle aimait bien les empoignades physiques ; et elle devait être sûre qu'elle pourrait me séduire si je la touchais. Sauf que je ne me suis pas laissé faire, ce jour-là. Elle s'était déjà moquée de moi trop souvent. Alors, je suis parti. Kyle était dans sa chambre. Quand la dispute est devenue violente, il est sorti, comme s'il voulait intervenir en cas de nécessité. Lainie était folle de rage, car elle ignorait qu'il était à la maison. Kyle l'a ignorée et il m'a accompagné jusqu'à la porte. Pour un gamin de son âge, il était d'un calme impressionnant. Il avait tout juste dix-huit ans, mais on aurait dit un homme mûr.

Il regarda Madison. Il y avait tant de souffrance, dans ses yeux, qu'elle se leva et se précipita vers lui.

— Papa, tu ne peux pas continuer à te faire des reproches à propos de Lainie. Nous l'aimions tous. Même si elle nous a fait beaucoup de mal, elle aussi nous aimait, à sa façon. Je suis sûre qu'elle t'aimait énormément. Et je t'aime, moi. Et Kaila aussi t'adore, de même que Trent et Jassy. Même Kyle et Rafe t'aiment. Tu as été un père merveilleux !

— A ma manière, répondit-il en la serrant contre lui. A ma manière un peu étrange. Moi aussi, je t'aime, Madison. Et ne t'inquiète pas : tu n'es pas du tout comme elle. Ton mariage avec Kyle va durer. J'en ai la certitude. Et quand je dis que je suis heureux pour vous, je suis sincère. Vraiment.

Il sourit.

— Maintenant, il faut que je rentre à Key West. Le vernissage de Roger a été un véritable succès, et je dois commencer à travailler sur mon nouveau livre.

— Quel en sera le sujet, cette fois ?

— Une histoire de pirates et de trésor englouti. Mon macho de héros va découvrir la piraterie des temps modernes, sauver l'héroïne et découvrir une épave naufragée depuis plusieurs siècles.

— Un bon roman d'aventures !

Jordan embrassa Madison et la serra de nouveau dans ses bras.

— La plus belle des aventures, c'est la vie, ma chérie. Prends-la à bras-le-corps. Et dis à ton mari que je vous souhaite tout le bonheur possible. Il faudra qu'on célèbre l'événement. Je pensais que Jassy s'apprêtait à épouser un homme en cachette, et finalement, c'est toi qui m'as pris par surprise.

— Eh ! va savoir..., murmura Madison d'un ton taquin.

— De qui s'agit-il ?

— Qui ça ?

— Le type qui sort avec Jassy.

Madison éclata de rire.

— Aucune idée ! D'ailleurs, si elle ne me dit rien, je ne l'inviterai pas à ma réception de mariage — le jour où nous en aurons une.

Jordan sourit encore, avant de l'embrasser une dernière fois.

— Allez, fais attention à toi.

— C'est promis, répondit Madison, avant de reconduire son père jusqu'à sa voiture.

Il n'était pas parti depuis cinq minutes que la sonnette de la porte d'entrée retentit dans la maison. Cette fois, son visiteur était le père de Kyle.

— Roger ! s'exclama Madison avec surprise.

— Toutes mes félicitations, dit-il, la serrant dans ses bras. Tu n'imagines pas à quel point je suis heureux.

— Merci. Mais entre donc. Tu veux un café ?

— Avec plaisir. Où est mon fils ?

— Il travaille.

— Allons bon ! Tu parles d'une lune de miel.

Madison n'en croyait pas ses oreilles. Quelles familles de fous, décidément ! Kyle et elle étaient allés se marier en cachette, moins de deux semaines après s'être revus pour la première fois depuis des années, et leurs deux pères semblaient convaincus que c'était la meilleure nouvelle de l'année.

— Il a été envoyé à Miami pour tenter de résoudre une affaire importante, lui rappela-t-elle.

Roger fronça les sourcils.

— Mais Harry Nore a essayé de te tuer. Maintenant qu'il est mort — bon débarras ! —, je pensais que l'enquête était clause. Non ?

— Je ne crois pas qu'il était l'assassin de ma mère, déclara Madison après une courte hésitation. Et Kyle semble convaincu qu'il n'a rien à voir avec l'assassinat de toutes ces pauvres femmes.

Roger se leva.

— Chaque fois que je pense que ces meurtres sont peut-être liés à celui de ta mère, je t'avoue que j'ai peur.

— Cela paraît tellement improbable...

Au même moment, le téléphone sonna, et Madison s'excusa pour aller répondre. C'était Joey, des Storm Fronts, qui voulait lui rappeler leur enregistrement en studio, jeudi et vendredi.

— Alors, il paraît que tu t'es mariée ? enchaîna-t-il sans transition.

— Eh oui ! soupira Madison.

— C'était plutôt rapide.

— Je sais.

— En tout cas, je te félicite.

— Merci.

— Sheila va être déçue. Elle qui avait des visées sur lui...

— Eh bien, dis-lui qu'il est hors jeu, maintenant.

— Ouais. C'est aussi bien. Franchement, je ne vois pas Sheila avec un agent du FBI.

— Alors que moi...

— Tu t'en sortiras très bien.

— Je me demande ce que cela révèle de Sheila... et de moi, remarqua Madison.

Joey éclata de rire.

— Je sais que tout ira pour le mieux, ma puce. C'est ce qui compte. Bon, à jeudi.

Ils raccrochèrent, et Madison alla vite retrouver Roger dans le salon. Comme elle s'excusait de nouveau, il leva la main pour l'arrêter.

— Pas de problème. J'étais en train de réfléchir.

— A quoi ?

Il hésita.

— Ta mère.

— Eh bien ?

— Tu sais que je l'aimais à la folie...

— Oui.

— Mais elle détruisait tout autour d'elle, Madison. Si elle avait vécu, notre mariage n'aurait pas duré.

Roger hésita encore.

— Nous avons eu une horrible dispute, le jour où elle a été tuée.

Madison se demanda quelle mouche avait piqué son père et celui de Kyle, et si d'autres membres de la famille allaient ainsi défiler chez elle, aujourd'hui, pour venir se confesser.

— Tout le monde se disputait avec Lainie, fit-elle remarquer.

— Oui, mais ce jour-là, c'était vraiment horrible. Elle

avait changé ses plans et pensait qu'il m'était possible de faire de même, comme ça. J'ai refusé, et elle est entrée dans une colère effroyable. Elle m'a dit que des dizaines d'hommes étaient prêts à tout pour passer un moment avec elle. Elle a pleuré, m'a dit que je ne l'aimais pas. Je l'ai traitée d'emmerdeuse et elle m'a giflé... Bref, je suis parti en claquant la porte. Quand je suis revenu, elle baignait dans son sang.

Un moment, Madison garda le silence.

— Ne te torture pas ainsi, Roger, lui dit-elle. J'aimais beaucoup Lainie. Elle était ma mère. Mais je suis adulte, et je sais quel mal elle faisait autour d'elle. Jamais je n'ai pensé que toi, ou papa, étiez responsables.

— Je m'en réjouis, dit Roger en se levant pour venir prendre ses mains entre les siennes. Tu sais, je pense que Kyle et toi formez un couple magnifique.

A son tour, Madison se leva.

— Merci, murmura-t-elle.

— J'étais fier de toi, quand tu étais ma belle-fille, et je suis encore plus heureux, aujourd'hui que tu es l'épouse de mon fils. Votre mariage sera une réussite.

— Tu es adorable !

Comme elle raccompagnait Roger jusqu'à la porte d'entrée, Madison fut stupéfaite de voir que Trent venait de se garer n'importe comment sur sa pelouse et marchait d'un pas précipité vers elle.

— Salut, Roger ! lança-t-il.

— Salut, Trent. Tu viens féliciter ta sœur, toi aussi ?

— Hein ? Oh ! non... euh, si. Oui, oui, bien sûr. Tous mes vœux de bonheur, Madison.

— Bon, il faut que je me sauve, reprit Roger. Prends bien soin de toi, Madison. Il faudra tout de même qu'on célèbre ça en famille, d'accord ?

— Bien sûr. On va y penser. Encore merci d'être passé.

Alors que Roger se glissait derrière le volant de sa voiture, Madison se tourna vers Trent.

— Je sais, tu veux me dire que tu es heureux pour moi. Et ensuite, tu vas me raconter que tu as eu une horrible dispute avec maman, le jour même de sa mort.

Trent cligna des yeux plusieurs fois, sans comprendre.

— Je ne me suis pas disputé avec elle. Je l'évitais.

— Oh ! Et tu n'es pas venu pour me féliciter ?

— Excuse-moi, bredouilla Trent. Je suis évidemment très heureux pour toi. En fait, je ne suis pas étonné. J'ai toujours pensé que vous finiriez ensemble, tous les deux. Et puis, Kyle a épousé Fallon, et toi... Mais tu connais l'histoire ! Sincèrement, je suis content pour toi.

Il lui prit le bras.

— Madison, j'ai vendu mon premier roman ! annonça-t-il alors. Sans l'aide de papa. Je n'ai même pas utilisé mon vrai nom, quand j'ai envoyé le manuscrit. Tiens-toi bien : on m'a offert un contrat de cinq cent mille dollars pour ce livre et pour sa suite. Tu te rends compte ? Je peux écrire ! Je peux vraiment écrire !

— Trent, mais c'est merveilleux ! s'exclama Madison. Quel est le titre de ton roman ?

— Pour l'instant, ça s'appelle *La Couleur de la mort*. C'est un livre gore.

— Un livre... gore ?

De nouveau, le visage de Trent s'empourpra.

— C'est très différent de ce qu'écrit papa. Plus... sanglant. Hé ! c'est que j'ai une sœur pathologiste ! Et maintenant, il y a un agent du FBI dans la famille !

Madison hocha la tête.

— Tu veux bien le lire pour moi ? lui demanda Trent. Le manuscrit est dans la voiture.

— Bien sûr. Mais tu viens de me dire qu'il était déjà vendu.

— Je voudrais quand même avoir ton opinion.

— D'accord.

Un grand sourire illumina le visage de Trent, qui retourna en courant vers son véhicule. Quand il revint, il tendit une épaisse chemise cartonnée à Madison.

— Je sais que ce n'est pas le style de bouquin que tu choisis, d'ordinaire, et j'imagine que tu aurais préféré un autre genre de littérature, surtout en ce moment. Mais j'aimerais vraiment savoir ce que tu en penses. J'avais tellement envie d'écrire, et depuis si longtemps ! Sauf que ça n'est pas toujours facile d'être le fils d'un homme aussi célèbre que Jordan. Surtout quand on veut se diriger dans la même voie que lui. Je voulais faire mes preuves tout seul. Tu comprends ?

Madison hocha la tête.

— Bien sûr.

Trent la prit dans ses bras et plaqua un baiser sonore sur son front.

— Je pensais vraiment ce que j'ai dit, tout à l'heure. Je suis sincèrement heureux pour toi. Mais encore une fois, je ne suis pas surpris... Vous couchiez ensemble depuis son retour, n'est-ce pas ? Oups ! Pardon ! Je suis d'une délicatesse ! Bon, je suppose qu'on va fêter ça bientôt. Je t'aime, sœurette. Et merci encore. Il faut que j'y aille.

— Fais attention sur la route, lui lança Madison, comme il s'éloignait déjà.

— Ça ira. Je suis juste un peu énervé. J'ai l'impression de flotter sur un nuage. Je n'attends qu'une chose : annoncer la nouvelle à papa.

— Il est en route pour Key West.

— Je sais. Je vais le rattraper. Je connais son endroit préféré pour déjeuner. Il s'arrête toujours au Rusty Rumhouse, à Key Largo. Je vais l'y surprendre.

— Bon. Sois quand même prudent.

— Promis.

Il lui envoya un baiser et Madison regagna l'intérieur de la maison, où elle parcourut les premières lignes du manuscrit.

« La pelle géante de l'excavateur souleva de la boue, des immondices, et quelque chose de rose qui se détachait sur la couleur brune de la terre.

Un rose cireux.

L'homme qui tenait les manettes de l'engin se figea sur son siège, bouche bée, les yeux fixés sur cette tache incongrue. Il sauta à bas de la cabine et s'approcha.

De la chair. De la chair humaine.

C'était une femme.

Son cadavre, nu, gisait au milieu des ordures, son meurtrier s'étant débarrassé d'elle comme il l'aurait fait des restes d'un repas. Ses yeux, bleus, fixaient le ciel, et sa bouche ouverte était tordue sur un grand cri muet... »

— Seigneur ! s'exclama Madison en fermant le manuscrit avec dégoût.

Si Trent tenait tant à éviter de se mesurer à son père, pourquoi n'avait-il pas choisi d'écrire des livres pour enfants ? Elle poussa un soupir et posa la chemise cartonnée sur la console de l'entrée. Elle le lirait, bien sûr. Cela paraissait tellement important pour lui.

Au même instant, le téléphone sonna. C'était Kaila.

— Alors, tu as épousé notre grand frère !

— Il n'est pas notre frère, Kaila.

Celle-ci pouffa de rire.

— Bien sûr que non. Tu avoueras quand même que c'est rigolo.

— Si on veut.

— J'appelais pour te dire que je suis folle de joie pour toi. Vous êtes faits l'un pour l'autre.

— Merci, dit Madison.

Soudain, elle entendit le signal d'appel.

— Ne quitte pas, Kaila. Quelqu'un d'autre essaie de me joindre.

Elle appuya sur la touche lui permettant d'entrer en communication avec son deuxième interlocuteur.

— Allô ?

— Madison !

— Salut, Rafe, lança-t-elle en secouant la tête.

— J'appelais pour vous féliciter, toi et mon petit frère. Où est-il ?

— Il travaille. Mais je n'ai aucune idée de l'endroit où il se trouve.

— Quel malade ! Il épouse la femme du siècle et il s'en va bosser. Il faudra que je lui glisse deux mots à ce sujet.

Madison sourit.

— Ne t'inquiète pas, Rafe. Tôt ou tard, nous rattraperons le temps perdu.

— Ça, je vous fais confiance. Bon, en tout cas, je vous souhaite tout le bonheur du monde.

— Merci. Je lui dirai que tu as téléphoné.

— D'accord. A plus tard, ma belle.

— A plus tard, Rafe.

Madison renoua sa communication avec Kaila.

— Tu es encore là ? demanda-t-elle.

— Bien sûr !

— C'était Rafe.

— Qui voulait te féliciter ?

— Exactement.

— J'appelais pour la même raison. Je suis si heureuse pour vous.

— Merci.

De nouveau, un signal d'appel indiqua à Madison qu'un autre correspondant cherchait à la joindre.

— Oh, non ! soupira-t-elle.

— Vas-y, prends-le, déclara Kaila. Je vais raccrocher. Il faut que je me sauve.

— Non, attends, j'ai besoin de te parler. C'est sérieux !

— Plus tard, d'accord ? C'est promis.

Sur ces mots, Kaila coupa la communication.

— Kaila ! protesta Madison.

Puis, prenant l'autre appel, elle lança :

— Jassy ?

— Comment as-tu su que c'était moi ? demanda l'intéressée avec étonnement.

— J'ai déjà eu toute la famille au bout du fil.

— Et personne d'autre ne t'appelle ?

— Si, parfois. Alors, que se passe-t-il ?

— Que se passe-t-il ? Tu veux rire ? Quand je pense que tu as fait celle qui n'était pas contente de revoir Kyle.

— C'est comme ça que tu me félicites ?

— Je n'ai pas appelé pour ça, expliqua Jassy d'un ton soudain grave.

— Ah bon ?

— Il faut que je te parle.

— Je t'écoute...

— Non. Pas au téléphone.

— Oh ! Jassy, je n'ai vraiment pas envie d'aller à la morgue.

— Je suis chez Jimmy.

— Jimmy ? répéta Madison, étonnée.

— Tu sais où il habite ?

— Vaguement. Je ne suis jamais montée chez lui, mais je l'ai déjà retrouvé dans le parking de son immeuble. Il habite sur Brickell, c'est ça ?

— Oui.

Jassy donna l'adresse exacte à Madison, puis demanda :

— Tu peux venir tout de suite ?

— Euh, oui.

— Kyle n'est pas avec toi, n'est-ce pas ?

— Non.

— Très bien. Je veux que tu viennes seule.

Madison fronça les sourcils.

— Jassy, pourquoi toutes ces cachotteries ?

— S'il te plaît, Madison ! insista sa sœur d'un ton pressant. Viens. Je t'expliquerai tout ici.

— Bon, bon. J'arrive.

Après avoir raccroché, Madison prit ses clés de voiture, son sac et se dirigea vers la porte d'entrée.

— Peggy, je vais retrouver ma sœur ! lança-t-elle alors. Je ne serai pas longue.

— Non ! cria l'intendante de maison. Ne sortez pas seule.

Mais Madison était déjà partie.

Quinze minutes plus tard, elle sonnait chez Jimmy. Sa sœur lui ouvrit et s'effaça pour la laisser entrer.

Alors qu'elle pénétrait dans le living-room, Madison se figea.

La pièce était petite, mais agréable, avec des fauteuils de cuir, une télévision à écran géant, un lecteur de disques laser et une superbe chaîne stéréo. Les murs étaient couverts d'affiches de films et de pièces de théâtre encadrées.

Et sur toutes, s'étalait le visage de Lainie Adair.

18.

— Enfin ! je serais capable de le reconnaître si je le voyais, se reprit Bitsy. Je ne peux pas identifier quelqu'un si je ne le vois pas.

— Vous pourriez le décrire à un de nos dessinateurs, répondit Kyle. La forme du visage, les yeux, les cheveux... Seriez-vous disposée à essayer ?

— Oui, bien sûr. Mais je ne sais pas si je vous aiderai beaucoup.

— Pourquoi ?

— Eh bien, il a gardé ses lunettes de soleil pendant tout le repas. Je ne connais même pas la couleur de ses yeux.

— Ce n'est pas grave. On le dessinera avec les lunettes.

— Et puis, il y avait ses cheveux. Il m'a semblé qu'il portait un postiche.

— Ah bon ? Vous pensez qu'il était chauve, en dessous ?

— Allez savoir ! J'ai eu l'impression qu'il faisait son possible pour ne pas être reconnu. Comme s'il trompait sa femme, vous savez, ou un truc de ce genre.

— Ecoutez, Bitsy, insista Kyle, vous êtes le seul témoin que nous ayons. Ce serait formidable si vous nous accompagniez à Miami, pour que nous travaillions à un portrait robot.

Bitsy regarda son patron, l'air hésitant.

— Cet homme a sauvagement assassiné plusieurs jeunes femmes ! renchérit Kyle. Il est très dangereux.

— Je comprends, murmura Bitsy, les lèvres tremblantes. Mais j'ai un petit garçon, et...

— Nous partagerons les pourboires comme si tu étais là, Bitsy, proposa une autre des serveuses.

— Et je vous paierai vos heures normalement, lui promit le directeur du restaurant.

— Merci ! fit Bitsy, visiblement soulagée.

Kyle approuva d'un hochement de tête.

— Bon. Allons-y.

— Qu'est-ce que... ? s'écria Madison.

— Quoi ? fit Jassy en arrivant derrière sa sœur. Oh ! les posters...

— Oui, les posters ! De Lainie !

Jassy alla s'installer dans un des gros fauteuils de cuir.

— Je crois qu'il était un peu obsédé par elle, à une époque.

— Un peu ? s'exclama Madison. Jassy, qu'est-ce que tu fabriques ici ? Que se passe-t-il ? Où est Jimmy ?

— Il travaille. Et franchement, je dois t'avouer que je suis étonnée que tu n'aies pas encore deviné... C'est lui !

— C'est lui, répéta Madison sans comprendre. Quoi donc ?

— Lui ! L'homme dans ma vie.

— Mon Dieu !

— Comment ça, « mon Dieu » ? Qu'est-ce qui ne te plaît pas, chez Jimmy ?

— Rien, rien... Mais... Enfin ! tous ces posters ! Jassy, tu ne trouves pas ça effrayant ?

Cette dernière secoua la tête avec impatience.

— Oublie un peu les posters, tu veux ? Jimmy faisait une fixation sur elle quand il était adolescent. C'est pour ça que l'affaire du meurtre était aussi importante à ses yeux. Et maintenant, ces affiches sont devenues des pièces de collection. Elles valent une petite fortune.

Madison alla s'asseoir en face de sa sœur, sans cesser de fixer les cadres accrochés au mur.

— Décidément, les choses deviennent de plus en plus bizarres, murmura-t-elle.

— A qui le dis-tu ! Quand je pense que tu viens d'épouser Kyle !

Madison exhala un long soupir.

— Toi et Jimmy Gates...

Elle considéra sa sœur quelques instants, puis fronça brusquement les sourcils.

— Mais comment se fait-il que tu ne sois pas au travail ? Pourquoi m'as-tu demandé de venir ici ?

— Tu n'aimes pas la morgue.

— Jassy, je sais que tu as du mal à le concevoir, mais la plupart des gens n'aiment pas la morgue.

— Harry Nore n'a pas tué Holly Tyler.

— Cela ne me surprend pas du tout, déclara Madison. Je n'ai jamais pensé qu'il était coupable. Je ne crois même pas qu'il ait tué maman.

— Ça, je ne peux pas l'affirmer. En revanche, je le peux en ce qui concerne Holly Tyler.

— Pourquoi ?

— Elle a eu des rapports sexuels juste avant de mourir. Et les échantillons ADN ne correspondent pas.

— Oh !

Madison réfléchit un instant.

— Autrement dit, maintenant que vous avez un échantillon de l'ADN du meurtrier, il ne manque plus que des suspects.

— Exactement.

— Mais je ne vois toujours pas pourquoi tu m'as fait venir ici, souligna Madison.

— J'avais besoin de te parler. Je suis convaincue qu'un homme de la famille, ou du moins proche de nous, est l'assassin de Lainie — et aussi celui de ces jeunes femmes, qui étaient rousses et lui ressemblaient plus ou moins.

— Je refuse de croire une chose pareille.

— Et pourtant... Il faut absolument que nous disculpions les innocents. Or, pour y arriver, nous avons besoin d'analyser leur sperme. Kyle doit nous en donner un échantillon.

— Kyle ! s'exclama Madison.

— Eh bien, quoi ? Il était là.

— Et ton Jimmy chéri, avec sa belle collection de posters, qu'en fais-tu ?

— Très bien. Je vais m'en occuper. Ensuite, il faudra demander à papa...

— A papa ?

— Et à Roger Montgomery.

— Jassy ! Jassy ! Je n'entends rien aux lois, mais je ne pense pas qu'on puisse se contenter d'aller les voir pour leur demander de nous donner des échantillons de leur sperme.

— Qui te parle de lois ? Il s'agit d'innocenter des gens, une bonne fois pour toutes. Des membres de notre famille.

— Mais enfin, ne pourrais-tu pas juste...

— Madison ! Pense à toutes ces jeunes femmes qui

sont mortes, et à celles qui risquent aussi d'être victimes de ce fou !

Madison demeura silencieuse, avant de regarder encore une fois les murs, autour d'elle. Finalement, elle leva la main pour désigner les cadres.

— Cela ne te gêne pas ?

Jassy haussa les épaules.

— J'ai suggéré qu'il en décroche quelques-uns. Mais, que veux-tu, ce sont des pièces de collection.

Perplexe, Madison ne dit rien.

— Ecoute, reprit Jassy, Lainie était ta mère, et je suis désolée de ce qui lui est arrivé. Mais je ne suis pas avec Jimmy depuis assez longtemps pour commencer à lui dicter sa vie.

— Oh ! je vois. Tu ne veux pas dicter sa vie à Jimmy, mais moi, je dois demander à Kyle de me donner un échantillon de sperme.

— Si tu ne veux pas lui dire, il y a de nombreuses façons de l'obtenir.

— Jassy, je t'en prie !

— Quoi ? Ce n'est pas si compliqué.

— Et comment comptes-tu t'y prendre avec papa ? Et Roger ? Et Trent, et Rafe ?

— Madison, tu ne m'aides vraiment pas, soupira Jassy. C'est sérieux ! En fait, tu ne supportes pas de regarder la réalité en face.

Madison tressaillit et reconnut, bien malgré elle, que Jassy n'avait peut-être pas tort. Elle avait du mal à affronter la réalité. Cette résistance l'aveuglait-elle, lorsqu'elle avait ses rêves ou ses visions ?

— Il est impossible que ce soit Kyle, affirma-t-elle. Et je ne crois pas papa capable d'avoir fait une chose pareille à ma mère.

— Moi, je trouve que le meurtre de Lainie n'est pas si difficile à comprendre.

— Jassy ! protesta Madison.

— Nous avons affaire à un crime passionnel, et Lainie avait le don d'éveiller des sentiments de passion chez les gens... Ce qui m'échappe, c'est le lien entre le passé et le présent. Kyle l'explique par le fait que les serial killers ont besoin d'un fix, comme les drogués. Tuer Lainie a peut-être suffi à notre homme, pendant longtemps ; et puis, un jour, la vision d'une rousse a pu réveiller ses pulsions meurtrières.

Madison poussa un soupir, et son regard tomba sur la pendule digitale du magnétoscope.

— Zut ! Je suis en retard. Il faut que j'aille chercher Carrie Anne.

Jassy consulta sa montre.

— Appelle Kaila et demande-lui de passer la prendre en même temps que Justin, suggéra-t-elle en se levant. Ils sont dans la même école.

— Il est trop tard. Kaila a déjà dû partir.

— Mais non, il n'est pas trop tard, insista Jassy, avant d'aller décrocher le téléphone. Ce que tu peux être pessimiste. Tu dis toujours que les choses sont impossibles avant même d'avoir...

Elle s'interrompit.

— Kaila ? C'est Jassy. Je suis avec Madison. Est-ce que tu peux prendre Carrie Anne en allant chercher Justin ? Madison viendra la récupérer chez toi, ensuite. Oui ? Merci.

Un sourire satisfait aux lèvres, elle raccrocha.

— Tu vois ? Pas de problème.

— Si ce n'est que j'ai envie d'aller chercher ma fille, Jassy ! insista Madison. Je ne l'ai pas vue depuis deux jours, et je veux lui annoncer que je me suis mariée.

— D'abord, tu dois accepter de m'aider ! déclara Jassy en retournant s'asseoir.

— Jassy...

— Il y a encore une autre possibilité. L'hypnose.

— Quoi ?

— Tu n'as jamais été hypnotisée.

— Et alors ?

— Tu as « vu » le meurtre de Lainie, pas vrai ? En revanche, tu n'as pas réussi à visualiser le visage du meurtrier. S'il s'agit d'un blocage psychologique, un hypnotiseur pourrait peut-être t'aider.

— Jassy, ce que j'ai vu était dans mon esprit !

— Tu savais, Madison. Tu savais ce qui s'était passé ! Sous hypnose, tu seras peut-être capable de raconter ce que tu as vu.

— Jassy...

— Bon sang, pourquoi refuses-tu d'essayer ? s'exclama celle-ci avec colère. Pense au moins aux innocentes que tu pourrais ainsi sauver !

Madison soupira.

— Tu veux que je me fasse hypnotiser ? Eh bien, soit ! Mais débrouille-toi pour tout organiser.

Jassy se leva d'un bond.

— Je connais la personne qu'il nous faut, déclara-t-elle en retournant près du téléphone. Tu vas lui parler quelques minutes ; et si elle te plaît, nous irons la rencontrer demain, d'accord ?

Vaincue, Madison poussa un nouveau soupir et acquiesça d'un hochement de tête.

Bill Decker, le dessinateur de la police, était un as du portrait robot. Il avait l'habitude de gommer, de revenir sur ce qu'il venait de faire. C'était la règle du jeu. On traçait, on créait un ensemble de traits, et puis on les transformait, encore, et encore, jusqu'à ce que le visage apparaisse, tel que le témoin se le rappelait. Mais Bitsy était en train de le rendre fou.

— Pardon, mais le nez était droit, ou bien il était busqué ? lança-t-il avec une pointe d'impatience dans la voix. Nous venons de le refaire plusieurs fois.

— Je n'en sais rien ! s'écria Bitsy. Il était là, il y a quelques minutes, et puis...

— Je devrais peut-être tout recommencer.

— Attendez, j'ai une idée, intervint Kyle. Je vais essayer. Mon père est peintre, et il m'a légué un peu de son talent. Bill, vous n'y voyez pas d'inconvénient ?

Visiblement soulagé, Decker lui céda sa place devant le chevalet.

— Ne partez pas, lui demanda Kyle. J'aurai sûrement besoin de votre aide.

Il prit une nouvelle feuille et se mit à dessiner, tout en souriant à Bitsy.

— On reprend depuis le début. La forme du visage. Qu'est-ce que ça donne ? Comme ça ? Ovale, ici. Le front plus large ? Et la bouche... ?

— Des lèvres pleines, très sexy, dit Bitsy. Je me rappelle avoir pensé qu'il était bien bête de chercher à se déguiser, alors qu'il était si beau... Oui, c'est ça. La bouche est parfaite. Et le nez... Le nez est droit !

Tandis que Bitsy continuait de donner ses indications, Kyle affinait son dessin, ajoutait des ombres, un trait de crayon, ici et là.

A un moment, il eut une sensation étrange, comme si un vent glacé pénétrait tout son corps. Le portrait qu'il était en train de réaliser représentait bien plus qu'un visage. Il s'agissait d'une personnalité qui allait en se développant.

Mais c'était insensé...

— Non, murmura-t-il. Mon Dieu, non !

— Si, si, c'est exactement ça ! s'écria Bitsy. Exactement ça.

Kyle leva les yeux sur Jake Ramone.

— Où est Jimmy Gates ? Il faut que je le voie tout de suite. Oh ! peu importe...

Il tira son téléphone cellulaire de sa poche et composa le numéro de Madison. Peggy répondit.

— Peggy, passez-moi Madison, s'il vous plaît.

— Elle est avec sa sœur, monsieur Montgomery.

— Laquelle ?

— Je n'en sais rien. Elle a juste dit qu'elle allait retrouver sa sœur.

— Si elle rentre, interdisez-lui de ressortir. Attachez-la, s'il le faut !

Il coupa la communication et se leva brusquement, renversant presque le chevalet.

— Jake, mettez-vous au téléphone et trouvez-moi Jimmy Gates. Je vais chercher ma femme. Et il faut obtenir un mandat d'arrestation le plus vite possible. Je suis sûr qu'il va perdre les pédales très bientôt. Seigneur !

— Qui va perdre les pédales ? demanda Jake, stupéfait par la véhémence de Kyle.

Ce dernier hésita un instant à peine, le cœur percé par mille poignards, avant de lui livrer le nom du meurtrier.

Kaila sortit de chez elle avec Anthony dans les bras et Shelley sautillant à côté d'elle. Elle venait d'installer chaque enfant dans son siège-auto, lorsqu'une voiture arriva derrière elle, lui bloquant le passage.

Le cœur battant, elle vit Darryl descendre de son véhicule et marcher vers elle.

— Salut, Kaila ! Tu as vu les jeunes mariés ?

Vaguement gênée, elle secoua la tête.

— Madison va arriver dans un moment, indiqua-t-elle. Je m'apprêtais à aller chercher Justin et Carrie Anne.

— Oh ? Dans ce cas, je suis content d'être arrivé à temps. Je prendrai Carrie Anne.

— Mais Madison doit la récupérer ici, tout à l'heure.

— Eh bien, je viendrai la reconduire après que nous aurons mangé une glace. Ne t'inquiète pas.

— Mais...

— Bon sang, Kaila, qu'est-ce qui te prend, à la fin ? Carrie Anne est ma fille et je vais la chercher à l'école. Ensuite, je la ramènerai ici.

L'air fâché, Darryl tourna les talons et remonta dans sa voiture. Traversée par un pressentiment désagréable, Kaila le regarda faire marche arrière et s'éloigner, avant de s'installer à son tour au volant de son minivan.

Elle frissonna.

— Ça va, maman ? lui demanda Shelley.

— Oui, ma chérie, répondit-elle.

Arrivée devant l'école de Justin, elle laissa les deux petits dans leur siège et se tint à quelques mètres du véhicule. Elle fit signe à la maîtresse de son fils, quand elle le vit sortir de sa classe.

Le garçon lui adressa un grand sourire, qu'elle lui rendit aussitôt. Dieu qu'elle aimait ses enfants ! songea-t-elle, le cœur gonflé d'amour. Elle avait une chance rare... et elle avait été très près de tout gâcher.

— Salut, fiston ! lança-t-elle en l'embrassant. Comment s'est passée ta journée ?

— Bien, répondit-il en même temps qu'il s'engouffrait dans le minivan.

Kaila prit le chemin du retour. Arrivée devant chez elle, elle s'arrêta et coupa le contact.

— Garde l'œil sur les petits, pendant que j'ouvre la porte, dit-elle à Justin.

Comme elle se dirigeait vers le portail d'entrée, elle se rappela qu'elle n'avait plus de lait, et pratiquement plus de gâteaux non plus. En outre, si Madison venait chercher Carrie Anne et qu'elle devait attendre le retour de Darryl, Kyle passerait peut-être lui aussi. Or, elle n'avait rien à leur offrir.

Elle fit demi-tour et regagna la voiture.

A l'arrière, Justin riait sous cape.

— Que se passe-t-il ? lui demanda-t-elle.

— Rien, répondit le garçon.

— Bon, nous allons faire un saut au supermarché.

Elle se glissa de nouveau derrière le volant, et les enfants éclatèrent de rire.

— Qu'y a-t-il ? s'exclama Kaila.

Elle tourna la tête, et obtint aussitôt la réponse à sa question.

Sa première réaction ne fut pas la peur; juste une vague perplexité.

Ce fut après que la panique s'insinua en elle.

Quelque part sur le trajet qui la menait chez Kaila, Madison eut le pressentiment d'un danger imminent. Elle s'obligea à conserver son calme; Kaila avait dû passer prendre les enfants et ils devaient être à présent de retour.

Elle jeta néanmoins un coup d'œil vers son sac, à côté d'elle, et y plongea la main à la recherche de son téléphone cellulaire. Comme elle ne le trouvait pas, elle vida le contenu sur le siège. Saisissant le combiné, elle composa le numéro de Kaila. Elle fronça les sourcils en entendant le répondeur décrocher. L'instant d'après, une sonnerie continue l'avertit que la batterie du téléphone venait de mourir.

Elle jeta le portable sur le siège avec colère tandis que l'inquiétude s'insinuait de plus en plus en elle.

Madison devait se trouver à deux pâtés de maison de chez sa sœur, quand elle entendit — ou plutôt sentit — une voix menaçante.

Qu'y a-t-il de pire que de craindre pour sa vie ? De craindre pour celle de son enfant ?

La voix résonna de façon si réelle, si claire, que Madison sursauta et rangea la voiture le long du trottoir, écrasant la pédale de frein avant de regarder autour d'elle.

Mais elle était seule. Absolument seule.

Le cœur battant à se rompre, elle repartit, sans se soucier des coups de klaxon que lui adressa le chauffeur d'un camion de livraison en colère. Elle aborda le dernier virage avant la maison de Kaila.

Ce fut alors qu'elle aperçut le minivan de sa sœur, devant elle, qui s'apprêtait à s'engager dans la rue menant à la voie express.

— Kaila ! hurla Madison, par la fenêtre ouverte de sa portière.

Mais c'était inutile. Et loin de ralentir, le van parut accélérer. En fait, Kaila conduisait comme une folle.

Madison se lança à sa poursuite. Elles eurent vite fait de quitter le quartier résidentiel et de rejoindre la voie express. Madison slalomait entre les voitures afin de ne pas se laisser semer. Jamais elle n'avait roulé aussi vite et aussi dangereusement. Comment Kaila pouvait-elle prendre autant de risques, avec les enfants dans le minivan ?

Puis, la voix résonna de nouveau, et elle comprit.

Qu'y a-t-il de pire que de craindre pour sa vie ? De craindre pour celle de son enfant ?

Elle avait déjà vécu cette scène dans un rêve. Et bien avant d'emprunter la bretelle menant vers l'ouest, elle sut qu'ils suivraient bientôt la piste de Tamiami, en direction des Everglades.

Dan Aubrey se trouvait devant chez lui, en train de se gratter le menton, quand Kyle freina à côté de lui dans un hurlement de pneus.

— Où sont les filles ? demanda-t-il.

— Aucune idée, répondit Dan. Madison devait venir, je crois ? J'ignore même où se trouve Kaila. Mince, alors ! Moi qui avais l'impression que tout allait bien. Et voilà qu'elle me fait de nouveau le coup de la disparition surprise ! Je suis rentré tôt en pensant qu'on pourrait vous voir un moment, ce soir. Va savoir ce qu'elle fabrique, maintenant.

Sans le quitter des yeux, Kyle composa le numéro de Jassy. Il tomba sur le répondeur. Avec un juron, il donna un coup de poing sur le volant.

— Hé ! Kyle, qu'est-ce qui t'arrive ? lui lança Dan. Tu veux une bière ? Je peux faire quelque chose ?

— Ouais. Grimpe dans la voiture.

— Pourquoi ? Que se passe-t-il ?

— Je sais qui est le meurtrier, répondit Kyle.

Kaila se demandait depuis combien de temps il se cachait à l'arrière du minivan.

Les enfants trouvaient la situation follement amusante. Dieu merci, ils étaient tous à l'arrière ! Car lui s'était glissé sur le siège du passager, à côté d'elle.

Son couteau était posé sur ses genoux. Un couteau à cran d'arrêt. Il ne cessait de jouer avec la lame, la sortant et la rentrant, encore et encore.

— Je ne trouve pas ça drôle, lui dit Kaila en adoptant une attitude bravache.

— Non, en effet. La vie est une chose très sérieuse.

— Pourquoi me fais-tu cela ?

— Je ne te fais rien du tout. Tu sais comme moi que tu as envie de coucher avec moi. Simplement, tu t'es dégonflée. Tu ne lui ressembles pas tant que ça, en fait...

— A qui ?

— Ta mère.

Une bouffée de panique pure prit Kaila à la gorge, et elle lui jeta un coup d'œil furtif. Il n'était plus aussi beau, soudain. Il y avait quelque chose d'étrange, dans ses yeux, les angles de son visage...

Elle s'humecta les lèvres et avala péniblement sa salive.

— Je suis désolée. Je n'aurais pas dû te laisser croire... J'ai commis une erreur. Mais je suis mariée, tu comprends.

— Ce n'est pas irréversible.

— J'ai des enfants.

— Je peux les aimer. Ou bien...

Il sourit, faisant glisser son doigt le long de la lame du couteau.

— ... je peux les éliminer. En fait, je vais te donner une chance de m'aimer comme tu as toujours affirmé en être capable. Leur vie en dépendra. Et maintenant, conduis. Plus vite. Il nous reste encore du chemin.

Kaila se mit à trembler.

Elle allait mourir. Elle avait été une mauvaise épouse, tout près de tromper un mari exemplaire, et voilà qu'elle s'apprêtait à être punie pour sa conduite. Elle avait si peur ! Elle ne voulait pas finir comme sa mère...

Non ! songea-t-elle avec détermination. Elle ne pouvait pas mourir. Ses enfants étaient dans la voiture. Pour eux, elle devait rester en vie. Quoi qu'il arrive, elle devait rester en vie jusqu'à ce qu'ils soient hors de danger.

Le minivan s'engagea sur un chemin à peine visible, et Madison ralentit. Le suivre encore relevait de la folie. Le mieux était de faire demi-tour et de trouver une station d'essence pour téléphoner.

Mais il y en avait très peu le long de la piste de Tamiami. Et si elle ne suivait pas le minivan, elle risquait de le perdre. Or, sa sœur, sa fille, ses neveux et nièce se trouvaient à l'intérieur.

Seigneur !

Elle se mit à trembler. Tout se passait exactement comme en ce jour terrible où sa mère avait été assassinée. Elle devait aller de l'avant ! Si elle avait couru dans le couloir, autrefois, alors qu'elle avait si peur pour sa mère, peut-être aurait-elle empêché le meurtrier de frapper. De même, si elle abandonnait la poursuite maintenant, elle prenait le risque de perdre sa fille. Ainsi que sa sœur, Shelley, Justin, Anthony...

Paralysée par la peur, elle manqua sortir de la piste. Loin devant elle, le minivan n'était plus qu'un point minuscule. Soudain, il s'arrêta.

Aussitôt, Madison écrasa la pédale de frein et la voiture dérapa, faisant un tête-à-queue. Heureusement, elle n'avait pas glissé dans la mare qui se trouvait sur la gauche. Quant à la Cherokee, elle était à présent invisible.

Ils s'étaient enfoncés profondément dans les marais, et Madison réalisa qu'ils avaient longé une vieille route désertée menant à des cabanes de chasse abandonnées. Elle laissa son véhicule et se mit à courir dans le sous-bois, afin de s'approcher assez pour voir ce qui se passait.

La route prenait fin là où le minivan s'était arrêté. Les marécages s'étendaient à perte de vue, avec quelques vieux canoës oubliés sous un arbre, sur la berge.

Alors que les occupants de la camionnette en sortaient, il fallut plusieurs secondes à Madison pour reconnaître l'homme qui était avec sa sœur. Elle étouffa un gémissement incrédule. Elle comprenait, maintenant, pourquoi elle n'avait pas réussi à voir le meurtrier. Elle ne voulait pas...

Anthony pleurait, et le tueur dit à Kaila de faire taire le bébé. Justin était sorti, aussi. Ainsi que Shelley. Mais Carrie Anne demeurait invisible.

Madison sentit une main glacée lui broyer le cœur. Il avait tué Carrie Anne...

Non, non, c'était impossible ! lui glissa aussitôt la voix de la raison. La petite n'était pas avec eux, tout simplement. Peggy avait dû passer la chercher à l'école. Si sa fille était morte, songea Madison, au désespoir, elle le saurait !

— S'il te plaît ! fit Kaila d'une voix implorante. Je m'occupe des enfants. Je ferai tout ce que tu voudras, mais laisse-moi m'occuper des enfants.

— Ils ont besoin de discipline !

— Je m'en charge.

— Grimpe dans le canoë.

Madison manqua sortir de sa cachette, derrière les arbres. Mais elle se ravisa quand elle s'aperçut qu'il tenait un couteau à cran d'arrêt.

Et la main d'Anthony.

— Attends ! gémit Kaila. Je t'en prie...

— Kaila, ne m'oblige pas à te prouver de quoi je suis capable ! menaça le tueur.

Ils montèrent à bord d'une des fragiles embarcations. Puis, le canoë fendit l'étroite bande d'eau, avant de déposer ses passagers sur la terre ferme, de l'autre côté.

Madison inspira profondément.

« Va chercher de l'aide ! » lui soufflait son instinct de survie.

Mais elle ne pouvait pas faire demi-tour et abandonner ainsi sa sœur, sa nièce et ses neveux. Aussi, lorsque les silhouettes disparurent dans les feuillages, sur l'autre rive, se précipita-t-elle vers les canoës.

Il y avait des serpents, dans cette eau. Et Dieu savait quoi d'autre ! Des alligators, très certainement. Des araignées. Et lequel de ces bateaux était fiable ?

Fébrile, tremblant de tous ses membres, Madison en choisit un et le poussa, avant de grimper dedans et de s'éloigner à son tour. Elle glissait lentement sur l'eau. Il y avait assez peu de fond et les laîches poussaient partout, épaisses, rendant toute manœuvre difficile.

Les yeux fixés droit devant elle, Madison essayait de ne pas penser à la faune qui vivait dans ces eaux troubles. Elle ne songeait qu'à une chose : un homme qu'elle avait aimé comme un membre de sa famille, toute sa vie, était un serial killer. Un meurtrier brutal qui avait séduit Kaila, comme il avait séduit toutes ses autres victimes. Et il la tenait à présent à sa merci.

Elle atteignit enfin l'autre rive et descendit du canoë, toujours tremblante. Il était temps ! L'embarcation prenait déjà l'eau.

Sans attendre, elle s'élança dans les sous-bois. Elle

pensa à Kyle, qui craignait tant pour sa vie et n'avait cessé de la mettre en garde. Alors qu'elle était censée avoir le don de double vue, il avait senti qu'elle courait un danger.

Si seulement elle l'avait écouté !

Si seulement elle pouvait l'attirer jusqu'à elle...

Mais Kyle n'était pas là. Elle était seule. Et elle devait trouver le moyen de sortir de cette situation cauchemardesque.

Elle avançait, courbée, penchée en avant, à travers le sous-bois ; sans trop savoir comment, elle parvint à ne pas hurler, quand elle marcha dans une énorme toile d'araignée.

Soudain, elle s'avisa qu'elle était déjà venue. Des années plus tôt. Quand elle était enfant. Oui, c'était bien la cabane de Roger Montgomery, qu'elle croyait abandonnée depuis longtemps.

Hélas ! il semblait qu'une personne, au moins, continuât de s'en servir.

« Oh ! Kyle, où es-tu ? pensa Madison, au désespoir. J'ai si peur. Je suis si désolée de ne pas t'avoir pris davantage au sérieux. Kyle ! Kyle ! Je t'en prie... »

Kyle poussa un juron de frustration et donna un nouveau coup de poing sur le volant, avant de jeter son cellulaire sur la banquette arrière. Apparemment, le téléphone de Madison était hors d'usage.

Dan le regardait comme s'il avait perdu l'esprit.

— Bon sang, Kyle, que se passe-t-il ? Et où va-t-on ?

Kyle avait envoyé des flics partout en ville, chez Jassy, à la morgue, chez Jimmy, son père, Trent, Rafe, et il avait donné le signalement des voitures des uns et des autres aux hélicoptères qui survolaient les routes entre Miami et Key West. Les hommes lui obéissaient sans vraiment comprendre son agitation. Après tout, sa femme et sa belle-sœur n'avaient disparu que depuis deux heures. La belle affaire ! Les femmes s'échappaient souvent de la sorte pour aller faire du shopping. Il n'y avait pas là de quoi remuer ciel et terre.

Sauf que Madison ne faisait pas des courses. Elle était quelque part, en danger.

— Kyle, où va-t-on ? répéta Dan, de plus en plus inquiet.

— Je ne sais pas.

Kyle avait presque l'impression d'entendre la voix de Madison, qui l'appelait au secours. Etait-elle blessée ? Avait-elle peur ? Seigneur ! Etait-elle... morte ?

Non ! Mais elle avait besoin de lui. Il le sentait. Elle était à proximité. Il devait la trouver.

Mais où ?

Il n'en avait aucune idée. Tout ce qu'il savait, c'était qu'il cherchait sa femme, la femme qu'il aimait pratiquement depuis toujours. Un lien indestructible les unissait, un lien que rien, ni son amour pour Fallon, ni leurs mariages, ni le destin, n'avait pu briser.

Et maintenant qu'ils s'étaient retrouvés, maintenant qu'il l'avait tenue dans ses bras, qu'il avait ri avec elle, qu'il lui avait fait l'amour et écouté ses cauchemars...

— Tu vas m'expliquer, à la fin ? s'écria Dan avec colère. Que sais-tu ? Qui est le meurtrier ? L'homme avec qui couchait Kaila ?

— Kaila n'a jamais couché avec un autre homme que toi, répondit Kyle. Sinon, elle serait morte. Et je sais où elles sont ! s'exclama-t-il.

Il venait brusquement de se rappeler les mots de Madison, la nuit précédente, alors qu'il la tenait dans ses bras.

« Je roulais vers l'ouest, sur la piste de Tamiami. Vers les cabanes de chasse... C'était moi, et ce n'était pas moi... »

Madison était avec Kaila ; ou bien elle la suivait, bien déterminée à ne pas la laisser mourir. Elle luttait afin que l'histoire ne se répète pas, afin que sa sœur ne soit pas elle aussi assassinée.

19.

Penchée vers l'avant, Madison s'approcha de la vieille cabane branlante. Des insectes bourdonnaient autour d'elle, et elle devait faire attention de ne pas glisser.

Soudain, elle fut bombardée par une série d'images mentales qui lui coupèrent le souffle. Elle vit les éclairs d'une lame de couteau fendant l'air, au milieu des flammes. Une mare de sang sur un plancher.

Elle sut, alors, que le meurtrier n'avait pas tué toutes ses victimes ici. Mais chaque fois, il venait là pour disposer de leurs corps.

Kyle lui suggérait toujours de respirer par la bouche, après ses visions ou ses cauchemars. Elle suivit son conseil, luttant contre la vague de nausée qui lui soulevait l'estomac. Finalement, au bout de quelques instants, elle recouvra le contrôle d'elle-même et s'approcha d'une des fenêtres, avant de risquer un coup d'œil à l'intérieur.

Il y avait une mezzanine, dans la cabane. Kaila avait réussi à convaincre les enfants qu'ils allaient vivre une grande aventure avec leur oncle Rafe ; mais d'abord, avant de s'amuser, ils devaient se reposer et faire une sieste.

Elle avait l'esprit engourdi, à force de réfléchir. Si seulement Jassy ou Madison étaient là, si seulement elle pouvait leur parler ! Comment diable devait-on se comporter avec un fou furieux ? Que devait-elle faire pour rester en vie et sauver ses enfants ?

Dire qu'il n'avait qu'un couteau pour arme ! Si elle s'était trouvée seule avec lui, elle aurait pu s'enfuir en courant. Mais avec les trois petits, c'était impossible.

Elle ne pouvait que jouer le jeu de leur agresseur, et prier.

Prier pour quoi, au juste ? Un miracle ? Qui viendrait les chercher, au milieu de ces marécages, avant que ce malade ne les découpe en morceaux, elle et les gosses ?

Comme elle descendait de la mezzanine, elle le trouva assis dans un fauteuil, face à la cheminée.

Rafe.

Il avait repris figure humaine. Ses longues jambes étaient étendues devant lui, et un sourire éclairait son beau visage.

— Ils dorment ? demanda-t-il.

— Oui.

— Viens ici.

— Rafe, je t'en prie...

— Viens ici, Kaila ! Tout de suite !

Inspirant profondément, elle marcha vers lui. Il la regardait fixement, l'air très calme.

— Ne fais pas de bêtises avec moi, Kaila, lui dit-il. Et ne joue surtout pas les allumeuses. Je ne veux pas te faire de mal, pas plus que je ne tiens à faire de mal aux enfants. Tout va dépendre de toi. Nous avons une chance, tous les deux. Il suffit que tu m'aimes. Maintenant, approche.

Kaila songea qu'elle allait craquer. Elle allait se mettre à pleurer et à hurler. Comment avait-elle pu, un jour, le trouver tendre, sexy et attirant ?

— Tu es à peu près comme elle, reprit-il.

— Comme qui ?

— Lainie. Ta mère. C'était la plus grande allumeuse de tous les temps. Parfois, quand je te regarde, je crois la voir. D'autres fois, c'est Madison que je me surprends presque à appeler Lainie. Quelle ironie, n'est-ce pas ?

— Je ne suis pas ma mère.

— Non, mais on pourrait s'y tromper. Alors, à quoi es-tu prête pour rester en vie ? ajouta Rafe d'une voix rauque.

— N'importe quoi, répondit Kaila dans un chuchotement, le cœur au bord des lèvres.

— Très bien. Maintenant, à toi de me convaincre que je peux te laisser vivre.

Derrière la vitre cassée, Madison regarda sa sœur ôter son T-shirt et s'agenouiller devant Rafe, assis dans un fauteuil. Le couteau à cran d'arrêt était posé sur le bord en pierre de la cheminée.

Si seulement elle pouvait faire diversion, attraper les enfants et Kaila, et les sortir de là ! Ils prendraient le premier canoë et couleraient celui avec lequel elle était venue.

Mais comment attirer Rafe hors de la cabane ?

Elle vit des larmes couler sur les joues de Kaila tandis que Rafe lui caressait les seins. Sa sœur pensait-elle au sang qui tachait ces mains ? Accroupie, Madison enfonça ses ongles dans la terre. Puis, baissant les yeux, elle s'aperçut qu'elle avait ramassé une grosse pierre.

Aussitôt, elle se leva et courut jusqu'à l'entrée de la cabane. Là, de toutes ses forces, elle jeta le caillou contre la porte, avant de retourner très vite près de la fenêtre.

Rafe s'était levé. Kaila, elle, demeurait agenouillée sur le sol, toute tremblante.

Madison attendit que Rafe sorte et se précipite vers le bord de l'eau, pour se glisser à l'intérieur, par la fenêtre.

Son premier réflexe fut de chercher le couteau. Mais il avait disparu. Rafe avait dû le prendre.

— Kaila, chuchota-t-elle.

Celle-ci ne leva même pas la tête. Elle était recroquevillée sur elle-même, les bras croisés sur ses seins.

— Kaila !

Enfin, sa sœur la vit. Elle écarquilla les yeux et ses lèvres se mirent à trembler.

— Madison, il faut que tu te caches ! balbutia-t-elle. Sors d'ici, ou il va te tuer. Je crois que c'est lui le meurtrier. Je suis sûre qu'il a tué maman.

L'attrapant par les épaules, Madison la força à se lever et lui fourra son T-shirt entre les mains.

— Remets ça. Vite ! Où est Carrie Anne ?

— Avec Darryl. Il est allé la chercher à l'école. Mes bébés sont sur la mezzanine. Il va les tuer, Madison ! Il vaut mieux que je fasse ce qu'il veut...

— C'est un malade. Il nous tuera de toutes façons. Alors, reprends ton sang-froid et aide-moi. Il faut récupérer les enfants et les faire sortir d'ici. Allez, vite !

Elle entraîna Kaila sur l'échelle menant à la mezzanine. Justin ne dormait pas. Il était assis, les yeux écarquillés de peur. Madison lui fit signe de se taire et il hocha la tête, comprenant d'instinct.

Elle prit alors Shelley dans ses bras tandis que Kaila soulevait Anthony. Elles atteignaient le bas des marches, quand elles entendirent Rafe qui revenait.

— Vite, à la fenêtre ! ordonna Madison.

Elle prit Anthony des bras de sa sœur, pendant que celle-ci se glissait au-dehors. Justin la suivit, et Madison lui passa Shelley, puis le bébé.

Au même instant, la porte s'ouvrit.

— File ! chuchota Madison. Prends le canoë avec lequel vous êtes venus et va-t'en d'ici. Va chercher de l'aide.

— Mais je ne peux pas partir sans toi ! gémit Kaila, le visage baigné de larmes.

— File ! répéta Madison.

Rafe entra et ferma la porte derrière lui.

Il pouvait la voir, bien sûr. Mais elle comptait sur le déclin de la lumière, avec la tombée de la nuit. Dans l'ombre, il ne s'apercevrait peut-être pas du subterfuge. Après tout, elle ressemblait beaucoup à sa sœur.

Madison prit une profonde inspiration et se détourna de la fenêtre.

20.

Madison regarda Rafe, fixement, puis elle grimpa l'échelle qui permettait d'accéder à la mezzanine.

— Kaila ?

— Je vérifie que les enfants vont bien, lui lança-t-elle.

— Dépêche-toi !

Une fois là-haut, elle réfléchit intensément. De combien de temps disposait-elle ? Quelques secondes ? Elle devait donner de l'avance à Kaila.

Elle ferma les yeux, priant avec ferveur. Pourvu que les clés du minivan soient encore sur le contact, ou que Kaila les ait gardées. Sinon, avait-elle laissé les siennes dans la Cherokee ?

— Kaila, tu descends ? fit la voix de Rafe, qui s'était approché de la cheminée.

Elle avait besoin de temps. Il ne devait surtout pas découvrir qu'elle avait pris la place de sa sœur, et que celle-ci s'était enfuie avec les enfants.

— Kaila ! cria de nouveau Rafe. Si tu ne descends pas, je vais monter te chercher !

Madison tressaillit en se rappelant la tendresse avec laquelle il lui avait tenu la main, après l'agression de Harry Nore.

Rafe.

Rafe, qui avait souri, joué et plaisanté avec eux, durant toutes ces années. Comment se pouvait-il qu'ils n'aient rien vu, rien soupçonné ?

— Kaila !

Elle prit une profonde inspiration.

— Nous allons jouer un peu, Rafe ! lui lança-t-elle gaiement en dévalant les degrés de l'échelle.

Alors qu'il se tournait, elle l'avait déjà dépassé. Elle courut vers la porte, l'ouvrit à la volée et s'élança au-dehors, avant de s'enfoncer dans les bois.

— Où est ce foutu chemin ? marmonna Kyle.

Dan, le visage cireux, posa le téléphone cellulaire à côté de lui.

— Jimmy et les flics sont en route. Personne n'a vu Madison ou Kaila. Carrie Anne est avec son père.

— Dieu merci ! fit Kyle.

Dan ne répondit rien, et Kyle tressaillit en se rappelant que ses trois enfants se trouvaient avec leur mère.

— C'est impossible, murmura Dan. Ça ne peut pas être ton frère !

— Crois-moi, j'aimerais que ce soit impossible !

— C'était encore un gosse, quand Lainie a été tuée, non ?

— Vingt et un ans. C'est plus vieux que beaucoup d'assassins.

— Mais pourquoi ?

— Je n'en sais rien, Dan.

Soudain, Kyle fit faire un tête-à-queue à sa voiture.

— Qu'est-ce que tu fabriques ?

— J'ai failli le manquer.

Il avait retrouvé le chemin. Encombré par les broussailles. Presque invisible. Mais c'était bien lui.

Il s'engagea sur le sentier et continua de rouler à tombeau ouvert, soulevant des gerbes de cailloux et de graviers. Il allait si vite qu'il emboutit presque la Cherokee de Madison. Il freina brutalement, dans un long dérapage. Presque aussitôt, ils virent Kaila qui courait vers eux. Elle tenait Anthony pressé contre sa poitrine, et Justin et Shelley la suivaient.

Dan jaillit de la voiture et reçut sa femme dans ses bras. Elle éclata en sanglots hystériques.

— Mon Dieu ! Mon Dieu !

— Kaila, Kaila, chuchota Dan en les serrant, elle et son fils, à les étouffer.

Elle parvint à se calmer assez pour se dégager et dire :

— Kyle, il retient Madison. Il croit que c'est moi. A moins qu'il ne nous prenne toutes les deux pour Lainie... Il est fou ! Et elle est seule, là-bas, avec lui !

Kyle n'avait pas besoin d'en entendre davantage. Il se mit à courir à perdre haleine.

Au début, Madison n'eut pas de mal à maintenir une certaine distance. Mais elle voulait s'assurer que Rafe ne remarquait pas la disparition du deuxième canoë, et cela l'obligeait à rester d'un seul côté de la cabane.

— Kaila !

Le souffle court, elle s'efforça de rire.

— Attrape-moi !

— Assez joué, Kaila ! Je suis fatigué, et les gosses ne vont pas tarder à se réveiller. Reviens.

— Attrape-moi, répéta Madison en veillant à laisser un rideau d'arbres entre eux.

Le terrain, autour de la cabane, était envahi par la végétation, et elle courait parmi des pins chargés de lianes et d'orchidées sauvages. Partout, le sol était jonché de troncs, de branchages. Il faisait de plus en plus sombre.

Soudain, Madison s'avisa qu'elle n'entendait plus Rafe courir derrière elle.

Elle se figea et scruta les environs. Elle osait à peine respirer. Puis, elle tourna la tête et s'aperçut que Rafe l'avait contournée.

Il jouait son jeu et s'apprêtait à l'attraper.

Poussant un cri, elle se remit à courir.

Elle était encore loin devant lui lorsqu'elle trébucha sur une souche morte. Elle s'étala de tout son long, et sa tête heurta un tronc d'arbre sec et dur comme la pierre.

L'instant d'après, Rafe était sur elle, riant aux éclats.

Groggy, elle fut incapable de lutter.

— Comment se fait-il que ce truc soit différent de ce que tu portais tout à l'heure ? marmonna Rafe en tirant sur son T-shirt.

Il écarta les cheveux du visage de Madison, et elle croisa son regard d'argent. Les yeux d'un tueur.

— Toi ! fit-il en comprenant soudain.

Madison cligna des yeux et s'efforça de réfléchir. Elle ne devait pas perdre son sang-froid.

— Où est Kaila ? lui demanda Rafe d'un ton furieux.

— Pourquoi ? Ce n'est pas plutôt moi, que tu veux ?

— Où est Kaila ?

— Je ressemble beaucoup plus à ma mère...

Rafe s'assit sur ses talons et la considéra fixement.

— Ouais, c'est vrai.

Il la gifla brusquement et avec une telle force qu'elle en resta un instant aveuglée.

— Salope ! hurla-t-il. Où est Kaila ?

— Partie. Tu ne l'auras jamais.

Un moment, Rafe garda le silence. Puis, il partit d'un grand éclat de rire.

— Très bien. Dans ce cas, c'est toi que j'aurai. Tu as raison : tu ressembles beaucoup plus à ta mère. Tu sais que j'ai toujours eu peur que tu me voies, dans tes espèces de rêves ? Mais tu ne voulais pas vraiment. Je suis ton demi-frère, pas vrai ? Ou plutôt non. Je suis le frère de Kyle. Enfin ! tu as toujours cru ça, comme tout le monde. C'est là que réside toute l'ironie de l'histoire...

— Pourquoi ? chuchota Madison.

Il sourit et se pencha vers elle, lui caressant les cheveux.

— Parce que ce n'est pas vrai. Et c'est justement ce secret, que Lainie détenait contre moi.

— Je ne comprends pas.

— Lainie ne pouvait pas s'empêcher de remuer la boue. Tu n'as jamais su où ma mère se trouvait, pas vrai ? Roger l'avait quittée parce qu'elle était un peu cinglée. C'était une vraie beauté, aussi. Il a toujours aimé les belles femmes. Mais elle couchait à droite et à gauche. En revanche, elle ne supportait pas que Roger lui soit infidèle. Elle avait essayé de l'empoisonner, une fois, parce qu'elle le soupçonnait de voir une autre femme. Et puis, ils ont divorcé... Quoi qu'il en soit, ma mère a fini dans un asile de fous. Et, bien sûr, Lainie est allée la voir. Je ne sais pas ce qu'elles se sont raconté ; en tout cas, ma mère lui a dit que je n'étais pas le fils de Roger. Tu connais Lainie... A partir de ce jour, elle n'a pas arrêté de m'agacer, de me menacer. Jusqu'à cette nuit, où j'ai paniqué. Elle était la première. C'était facile. Et maintenant... Bon, je me connais. Je ne suis pas le dernier des imbéciles. Je ne crois pas à ces conneries du genre « toutes les rousses doivent payer », etc. Mais bon, parfois, c'est comme une démangeaison et je ressens le besoin de me gratter... Et puis, c'est tellement mieux quand la femme pleure, qu'elle implore pour qu'on lui laisse la vie sauve...

Il s'interrompit et fit la grimace, avant de conclure en haussant les épaules :

— Et qu'elle saigne, aussi.

— Rafe, je ne t'ai jamais rien fait !

— Tu as épousé ce bon vieux Kyle. Le fils prodigue, parfait. C'est suffisant.

— Il est sur ta piste, tu sais.

— Ah oui ? Ça m'étonnerait. Vous avez tous été tellement idiots et aveugles !

Il tira son couteau de sa poche et fit jaillir la lame.

— J'ai égorgé Lainie avec un couteau de boucher. Quand je suis sorti, ce bon vieux Harry Nore se tenait là, au milieu de la rue, en train de mendier. J'ai jeté l'arme dans son chapeau. J'ai été bien inspiré, hein ?

Il posa la lame brillante contre la joue de Madison, puis la fit glisser le long de son visage, puis de son cou, avant de suivre le contour d'un sein. Pas une goutte de sang ne coula. Madison le regardait fixement.

— Tu es vraiment très belle, murmura-t-il.

— Rafe, je t'en prie, ne me tue pas ! chuchota-t-elle.

— On croirait entendre ta salope de mère !

— Rafe...

Il se leva brusquement. Puis, lui prenant la main, il l'obligea à se redresser.

— Très bien. Je vais te donner la même chance qu'à Kaila. Vas-y. Convaincs-moi de te laisser la vie sauve.

Les yeux toujours rivés aux siens, Madison sentit

une vague de panique la submerger tandis qu'il l'attirait de nouveau contre lui.

— Allons, Madison, trompe le grand Kyle, lui chuchota-t-il à l'oreille. Fais-moi l'amour. Est-ce que cela ne vaut pas la peine, pour continuer à vivre ? Tu sens cette lame contre ta gorge ?

Il suffisait qu'il bouge un peu, que ses doigts pivotent presque imperceptiblement, et le couteau trancherait la chair. Madison ferma les yeux.

Elle pensa à Kyle, cria en silence son prénom. Alors, elle crut entendre une voix et rouvrit les yeux.

Kyle ne l'avait pas appelée, ou du moins, pas avec des mots. Mais à sa grande stupéfaction, Madison le vit à quelques mètres devant elle, immobile, accroupi dans les buissons. Comme elle croisait son regard, il porta un doigt à ses lèvres.

— Rafe ! chuchota-t-elle.

Le couteau s'écarta légèrement de sa peau.

— Je ferai tout ce que tu voudras, ajouta-t-elle.

— Tu veux gagner du temps, c'est ça ? Tu es pitoyable.

— Je veux vivre, voilà tout. Laisse-moi ôter mon jean. Laisse-moi te montrer comment je peux te faire l'amour.

— Si tu t'échappes encore, je t'enfonce cette lame dans le cœur à l'instant même où je te rattraperai.

— Je ne vais pas m'échapper, promit Madison.

Rafe la relâcha, et elle recula de plusieurs pas, sans le quitter des yeux et tout en déboutonnant son jean.

— On ne bouge plus ! ordonna Kyle en émergeant alors des buissons, son Magnum pointé vers Rafe.

L'espace d'une fraction de seconde, ce dernier se figea, et Madison en profita pour courir vers Kyle. Aussitôt, celui-ci passa un bras autour des épaules de Madison, sans cesser de viser son frère.

— Madison, murmura-t-il en la regardant.

Ce ne fut qu'un coup d'œil, un bref moment de distraction qui suffit à Rafe pour lancer son couteau. La lame siffla dans l'air, avant d'aller se planter dans le biceps droit de Kyle, qui lâcha aussitôt son arme.

Rafe se rua alors sur lui et lui arracha Madison des bras. Avec un rugissement, Kyle se jeta sur son frère. Ils tombèrent tous les trois au sol, et Madison se retrouva écrasée par les deux hommes, jusqu'à ce qu'ils roulent sur le côté, glissant peu à peu vers le marais.

Madison réussit à s'agenouiller, et elle chercha à tâtons l'arme de Kyle. Elle apercevait les deux silhouettes qui luttaient désespérément, au bord de l'eau. Et elle ne trouvait pas le Magnum. Soudain, elle entendit un craquement.

Elle leva les yeux et vit l'un des deux hommes se redresser. Dans la pénombre, il lui était impossible de distinguer de qui il s'agissait. Alors, elle se leva aussi, lentement, le cœur battant à se rompre, respirant difficilement.

Le hurlement des sirènes déchira le silence. La police venait d'arriver.

Et l'homme marchait vers elle. C'était Kyle ! comprit soudain Madison, avec un tel soulagement qu'elle sentit ses jambes se dérober. Il était couvert de boue et son bras saignait abondamment. Mais il semblait à peine s'en soucier.

— Oh, Kyle ! s'écria-t-elle en se jetant contre lui. Kyle, Kyle, viens, allons-nous-en ! La police est là, mais je n'arrive pas à retrouver ton revolver. Si Rafe se relève...

— Nous n'avons pas besoin du Magnum, déclara Kyle.

— Mais...

— Madison, il ne se relèvera plus jamais. Je lui ai brisé la nuque. Mais tu as raison : allons-nous-en d'ici.

Il ôta sa veste et la posa sur les épaules de Madison. Il y avait tant de souffrance, dans son regard, qu'elle en tressaillit.

— Oh ! Kyle...

— Viens, quittons ce cauchemar, murmura-t-il en lui déposant un baiser sur le front.

— Comment m'as-tu trouvée ? ne put s'empêcher de demander Madison.

— Coup de poker. J'ai suivi tes rêves. Ma femme est une sorcière.

— Kyle...

— Et c'est ainsi que je l'aime.

Épilogue

Madison gara sa voiture devant l'entrée du club de plongée, avant d'emprunter la passerelle de bois menant à la petite marina dans laquelle étaient amarrés plusieurs bateaux à moteur, ainsi qu'un yacht privé. Elle l'avait baptisé *Les Lendemains Qui Chantent*, en souvenir des quelques heures durant lesquelles elle avait cru sa fin proche.

Madison savait que Rafe avait pris le risque de se confesser à elle parce qu'il comptait la tuer aussitôt après. Il semblait qu'un déclic fatal s'était produit dans son esprit, alors qu'il était très jeune, générant une véritable obsession pour Lainie, qui avait conduit à sa mort et à celle des femmes qui avaient eu le malheur de lui ressembler.

Roger Montgomery avait souffert de la disparition de l'homme qu'il avait toujours cru être son fils. Il avait même endossé la culpabilité de ce qui était arrivé aux victimes de Rafe, à commencer par Lainie.

De son côté, Kyle avait passé des jours à se demander ce qu'il aurait pu faire pour changer le cours de la folie de son frère. Peu lui importait que Rafe ne soit lié à aucun d'eux par le sang. Roger l'avait élevé et Kyle l'avait toujours considéré comme son frère aîné. Et même s'ils avaient tous été aveugles, il ne se pardonnerait sans doute jamais de n'avoir pas compris plus tôt ce qui se tramait.

Bien entendu, tous les journaux du pays s'étaient emparés de l'affaire et en avaient fait leurs choux gras, pendant plusieurs semaines. Pas un magazine, pas un tabloïde, qui ne ressassât tous les détails de la vie de Rafe et de sa famille. Ce grand déballage était douloureux, mais Madison avait un autre souci, bien plus grave : Kyle.

Ce dernier lui avait offert d'annuler leur mariage, déclarant qu'elle n'avait aucune raison de partager la vie du frère d'un meurtrier — le meurtrier de sa mère, de surcroît. Madison lui avait fait remarquer que Rafe avait été plus proche d'elle que de lui, durant toutes ces dernières années. Et elle l'avait averti qu'elle ne le laisserait pas s'échapper à si bon compte.

Kyle ne l'avait donc pas quittée. Toutefois, il ne la touchait plus et passait des nuits entières debout, sans dormir, à regarder fixement dans le noir. Finalement, un jour, il lui avait annoncé sa décision de quitter le FBI.

Madison n'avait pas été étonnée, mais elle avait exigé de lui qu'ils retournent sur l'île, au large de la Martinique. Elle avait loué le même bungalow que lors de leur nuit de noces ; et cette fois, c'était elle qui l'avait entraîné dans la petite église. Une fois à l'intérieur, elle l'avait pris par les épaules et l'avait secoué violemment, jusqu'à ce qu'elle voie s'allumer une lueur de colère dans ses yeux. Alors, elle avait souri, avant de déclarer :

— Je suis contente de constater que tu es encore vivant.

Elle s'était agenouillée devant lui.

— Je t'aime, Kyle. Je t'aime depuis toujours. Je t'en prie, ne laisse pas notre mariage mourir ainsi. Il y a eu assez de tragédie dans nos vies. J'ai besoin de toi.

— Tu avais besoin de moi, en effet, et je n'ai pas su te protéger. Je n'ai pas su sauver Lainie, non plus.

— Lainie a trop joué avec le feu. Et elle a fini par se brûler. Tu n'as rien à te reprocher. Je t'en prie, Kyle, pense à nous. Je t'aime...

C'était là, dans cette église, qu'elle avait fini par percer la carapace de son mari.

— Tu sais pourquoi je t'ai épousée, n'est-ce pas ? lui avait-il demandé en la prenant soudain dans ses bras.

— Pour me protéger.

Il avait secoué la tête.

— Non. Parce que je t'aime depuis toujours, moi aussi. Et j'avais peur. Je t'aime, Madison !

Cette nuit-là, pour la première fois depuis le cauchemar des Everglades, ils avaient fait l'amour. Encore et encore. Et ils avaient parlé. Kyle avait confié à Madison qu'il désirait vraiment changer de vie. Il aimait les Keys, et il voulait ouvrir un club de plongée.

— Cela ne signifie pas que je n'accepterai pas de temps en temps quelques missions. Je pourrais offrir mes services en tant que consultant.

A côté de ces projets, ils avaient mis un point final à une vieille discorde.

— Tu sais, avait murmuré Kyle, en ce qui concerne tes dons...

— Mes dons ? Kyle, je t'ai entendu m'appeler, alors que j'avais les yeux fermés.

Il lui avait souri.

— Moi, je t'ai entendue. Dans mon cœur.

A partir de cette nuit-là, ils avaient commencé de guérir.

Envers et contre tous, Roger et Jordan étaient demeurés amis, se soutenant mutuellement afin de mieux affronter la curiosité des médias.

Jassy avait épousé Jimmy. Ils avaient ainsi pu continuer, tout leur soûl, à parler d'enquêtes de police et d'anatomie.

Kaila et Dan avaient renouvelé leurs vœux de mariage, et la jeune femme avait commencé de poser à temps partiel pour des photographes.

Darryl avait épousé Lindy.

Les droits pour le cinéma du livre de Trent s'étaient vendus plus d'un million de dollars, et tout le monde s'attendait à ce que le roman devienne un best-seller.

Madison, elle, continuait à faire le mannequin et à chanter. Quant à Kyle, il avait engagé plusieurs instructeurs de plongée ; il lui arrivait de sortir en mer, avec ses clients, mais uniquement quand il en ressentait le désir. Le reste du temps, il s'occupait de sa femme et de sa belle-fille, du club, de leur bateau, ou bien il paressait au soleil.

Cinq mois avaient passé.

Comme elle s'approchait de la marina, Madison aperçut Kyle, assis sur le pont du yacht, en train de lire le journal. Il était torse nu et ne portait qu'un short en jean.

Madison sourit et il lui sembla que son cœur se gonflait de bonheur. Il était si beau ! Plus que jamais, elle l'adorait.

Soudain, il leva les yeux, avant de se lever d'un bond pour l'aider à monter à bord.

Elle était enceinte de cinq mois, mais son ventre était déjà bien rond.

— Alors ? demanda-t-il avec impatience.

— Carrie Anne va rester trois jours avec Darryl et Lindy. Ils l'emmènent à Disney World.

— Super ! Elle devrait bien s'amuser. Et... ?

Esquissant un sourire malicieux, Madison ne dit rien.

— Allons, ne me torture pas ! insista Kyle. J'aurais dû exiger que tu décommandes ton rendez-vous, quand j'ai appris que je devais assister à cette réunion du Bureau du Tourisme.

— Peut-être.

— Madison, c'est un garçon ou une fille ? s'exclama-t-il.

— Un garçon.

— Ouah !

— Et une fille.

— Madison ! protesta Kyle d'un ton menaçant.

Mais Madison l'ignora et l'embrassa sur les lèvres.

— Les deux, mon chéri. Ce sont des jumeaux.

Kyle se rassit brusquement sur sa chaise.

Puis, il attira Madison sur ses genoux et l'embrassa à son tour, avec tendresse.

— Peux-tu lire dans mes pensées, à cet instant ? chuchota-t-il.

Elle secoua la tête.

— Tant mieux. Parce que, sinon, tu attraperais sûrement la grosse tête !

Madison éclata de rire.

— Comment cela ?

— Parce que j'étais en train de penser à quel point je t'aime. Et je me disais aussi que tu es la femme enceinte la plus extraordinaire du monde.

— Et toi ? interrogea Madison. Tu peux lire dans mes pensées ?

— Non. Pourquoi ? Tu te dis que tu m'adores et que je suis le mari de la femme enceinte la plus extraordinaire du monde ?

Affectant un air grave, Madison secoua la tête.

— Non. Je me disais que c'était une bonne chose que tu m'aies épousée, parce que j'ai dû tomber enceinte la première fois que nous avons fait l'amour.

Il éclata de rire et la souleva dans ses bras.

— Néanmoins..., ajouta Madison.

— Oui ?

— Tu es extraordinaire, lui dit-elle.

Kyle eut un grand sourire et il l'emporta vers leur cabine.

UN ÉTÉ MORTEL

LAURA VAN WORMER

Sous le soleil de l'été, East Hampton ne pense qu'à la fête. Trompeuses apparences...

East Hampton. Un univers flamboyant, peuplé de gens riches et beaux, qui viennent passer l'été "entre eux". Mary Liz Scott, conseiller financier de grande envergure, se mêle au gratin afin de procéder à l'inventaire des biens de feu Alfred Hoffman, une fortune de cent millions de dollars. La mission est secrète, mais à East Hampton, le secret n'est pas de mise, et bientôt les rumeurs les plus folles se mettent à courir, accompagnées de terribles soupçons : manipulations, trafic d'influence, malversations, trahisons. Nul n'est épargné, pas même Mary Liz. Un homme, cependant, semble plus maléfique que les autres, un homme que tout le microcosme craint et déteste pour des raisons mystérieuses. Qui est-il ? Pourquoi les amis d'Alfred Hoffman le redoutent-ils à ce point ? Mary Liz cherche obstinément des réponses dans les documents qu'a laissés Hoffman, quand un meurtre est commis. Le jet-set devient plus que jamais un panier de crabes, dont personne – surtout pas Mary Liz, ni le mystérieux Sky dont la couverture de professeur de golf ne trompe pas grand-monde – n'est sûr de sortir vivant...

BEST-SELLERS N°82

A PARAÎTRE LE 1er SEPTEMBRE

La femme blessée

JoAnn Ross

Il avait suffi d'une apparition en couverture d'un célèbre magazine de mode pour que Jade, inconnue jusque-là, devienne la star des podiums. Photographes et couturiers se l'arrachaient désormais, séduits par son rayonnement, captivés par son mystère. Un mystère qu'elle cultivait en se retranchant derrière une image et un nom d'emprunt. L'énigme de sa personnalité fascinait : on s'interrogeait sur sa discrétion, on s'étonnait de son acharnement au travail. Or personne n'avait réussi à percer ses secrets. Pas même Sam Southerland, l'homme d'affaires amoureux d'elle, qui devinait pourtant sous son ambition démesurée une blessure profonde, une volonté de revanche. Mais revanche sur quoi ? Ou sur qui ? Un jour, peut-être accepterait-elle de lui dévoiler son passé, de parler de ses démons. Entre-temps, il mettrait tout en oeuvre pour la protéger, car son expression tourmentée quand on évoquait l'enfant qu'elle avait eue d'un autre lui laissait supposer que ces fantômes existaient bel et bien... et qu'ils détenaient un pouvoir redoutable : celui de la séparer de lui. Voire de la détruire.

BEST-SELLERS N°83
A PARAÎTRE LE 1er SEPTEMBRE

Faux-fuyants

CATHERINE LANIGAN

Il suffirait d'un rien...

Depuis l'enfance, un rêve hante les nuits de Susannah Parker. Elle y rencontre, au bord d'une plage, un homme surgi des flots, personnage envoûtant au visage noyé dans l'ombre. Cet inconnu, elle le sait, est l'homme de sa vie. Un homme qui, dans le monde d'artifices et de faux-semblants où la propulse son métier de comédienne, continue d'entretenir en elle l'espoir d'un amour authentique. Hélas, il semble devoir rester prisonnier de ses rêves...

Des rêves, Michael West en a aussi. Rêves de réussite, de fortune, d'ascension sociale, qu'il a réalisés pour prouver à ses parents qu'ils ne se sont pas sacrifiés en vain. Il a obtenu tout ce qui lui semblait autrefois interdit : une belle situation, une belle maison, une belle femme... Oui, mais pas la bonne. Sur ce dernier point, lui semble-t-il, ses rêves n'ont pas été exaucés.

Susannah et Michael ne cessent de se croiser, de se frôler, de s'entrevoir. Ils se sont même parlé. Mais, aveuglés par le mirage de la réussite, happés dans le tourbillon d'univers fascinants – Wall Street pour l'un, Hollywood pour l'autre –, ils se sont toujours manqués. Il suffirait pourtant d'un rien pour que ces deux vies parallèles n'en fassent plus qu'une... Mais même un rien n'est jamais acquis.

BEST-SELLERS N°84
A PARAÎTRE LE 1er SEPTEMBRE

OFFRE D'ABONNEMENT SPÉCIALE BEST-SELLERS

2 Best-Sellers gratuits et un ravissant bijou

Nous vous proposons de recevoir tous les deux mois, une sélection des meilleurs Best-Sellers de la littérature féminine.

Les plus grandes romancières américaines sont réunies dans cette collection pour vous offrir des récits variés et passionnants qui sauront vous procurer un pur plaisir de lecture.

En vous abonnant, vous découvrirez un service de qualité qui vous permettra de recevoir vos livres en avant-première (1 mois avant leur date de parution), à domicile, tout en faisant des économies (5% de réduction par rapport au prix de vente en librairie).

Alors n'hésitez pas, abonnez-vous dès maintenant aux Best-Sellers. Nous vous offrons, pour vous souhaiter la bienvenue, un colis de 2 Best-Sellers gratuits et un ravissant bijou.

Ne payez rien aujourd'hui !
Vous recevrez ensuite, tous les 2 mois, 3 volumes, que vous réglerez tranquillement après réception.

Vous n'avez aucun engagement de durée ou de minimum d'achat.

Le Service Lectrices est à votre écoute dù lundi au jeudi de 9h à 18h et le vendredi de 9h à 17h.

vpcbss

OFFRE D'ABONNEMENT

A compléter et à retourner sous enveloppe affranchie à :

Harlequin Service Lectrices
60505 CHANTILLY cedex

Oui, je désire profiter de cette Offre Spéciale.

Je recevrai d'abord un colis de bienvenue, 20 jours environ après réception de cette carte, comprenant 2 Best-Sellers gratuits et un bijou. Ensuite, je recevrai un colis de 3 Best-Sellers tous les deux mois avant même leur parution en librairie. Il en sera ainsi régulièrement tant que je le souhaiterai. Je pourrai arrêter les envois à tout moment.

Je ne paie rien aujourd'hui ; une facture accompagnera chacun de mes colis. Je recevrai tous les deux mois, 3 volumes de la collection Les Best-Sellers au prix exceptionnel de 32,30 F l'un (+ 7,10 F de frais de port), soit 104 F tous les deux mois.

❑ M. ❑ Mme ❑ Mlle EDIT614-01

Nom : ____________________

Prénom : ____________________

Adresse : ____________________

C.P. : |_|_|_|_|_| Ville : ____________________

Conformément à la loi Informatique et Libertés du 6 février 1978, vous disposez d'un droit d'accès et de rectification aux données personnelles vous concernant. Vos réponses sont indispensables pour mieux vous servir. Par notre intermédiaire, vous pouvez être amené à recevoir des propositions d'autres entreprises. Si vous ne le souhaitez pas, il vous suffit de nous écrire en nous indiquant vos nom, prénom, adresse et si possible votre référence client à HARLEQUIN Service Lectrices 60505 CHANTILLY Cedex Tél: 03 44 58 44 60.

Harlequin S A 83/85 boulevard Vincent-Auriol, 75646 PARIS Cedex 13 - RC Paris. Siret 31867159100010

Offre valable en France métropolitaine jusqu'au 30 novembre 1998
(Prix susceptibles de changement).

LES BEST-SELLERS

Commandez sans plus attendre ces romans signés des meilleurs auteurs de la littérature féminine.

PENNY JORDAN	❑ n°7 *"De mémoire de femme"*
	❑ n°26 *"L'amour en question"*
	❑ n°44 *"L'amour blessé"*
	❑ n°74 *"L'honneur des Crighton"*
NORA ROBERTS	❑ n°10 *"Hantise"*
	❑ n°25 *"Fille de star"*
	❑ n°31 *"Possession"*
	❑ n°38 *"Coupable innocence"*
	❑ n°43 *"Tabous"*
TERRY HERRINGTON	❑ n°18 *"Revanches"*
	❑ n°28 *"Héritages"*
FRANCIS ROE	❑ n°21 *"L'impossible pardon"*
	❑ n°35 *"Une femme en sursis"*
	❑ n°62 *"Le prix d'une vie"*
CHARLOTTE VALE ALLEN	❑ n°30 *"Secrets de femmes"*
	❑ n°37 *"L'enfance volée"*
	❑ n°54 *"Le destin d'une autre"*
H. GRAHAM POZZESSERE	❑ n°23 *"Soupçons"*
	❑ n°42 *"Le triangle du diable"*
	❑ n°53 *"L'été fatal"*
JOANN ROSS	❑ n°12 *"La loi du mensonge"*
	❑ n°48 *"La femme de l'ombre"*
	❑ n°61 *"Souvenirs interdits"*
	❑ n°69 *"Passions rebelles"*
JANICE KAISER	❑ n°57 *"Jeux mortels"*
	❑ n°65 *"La dernière nuit à Rio"*
TAYLOR SMITH	❑ n°63 *"La mémoire assassinée"*
	❑ n°73 *"L'amour en otage"*
LYNN ERICKSON	❑ n°41 *"Jet-Set"*
	❑ n°68 *"La femme piégée"*

LAURA VAN WORMER	❑ n°46 *"Crime et imposture"*
JEAN STONE	❑ n°52 *"Premier Amour"*
REBECCA BRANDEWYNE	❑ n°56 *"Un amour défendu"*
BARBARA BRETTON	❑ n°58 *"Destins brisés"*
MARGOT DALTON	❑ n°59 *"Les deux passés..."*
	❑ n°76 *" L'enfant du chantage"*
ERICA SPINDLER	❑ n°60 *"La fleur de la honte"*
CATHERINE LANIGAN	❑ n°64 *"Une vie de mensonge"*
EMILIE RICHARDS	❑ n°66 *"Louisiane Story"*
	❑ n°75 *"Le testament d'Aurore"*
ANNE MATHER	❑ n°67 *"Dangereuse liaison"*
DEBBIE MACOMBER	❑ n°70 *"Le mariage à tout prix"*
RACHEL LEE	❑ n°71 *"La proie des ombres"*
JASMINE CRESSWELL	❑ n°72 *"Le passé déchiré"*
JENNIFER BLAKE	❑ n°77 *"Le jardin des passions"*

Ces volumes sont disponibles auprès du Service Lectrices dans la limite des stocks. Pour commander, il vous suffit de cocher la case figurant devant le(s) livre(s) que vous aurez choisi(s) et d'indiquer vos coordonnées ci-dessous. Chaque volume est vendu au prix de 32,30 F auquel s'ajoute 11 F par colis pour la participation aux frais de port et d'emballage. Renvoyez ce bon à l'adresse suivante :

HARLEQUIN Service Lectrices - 60505 CHANTILLY Cedex

N'envoyez pas d'argent aujourd'hui, une facture accompagnera votre colis, que vous recevrez 20 jours après réception de ce bon. Si vous souhaitez obtenir la liste complète des romans *Les Best-Sellers* disponibles, écrivez-nous.

Signature indispensable

❑ Mme ❑ Mlle Je suis abonnée à une collection Harlequin ❑ Oui ❑ Non

Nom. Prénom

N° Rue

Code Postal └┴┴┴┴┘ Ville.

Conformément à la loi Informatique et Libertés du 6 janvier 1978, vous disposez d'un droit d'accès et de rectification aux données personnelles vous concernant. Vos réponses sont indispensables pour mieux vous servir. Par notre intermédiaire, vous pouvez être amené à recevoir des propositions d'autres entreprises. Si vous ne le souhaitez pas, il vous suffit de nous écrire en nous indiquant vos nom, prénom et adresse. Prix susceptibles de changement.

RC Paris. Siret 31867159100010

Offre valable uniquement en France métropolitaine et dans la limite des stocks disponibles.

Composé sur le serveur d'EURONUMÉRIQUE, À MONTROUGE
PAR LES ÉDITIONS HARLEQUIN
Achevé d'imprimer en juin 1998
sur les presses de l'Imprimerie Bussière
à Saint-Amand-Montrond (Cher)
Dépôt légal : juillet 1998
N° d'imprimeur : 1239 — N° d'éditeur : 7152

Imprimé en France